4 第四卷

徐中玉 著 查正贤 编

文集

华东师范大学出版社

徐中玉文集

第四卷 目 录

2

一　关于苏轼的五篇文章

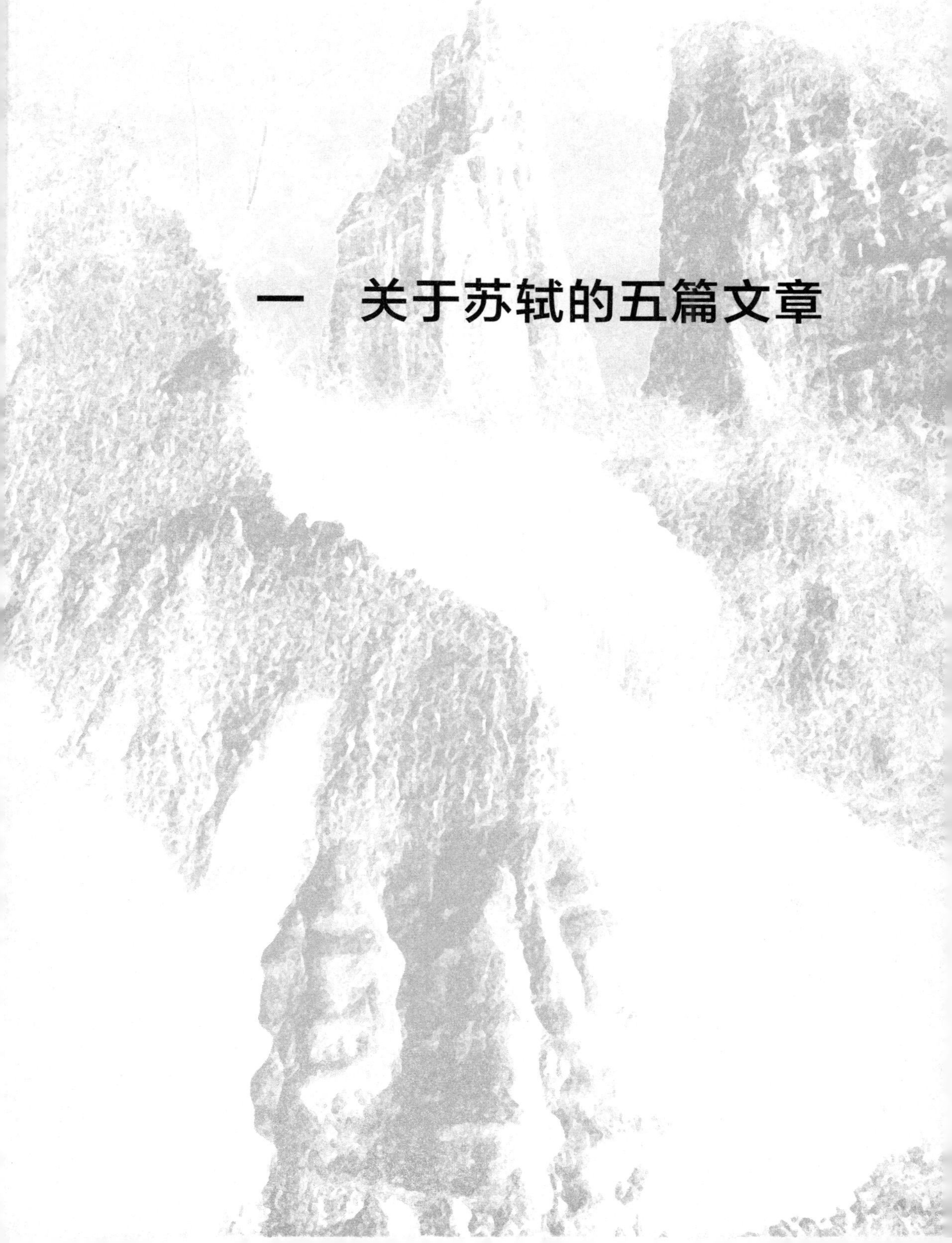

苏轼的"平生功业"
(《苏东坡文集导读》
代序)

  谈到苏轼这位生活在北宋时代,而在中国文艺史上却不愧是文艺方面独一无二的全能大家时,我总会联想到曹丕《典论·论文》最后这几句话:"年寿有时而尽,荣乐止乎其身;二者必至之常期,未若文章之无穷。是以古之作者,寄身于翰墨,见意于篇籍,不假良史之辞,不托飞驰之势,而声名自传于后。"曹丕这些话是有所据而云然的,也不妨看为对文艺历史上这一现象的合理总结。因为在他之前,已经有"西伯幽而演《易》,周旦显而制礼,不以隐约而弗务,不以康乐而加思"的例子,这是他认识到了的,而在他之后,则证据更多。就是对曹丕自己,今天大多数人所以还知道或记得他,并非因为他做过皇帝,而是因为他留下了《燕歌行》、《典论·论文》之类有价值的作品。那么对苏轼,这情况就更显著了。还在十年之前,苏轼不是遭到过他身后最集中最猛烈也最凶恶的一阵咒骂吗?"罗思鼎"、"梁效"这伙并非都属连苏轼文字都读不懂的白丁,只是由于利令智昏,才连起码的写作道德和诚实态度全抛于脑后,大骂苏轼是什么"典型的投机派"、"恪信儒家信条的孔孟之徒"、"大地主保守势力的代言人",仅因苏轼的某些论点不合那些野心家的胃口,就想用诸如此类的咒骂来把他在我国文艺史上、群众心目中的崇高地位完全打倒,一笔抹煞。他们做到了没有呢? 杜甫说得好:"尔曹身与名俱灭,不废江河万古流"!

  苏轼做过官,有的官职如翰林学士、礼部尚书之类还不小,但他有抱负,有自己的见解,对他的见解尽可以有不同的评价,但王安石当权时只要附和一下便可以做大官,他却不干,后来司马光上台了,他被目为旧党中人却又反对这匹"司马牛"的不顾实际、务以尽废新法为快的做法,以致一贬再贬,最后一直还被贬逐到当时最荒远艰苦、"生理半人禽"的海南岛儋耳（昌化军、儋州，今儋县）去了。关心国事，却坎坷一生。陶渊明临终自谓"性刚才拙，与物多忤"，苏轼后来也说他"吾真有此病，而不早自知，半生出仕，以犯世患。"(《与苏辙书》)对一个明知坚持了自己的主张一定会倒霉，却又宁愿"知其不可而为之"的人，怎么能成了"典型的投机派"？难道竟有"自讨苦吃"的这样一种投机分子吗？

现在，十年过去了，不但苏轼的著作和研究苏轼的论著已大量重新出版或纷纷出现，凡苏轼留下行踪的地方也都已修葺一新，吸引了更多的读者和游人，成为建设社会主义精神文明，继承优秀文化遗产的一个重要组成部分。"年寿有时而尽，荣乐止乎其身"，今天我们敬仰、记得苏轼，绝非因为他当过官，当过翰林学士和礼部尚书之类不小的官，而是因为他在文艺领域各个方面表现出来的卓越成绩，他的刚直平易而又达观、幽默的性格，以及他在历史条件允许下对老百姓办了那些力所能及的好事。一个封建时代产生的文人居然仍能在今天得到这么多群众的敬仰与爱好，应该从哪些方面来充分解释其原因，过去一套简单化的理论还未能圆满地解决这个问题，确是值得我们继续探讨的。文艺创作原是一种异常复杂的劳动，"千古不朽"尤其需要具备多方面的条件，没有宽广的视野，历史的深层感觉，对民族文化传统和读者审美心理的理解，恐仍难于取得进一步的成果，可喜的是我们现在毕竟已经开始有了比较自由地进行研究的环境了。

苏轼是在1097年6月11日，从广东惠州贬所奉命再远贬到儋州而渡海抵达海南岛的。当时，他已六十二岁，去时亲人只有幼子苏过同行。海南岛当时还非常穷苦落后，被目为蛮荒瘴炎之地，生活条件极为恶劣，如非被认为罪大恶极，惟恐其仍得生还，一般不致被贬逐到这样险僻的地方去。苏轼明知这一点，故说："浮瘴海以南迁，生还无期。"(《昌化军谢表》)行前他也作好了死别的准备："某垂老投荒，无复生还之望，昨已与长子迈诀，已处置后事矣。今到海南，首当作棺，次便作墓。仍留手疏与诸子，死即葬海外。"(《与王敏仲书》)

等待着苏轼要过的儋州生活果然是"食无肉，病无药，居无室，出无友，冬无炭，夏无寒泉"(《答程天侔书》)，又连书籍都看不到的比预料还艰难得多的苦况。诗人感到孤寂、渺茫、悲痛，是完全可以理解的。恐怕连他自己也会觉得出乎意料，他竟逐渐安居下来，长达三年之久，不但并未死去，而且还深深地对这蛮荒艰苦的地方产生了感情。苏辙读了他的《儋耳》诗："垂天雌霓云端下，快意雄风海上来"，非常欣慰地说诗句"精深华妙，不见老人衰惫之气。"(《追和陶渊明诗引》)海南以后，诗人自己觉得有了个"今我"，与"故我"有所不同了，正是这"今我"使他写出了下面这些与他初听要去海南和初到海南时情调大不相同的诗句：

> 他年谁作舆地志,海南万古真吾乡。(《吾谪海南……》)
> 我本儋耳人,寄生西蜀州。忽然跨海去,比如事远游。(《墨庄漫录》引)
> 借我三亩地,结茅为子邻。鴃舌倘可学,化为黎母民。(《和陶拟古九首》)
> 馀生欲老海南村,帝遣巫阳招我魂。(《澄迈驿通潮阁二首》)

特别当他得赦北返时,好像对他的三年儋州生活作总结似的,这样说：

> 九死南荒吾不恨,兹游奇绝冠平生。(《六月二十日夜渡海》)

建中靖国元年(1101年)他回到镇江,游金山寺,又像给自己一生作总结一般,在《自题金山画像》中写道：

> 心似已灰之木,身如不系之舟。问汝平生功业,黄州惠州儋州。

要问什么是他的"今我"吗？以上这些历经艰苦、世变之后的憬悟之词,就是他所觉察到的与"故我"不同的对生命价值、人生意义的新认识的表现,虽然这时他还不知道自己很快即要离开他始终依恋的人世了。

黄州、惠州、儋州都是他的贬所,而且一处比一处都更加艰苦。为什么他没有把杭州、颍州,以及任翰林学士、礼部尚书等高官的时期作为"平生功业"所在提出来呢？

那时有诗酒风流、官场酬应、左右逢迎,诚然热闹非凡,但他坎坷的一生,频繁地触犯世患,以致抱负落空,刚直难伸,也是在那些时期遭受到的。回顾一下过去的生涯,究竟算立了什么功业？没有。倒还是在这几个贬所,他看到了人民生活的艰难,人民中存在真淳质朴的感情,人们自食其力的可贵。在缺吃少穿、不会自命风雅、高论国运的人民中,他却亲身感受到了他们对自己的热情帮助和由衷的尊敬。比较起来,他大概体会到了这是在通都大邑中、在他原来接触的许多达官贵人中,怎样也难于得到的。他带着这样的憬悟回到繁华地区来,一点没有动摇："东坡自海南还,过润州,州牧故人也,因问海南风土人情如何？东坡云:'风土极善,人情不恶。'"(《遁斋闲览》)

苏轼在黄州、惠州、儋州都写了不少诗文。他的同情生民疾苦,揭露政治黑暗,反对民族压迫,进行自我批评的作品大多就是在这些地方写成的。《荔支叹》作于惠州。《籴米》作于儋州,可见其"今我"一斑:

籴米买束薪,百物资之市。不缘耕樵得,饱食殊少味。再拜请邦君,愿受一廛地。知非笑昨梦,食力免内愧。春秧几时花?夏稗忽已穗。怅焉抚耒耜,谁复识此意?

其《和陶劝农六首》:

咨尔汉黎,均是一民。鄙夷不训,夫岂其真。怨忿劫质,寻戈相因。欺谩莫诉,曲自我人。(其一)
……贪夫污吏,鹰鸷狼食。(其二)

反映汉、黎两族,同属一家,原应平等相处,斥为鄙夷不训,是不真实的,引起纠纷,曲都在汉族统治者,尤其那些贪官污吏,害人不浅。这样一种民族平等思想,出之九百多年前苏轼之口,确实难得。"华夷两樽合,醉笑一杯同"(《用过韵冬至与诸生饮酒》)他的民族团结、融洽无间的感情,不是表现得非常出色吗?

那么,苏轼所谓"平生功业",我认为,就是指他在这些贬谪之地的作为。正是在贬谪生活里,苏轼看到了人民生活的艰难,人民真淳朴厚的感情,自食其力的可贵。他认识了人民,而且在诗文中也反映了出来——同情生民疾苦、揭露政治黑暗、反对民族压迫、进行自我批评……他觉得这才可算是一生中对国家多少做了一些真正好事。无论对国家,对民族,对他个人一生,这样的思想,作品,无疑都是值得我们大书特书的。

当然,在这三个地方,苏轼还力所能及地为当地人民做了不少其他有益的事情,至今仍为当地人民所乐道。

苏轼思想上的这个转变,特别在晚年被贬时期,主要是因为同平民百姓非常接近了,对平民百姓的生活、思想、感情有了较深的理解,并在较大程度上同他们有了休戚与共的关系才逐渐达到的。他最后把"平生功业"寄托在这些地方的所作所为的思想,实在是当时条件下一种非常光辉的思想。我认为发扬光大他这种思想,对今天仍有积极的意义,比只顾到自己,以远离社会人生、群体哀乐为高的思想,实在不知要高尚多少倍。我们现在读他的作品,应该把握到他这种精神品质。

1988 年 12 月在上海

（原载《苏东坡文集导读》,为此书的一章,巴蜀书社 1990 年版）

苏轼的一生

苏轼,字子瞻,又字和仲,号东坡居士,我国北宋时期一位杰出的全能文艺家。他一生兼擅诗、文、词和书画,都有很高的艺术成就,他的名字已深深地镌刻在中国文艺发展史上,直到现在几乎仍妇孺皆知。作为一个才情横溢的文艺家,苏轼在文艺园苑里随心所欲、左右逢源,似乎走的是一条辉煌而又顺畅的坦途。其实,他的一生遭际却是荆棘丛生,经受了漫长的人生磨难的。在坎坷不平的生活道路上,他不畏艰辛,坚持自己的信念,不断有所追求,又始终豁达自持,才使他获得了文艺上的巨大成功。

一、苏轼的少年时代

宋仁宗景祐二年(公元 1036 年)夏历十二月十九日,苏轼诞生在四川眉山纱縠行一个富有文学传统的家庭里。

四川素来是壮丽发达的天府之国,眉山还是风景佳胜之地,这里西南有雄伟的峨嵋山,岷江又由北向南纵贯全境。在富饶的四川盆地中,眉山果然是一个"孕奇蓄秀"之地,陆游曾在一首诗中称赞它:"蜿蜒回顾山有情,平辅十里江无声。孕奇蓄秀当此地,郁然千载诗书城。"(《眉山披风榭拜东坡先生遗像》)苏轼在富饶美丽的自然环境孕育下,对大自然怀着深切的爱恋,歌咏山水之美成了他一生文艺创作的一个突出主题,这不是偶然的。

苏轼的家庭是一个文学世家,祖父苏序"为诗务达其志而已,诗多至千余首"(曾巩《赠职方员外郎苏君墓志铭》)。他的两位伯父苏澹、苏涣也"皆以文学举进士",而对他影响最大的当然莫过于父亲苏洵了。苏洵"为人聪明,辨智过人"(曾巩《苏明允哀词》),但为学之路却颇为奇特,"少独不喜学,年已壮,犹不知书"(欧阳修《故霸州文安县主薄苏君(洵)墓志铭》)。他自己也宣称"昔予少年,游荡不学"(《祭亡妻文》),一直到二十七岁,才发愤读书,闭门谢客,然而科举之路颇不顺利,屡试不中,因而"绝意于功名,而自托于学术",奋发淬厉,老而弥笃,直到晚年,他才声誉鹊起,文章名震天下。苏洵一生对苏轼的影响是多方面的,他那刻苦学习的精神和毅力,他那积极用世,不务空言的人生哲学,他那纵横驰骋、博辨宏伟的文风都在苏轼身上留下了深深的印迹。

也许是鉴于自己少年不学,老大难成的教训,苏洵从小就对苏轼进行了精心的培养。

苏轼是苏洵夫妇的第五个孩子,在苏轼之前,程夫人曾生过三个女儿和一个儿子,但苏轼的两个姐姐和长兄都早卒,幺姐八娘也在十八岁时郁郁而死。在苏轼的少年时代,除了苏洵之外,其母程夫人也对他进行了悉心的教育。少年苏轼所受到的家庭教育非常好,他自己也知道应该刻苦好学,尝言:"我昔家居断往还,著书不复窥园葵。"(《送安惇秀才失解而归》)

苏轼聪颖好学,多思早慧。八岁进乡校就学,三年后又至城西寿昌院,从学于刘徽之。刘尝作《鹭鸶诗》,末联"渔人忽惊起,雪片逐风斜",颇为自得,苏轼却认为:"逐风斜"未能写出鹭鸶归宿,不如"雪片落蒹葭"为好,使徽之有"吾非若师也"之叹。十来岁时,苏轼即能写出"人能碎千金之璧,不能无失声于破釜;能搏猛虎,不能无变色于蜂虿"这样的警句,得到父亲的叹赏。

苏轼少年时代,基本上是在宁静、安适的生活中度过的。主要活动当然是读书学习,他在外从师,在家则"师先君",学习上经过了严格的训练。他很早就学习写诗,且已表现出具有广泛的兴趣:对《诗经》、孔孟、老庄、楚辞、陶渊明、李白、杜甫、韩愈……都全面涉猎,博观约取。在众多的文学家中,他诗以李杜为尊,文则以孟子、韩愈作为主要的学习对象,庄子对他也有特殊的影响。除此之外,苏轼在少年时代还常常以琴棋书画自娱,在书画方面下过苦功,到了"薄富贵而厚于书,轻死生而重画"的境界(《宝绘堂记》)。深厚、广博的思想、文艺修养给他奠定了后来成功的基础。

少年时代的苏轼与弟弟苏辙相处极为亲密,两人在学习上互相切磋,在生活上形影相随,他们常常一块出去登临山水,陶醉于山水风物之间。他尝谓:"我年二十无朋俦,当时四海一子由"(《送晁美叔》),他们这种无比深厚的兄弟情谊不但一直保持着而且老而弥笃,成为在坎坷道路上互相支持、互相劝慰的巨大力量。

公元 1054 年，苏轼十九岁，与邻县青神乡贡进士王方之女王弗成婚，她聪颖而沉静，也有一定的文化修养，陪伴苏轼读书"终日不去"，对苏轼的关心体贴更是无微不至；苏轼对她也是感情深厚。不幸，这位贤内助在二十七岁时便过早地病逝了，十年后，苏轼写下了《江城子·乙卯正月二十日记梦》一词，表达了他对亡妻深切的哀痛，其中末两句尤为真切感人："料得年年肠断处，明月夜，短松冈。"

二、初入仕途

公元 1056 年，二十一岁的苏轼结束了家乡平静、安适的学习生活，在父亲的带领下，与弟弟苏辙一起上京应试。他们经阆中出褒斜谷，过横渠镇，入凤翔，历长安，终于在五月到达了京城开封，开始走上了求仕之途。

对于科举，苏洵也有过追求，但几经落第，终于"绝进取之意"，于是他把希望寄托在两个儿子身上，"不忍使之复为湮沦弃置之人"，苏轼也曾立下"书剑报国"的宏愿，想通过科举入仕，从而施展自己的才华。

等候苏轼的是一场考试的角逐。当时的进士考试品目繁多，大致要经过举人考试、礼部考试、复试及皇帝御试等几次筛选。同年九月，苏轼顺利地通过了举人考试，次年二月，他在礼部考试中以短短六百余字的《刑赏忠厚之至论》一文获得了主考官欧阳修和梅圣俞的赞赏，梅赞其文章有"孟轲之风"，欧阳修更"惊喜以为异人"，接着的礼部复试，苏轼又以"春秋对义"获第一，三月仁宗殿试，他终于进士及第，这一年，苏轼才二十二岁。

相对于他父亲来说，苏轼在科举考试中是十分幸运的。他所以能得欧阳修等人赏识，一方面固由于他的政治思想与欧阳修等人的主张相吻合，同时也由于他的文章风格正符合于欧阳修等所倡导的古文革新的要求。欧阳修所主持的这场"贡试"在中国文学史上有着特殊的意义，实际上，这是一次有意识地对宋初文坛颓风的反拨。苏轼在《上梅龙图书》一文中申言："轼长于草野，不学时文，词语甚朴，无所藻饰，意者执事欲抑浮剽之文，故宁取此，以矫其弊。"可见，苏轼以"无所藻饰"之文来矫正"浮剽之文"，与当时古文革新运动的需要是正相合拍的。就在苏轼兄弟中举的同时，其父苏洵的文章也经欧阳修的荐举而名震天下，于是，"三苏"之名传扬天下，"时文为之一变"。

苏轼参加的这场"贡试"是他一生中一个重要开端,不仅使他顺利地叩开了仕途的大门,又为他步入文坛开启了道路。前程对他来说似乎应该是很快会辉煌而又腾达起来的。按惯例,苏轼中举后即可授官,然而正当他充满成功的喜悦时,家中却传来了噩耗——母亲程夫人已于四月八日病故。苏轼当然只能跟随父亲立即离京,返家奔丧。直到两年后除了丧,父子三人再度进京,苏轼才被任命为河南府福昌县主簿。这是苏轼仕途上的第一个官职。但苏轼并未赴任,在欧阳修的荐举下,他又参加了秘阁的制科考试。"制科"是皇帝特别下诏而举行的临时性考试,苏轼参加的是"直言极谏科",在这次考试的前后,苏轼写了下列这些文章,全面提出自己的政治主张:策二十五篇,论二十五篇,《礼以养人为本论》等六论,以及皇帝御试的《御试制科策》一篇。这次考试,苏轼又获得了极大的成功,"入三等",而宋王朝建国以来,"入三等"者仅有二人。

苏轼在制科考试中写下的这些政论文章,是青年苏轼在仁宗朝政治思想的集中体现,反映了苏轼对当时政治现实的态度和看法,在某种程度上也代表了他一生的政治主张,并对他以后的经历产生了深刻的影响。这是一次他在政治主张、处世作风和人格节概上的全面展示,直到晚年,苏轼对此仍未忘怀,尝言:"昔于仁宗朝举制科,所进策及所答圣问,大抵皆劝仁宗励精庶政,督察百官,果断而力行。"

苏轼对当时现实政治的看法是颇为深刻的,他认为北宋王朝表面升平,实则危机四伏,社会现实乃是"有治平之名而无治平之实"。此时,宋王朝已经历了将近百年的相对稳定,农业、工商业和手工业都得到了较大的发展,在此基础上的北宋文化也出现了普遍的高潮。然而,在这表面承平的背后,却掩藏着深刻的危机:土地兼并,机构臃肿,皇室糜烂,再加上辽、夏的进逼和朝廷的妥协,使北宋王朝危机四伏,"天下之势,骎骎乎将入深渊"(苏洵《审敌》),于是朝廷有识之士纷纷提倡改革。公元1058年,王安石上书仁宗,系统地提出了改革方案。苏轼在制科考试中提出的政治主张原也是顺应了这股时代的风潮的。他主张"涤荡振刷",要求朝廷"卓然而有所立",在对现实政治的总态度上,苏轼明显地也要求变革,还提出了一系列改革意见,然而,在如何变革和变革的步骤上,苏轼与王安石的看法却颇有分歧,他反对"因循苟且",但也反对"鲁莽从事",也就是说,他不主激变,而崇尚微变、渐变。苏轼以后在政治上所受到的挫折,于他刚刚登上政治舞台时便已埋下了种子。

在这场制科考试中,苏轼表现出了他那种态度鲜明、独立思考而不随风使舵的政治品行。他对现实的批评极为犀利,"直言当世之故,无所委曲",甚至还公然指责仁宗无所作为,"未知勤"、"未知御臣之术"。这种作风体现了苏轼的性格,他认为,为人要正直,不可随风倒,"自知其不悦于世"而仍不顾。这种性格成了苏轼一生坎坷的内在因素。苏洵在《名二子说》一文中曾表露了他对苏轼性格的认识和忧虑:"轼乎,吾惧汝之不外饰也。"从苏轼一生的遭遇来看,苏洵的忧虑显然是不幸而言中了。他这种豪荡不羁的性格在他刚步入政治舞台时便已明显地表现了出来。

通过这场制科考试,苏轼被任命为大理评事签书凤翔府判官,这是一个以京官身份充任州府判官的官职,是苏轼实际从政的开始。他在任上很想有所作为,现实却使他常常失望,情绪并不高扬,反而不时表现出消极、凄恻的情绪。苏轼在凤翔共四年,公元1065年回到京师,入判登闻鼓院。在这以后,不幸之事接踵而来,先是妻子王弗在京逝世,次年父亲苏洵又病故,于是,他偕弟返蜀,再次服丧于故里。

三、在变法的旋涡中

公元1068年7月,苏轼服丧期满,不久便与前妻的堂妹王闰之成婚,十二月,偕弟再度进京,这是苏轼一生中的第三次出川,他当然料想不到,从此以后他就再也没有机会回归自己梦魂久萦的故乡了。

次年二月,苏轼回到京城,此时的朝廷政局已发生了巨大的变化。二十岁的神宗继位,他年富力强,很想有所作为,变法活动已经是紧锣密鼓了。王安石首先建立了变法机构"制置三司条例司",接着便全面推行均输、青苗、免役、水利等新法,一场变法的浪潮席卷了朝野上下,变法与否和究应如何变法成了当时争议的主题,苏轼自然地会卷进这一场轩然大波。

苏轼在仁宗朝就提出过变革的主张,但在如何变法问题上与王安石的意见存在分歧,不过由于地位不同,两人间还引不起什么对立冲突;随着苏轼政治地位的提高和变法已真正提上日程,王安石又占有举足轻重的地位。当苏轼一回到朝廷,他与王安石的对立冲突就是不可避免的了。

变法与反变法在朝廷里引起了汹涌的波浪,随之而来的是统治集团内部出现了剧烈、深刻的分化。王安石迅速大量提拔组织了一批位卑职微但表示紧跟变法的人物作为变法派的依靠力量,被称为"新党"。反变法者如司马光等则纷纷与王安石决裂,采取积极反对或不合作的态度,有的被迫下台,有的出任外职。在这场政治风暴中,苏轼也对王安石的主张不满,如反对设置三司条例司,反对农田水利法、青苗法、雇役法等等,认为"所行新政皆不与治同道"。他鄙视新党的人和事,称作"新党小生"、"小人招权"、"怀诈挟术,以欺其君"。

不过,我们也不能由此就把苏轼与那些完全反对变法的旧党视同一律。从总的倾向而言,苏轼也是主张改革而反对因循守旧的,他与王安石的分歧并不表现在要否改革的问题上,而是表现在变法的理论和方法上。苏轼的这种态度并不是由于变法触及了他的自身利益,而是出于他对现实政治的思考和他的一贯的政治主张。苏轼在神宗朝反对变法与他在仁宗朝反对王安石变法主张的原因是一致的,比如在"任人"和"法制"的关系上,苏轼认为,"天下之所以不大治者,失在于任人而非法制之罪",这是他在仁宗朝的观点,同时也是他在变法的激流中反对变科举、兴学校的理论依据和实践准则。再如在改革的步骤上,他也认为"慎重则必成,轻发则多败",这种观点与他在仁宗朝时提出的"见之明而策之熟","先定其规模而后从事"的渐变主张出于一辙,可见苏轼的某些变法的主张有其思想的一贯性,他决不愿意轻易放弃自己思考有素的东西而随波逐流,分明"自知其不容于世"亦不改变。这正是苏轼品格上的闪光之处,却也是他在尖锐复杂的政治斗争中,一生遭遇坎坷的重要因素。不消说,苏轼思想中确有较为温和和复杂的一面。温和的改良和持重的施政始终是苏轼政治思想的核心和灵魂。

在这场变法的激烈斗争中,尽管遭到了许多阻碍,由于客观上有此需要,加上得到皇帝的支持,基本上按王安石的主张推行下去了。苏轼在郁郁不得志之中通判杭州,这是公元 1071 年,时年 36 岁。

苏轼离京外任,显然由于政见不合。"眼看世事力难胜,贪恋君恩退未能"(《初到杭州寄子由》),欲仕不能有为,欲罢不能超脱的矛盾心理纠缠着他的心灵。幸好杭州是一个风景秀丽之地,使他得以寄情于山水,多少排遣内心的苦恼。作为一个地方官,两年多的杭州通判,苏轼还是有所建树的,他当然不能不执行新法,但往往加以灵活运用,因法以便民;他还不时地深入下层,了解民众的生活实况,对农民有甚深的同情,"政虽无术,心则在民",他组织捕蝗、赈济灾民,诸如此类,为杭州人民办了不少好事。公元 1074 年,苏轼奉命移知密州,两年后,复知徐州。这样,从 1071 年通判杭州到 1079 年 3 月离开徐州,八年的外任,使苏轼有机会接触各地情况,较深地了解现实社会,广泛地体会民情。这对他的政治思想和文艺修养都提供了丰富的滋养。不过同时他的内心仍是抑郁、沮丧的,他虽然"奋厉有当世志",但在矛盾重重的现实政治面前却身不由己,命运并不握在自己手里,所以他悲愤地发出了"不须论贤愚,均是为食谋"的叹息。好在这种沮丧的心态并未把他压倒,并未消弭他对现实社会和人民苦难的高度责任感。八年的外任,苏轼在政事上也赢得了所在地人民的好评,至今还被人们纪念着,说明他并不只是一个能诗善文的艺术家,实际还是一个明达各种事务的通人。

四、"乌台诗案"与被贬黄州

公元1079年3月,苏轼离开徐州到湖州赴任,出乎意料的是,到任不久,一场凶险的灾难便向他突然猛扑过来,这就是历史上有名的"乌台诗案"。

"乌台诗案"是北宋一场有名的文字狱,乌台即御史台。在这场诗案中,苏轼受到了四个人的联名弹劾,他们是监察御史里行何大正、舒亶,国子博士李宜之,御史中丞李定,罪证便是他的一部诗集《元丰续添苏子瞻学士钱塘集全册》;他们攻击苏轼通过诗歌愚弄朝廷,妄自尊大,对新法大肆诋毁,无所忌惮,甚至控诉苏轼包藏祸心,怨望皇上,毫无人臣之节。总之,他们认为苏轼已犯了滔天大罪,不能宽宥。在这些人众口一词的围攻下,神宗便下令拘捕苏轼。1079年7月他被押解回京,投入御史台监狱。

"乌台诗案"的打击面是非常宽的。凡与苏轼有诗文交往的人都被进行了调查追问,稍有牵连之人,无论其官职大小,资历浅深,都受到了不同程度的处分。受到打击最为沉重的当然是苏轼本人了,他们捕风捉影,罗织罪名,在狱中对苏轼进行了种种迫害。这场由诗惹出的大祸,在苏轼的思想情绪上引起了极大的波动,在湖州至京城的押解途中,曾试图纵身江流,在狱中也曾准备服药自尽。总之,"乌台诗案"对苏轼来说无疑是他一生中最初遭受的一大摧残。

"乌台诗案"出现的背景是很复杂的。表面看,这似乎是变法派对反变法者的一次暴力打击;但从变法的过程而言,所谓"变法"、"新政"实际上已经变质。这时,王安石已经退出政治舞台。"乌台诗案"的直接造成者虽然也是原来新党的成员,但他们与王安石相比,无论在人品和主张上,已是大异其趣了。"新法"在他们手里已不过是一块"招牌",他们对苏轼以及当时所谓反变法派的打击也不再是真正性质上的"维护新法",只是在政治上玩弄权术,以势压人,达到排除异己力量的目的罢了。

由于当时苏轼已名闻海内,而迫害他的"新党"声誉不佳,故朝野上下对"乌台诗案"的看法并不一致。虽然李定、舒亶等人必欲置苏轼于死地,但积极营救者也不乏其人。苏辙上书,希望能以自己的官职为兄赎罪,宰相吴充在神宗面前营救苏轼,甚至王安石也上书神宗,指出:"安有圣世而杀才士乎?"在多种因素的配合下,苏轼终于幸免了杀身之祸,被贬为黄州团练副使,不得签书公事。"乌台诗案"至此才算得以了结。

黄州即现在湖北的黄冈,苏轼于公元1080年2月1日抵达黄州,这次贬官,使苏轼的生活、地位都产生了巨大的变化。他以往离京外任,虽然失意,犹是统领一方的地方长官,这次的身份却是"罪废"的"逐臣"了。地位和身份的下降,当然就带来了精神上的压抑和生活上的拮据。去后,他先寓居定惠院,闭门兀坐,饮酒浇愁;家属迁来黄州后,他移居临皋亭,这是一处江边的驿亭,虽能俯看长江里的千帆往还,却每天要遭受太阳的曝晒,炎热无比。在黄州第二年,生活逐渐窘迫起来,老友马正卿为他请得城东营防废地数十亩,这就是著名的"东坡",次年,他在这里亲自设计修葺了几间草屋,竣工那天,正好大雪纷飞,苏轼在其四壁画满了雪景,自题"东坡雪堂"榜于堂上。从此,苏轼便与陶渊明一样,开始了"自稼躬耕"的相当艰苦的生活,并取号为"东坡居士"。这时,苏轼已四十七岁了。

在黄州谪居期间,苏轼除了"躬耕"东坡之外,不时出游。黄州虽不是什么名胜之地,但长江南岸的武昌却是景色秀丽,在山水风物之间,他得以暂时忘却内心的郁闷。苏轼还把相当一部分精力倾注于学术研究之上,不仅完成了父亲苏洵的未竟之作《易传》,还自著了《论语说》,并对《汉书》深加研究。自然,谪居黄州期间,苏轼成就最为辉煌的还得推他的文学创作。这时,他在诗、词、赋、散文等方面都取得了丰硕的成果。苏辙深知此点,极为叹服,尝说:在谪居之前,他们兄弟间的文章还可相"上下",而在谪居黄州期间的苏轼文章,却使"辙瞠然不相及也。"(《东坡先生墓志铭》)确实,东坡一生的文学名篇,很多就是在黄州谪居期间完成的,如誉为"千古绝唱"的《念奴娇·赤壁怀古》、脍炙人口的《赤壁赋》等等都是。

然而,谪居黄州对苏轼毕竟是一个沉重的打击,这个时期内,他在思想感情上经历了最为复杂而又激烈的变化。他对自己的遭遇是深为不平的,但由于"乌台诗案"的覆车之鉴,他又只能常以自嘲自讽来摆脱内心的愤懑,但年复一年的谪居,又不会不使他的思想日趋苦闷和压抑,在忿懑不平之余,就也流露出消极、颓废的情绪。一般地说,积极进取精神是东坡思想的核心,然而在此时此地他内心里融进了"闲适"、"达观"的质素,"长恨此身非我有,何时忘却营营?夜阑风静縠纹平。小舟从此去,江海寄余生"(《临江仙·夜归临皋》),一副追求闲适、放达情绪的形象跃然纸上。同时,"谁道人生无再少?门前流水尚能西,休将白发唱黄鸡"(《浣溪沙·游蕲水清泉寺》),闲适、达观之中,依然保持着乐观、自信的人生态度。总之,东坡在谪居黄州时期,虽然内心极为苦闷,但经过灾难锻炼而升华成的旷达性格和坚持入世所显现的乐观自信毕竟仍帮助他得以摆脱眼前的困境,而对人生仍有作出新的追求的勇气。正是在这个时候,神宗终于觉得"人才难得,不忍终弃",下诏"苏轼量移汝州"。对此,东坡虽然表示"君恩至厚,不可不奔",但还是提出了"乞居常州"。设想着还是过一段"轻舟短棹任横斜,醒后不知何处"(《渔父》)的闲居生活为好,这种心情似乎不可能,其实却是可以理解的。他需要休息一下,大概也想思考一下今后的道路究竟该怎样走。

五、在新旧两党的夹击中

公元 1085 年 3 月,神宗病逝,年仅十岁的哲宗继位,实际由高太后主持军国大事。高太后一向不满新法,对神宗变法原有异议,现在有了大权,那政局自然又要动荡。一个明显的变化便是排斥新党而重新起用旧党。司马光、刘挚等很快相继回朝。他们没有忘记被新党排挤、诬陷在外的苏轼,五月即命知登州,不久又受命为礼部郎官召还朝廷,再升迁为中书舍人,苏轼的境遇似乎大有改变,可以作为一番了。

然而,北宋历史上这一番新的变动毕竟仍未有什么起色。司马光上台后,全面废除了新法,他们标榜"守旧",要求一切恢复神宗即位前的传统政策。但正是在这一点上,惯于独立思考的苏轼却又同复出的旧党集团产生了分歧。虽然他对王安石的变法主张始终持有异议,他对新法却没有全盘否定,这是因为在多年的地方任上,他在实践中认识到了某些新法有其合理的部分,是不可废的。因而在对仁宗、神宗两朝政治策略的态度上,苏轼并没有象司马光等那样作出偏面的决断,而能够较为客观地体察分析其中的利弊。他试图"兼行二帝忠厚励精之政",做到"仁厚而事不废,核实而政不苛",认为新法不宜尽废,应

"参用所长"。重掌大权的司马光对苏轼的这种折中态度"大不以为然",愤然"有逐公意"。于是,刚刚脱离新党攻击和诬陷的苏轼,接着又陷入了旧党的不满和排挤之中。司马光死后,旧党更多方继续攻击苏轼,正如苏辙所言:"公自是不安于朝矣。"(《东坡先生墓志铭》)

　　苏轼这一时期处在两方夹击之中,又复陷入困顿,这实际上仍与他一生耿介坦直的思想和品格有密切关系。他从不人云亦云,一切主张见解都出于自己深沉的思考,在没有自觉需要改变之前,确有种"知其不可而亦为之"的精神,受了挫折也不懊悔。他曾经说过,他在仁宗、神宗、哲宗三朝所以都持有与当时执政者不同的看法,乃因彼此对当时政治现实的具体观察、估计有所不同。在他看来,仁宗比较因循守旧,故他"劝仁宗励精庶政,督察百姓,果断而力行";神宗较能励精图治,故他"劝神宗忠恕仁厚,含垢纳污,屈己以裕人";而在哲宗幼年登基之时,朝廷又"大率多行仁宗故事",故他的忧虑便在"百官有司矫枉过直"。可见,苏轼在政治风云的变化中常能进行比较客观的考察,从而提出适应不同情况的见解。这种客观态度使他不能不对当时执政者的偏面观点唱些反调,实际上正体现了一个坦直、耿介、满怀忧国忧民之士的深沉思考和无畏精神。他痛心地指斥当时政坛上一窝蜂、见风使舵的邪气:"台谏所击,不过先朝(指神宗朝)之人,所非,不过先朝之法"、"昔之君子,惟荆公(指荆国公王安石)是师,今之君子,惟温公(指温国公司马光)是随,所随不同,其为随一也。"(《与杨元素书》)他认为,为政需从实际出发懂得"宽猛相资"、"可否相济",如果"上之所可,不问其是非,下亦可之;上之所否,不问其曲直,下亦否之,则是晏子所谓以水济水,谁能食之?"(同上)苏轼的可贵正在于这种从实际出发的独立思考精神和高度的社会责任感,而他的悲剧却也正在于他有了这些高尚品质反使他在各朝都遭受到沉重的排挤和打击。苏轼的不幸是封建社会里一切正直文人不同程度都曾遭受到的命运。作为政治家,他饱受了压抑之苦,不过这却使他成为我国文学史上极难得的一位杰出的文艺家,现在还已有了世界声名,到底他还是真正成功了!

　　在不得已的境况下,苏轼又一次要求出任地方官。公元1089年,他获准再次出知杭州,又来到了这块阔别十五年的风物绝佳之地,"江山故国,所至如归"。苏轼在这里尽力处理政事,他严惩豪富不法之徒,帮助百姓度过严酷的灾荒,并兴修水利,疏浚河运。在杭三年,深得百姓的敬爱。接着,苏轼又被召还朝廷,复任翰林学士。可是回朝后,仍还遭到政敌的攻讦,结果在短短几年中,苏轼在回朝和出朝之间竟然频繁往还,始终难以安位。

公元 1093 年,高太后去世,政治风云又起,哲宗亲政,新党又得重用。苏轼不可避免地又被陷入政治斗争的旋涡之中。这一年,先是妻子王闰之逝世,后来出知定州,几乎又是一次贬谪了。从此,苏轼一贬再贬,终其身就再也没有回到朝廷了。

六、晚年的流放和北归

公元 1094 年,是哲宗亲政的第二个年头,新党章惇为相,统治集团内部又发生重大变化,新旧党争进入了第三个回合,愈演愈烈,随着斗争的不断沿续,性质也不断发生变化,原来以政策为中心的争执实际已蜕变为权力地位之争和个人之间的仇怨报复。在这种境况下,苏轼必然会再遭不幸。

这一年,苏轼被贬为宁远军节度副使,惠州安置。惠州,即今广东惠阳,在大庾岭以南,当时属瘴疠蛮荒之地。从此,开始了他晚年长期的流放生涯,此时,苏轼已是一个年届六旬的白头翁了。

可能是苏轼在思想上已经有此准备,过去也已习惯了这种贬逐的生活,还有苏轼开朗旷达,从不热衷富贵利禄的思想、性格起了很大的作用,晚年这场更为遥远的贬逐竟然并没有在他的心灵上留下太沉重的负担。虽然"兄弟俱窜,家属流离",苏轼的心情也只是"随缘委命而已"(《与程德孺书》)。苏轼一生在不同情况下,曾到过许多地方,每到一地,他都对那里产生了感情,随遇而安,又把心力倾注在当时的政事和百姓生活身上。到达惠州以后,他仍是如此,"日啖荔枝三百颗,不辞长作岭南人"(《食荔支》)是其一面,《荔支叹》痛斥"宫中美人一破颜,惊尘溅血流千载"是其另一面。他在惠州一住几年,觉得既然"中原北望无归日",于是便在此地购地建屋,凿井栽树,"规作终老计"。然而,现实连这里也没能让他容身,公元 1097 年 4 月,他进一步再被贬到孤悬海外的儋州(即今海南岛儋县),这时,苏轼已是六十二岁了。当时海南岛的生活比惠州更要恶劣得多。他先是暂居官衙,不久被当局逐出,不得不设法筑屋以避风雨。而这里的饮食生活更是无比艰难,"食无肉,病无药,夏无泉,冬无炭",他过的委实是"苦行僧"般的生活;精神上,这里既乏朋友往还,更少饮酒酬唱,经常陪伴他的惟有陶渊明集和柳宗元诗文数册,"目为二友"。在陶渊明身上,他仿佛看到了自己,感叹自己的"仕不知止,临老窜逐,罪垢增积,玷污亲友"(《答王商彦书》)。

在儋州时期,他把陶渊明作为自己仿效的榜样,在"超然自得"的后面,却是蕴藏着他一生中多少辛酸、多少血泪!

公元 1100 年,年仅二十四岁的哲宗病逝,徽宗赵佶继位,政治斗争的天平又一次偏向于元祐旧人。差不多已经绝望的苏轼意外地得到了北归的机会,被命内迁廉州,不久又改迁舒州团练副使,永州安置。然而,此时的苏轼已不再有兴趣和精力来为内迁复官而喜悦了,只有究在何处"安度晚节"的问题时时缠绕着他的心,最后,他决计到常州去居住,以远避京师的政治风云。只是经受了几十年坎坷的苏轼此时已老病交加,到常州时已是百病缠身了。公元 1101 年 6月,他病倒了,而且越来越重,同年七月二十八日,一代文豪苏轼终于走到了他人世长路的尽头,中国文学史上最光亮的巨星之一陨落了,享年六十六岁。

苏轼的一生是坎坷而又不平常的一生。他的悲剧也是我国长期封建社会中多才多艺者中的许多人都遭遇过的悲剧。巨星虽然陨落了,他的人品和文艺创作却生命永存,还不断放射出夺目的异彩,直到今天我们还是能从他的品格、业绩中吸收到许多营养。

（原载《苏东坡文集导读》,为此书的一章,巴蜀书社 1990 年版）

"观物必造其质"

——苏轼创作的哲理性来源

一、不可"一以意造",应"神与万物交"

苏轼曾以酿酒、烹饪等为例,指出不同的人在相同的物质条件下,制作出来的东西其"美恶不齐"却可以相差很远。这是为什么?他说此中有是否掌握了规律的问题,还有掌握了是否能灵活运用的问题。在这里他又着重了"数"的观念,虽然他在当时条件下无法精微地对此作出什么"定量分析",但他确是敏感而且笃信不疑地以为对客观事物即使如制造美酒佳肴之类,光做出好与坏、佳与不佳这样的"定性分析"是不够的,这对客观事物的认识和理解远不能说已到达完整、真切、深刻的地步。他以为如果没有掌握到规律,全凭主观胡搞,没有不失败的,再好的原材料,在这种人手中搞出来,"其不为人之所呕弃者寡矣。"他这种坚决反对"一以意造"的精神,不但始终贯彻在他的一切创造性活动之中(《盐官大悲阁记》),而且有一套相当系统的理论为依据。

孔子说过:"吾尝终日不食,终夜不寝,以思,无益,不如学也"(《论语·卫灵公》)。孔子这里所说的"学",分明是对"思"而言的,"学"与"思"当然不能截然分开,但"学"毕竟是基础,不"学"而一味去"思",很易成为脱离客观实际的主观乱想,孔子固也反对"学而不思",但更反对"思而不学"。这没有什么不对。苏轼很赞赏孔子这一见解,"废学而徒思者,孔子之所禁,而今世之所上也"。(同上)。"评法批儒"时期有人硬说孔子只是主张人们去学《周礼》,以便"实现其'克己复礼'的反动政治纲领",实在简单武断至极。孔子在当时,无疑是一个非常博学而多识的哲人。从古代典籍到鸟兽草木,他都学。他说自己并非天才,是从博学中得到见识的。他体会到了主观空想之无益,才这样说。苏轼也有同样的经验。他很称赞同时画家李公麟(字伯时)的画,李擅画人物、马、佛道像,亦工山水,形神兼备,生动地写出了对象的情态。李有《龙眠山庄图》,人比之王维《辋川图》,白描入妙。苏轼论其所以妙,乃在"居士之在山也,不留于一物,故其神与万物交,其知与百工通"(《书李伯时〈山庄图〉》)。其意即指李不但没有"一以意造",而且视野广,接触多,注意力不滞留在极少一点客观事物上,是同"万物"都打交道,还有"形交"以上的"神交",便是把握到了许多事物的精神与生命。显然这比仅仅反对脱离客观实际的主观乱想已进了一步。李以博学著名,苏轼在这里给他的博学内容作了中肯的解释。博学有时固指"读万卷书",更多是指"行万里路","神与万物交"。"君不见韩生自言无所学,厩马万匹皆吾师"(《次韵子由书李伯时所藏韩幹马》)。唐代韩幹是画马的名家,公麟效法的前辈,唐玄宗曾令韩幹以陈闳为师,韩幹却更重视直接向内厩的万匹骏马学习。即以画马而论,韩幹也不是只向少数马学习,而是多达内厩中所有的各种马。公麟所效的画法,精到处在此,而不只是韩幹已有的成法,这才可谓善学,得到了一把金钥匙。苏辙也能画,曾这样论画:"所贵于画者,为其似也。似犹可贵,况其真者。吾行都邑田野,所见人物,皆吾画笥也。所不见者,独鬼神耳,尝赖画而识。然人亦何用见鬼?"苏轼很赞同弟弟这番见解,认为"此言真有理"(《石氏画苑记》)。我以为"此言真有理"处,即在于以客观存在的万事万物为文艺创作的出发点、基础、师法对象,而对那些虚幻不实的东西则鄙为不足道、不值得白去费心思。

在文艺创作上,苏轼多次提出应该"随物赋形",写诗作画为文,道理相同。物是第一位的,有物才有形,物是怎样的就该把它表现成怎样的,赋予它怎样的形。这"形",不仅是一般相对于内容的形式,也包括客观事物本身固有的变化、情态、特性。苏轼这个主张,分明是对《文心雕龙·物色》篇中刘勰观点的继承与发挥:"岁有其物,物有其容,情以物迁,辞以情发","写气图貌,既随物以宛转;属采附声,亦与心而徘徊"。物固是第一位的,但要正确,深刻地把握它、把它充分地艺术地表现出来、并具有使许多人感动的力量,也绝非易事。没有物便没有文艺,光有物也未必便有、便成优秀的文艺,此所以刘勰还提出了"心""情"与"辞"等问题。苏轼也是清楚地看到这些问题的。归根到底,文艺创作是以物为基础的主客观统一体,主客关系可分而又难于截然始终分割。我觉得这正是我国古代文论优良传统之一,至今仍有巨大的启发意义。

二、"观物须审","必造其质"

物既是第一位的,要把它能动地表现好,就有一个观察深透的问题。物虽是客观存在的,它却并不能使每一个与它接触的人自然地具备正确深刻的了解,反之,错误、偏颇、肤浅的情况都有。五代前蜀成都画家黄筌就被苏轼看出了一个差错:

> 黄筌画飞鸟,颈足皆展。或曰:"飞鸟缩颈则展足,缩足则展颈,无两展者。"验之,信然。乃知观物不审者,虽画师且不能,况其大者乎?君子是以务学而好问也。(《书黄筌雀》)

这里提出了观物必须十分仔细周密的主张。苏轼自己也是参照了飞鸟的实际情况才作出评论的。即使已经成名的画师,稍不细心仍会出错。这是件小事,只要仔细周密地观察就可避免,若遇到生活中一些非常复杂的事物,不小心就难办了。有识之士当知"务学"和"好问"是避免或补救此失的好办法。"务学"就是专心致志"神与万物交","好问"就得不耻下问,使"其知与百工通"。苏轼很懂得并尊重包括下层人民在内的群众智慧。

怎样才算观物已到达"审"的程度?从苏轼的有关议论,可知有若干层次,"审"的程度有浅有深。黄筌画的"颈足皆展"是不审,即使"审"了也是较浅的。"每摹市井作公卿,画手悬知是徒隶"(《子由新修汝州龙兴寺吴画壁》),分明描摹的是市井之人,却把他们当成了公卿,就因画手原出身于下层的徒隶,对公卿并不熟悉。这亦是不审,看来"审"了同属浅层。"细观手面分转侧,妙算毫厘得天契。始知真放本精微,不比狂花生客慧"(同上),这是称赞吴道子所作的壁上佛画,不仅外形,而且神态逼真,都如妙算毫厘,完全不差,达到了"天人合一"的境界,而且在精微之中还蕴含着"真放"的艺术生气,这种本领乃是精审的结果,绝非如不以时发的狂花或一星半点小聪明那样来自偶然。显然这种"审"的程度已深得多,属较高的层次了。

但审物还有更高的层次,更深的程度。这就是苏轼发挥晋代陆机所论而提出的"观物必造其质"说。陆机有《演连珠》五十首,其第四十五首有云:"臣闻图形于影,未尽纤丽之容;察火于灰,不睹洪赫之烈。是以问道存乎其人,观物必

1066

造其质"(中华书局本《陆机集》)。苏轼引变其语云：

> 陆平原之图形于影，未尽捧心之妍；察火于灰，不睹燎原之实。故问道存乎其人，观物必造其质。此论与东坡照壁语，托类不同而实契也。（见黄庭坚《豫章集·跋东坡论画》）

这里所谓"东坡照壁语"，即其《传神记》中所说：

> 传神之难在目。顾虎头云："传神写照，都在阿堵中。其次在颧颊。"吾尝于灯下顾自见颊影，使人就壁模之，不作眉目，见者皆失笑，知其为吾也。目与颧颊似，余无不似者。眉与鼻口，可以增减取似也。传神与相一道。欲得其人之天，法当于众中阴察之。今乃使人具衣冠坐，注视一物，彼方敛容自持，岂复见其天乎！凡人意思各有所在，或在眉目，或在鼻口。虎头云："颊上加三毛，觉精采殊胜。"则此人意思盖在须颊间也。优孟学孙叔敖抵掌谈笑，至使人谓死者复生。此岂举体皆似，亦得其意思所在而已。（此文或题作《书陈怀立传神》）

据影图形，人物的纤丽容貌难于完全写出，苏轼在引用陆文时把"纤丽之容"改为"捧心之妍"把容貌进一步改为心态，就更见得此法之难尽其妙。察火于灰，自然看不到熊熊的火势，更难想像星星之火还可以发展成燎原的大火，从灰察火，对火之为火的本质，的确不是观察的科学办法。陆机的见解已很精采，苏轼则更把它具体化，又深化一些了。人不仅有外形，还有丰富复杂的内心世界，比之外形，后者当然更能体现其本质。据影图形，虽亦可以得其部分"意思所在"，对人物的本质不是不能体现出某些方面，但总不可能是很完整、深刻、丰富的。"察火于灰"也一样。陆机、苏轼在指出这些观察方法有其一定作用的同时，又指出它的重要不足，而主张"观物必造其质"，不仅有方法论的意义，在哲学上也极有价值。人物的不同一般主要是内心世界、精神面貌的不同；火之为物，即从常识来说主要也是它能发出无限的光和热，这才是它与其他事物一贯、稳定的不同之点。如果这样来理解人物与火的本质大致还可以，那么据影图形和察火于灰显然是把握不到其"质"的。

　　那么，对文艺创作来说，作家应"神与万物交"，"观物必造其质"，苏轼所谓

"质",究指什么呢？这很值得大家一道来探讨。哲学意义上的本质,同文艺创作实践过程中所应追求把握的本质,是否完全一样？

在上引《传神记》中,苏轼显然赞成顾恺之论画的"传神"主张。虽在论画,其实"传神"是苏轼论各种艺术的共通观点。仅仅"形似"不行,还应进一步力求"神似"。所谓"意思所在",当指各人的个性特征。各人个性特征可以有各种不同的表现方式,在绘画上是或在眉目、鼻口、颊上三毛等等方面,在文学创作的人物描写中,应该方面更多,如语言、表情、动作、姿态、声音、服饰,等等,难于备举,但不同程度都可"得其意思所在"。他发挥陆机之论的"图形于影,未尽捧心之妍",即嫌这样还颇不足以表现此人的"意思所在",虽在一定程度上可能表现出一些来;所以有分寸地用了"未尽"这个词。"意同所在"和"神",我看同我们现在讲的独特的内心世界、精神面貌、个性特征非常接近。苏轼所谓"质",是否就指这个？

人物有"神"、有个性特征,其他事物有没有呢？在苏轼看来,也有。写其他事物,也应写出其情性,否则便不能入妙。文与可擅画墨竹,尊竹为"君",苏轼为作《墨君堂记》一文,论及文与可为何能写墨竹入妙,说：

> 世之能寒燠人者,其气焰亦未若霜雪风雨之切于肌肤也,而士鲜不以为欣戚丧其所守。自植物而言之,四时之变亦大矣,而君(指竹)独不顾。虽微与可,天下其孰不贤之。然与可独能得君之深,而知君之所以贤。雍容谈笑,挥洒奋迅而尽君之德,稚壮枯老之容,披折偃仰之势;风雪凌厉,以观其操;崖石荦确,以致其节。得志,遂茂而不骄;不得志,瘁瘦而不辱。群居不倚,独立不惧。与可之与君,可谓得其情而尽其性矣。

这里,苏轼赞赏文与可"得"与"尽"了竹的"群居不倚、独立不惧"的情性。竹诚然有其不畏霜雪风雨之侵寻、不因四时之变而遽改其常态的习性,这是它的自然本性,符合这一特定植物的生长发展规律,但无论文与可也好,苏轼也好,却把它这一自然本性拟人化了,化成了对一种正直、独立、无所畏惧的高尚人格的尊敬与向往。古代文人爱竹,多由于爱这样的人,他们写竹往往也多由于抒写自己类似的性情。"诗人感物,联类不穷"(《文心雕龙·物色》),由于竹的自然本性很容易同普遍受人尊敬的人格素质相联系,所以在这里既是写了竹的本性也表现了文、苏两位的某些个性特征,更主要的还是在写人。文与可和苏轼毕竟都不是植物学家、研究竹性的科学家。前人早已指出：文人一切景语皆情语，物语亦然。

物有其性情，性情还有其"必然之理"这亦是苏轼的卓见。高尔基有"生物学上的天性"之说，认为写人不可违反这种天性，其实这就是近来所谓"性格逻辑"，我国古人所谓"情理"。物情人性，均有其"必然之理"，苏轼说：

> 天下之至信者，唯水而已。江河之大，与海之深，而可以意揣。唯其不自为形，而因物以赋形，是故千变万化，而有必然之理。(《滟滪堆赋》)

只要真是客观存在的事物，尽管我们至今还没有认识、理解它，或还只是略略认识、理解一些而仍未能完整深刻地认识理解它，虽然千变万化而有其必然之理，我也是深信不疑的。例如我国的针灸、气功，某些人的特异功能亦是。苏轼非常重视文艺创作除表现物的常形之外还必须表现出物的这种"必然之理"，包括其千变万化种种性态在内的"常理"。他有这样两段话阐发此意：

> 与可所画竹石，其根茎脉缕，牙角节叶，无不臻理，非世之工人所能者。与可论画竹木，于形既不可失，而理更当知；生死新老，烟云风雨，必曲尽真态，合于天造，厌于人意；而形理两全，然后可言晓画。故非达才明理，不能辨论也。(李日华《六砚斋笔记》引其元丰五年八月四日语，或题作《书竹石后》)

> 余尝论画，以为人禽、宫室、器用皆有常形，至于山石、竹木、水波、烟云，虽无常形，而有常理。常形之失，人皆知之。常理之不当，虽晓画者有所不知。故凡可以欺世而取名者，必托于无常形者也。虽然，常形之失，止于所失，而不能病其全；若常理之不当，则举废之矣。以其形之无常，是以其理不可不谨也。(《净因院画记》)

这两段话全文都是谈的同一问题，也都是从文与可论画的见解和文与可画艺形理两全之妙出发的，可互相补充，后一段则谈得更清楚明确。

上面征引了这些材料，让我们仍回过头来，这"必然之理"，是否也可说是"观物必造其质"的"质"呢？

哲学意义上的"本质"，同主要是文艺家的苏轼所说的"质"，如果都符合科学实际的话,我想应该是有密切联系的。但由于哲学研究和文学创作毕竟是有区别的两回事,提法同理解自然也不应或不必尽同。同属哲学研究家,对"本质"的解释亦不一致。我粗略地感到,苏轼所说的事物"意思所在"和它的"必然之理",不妨说都是文学创作过程中于对象必须把握到的"质"。文学是人学,古人如刘熙载还已提出它是"心学",刘勰著《文心雕龙》更早已明言是为了阐明"为文之用心"(《序志》篇)。从事文学创作(其实也包括鉴赏、评论在内)而抓不住描写对象的个性特征、精神面貌,描写了些对象的性情之类却又不合情理,不符逻辑,缺乏真实性,没有感染力,那还谈得到什么"本质"不"本质"?岂不只是一种信手涂鸦、信口雌黄的废物吗?事物的特征与其发生发展、千变万化的必然之理,正是事物间体现其区别的一贯、稳定之点。在这个层面上,哲学研究和文学创作自然仍可以联系起来。

不可"一以意造",就是反对脱离实际、脱离生活、主观臆造瞎说;"观物必造其质",就是反对玄虚、肤泛、浮光掠影,要求于描写对象作尽可能深刻的观察、把握其实质。苏轼主张"技道两进","有道有艺",同时这也就是他精湛经验的总结。观物到了"造质"的地步,可说已经"有道"了。有了"道","艺"便有了基础,但仍要努力去做到"有艺",因为"有道而不艺,则物虽形于心,不形于手"(《书李伯时〈川庄图〉》)并非有道者必有艺,此论亦极切实。不过已是另一个问题了。

重视对客体的观察,可以避免臆造、想入非非、使人们看不明白或感不到益处;重视观察了还要深入把握到客体的实质,又可以避免照相式的肤浅。陆机和苏轼都是艺术感觉很灵敏的大家,却并未强调感觉而强调了观察的必要与深刻性,这种创作意识对今天仍有重大现实意义。过分甚至一味强调"感觉"的重要性,使某些作品成为许多人都看不懂、好像真是"众人皆醉"唯有作者"独醒"的东西,难道不同这样的创作态度有关?观察也要会观察,能理解,作出有说服力、吸引力的评析,所以当然不是与作家的能动作用无缘的。

三、"搜研物情,刮发幽翳"

苏轼在《祭张子野文》中,曾这样称赞著名词家张先(字子野)的作品:"搜研物情,刮发幽翳。微词宛转,盖诗之裔。"填词也应"搜研物情",可见"观物必造其质"乃是他对所有创作活动的共同要求。"搜研"、"刮发幽翳",则可见他对"必造其质"的艰巨性有足够估计。略举之:

艰巨之一，是需要非常的专注和精至的用意。"与可画竹时，见竹不见人。岂独不见人，嗒然遗其身。其身与竹化，无穷出清新。庄周世无有，谁知此凝神"（《书晁补之所藏与可画竹》）。这是说文与可画竹入神，全赖他观察的非常专注，竟达到了忘却自身，和对象融化为一体的境界。观察的如此深"入"，才使他的作品可能"出"得如此清新、神妙。王献之少时学书，他的父亲王羲之从他身后猝然想把他正在写字的笔拔出，献之把笔极牢，竟拔不出。羲之"知其长大必能名世"。苏轼解释羲之这句话的含意，认为不在赏识儿子的有力气，而在知"其小儿子用意精至，猝然掩之，而意未始不在笔"（《书所作字后》）。这精至的用意，可指书艺上对"质"的高要求，也可指艺术家不可缺少的高情远识，如谓"落落君怀抱，山川自屈蟠"（《宋复古画〈潇湘晚景图〉三首》之二）。有了落落大方的怀抱，认识到艺事如何才能精进，把握到了对象千变万化中的"必然之理"，自然可以把对象写得屈蟠自如了。

艰巨之二，是需要精微到数学的领域，不要满足于一般的定性分析。苏轼称吴道子画人物"得自然之数，不差毫末"（《书吴道子画后》）；"细观手面分转侧，妙算毫厘得天契"（《子由新修汝州龙兴寺吴画壁》）。指出"笔墨之妙，至于心手不能相为南北，而有数存焉于其间"（《论画》）。又说如制作美酒佳肴，"岂其所以美者，不可以数取欤？然古之为方者，未尝遗数也。能者即数以得其妙，不能者循数以得其略"（《盐官大悲阁记》）。苏轼曾叹息生平一大憾事是未精数学。苏轼并未认为度数可以解决"观物必造其质"和文艺创作中的一切问题，诸如表现感情、心态、灵魂生气这类问题，度数原是很难说明的，但他确实感到数学同把握文艺创作对象的"质"有密切的关系。我国先秦时代就已有人认识"礼、乐、射、御、书、数"相互间并不是孤立绝缘的，特别提到"数"与其他五艺的关系，苏轼只是继承这一思想并更把它具体化些了，可是向来对这思想加以重视的其实很少。这同科学发展水平较低当然有关系。现在电子技术的飞速发展和控制理论的提出，相信在这方面会渐有大的突破。

艰巨之三，是还需要根据创作的一般规律以及文艺各种体裁的特点来表现，充分发挥主观能动性。例如"画竹必先得成竹于胸中"，即一般所谓"胸有成竹"，这是文与可的见解而深得苏轼首肯的，不但先要全面深刻地了解对象，而且在下笔之前，作者胸中已有对象的基本成稿，已有了整体的把握，而非一枝一节、写一段再想又写下去凑成的东西，这可算条一般规律。另外，还要懂得各种体裁、种类的特点，不仅诗、文、书、画有其区别，同属文章，亦还有各种文体间的区别，《文心雕龙》中就有对各体文体特点的论述。成都人蒲永昇善作活水，"每夏日挂之高堂素壁，即险风袭人，毛发为立"。有不善者虽"能为波头起伏，使人至以手扪之，谓有洼隆"，"然其品格，特与印板水纸争工拙于毫厘间耳"（《书蒲永昇画后》）。为什么会有这个差别？苏轼指出这是由于蒲永昇虽"嗜酒放浪"，却"性与画会"。不仅他的个性适于绘画，更由于他的素质修养精通绘画艺术表现的特殊原理。这同唐人早已提出的"思与境偕"有继承关系。诗有诗境，画有画境，相通而不全相同，同一对象，同一主题，在诗里或画里表现各自有其应循的不同原理，正如不能用小说表现的原理来写戏剧一样。为此就又待于不同的经营、构想。"经营初有适，挥洒不应难"（《宋复古画〈潇湘晚景图〉三首》之二），这是指已经构想成熟时的顺利情况，但也不是谁都能经常如此，有的终于仍不成功，有的则要经历较多的岁月："营度经岁，终不肯下笔。一日仓皇入来，索笔墨甚急，奋袂如风，须臾而成，作输泻跳蹙之势，汹汹欲崩屋也"（《书蒲永昇画后》中谈及孙知微作画经过）。这种严肃的创作态度，长期钻研不达主客观统一不止的精神，当然也是极为难得的。

苏轼的"观物必造其质"说，对如何认识、观察、表现事物，亦即在创作与生活的关系这一原则问题，我认为是很有卓见的。他继承并发挥了前人有关的观点，把问题谈得更具体、明白了。这些卓见对现代创作仍具有丰富的启发性。

（原载《苏东坡文集导读》，为此书的一章，巴蜀书社1990年版）

1072

苏轼《东坡题跋》

　　《东坡题跋》是明代常熟人毛晋对东坡文艺性题跋的汇辑。易见的有商务印书馆《丛书集成初编》本。

　　苏东坡是我国历史上杰出的全能文艺家。诗、文、书、画无所不能，而且无所不精，长期享有盛名。诚如毛晋所说："元祐大家世称苏黄二老，……凡人物书画一经二老题跋，非雷非霆而千载震惊。"（《东坡题跋》识语）题跋，是我国古代文论家阐述其艺术理论的一种独特表现形式，优秀的古代文论家几乎都曾在这方面留下了许多宝贵精品，大都言简意赅，生动有味，切不可忽视。

　　《东坡题跋》六卷，共五百九十五条，内容异常丰富。编订者以文艺样式为纲目：传、墓志、游记等杂文类题跋为第一卷，诗歌题跋为第二、三卷，书法、碑帖题跋为第四卷，关于历代名画和绘画器具为第五卷，关于音乐和乐器等为第六卷。各卷题咏对象很多，仅以第五卷有关画的题跋为例，其中不仅有东坡对历代名画的评论、赏析，而且对诸如墨、纸、笔、砚等也一一有所鉴评，精审详备。在诗歌评论中，东坡谈到的作品亦颇为广泛，就体式言，有骚、五言、七言、词等，就诗人言，则上至汉魏，下及同代，且有不少自题诗。

　　《东坡题跋》所涵蕴的理论思想涉及诗、文、绘画、书法及音乐等诸种领域。在这些理论思想中，很多道理可以相通，具有文艺的普遍规律性；有的则是各别的，理论思想上镌刻着各种艺术门类自身的质素。

　　东坡非常强调文艺创作要突出一个"真"字，文艺作品要表现作者的真情实感。他推崇诗人品格之"真"，如评陶渊明云：

　　　　陶渊明欲仕则仕，不以求之为嫌；欲隐则隐，不以去之为高；饥则扣门

1073

而乞食,饱则鸡黍以延客。古今贤之,贵其真也。(《书李简夫诗集后》)

他告诫作者,在人生历程中要"不眩于声利,不戚于穷约,安于所遇而乐之终身"(同上)。坎坷一生的东坡,自己就是这样的人。

在《记欧阳公论文》中,东坡还提出了作家创作才能的培养问题。在他看来,每个作家的天赋固然有某些差异,但作家的成就终究取决于其生活实践、知书识理和勤奋努力的深广度。因而他对欧阳修下面一段话至为赞赏:

（文艺创作）无它术,唯勤读书而多为之自工。世人患作文字少,又懒读书,每一篇出即求过人,如此少有至者。疵者不必待指摘,多作自能见之。

在文艺风格上,东坡后来特别推崇陶渊明、柳宗元诸家。在《东坡题跋》中,对陶、柳等诗歌的赞赏性评论非常多。陶、柳诗歌的风格很接近唐末司空图所总结和提倡的诗风。东坡颇为欣赏司空图的诗论,对其着重表现"味外之味"的观点有较高的评价。

在《自评文》中,东坡评述了自己的文风:

吾文如万斛泉源,不择地皆可出。在平地滔滔汩汩,虽一日千里无难。及其与石山曲折,随物赋形而不可知也。所可知者,常行于所当行,常止于不可不止,如是而已矣。

从这里不难看出,东坡所追求的乃是一种"随物赋形"的自然真实之美,而非矫饰、务新趋奇的作风。他这样评柳诗:

诗须有为而作,用事当以故为新,以俗为雅。好奇务新乃诗之病也。柳子厚晚年诗极似陶渊明,知诗之病者也。(《题柳子厚诗》)

东坡关于"诗与画"的一段论述是极为著名的,《题跋》卷五辑有此条:

味摩诘之诗,诗中有画;观摩诘之画,画中有诗。(《书摩诘蓝田烟雨图》)

1074

东坡以"诗画"并举来探讨其共同规律,认为"诗画本一律,天工与清新",即以为自然清新是它们共同追求的最高目标。

此外,东坡极为倡导"传神",在卷五中,东坡还以此来区分"士人"和"画工"的区别:"观士人画如阅天下马,取其意气所到;乃若画工,往往只取鞭策皮毛,槽枥刍秣,无一点俊发。"(《又跋汉杰画山》)再如对"传神阿睹"的论述,强调"传神"的关键乃在于"得其意思所在而已"。故东坡看重的是有生命的艺术。而这生命来自于把握住对象的心灵、精神、规律和特征。

《题跋》中还有一些论述亦值得注意,例如卷二《题文选》,对《文选》编次和去取失当的议论,是有新意的。

《东坡题跋》的理论思想是丰富的,虽然随手拈来,不过是一些片断,但精金美玉,所在都是。它给系统地研究东坡文艺思想的学者,提供了许多极为重要的材料。

（原载《中国古代文学理论名著题解》，黄山书社 1987 年版）

苏轼《东坡诗话》

　　苏轼(1037—1101),字子瞻,号东坡居士,眉州眉山(今属四川)人,生于宋仁宗景祐四年(1037),卒于宋徽宗建中靖国元年(1101)。嘉祐二年(1057)进士,深受主考欧阳修赏识。任大理评事、签书凤翔府判官等职。因反对王安石新法,外放杭州、密州、徐州等地任地方官,后又被贬到黄州。哲宗时,司马光当权,被召入京,任中书舍人、翰林学士兼侍读、礼部尚书等。后又贬谪惠州、儋州。卒后追谥文忠。他学识渊博,是北宋的大文学家。他不但能诗善文,工于书画,亦兼擅评文论艺。一生著述丰富,有《东坡全集》一百五十卷。《宋史》卷三三八有传。

　　东坡在其著述中,为我们留下了许多精采的文艺理论思想,旧题《东坡诗话》,便是一部对研究文艺思想有参考比较价值的著作。《东坡诗话》现有《说郛》(宛委山堂)本,日人近藤元粹所编《萤雪轩丛书》也据以辑入,并有所评订。

　　《东坡诗话》虽然成书较早,实非出于东坡自编,故未收入《东坡全集》,诚如近藤元粹所说:"盖后人编辑其关系于诗者也。"(《萤雪轩丛书》)此说原出晁公武《郡斋读书志》,事实如此。其中所收各条,真伪难于一一勘定,但从一些较有理论色彩的条目来看,并非无据。在辑入《东坡诗话》的同时,近藤元粹又辑有《东坡诗话补遗》数十条,可为我们的考察提供不少方便,他说:"余已就《说郛》中,取《东坡诗话》以置于此卷首。坡翁之大才,而不过仅仅三十余条,未足以饱人意,乃就《东坡志林》中抄出其系于诗者,命曰《东坡诗话补遗》,附载于此。"从两者的重复标列中可以看出,《东坡诗话》大部分实出于《东坡志林》,如《题渊明饮酒诗后》、《记退之抛青春句》、《书子美骢马行》等。

　　《东坡诗话》凡三十二条,内容都是对唐宋一些诗人及其作品的评论,计有:

诗人十六,诗作三十余首。《诗话》或对某个诗人及其创作作出比较全面的理论描述,或勘定诗作中的某一字句,或辨明诗作的具体环境和诗人当时的创作心境。从中可以窥见东坡诗论的部分精髓。

首先,东坡倡言"有为而作"(《东坡诗话·题柳子厚诗》),要求诗歌创作具有充实的内容和深刻的社会意义,并强调诗人的内在胸襟和社会责任感。如评杜甫诗:

> 子美自比稷与契,人未必许也。然其诗云:"舜举十六相,身尊道益高。秦时用商鞅,法令如牛毛。"此自是契、稷辈人口中语也。(《评子美诗》)

这里说东坡提倡"有为而作",确是东坡的一贯主张,《凫绎先生诗集叙》曾明确地要求文学创作"言必中当世之过,凿凿乎如五谷必可以疗饥,断断乎如药石必可以伐病。"为社会弊端"疗饥"与"伐病",无疑是"有为而作"的一个极好说明。

在《诗话》的诗歌评论中,东坡还颇注意诗歌艺术和生活的关系问题,认为诗歌创作固要有丰富的生活经验,评论诗歌同样也必须具备足够相应的生活积累:

> 陶靖节云:"平畴交远风,良苗亦怀新。"非古人耦耕植杖者,不能道此语;非余之世农,亦不能识此语之妙也。(《题渊明诗》)

《书子美云安诗》亦说:

> "两边山木合,终日子规啼",此老杜云安诗也,非亲到其处,不知此诗之工。

东坡的这些议论是符合艺术规律的,对后世深有影响。元好问倡言"眼处心生句自神,暗中摸索总非真"[1];王夫之强调"身之所历,目之所见,是铁门限"[2],都可看出这种理论的历史延续性。

东坡诗论中不少著名的论述亦见《诗话》,如对陶渊明《饮酒诗》的评述以及

---

[1] 《遗山先生文集》卷十一《论诗三十首》。
[2] 《薑斋诗话》卷二。

关于"见"与"望"字的分析：

    "采菊东篱下，悠然见南山"，因采菊而见山，境与意会，此句最有妙处。近岁俗本皆作"望南山"，则此一篇神气多索然矣。（《题饮酒诗后》）

    再如关于诗歌创作和艺术风格"枯"与"膏"、"淡"与"美"的关系的论述，亦富于辩证机趣：

    柳子厚诗，在陶渊明下，韦苏州上。退之豪放奇险则过之，而温丽靖深不及也。所贵乎枯淡者，谓其外枯而中膏，似淡而实美，渊明、子厚之流是也。若中边皆枯淡，亦何足道。（《评韩柳诗》）

    总之，《东坡诗话》虽是他人集成的一部书，其中议论大致可信是东坡自己的，值得我们同他现存的原著对勘比较。

        （原载《中国古代文学理论名著题解》，黄山书社 1987 年版）

二　解放前古代文论的八篇文章

古代的杂戏

一

《文献通考》曰："杂戏起于秦汉,有鱼龙、曼延、高绠、凤皇、安息、五按、都卢、寻橦、戏车、山车、兴动雷、跟挂、腹旋、吞刀、履索、吐火、激水、转石、漱雾、扛鼎、象人、怪兽、舍利之戏,不为不多矣,然其惊俗骇观,非所以善民心、化民俗,适以滔堙心耳,归于淫荡而已。"

我们对于这段最后的几句话是不能表示同意的。杂戏诚不免惊俗骇观,可是说有了杂戏便会于"善民心""化民俗"有害,说是"适以滔湮心耳,归于淫荡",杂戏是不能受如此的冤枉的。没有了杂戏,难道民心就可善了?民俗就可化了?这是谁也不会相信的。

杂戏的起来大致不外两种原因:一种是因为娱乐,一种是因为谋生。好奇心是人类的天性,能够发明一件新的游戏,固可满足自己的娱乐感;为了谋生,争奇好胜更是卖钱的必要法门。杂戏的花样繁多乃是必然的。

古代有百戏之说,现在多半已经失传了,一部分则至今还在流行着,变化着。这里所说的是源于古代而至今还在流行着变化着的杂戏中大家最熟悉的一部分,知道个大概而已。

二

(一)角抵:
角抵亦作角牴,现在的名字就是角力,搏击,或拳斗。

《汉武故事》曰："内庭常设角抵戏,角抵者,六国时人所造也。"又曰:"角抵者,使角力相触也"。

《文选·西京赋》注曰:"两两相当角力,技艺射御,故名角牴。"

《隋书》曰:"都邑百姓,每至正月十五日,作角抵戏。戴兽面,男为女服。柳彧请禁断之。"

（二）缘竿:

《汉书·西域传》注曰:"晋灼曰:都卢,国名也。李奇曰:都卢,体轻善缘者也。"

《西京赋》曰:"都卢寻橦。"注曰:"都卢,人名,善缘竿百戏。"

傅玄赋曰:"都卢迅足,缘修竿而上下。"

石虎《邺中记》曰:"额上缘橦,左回右转。"又云:"橦著口齿上亦如之。"又曰:"立木橦长二丈,橦头安木,两伎儿各坐木一头,或鸟飞,或倒挂,又作弥猴之形。"

《续文献通考》曰:"缘橦之伎,唐曰竿木,今曰上竿。"

从上面所举各则文字看来,古代的所谓"缘竿"、"寻橦"、"缘橦"、"竿木"、"上竿"等等名称,实在就是"缘修竿而上下"的同一种把戏。这种把戏现今还在江湖卖艺队里流行着。描写这种把戏的文字,有几首诗是值得一并列在这里的:

> 山险惊摧辀,水险能覆舟。尔何平地不肯立,走上百尺高竿头？我不知尔是人耶复猱耶？使我为尔长叹嗟。——柳曾《险竿行》

> 人间百戏皆可学,寻橦不比诸余乐。重梳短髻下金钿,红帽青巾各一边。身轻足捷胜男子,绕竿四面争先缘。习多倚附歇竿滑,上下蹁跹皆著袜。翻身垂颈欲落地,却住把腰初似歇。大竿百夫擎不起,袅袅半在青云里。纤腰女儿不动容,戴竿直舞一曲终。回头但觉人眼见,矜难恐畏天无风。险中更险何曾失,山鼠悬头猿挂膝。小垂一手当舞盘,斜惨双蛾当落日。斯须改变曲解新,贵欲欢他平地人。散时满面生颜色,行步依前无气力。——王建《寻橦歌》

> 玉颜直上,金管相催;顾影而忽升河汉,低首而下指楼台。整花钿以容与,转罗袖而徘徊。晴空乍临,若虚仙之涌出;片云时映,若仙女之飞来。初腾陵以电激,倏缥缈而风旋;或暂留以头挂,又却倚而肩连。——王邕

《长竿赋》

　　彼修竿兮回立天中,有都卢兮身轻若风。拂云端之缥缈,似欲升天;跨橦末之欹危,若有余地。徒欢其远望翩跹,轻如列仙,形翻碧落,足动晴烟。杳杳难分,宛在朝天之外;亭亭迥映,企高众木之巅。——金厚载《都卢寻橦赋》

读了这几首诗,已可见这把戏的惊心动魄。

(三)射柳:

《演繁露》曰:"射柳,本古之躤柳。折柳环插球场,军士驰马射之。其铁甚阔,射之即断。"

《文昌杂录》曰:"军中以端午走马,谓之躤柳。亦曰扎柳。今武人于端午为穿杨之技。"

旧籍中说及射柳的地方极多,可见此风在古代盛行的热况。这种风俗现在却很少见了。射柳的情景可以下列一段记载当作说明:

《渊鉴类函》曰:"金大定中重五,幸广乐园射柳。其法插柳球场为两行,皇太子、亲王、百官当射者,以尊卑序,各以帕识其枝。去地约数寸,削其皮而白之。先以一人驰马前导,后驰马以无羽横镞箭射之,既断柳,又以手接而驰去者为上,断而不能接者次之,或断其青处及中而不能断与不能中者为负。射必伐鼓,以助兵气。"

古代的射柳,似乎相当于现代的射击比赛。

(四)鞦韆:

在江南,有鞦韆的地方只是在小学校里,但也不普遍,人们不知道鞦韆是什么东西似乎并不丢脸。他们不会知道北方人家至今还热烈地玩着这个东西那是当然的。

《古今艺术图》曰:"鞦韆本山戎之戏,齐桓北伐,此戏始传中国。汉唐以来,宫中多用之。一云本作千秋字。乃汉宫祝寿词。后倒读为秋千,又转为鞦韆耳。"

《梦华录》曰:"一人上蹴鞦韆,将平架筋斗,掷身入水,谓之水鞦韆。"

鞦韆的情味自然也有些诗道过来了:

　　长长丝绳紫复碧,嫋嫋横枝高百尺。少年儿女重鞦韆,盘巾结带分两边。身轻裙薄易生力,双手向空如鸟翼。下来立定重系衣,复畏斜风高不

1083

得。傍人送上那足贵,终赌鸣珰斗自起。迴迴若与高树齐,头上宝钗从堕地。眼前争胜难为休,足踏平地看始愁。——王建《鞦韆词》*

寒梅零落春雪洒,萧娘腰瘦无一把。澹黄杨柳未成阴,何人已系青骢马?画楼深处迎春归,秋千影里红杏肥。濛濛花气湿人面,东风吹冷轻罗衣。衣上粉珠流不歇,暗解翠裙花下摺。殷勤莫遣燕子知,会向人间报风月。——萨都剌《鞦韆谣》

蔫娇乱立以推进,一态婵娟而上跻;乍龙伸而蠖屈,将欲上而复低。擢纤手以星曳,腾弱质而云齐。一去一来,斗舞空之花蝶;双上双下,乱晴野之虹霓。——高无际《后庭鞦韆赋》

不知道鞦韆的人是更不会相信玩它的多半是女子的。欧阳修词:"风横雨狂三月暮,门掩黄昏,无计留春住。泪眼问花花不语,乱红飞过鞦韆去。"这种情景当然更不是他们所能领会的了。

(五)拔河:

唐封演《闻见记》:"拔河古谓之牵钩。襄汉风俗,常以正月望日为之。相传楚将伐吴,以此教战。……古用篾缆,今民则用大麻绳,长四五十丈,两头分系小索数百条。分二朋,两相齐挽。当大绳之中,立大旗为界,震鼓叫躁,使相牵引。以却者为胜,就者为输。名曰拔河。"

《景龙文馆记》曰:"唐景龙四年,清明日幸梨园,命三品以上抛球拔河。仆射韦巨源,少师唐休璟衰老,随绳踏地,久不能兴。"

拔河一名牵钩,《荆楚岁时记》又叫做拖钩。这种游戏现在仍很盛行,可是玩的人却尽是学生了。现在我们叫它拉绳,但也还有叫它拔河的。站在旁边看别人拔河,怕谁都不能无动于中吧。看两方的人各各切齿咬牙,青筋肿胀,满面通红地一心想把对方拖过中点但力量不济的急况,真也够旁看的人着慌的。

今岁好拖钩,横街敞御楼。长绳系日住,贯索挽河流。斗力须催鼓,争多更上筹。春来百种戏,天意在宜秋。——张说《和元宗观拔河俗戏诗》

现代拔河的情景和前段记载大约相似。无大旗,有的是中点红索;不震鼓,却有啦啦队。只是绳只一条并无分出罢了。

（六）翻筋斗：

《言鲭》曰："伎人以头委地，而翻斗跳过。且四方旋转如球，谓之金斗。《谷山笔麈》云：齐梁以来散乐有掷倒伎；疑即翻金斗也。翻金斗义起于赵简子之杀中山王。后之工人，以头委地，而翻身跳过，谓之金斗，一作筋斗。"

《教坊记》曰："上于天津桥设帐殿酺三日。教坊一小儿筋斗绝伦。乃衣以缯彩，梳洗，杂于内妓中。少顷，缘长竿倒立，寻复去手，久之，垂手翻身而下，乐人皆舍所执，宛转于地，大呼万岁。"

筋斗一作金斗，又作斤斗或跟斗，俗称跟头戏。翻筋斗的玩意差不多谁都热中过一些时候的，譬如幼年的时候。尤其是乡下孩子，牛在田里吃稻，他们却在田岸上比赛筋斗。翻筋斗的能手当然要到江湖卖艺场或旧剧台上去求了。看过他们翻筋斗的人，会知道当他们表现的时候简直已不像个人，而是一段可以延展自由的金属品。不是么，武戏场上而无筋斗，观戏人便会觉得不够味；筋斗而翻得不神化奇险，观戏人也许还要喝以倒采呢？如全本《铁公鸡》之类的戏目能受人欢迎岂不是因为它可以"显筋斗"？

靠筋斗养命的人，他总有一段悲惨的历史。这在看筋斗的人们是不大能看出来的。

（七）傀儡戏：

《鸡肋编》曰："窟礧子亦云魁礧子。作偶人以戏嬉舞歌，本丧家乐也。汉末始用之于嘉会。齐后主高纬尤所好。高丽亦有之。今字作傀儡。"

《乐府杂录》曰："汉高祖在平城为冒顿所围，其城一面即冒顿妻阏氏。兵强于三面。垒中绝食，陈平访知阏氏妒忌，即造木偶人运机关舞于陴间。阏氏虑下其城，冒顿必纳妓女，遂退军。后我家翻为戏具，即傀儡也。"

傀儡戏现在的名字叫做木偶戏或木人头戏。导演人一牵则一动，这种把戏，对于现代的中国人该知道得最清楚吧。江湖中博蝇头小利的傀儡戏，就是目前关内外一大片傀儡戏场上具体而微的表演。

刻木牵丝作老翁，鸡皮鹤发与真同。须臾弄罢寂无事，还似人生一梦中。——唐元宗《傀儡吟》

原夫始自攻坚，终资假手；虽克己于小巧之下，乃成人于大朴之后。来同辟地，举趾而根柢则无；动必从绳，结舌而语言何有？——林滋《木人赋》

1085

傀儡是没有生命的,所以它能忍受别人牵引。有生命的人而能甘受或忍受别人牵引,那实在可悲可叹。

(八) 戏绳:

《晋书·乐志》曰:"后汉天子受朝贺,舍利从西来,戏于殿前。以两大丝绳击两柱头,相去数丈,两倡女对舞,行于其上。相逢切肩而不倾。"

《通典》曰:"梁有高絙伎,盖今之戏绳者也。"

《文献通考》曰:"即张衡所谓走索,上而相逢也。梁三朝伎谓之高絙,或曰戏绳,今谓之踏索焉。"

戏绳、走索、踏索、高絙,名称不同,实际则是一件事情。现在的俗名叫做走绳索,江湖艺中是常见的。演员大多是年青的女子,不但能站在高架着的索上不倾倒,而且嘴里还哼着歌曲,说笑也无关。戏班子里往往要这出戏排在压轴,名字记得总叫"三上吊",口号是:"看大姑娘三上吊呵!"

泰陵遗乐何最真,彩绳冉冉天仙人。银画青绡抹云发,高处绮罗香更切。两边圆剑渐相迎,侧身交部何轻盈。危机险势无不有,倒挂纤腰学垂柳。坐中还有沾巾者,曾是先生初教时。广场寒日风日好,百夫伐鼓锦臂新。重肩接立三四层,著屐背行仍应节。闪然欲落却收得,万人肉上寒毛生。下来一一芙蓉姿,粉薄钿稀态转奇。——刘言史《观绳伎诗》

下曲如钩,中平似掌。初绰约而斜进,竟盘姗而直上。或徐或疾,乍俯乍仰。——张楚金《楼下观绳伎赋》

这所举第一首诗把走索者的神态、意念跟观众的感想,所见的形色,都活生生地表现出来了,不愧为一首好诗。

(九) 球戏:

《渊鉴类函》曰:"金大定中重五,幸广乐园射柳……已而击球。各驰所习马,持鞠杖,杖长数尺,其端如偃月。分其众为两队,共争击一球。先于球场南立双桓,置板,下开一孔为门,而加网为囊,能夺得鞠击入网囊者为胜。或两端对立二门互相排击,各以出门为胜。球状小如拳,以轻韧木楇其中而朱之。皆所以习骁捷也。"

《文献通考》:"(宋)女弟子队凡一百五十三人……三曰抛球乐队。衣四色绣罗宽衫,系银带,捧绣球。"

王邕《内人蹴球赋》曰："扬袂叠足，徘徊踯躅。虽进退而有据，常兢兢而自勖。球体兮似珠，人颜兮似玉。下则雷雨之宛转，上则神仙之结束。无习斜流，恒为正游。球不离足，足不离球。"

从上面几种记载可见古人玩球的方式定有多种，而且玩者也不仅限于男子，若如第一则所说，和现在流行外洋传入的足球、篮球、棒球简直颇多相似之处了。

（十）吞刀吐火：

张衡《西京赋》曰："吞刀吐火，云雾杳冥。"

吞刀吐火的把戏现在很容易看见，那是一种颇为野蛮的惨酷的技艺。说是技艺，实际则一半带着拼命性质，刀火乱吞乱吐，毕竟不仅技艺而已。通常所见是演者把二尺来长的刀插入喉咙里，未必都能插入去，但深入若干那是无可疑的。吞刀时演者也并不如看者似地痛快，哼，流涎，出眼泪，喉咙直着，脑袋只能向上挺些。演毕后看他样子总是苦乏非凡的。吐火则把纸卷成了团，引上火，立即吞在嘴里，停会再吐出来，便尽是火了。吞火之后演者的喉咙往往便变得嘶哑了。这两种把戏通常总在向观众讨铜板时演出，有些观众是非看到这种做法不过瘾不抛铜板的。

> 素刃兮倏去于手，红光兮遍腾其口。始蔑尔以虹藏，竟燀然而电走。神仙不常，变化多方。或漱水而雾合，或吐饭而蜂翔。曾未若彼用解牛，我则噬喉而挫锐；彼皆钻燧，我则鼓舌以生光。——王粲《吞刀吐火赋》

在实际上，以能吞刀吐火而自以为荣的，那是没有的。假如你能知道他们的过的是什么样的生活，有过什么样的悲惨的历史——未来还如波涛汹涌里的一只小船，你便会懂得更多的事情，而不致胡乱称赞羡慕了。

（十一）猿骑：

《邺中记》曰："走马或在马胁，或在马头，或在马尾，走如故，名为猿骑。"

猿骑在今日的名字就是马技。范围比较大一点的卖艺班子，总有这种把戏。看过前年来华的海京伯的当有这种经验。在通常所见的土产班子里，女子也尽多能表演这一套的。马在疾驰，人在中途跳上去，马仍然疾驰，人在马上做种种花样，情味是够兴奋的。有时候，马上可以容许几个人同时在那里玩把戏，那是比较难些了。

翘趾金鞍之上,电去而都闲;委身玉镫之旁,风惊而诡谲。人矜绰约之貌,马走流离之血。——李濯《内人马伎赋》

（十二）植瓜种枣：

孔炜《七引》曰："摩兴云雾,尽成河洛;植瓜种枣,立起寻尺。"

这种把戏现在也还是容易见到的。演者只消把种子一放,一刻儿便会生长起来,开花、结实,令人不敢相信而不得不信。自然,对于这种把戏抱怀疑态度的人是极多的。可是谁也说不出个道理来。也许是所谓"遮眼法"吧？或则另具科学作用,这该质之科学家的研究了。

（十三）透剑门：

《文献通考》曰："汉世卷簟席,以矛插其中,伎儿以身投从中过之……后世攒剑为门,伎者裸体掷度,往复不伤。"

我们现在称这种把戏叫做钻刀门。这件把戏的危险性比任何种都大。木制的框子,框上向内周围插着许多锋利明亮的刀子,中间空出一个小小的仅足供身体穿过的窟窿。演者赤着膊——不赤膊的观众便认为他没本事,不痛快——从远处疾走,平穿过这小窟窿,木框子是竖立着的。每回总得重复几次才歇。锋利的小刀,万一穿的不准确,碰在头上、身上,跌倒在框子里,难道刀子不会通过他的血肉么？会的！记得有次一位演者不幸弄伤了,淌了满地的血,向观众讨钱,谁也不大肯给。"没本领！""装假血！"似乎因为他一受伤,反惹得大家满肚子不高兴了。人类?！

（十四）椀珠：

《唐书》曰："有弄椀珠伎。"

"椀与盌同,小盂也,俗作碗。"《辞源》上如此说,大致是不错的。椀珠是古代的玩法,犹如现在的舞盘。

歌咏椀珠伎的文字有元吴莱那篇有名的精彩淋漓的《椀珠伎》诗：

椀珠闻自宫掖来,长竿宝椀手中回。日光正高竿影直,风力旋空珠势侧。当时想像鼻生葱,宛转向额栽芙蓉。筋头交筋忽神骏,矛叶舞矛忧技穷。昔人因戏存戒惧,后人忘戒但戏豫。汉朝索橦险还愁,晋世杯柈危不寙。徘徘徊徊夺目睛,欹欹倾倾献玉璎。滑涎器从龙堂出,煇煒命与鬼骨争。君不见王家大娘材艺绝,勤政楼前戏竿折。市人欢笑便喧城,惊动金吾白梃声。

末两句是寓有无限的慨叹和同情的。

（十五）拗腰、蹴瓶、杂旋：

《续文献通考》曰："拗腰伎，盖翻折其身，手足皆至于地，以口衔器而复立也。"

又曰："蹴瓶伎，盖蹴其瓶使上于铁锋杖端，或水晶丸与瓶相值，回旋而不失也。"

又曰："杂旋伎，盖取杂器回旋于竿标而不坠也。"

上述三种比较也是现在还容易看到的。盆子在一支竿上转动着，可以横下来，换过去，演者还可在这时作种种转旋的姿式。蹴瓶和杂旋似乎是颇相类似的把戏。

最后，我们可以把薛道衡那首有名的也极有风趣的《戏场诗》抄在下面，看看古代戏场里的情形是怎样的：

京洛重新年，复属月轮圆。云间璧独转，空里镜孤悬。万方皆集会，百戏尽来前。临衢车不绝，夹道阁相连。惊鸿出洛水，翔鹤下伊川，艳质迴风雪，笙歌韵管弦。佳丽俨成行，相携入戏场。衣类何平叔，人同张子房。高高城里髻，峨峨楼上妆。罗裙飞孔雀，绮席垂鸳鸯。月映班姬扇，风飘韩寿香。竟夕鱼负灯，彻夜龙衔烛。戏笑无穷已，歌咏还相续。羌笛陇头吟，胡舞龟兹曲。假面饰金银，盛服摇珠玉。宵深戏未阑，竞为人所难。卧驱飞玉勒，立骑转银鞍。纵横既跃剑，挥霍复跳丸。仰扬百兽舞，盘跚五禽戏。狻猊弄班足，巨象垂长鼻。青羊跪复跳，白马回旋骑。忽睹罗浮起，俄看郁昌至。峰岭既崔嵬，林丛亦青翠。麋鹿下腾倚，猴猿或蹲跂。金徒列旧刻，玉律动新灰。甲莢垂陌柳，残花散苑梅。繁星渐寥落，斜月尚徘徊，王孙犹劳戏，公子未归来。共酌琼酥酒，同倾鹦鹉杯……

一九三六，七月在青岛

（原载《逸经》第 17 期特大号"考据"栏，1936 年 11 月 5 日）

南朝何以为中国文艺
批评史上之发展时期

一　发展的盛况

　　纯粹的中国文艺批评作品,发端于魏晋,但基础则到南朝才完全奠定。文艺批评到南朝,所讨论的问题渐见复杂,所运用的方法渐见多样,文评的专著开始产生而且大量出现,从事文评的人也已是纯粹的专家。

　　考南朝关于文评的论著,偏于叙录纪事者,有

　　　　《续文章志》二卷,宋傅亮撰,佚。

　　　　《晋江左文章志》二卷,宋明帝撰,佚。

　　　　《文章录》无卷数,宋邱渊之撰,佚。

　　　　《别集录》不知卷数,宋邱渊之撰,佚。

　　　　《江左文章录序》不知卷数,齐丘灵鞠撰,佚。

　　　　《宋世文章志》二卷,齐沈约撰,佚。

　　　　《文士传》五十卷,张骘撰,佚。骘为灵运以后、钟嵘以前时人。

　　偏于论文体者,有:

　　　　《文章始》一卷,梁任昉撰,佚。

　　　　《续文章始》一卷,陈姚察撰,佚。

无可考者,有:

《翰林》,宋僧惠休撰,佚。见皎然《诗式》中序:"早岁曾见沈约《品藻》,惠休《翰林》,庾信《诗箴》。"

《鸿宝》,宋王微撰,佚。见钟嵘《诗品》:"王微《鸿宝》,密而无裁。"

《诗例录》二卷,宋颜竣撰,佚。

《文苑》一卷,齐沈约撰,佚。

《品藻》一卷,齐沈约撰,佚。见前"翰林"条。

《诗箴》,陈庾信撰,佚。同上。

有论著而书名不可知者,如:

萧子显《南齐书·文学传论》云:"张畟摘句褒贬。"

同上又云:"颜延图写情兴。"钟嵘《诗品》亦云:"颜延论文,精而难晓。"

有未及完成者,如:

《知音论》,钟嵘《诗品》云:"齐有王元长者……尝欲造《知音论》,未就。"

《当世诗品》,钟嵘《诗品》云:"近彭城刘士章……欲为《当世诗品》,口陈标榜,其文未遂。"①

以上所列,都是佚书和未成之书,至于直到现在还留传的,重要散篇有:

《狱中与诸甥侄书》②,宋范晔撰

《谢灵运传论》③,齐沈约撰

《与沈约书》④,齐陆厥撰

---

① 南朝文评论著,参考郭著《中国文学批评史》上册,第四篇,第二章,页一〇五——一〇七,商务本。

② 《宋书》卷六十九《范晔传》引,页六——十八。殿本。

③ 《宋书》卷六十七《谢灵运传论》,页三三——三五。殿本。

④ 《南齐书》卷五二《陆厥传》引,页八——十一。殿本。

《答陆厥书》①，齐沈约撰

《立言篇》②，梁元帝撰

《与湘东王书》③，梁简文帝撰

《南齐书文学传论》④，梁萧子显撰

《文选序》⑤，梁萧统撰

成为专书的，有：

《诗品》三卷⑥，梁钟嵘撰

《文心雕龙》十卷⑦，梁刘勰撰

以上所列又都限于狭义的文字，即诗文，如果更推及绘画和书法，则仅现可见者，散篇即有：

《画山水序》⑧，宋宗炳撰

《叙画》⑨，宋王微撰

《山水松石格》⑩，梁元帝撰

至专书则有：

---

① 《南齐书卷》五二《陆厥传》引，页八—十一。殿本。

② 《金楼子》卷四《立言篇》九。知不足本。

③ 《梁书卷四九》《庾肩吾传》引，页五—七。殿本。

④ 《南齐书》卷五二《文学传论》，页十七—十九。殿本。

⑤ 《文选序》，世界本。

⑥ 《诗品》、隋唐宋各《志》均作诗评，《梁书·本传》同。

⑦ 《文心雕龙》有元至正、明弘治、嘉靖、万历各本，皆缺《隐秀》一篇，别有钱元治据宋本补正本，然不可信。其见丛书中者，有《合刻五家言》、《两京遗编》、《汉魏丛书》、《崇文书局汇刻三十三种丛书》、《四部丛刊》各本，又有各种通行本。

⑧ 《中国绘画史》上册第七章，页五三—五四。商务本。

⑨ 同上，页五四—五五。

⑩ 同上，页六六—六七。

《古画品录》一卷①，齐谢赫撰

《书品》一卷②，梁庾肩吾撰

《古今书评》一卷③，梁袁昂撰

《续画品》一卷④，陈姚最撰

以上所举，包括已佚未佚散篇专书共三十六种，内已佚十九种，未佚重要散篇十一种，专书六种。

南朝是中国文艺批评史上的发展时期，这时不但诗文书画的批评非常盛行，就是杂艺的批评也极盛行。焦竑《国史经籍志·艺术家类》著录当时棋评之书很多，当时艺坛评风之盛，可以想见。⑤

二　发展的原因

南朝文艺批评发展的原因，可分两端：一是文艺本身的原因，一是社会环境的原因。

文艺本身的原因，又可分三项：一是文体新变，二是总集成立，三是文艺创作发达的结果，批评的需要自然迫切。现先论文体的新变：

梁简文帝《与湘东王书》说：

比见京师文体，懦钝殊常，竞学浮疏，争为阐缓，玄冬修夜，思所不得，既殊比兴，正背风骚。若夫六典三礼，所施则有地；吉凶嘉宾，用之则有所，未闻吟咏情性，反拟《内则》之篇；操笔写志，更慕《酒诰》之作。迟迟春日，翻学《归藏》；湛湛江水，遂同《大传》。吾既拙于为文，不敢轻有掎摭，但以当世之作，历方古之才人，远则扬马曹王，近则潘陆颜谢，而观其遗辞用心，了不相似。若以今文为是，则古文为非；若昔贤可称，则今体宜弃，俱为盉

---

① 《古画品录》有《王氏画苑》、《津逮秘书》、《说郛》、《砚北偶钞》各本。

② 《书品》有《汉魏丛书》、《天都阁藏书》、《宝颜堂秘笈》、《砚北偶钞》、《说郛》各本。

③ 《古今书评》有《天都阁藏书》各本。

④ 《续画品》有《津逮秘书》……各本。

⑤ 《国史经籍志》卷四下《艺术家·弈棋》，页八五，粤雅堂本。

各,则未之敢许。①

又尝自说:

余七岁有诗癖,长而不倦,然伤于轻艳,当时号曰宫体。②

又《文心雕龙》说:

俪采百字之偶,争价一句之奇,情必极貌以写物,辞必穷力而追新。——《明诗篇》

后之作者,采滥忽真,远弃风雅,近师词赋,故体情之制日疏,逐文之篇愈甚。——《情采篇》

文术多门,明者弗授,学者弗师,习华随侈,流连忘返。——《风骨篇》③

又《隋书·经籍志·总集论》说:

宋齐之世,下逮梁初,灵运高致之奇,延年错综之美,谢玄晖之藻丽,沈休文之富溢,辉焕斌蔚,辞义可观。梁简文之在东宫,亦好篇什。清辞巧制,止乎衽席之间;雕琢蔓藻,思极闺闱之内,后生好事,递相放习,朝野纷纷,号为宫体,流宕不已,迄于丧亡。④

据上所引,可知南朝当时,正处于一种新文体酝酿成立的时代。这种新文体,就是魏晋以来逐渐长成的骈俪文体;这种文体到南朝齐梁间才完全成熟,齐梁间的文学,无论是论议文、记叙文、抒情诗、记事诗、说理诗,甚至写景诗,都深受辞赋的影响,而为骈俪所笼罩。这种新的骈俪文体之成立,实是南朝文艺批评发展的一大因素。这是因为每当一种新文体酝酿成立,那时定必发生许多问题,引

---

① 《梁书》卷四九《庾肩吾传》引,页五—七。殿本。
② 《梁书》卷四,页七。殿本。
③ 据《四部丛刊》本。
④ 《隋书》卷三五《经籍》四。殿本。

起一般的注意,于是建设的与破坏的议论也就纷然并起。这在齐梁,就有声律和文笔两问题的讨论,声律问题讨论的重心在对于人工的音律说之拥护或反对,现存文献具见沈约《宋书·谢灵运传论》、萧子显《南齐书·陆厥传》又《文学传论》、《梁书·庾肩吾传》引简文帝《与湘东王书》、《诗品》及《文心雕龙·声律篇》等处。文笔问题讨论的重心在区别学术与纯文艺的不同,现存文献具见梁元帝《金楼子·立言篇》、《文心雕龙·总术篇》、《南史·沈约传》①等处。这两个问题都被当时骈俪文体成立所引起,所以文体新变在事实上能造成南朝文艺批评的发展。

次论总集的成立。

《隋书·经籍志·总集后序》说:

> 总集者,以建安之后,辞赋转繁,众家之集,日以滋广,晋代挚虞,苦览者之之劳倦,于是采摘孔翠,芟剪繁芜,自诗赋下各为条贯,合而编之,谓为流别。是后文集总钞,作者继轨,属辞之士,以为覃奥而取则焉。②

刘师培《论文杂记》说:

> 六朝以前,文集之名未立,及属文之士日多,后之君子,欲观其体势,以见性灵,乃汇萃成篇,颜曰文集。③

又此节自注说:

> 《汉志》载颂赋诗一百家,皆不曰集,晋荀勖分书为四部,四曰“丁部”,不曰集也。宋王俭作《七志》,三曰“文翰”,亦不曰集也。文集之称,始示于梁阮孝绪《七录》。④

王俭以诗赋之名,不兼余制,所以改为“文翰”,阮孝绪则又以为当世文词,

---

① 《南史》卷五七。殿本。
② 《隋书》卷三五《经籍》四。殿本。
③ 《论文杂记》,页三四。朴社本。
④ 同上,页三七。

都名为"集",因此更变"翰"为"集"。在文集中,他又区分成楚辞、别集、总集和杂文,《隋书·经籍志》总集类内包括《文章流别》、《文选》、《吴声歌辞》、箴铭、杂碑、诏书、策、诽谐文、法集等共一百四十七部,二千二百一十三卷。南朝总集的兴盛,可以想见。①

总集实在是文艺批评的一支。清汤锡蕃《两浙辅轩录》题词曾说:"一纸丹黄手自添,遥从空外辨洪纤。编诗更比吟诗苦,看取骚坛义例严。"②南朝总集的兴盛,影响于当时文艺批评的发展,实匪浅鲜。

再次论文艺创作发达的结果,批评的需要自然迫切。梁元帝《金楼子·立言篇》说:

> 诸子兴于战国,文集盛于二汉,至家家有制,人人有集。其美者足以叙情志,敦风俗;其弊者只以烦简牍,疲后生。往者既积,来者未已,翘足志学,白首不遍。或昔之所重今反轻,今之所重,古之所贱。嗟我后生博达之士,有能品藻异同,删繁芟秽,使卷无瑕玷,览无遗功,可谓学矣。③

文艺创作产生的数量既已增加,其中良莠不齐,不但对一般不专从事文艺的人需要批评为之选择领导,就是专事文艺的"后生博达"之士,也已不胜其览读,而需要有专门的批评家为其先路。对批评的要求既如是迫切,批评的风气,当然因之昌盛。

批评的风气既盛,论者既多,由于观点和识力的差异,又不免纷纭无主。《诗品序》说:

> 嵘观王公缙绅之士,每博论之余,何尝不以诗为口实,随其嗜欲,商榷不同,淄渑并泛,朱紫相夺,喧议竞起,准的无依。④

《文心雕龙·知音篇》说:

---

① 《隋书》卷三五《经籍》四。殿本集部总集类。
② 《诂经精舍文集》卷十三,页三九八。《丛书集成》本。
③ 《金楼子》卷四《立言》九。知不足斋本。
④ 据《津逮秘书》本。

夫篇章杂沓,质文交加,知多偏好,人莫圆该。慷慨者逆声而击节,酝藉者见密而高蹈,浮慧者观绮而跃心,爱奇者闻诡而惊听。会己则嗟讽,异我则沮弃。各执一隅之解,欲拟万端之变。①

《颜氏家训·文章篇》说:

邺下纷纭,各为朋党。②

因此在要求批评之后,进一步更要求学富才优的批评专家,和精深博大的批评专书。而当时的评家,如钟嵘、刘勰等人,的确也能作有意识的努力。他们的目的,都在:

辨兹清浊,使如泾渭;论兹月旦,类彼汝南。朱丹既定,雌黄有别,使夫怀鼠知惭,滥竽自耻。③

在这种情况之下,批评作品就大量出现了。所以刘知几《史通》自叙也说:

词人属文,其体非一,譬甘辛殊味,丹素异彩,后来祖述,识昧圆通,家有诋诃,人相掎摭,故刘勰《文心》生焉。④

其实不仅刘勰的《文心》,像钟嵘《诗品》、谢赫《古画品录》、庾肩吾《书品》等等,也都是这种情况下的产物。

社会环境的原因,也可分三项:一是君主好文,二是文艺的独立价值已经估定,三是讲论风盛。现先论君主好文:

《南史·文学传序》说:

---

① 据《四部丛刊》本。
② 《颜氏家训》卷四,页一——九。《知不足斋丛书》本。
③ 《梁书》卷四九《庾肩吾传》引,页五——七。殿本。
④ 《史通·内篇》三六,页九四。《国学基本丛书》本。

自中原沸腾,五马南渡,缀文之士,无乏于时,降及梁朝,其流弥甚。盖由时主儒雅,笃好文章,故才秀之士,焕乎俱集。又武帝每所临幸,辄命群臣赋诗,其文之善者,赐以金帛,是以缙绅之士,咸知自励。①

又《武帝本纪》说:

(帝)博学多通……及登宝位,躬制赞、序、诏、诰、铭、诔、箴、颂、笺、奏诸文百二十卷。②

又《简文帝本纪》说:

(帝)六岁便能属文……及长……辞藻艳发……雅好赋诗。③

《梁书·简文帝本纪》说:

引纳文学之士,赏接无倦,恒讨论篇籍,继以文章。④

又《元帝本纪》说:

帝天才英发,出言为论,军书羽檄,文章诏诰,点毫便就。⑤

又《昭明太子传》说:

每游宴,祖道赋诗,至十数韵,或作剧韵,皆属思便成。……引纳才学之士,赏爱无倦。……或与学士商榷古今,继以文章著述……于时……名

① 《南史》卷七二《文学传论》。殿本。
② 《南史》卷六,七。殿本。
③ 《南史》卷八。殿本。
④ 《梁书》卷四。
⑤ 《梁书》卷八。

才并集,文学之盛,晋宋以来未之有也。①

据上所引,可知梁代君主,都富有天才,并且爱好文学。这样流连吟咏,商榷古今,上行下效,有助于文艺批评的发达,实无疑问。

次论文艺的独立价值已经估定。《宋书·文帝本纪》载文帝立四学,命谢玄立文学。又《明帝本纪》载明帝立总明馆,也分儒、道、文、史、阴阳为五部。可知当时纯文艺自新体成立,已能独自成为一科,不再跟一般学术相混。

文艺独立价值的被估定,是一般社会重视文艺的结果。等到这种独立价值又得到君主的规定,文艺的地位在一般人心目中自必更高。文艺的地位高了,从事文艺的人必日多,讨论文艺的人也必日广。这有助于文艺批评的发展,固无疑问。

再次论当时讲论风气之盛。自汉代以清议登庸文士,数百年来经典章句的拘束,再加上佛教哲学的流行,便产生了专以谈名理讲老庄为业的反动;玄谈的风气,愈演而愈烈。名流胜士,相率为无涯无岸之言、惊世高俗之行,彼此品鉴标榜,终日未已。这种风气,到齐梁时积习仍盛。《广弘明集》载广信侯萧暎上晋安王(简文帝)书说:

> 不审比日何以怡神?披阅儒史,无乃损念。下官每访西邮,备餐令德,仰承观瞩于章华之上,或听讼于甘棠之下,未尝不文翰纷纶,终朝不息;清论玄谈,夜分乃寐。春华之容,登座右而升堂,秋实之宾,应虚右而入室。文宗仪府,于焉总萃,唯此最乐,实验兹辰。②

庾子山《哀江南赋》叙梁代情况,也说:

> 天子方删诗书,定礼乐,设重云之讲,开士林之学。谈劫烬之灰飞,辨常星之夜落,地平鱼齿,城危兽角,卧刁斗于荥阳,绊龙媒于平乐。宰衡以干戈为儿戏,缙绅以清谈为庙略。③

---

① 《南史》卷五三。殿本。
② 《汉魏两晋南北朝佛教史》二分十八章页一七一。商务本。
③ 《汉魏六朝文》。商务本。

两晋清谈，不离玄学范围，但南朝的谈论，则也兼及政治风俗和文学。《宋书·王惠传》说：

> 晋宋之际，宗炳之伦，承其流风，兼以施于讲学。宋则谢灵运、瞻之属，并以才辩词气相高，王惠精言清理。①

《齐书·张绪传》说：

> 言精理奥，见宗一时。②

又《周颙传》说：

> 音辞辩丽……辞韵如流……太学诸生慕其风，争事华辩。③

又《南史·刘绘传》说：

> （张）融以言辞辩捷，（周）颙弥为清绮，而（刘）绘音采不赡，丽雅有风则。④

这种谈论文学的风气，和当时谈论政治风俗的风气有同一源泉，又相互影响。当时的文学艺评作品，就是这种相互影响下的产物。近人许文玉《诗品释序》说：

> 迨夫典午失驭，海内分崩，南北区号，历久为梗。宋书索虏，魏书岛夷，肆其秽词，互相丑诋。至若出使专对，行人之选，尤必夸其才地，抵掌谈论，抑扬尽致，以与邻国争胜衡长焉；是为政治之批评。又因其时异族杂处，种类混淆，衣冠之族，辄自标异，门阀积习，无可移易，以士庶之别，而为贵贱

---

① 《宋书》卷五八。殿本。
② 《南齐书》卷三二。
③ 同上卷四一，页三四。殿本。
④ 《南史》卷三九。

之分,矜己斥人,所争尤严;是则起于风俗之批评。夫竞争正统,指斥僭号,矜尚门第,区别流品,既悉为当时政治风俗习见之例,则其他之文化学术,有不蒙其影响者乎? 历览艺林,前世文士,颇矜作品,鲜事论评,及曹丕褒贬当世文人,肆为之辞,于是搦笔论文,多以甄别得失为己任。在梁一代,萧子显秉其史论之识以绳文学,刘勰更逞其雕龙之辨以评众制,庾肩吾则载书法之士而品之有九,钟嵘亦录五言之诗家而次之为三,衡鉴之作,于斯称最矣。①

　　许氏以为梁代文评之盛,乃受当时政治风俗批评的影响,稍觉言之过分,如果说是相互影响而然,那就通达多了。

　　总结上文,南朝文艺批评的发展,实由文艺本身和社会环境两方面的各种因素交互作用而造成。任何一方面或单独某一个因素,都不能造成发展的局面。在两方面各种因素之间,都具有联带的关系,自不待言。

三　发展的社会基础

　　文艺批评的发展,和文艺制作的发展一样,都需要有一种经济丰足的环境,这种情形,在古代尤是如此。南朝活动的根据地在江南,江南那时正可说是民康物阜。建业连续做各朝的首都,近三百年。这时江南文化的发展,可说真是一日千里。

　　因为经济丰足,偏安之局暂时也还安定,所以这时上层社会人物所过的是一种优闲、丰裕、奢靡、淫佚的生活。《颜氏家训·涉务篇》说:

　　　　晋朝南渡,优惜士族,故江南冠带有才干者,擢为令仆以下,尚书郎、中书舍人以上,典掌机要。其余文义之士,多迂诞浮华,不涉世务。……

　　　　梁世士大夫,皆尚褒衣博带、大冠高履,出则车舆,入则扶持,郊郭之内,无乘马者。……及侯景之乱,肤脆骨柔,不堪行步,体羸气弱,不耐寒暑,坐死仓卒者,往往而然。……江南朝士,因晋中兴而渡江,卒为羁旅;至今八九世,未有力田,悉资奉禄而食耳。假令有者,皆信童仆为之,未尝目

---

① 《中国文学批评史》上册,页一一二、一一三引。

观起一墢土,耘一株苗,不知几月当下,几月当收,安识世间余务乎? 故治官则不了,营家则不办,皆优闲之过也。①

又《勉学篇》说:

> 梁朝全盛之时,贵游子弟……无不熏衣剃面,傅粉施朱,驾长檐车,跟高齿屐,坐棋子方褥,凭斑丝隐囊,列器玩于左右,从容出入,望若神仙。②

齐梁时代上层社会人物这种靡烂的物质生活,就产生出他们的精神生活,这就是:清谈、玄想、放任、快乐、自然、无为的人生观。这种精神生活,就是他们在激烈的种族战争中必然的表现。他们既不参与种族的战争,而生活又这样丰裕,于是就只能退而为清谈玄想,为雕琢的文艺以自娱。所以像《颜氏家训·杂艺篇》③所说,当时不但诗文的雕制很发达,书法、绘画很讲究,就是音乐、博弈、投壶等等杂艺也极流行。骈俪的新体到齐梁间才完全成立,雕琢文艺在齐正登峰造极。这种情境,一方面固有利于当时文艺批评的发展,但一方文艺批评的思想也不能不深受其影响,而限制其进步;这就是为什么南朝文评作品不能不趋向于:重声律,尚藻采,缘情致,畅风神。

(原载《艺文集刊》1942 年第 1 辑)

---

① 《颜氏家训》,据知不足斋本。
② 《颜氏家训》,据知不足斋本。
③ 同上。

中国近代学术研究
之回顾与展望

前记：抗战四年，国人始渐知学术研究在国家民族生活中之重要，但目前之学术研究事业，欲以应付抗建需要，应行改进之处尚不少。本文回顾过去，展望将来，略抒一得之见。至对学术研究其他方面问题之讨论，余年来在港、桂《大公报》发表已多，最近并写成《学术研究与国家建设》一书，均可备读者参考。

一　中国近代学术研究进展史略

自有史以来，直到十八世纪中叶，中国的文化学术在世界上始终占有一种优越的地位。中国发明过印刷术，发明过火药，发明过航海罗盘，这些发明都是世界历史上的大事。当近代大规模工艺尚未到临之先，中国的工艺，曾深受东西洋各国的崇拜。在距今一千五百年前，中国已发明瓷器，其制作之精，且达到了"类玉类冰"（陆羽《茶经》）的程度。约在同时，丝、毛、绵、麻、草的各种织物，金属，骨、角、藤的各种制品，以及漆、墨、朱砂、水银等也都有了。外国人也承认，就大儒的数目，版图的丰富，政治组织，文学艺术，洪水的治理，泥土的保护诸点说来，中国所有的纪录，都是值得他人羡慕的。（如 Rutus Suter 氏于 *Scientific American* 一九三八年三月号发表一文，论中国为什么不会产生现代科学，即如是说。）

然而两百年来，我国的文化学术在世界上的地位却相形见绌了。由于历史发展的特殊和迟缓，近代欧洲工业社会的文化对我们形成了一种严重的威胁。为要御侮图强，使我们不能不马上改弦易辙，加速吸收这种新起的文化。可是一直要到了鸦片战争以后，这种吸收的工作才正式开始发展。

中国从西洋输入学术，并不是迟至鸦片战争时代才开始。汉唐时代因与西域诸国通商，引来了印度的佛教，与希腊罗马（Greco Roman）的文化。元初马哥孛罗来华，一部分西洋学术和技术，如火器的制造和使用，被介绍到中国。明时，追在海洋诸国商人之后，随天主教徒而入中国的，有意大利、西班牙、葡萄牙等国的文化。到清初，西洋的天文、算学等学问更有大量的输入。总计明清之际，西洋各国教士到中国来传布西洋学术种子的，不下六七十人，所著之书，不下三百余种，而鼎鼎大名的日耳曼人汤若望、比利时人南怀仁，即为此中巨擘。

不过在鸦片战争以前，我国输入西洋学术的目的，不外增强武力，树立武功，压制叛乱，或粉饰太平。那时候吸收西洋学术的态度，不过是被动的，不迫切的。鸦片战争以后的态度就不同了。战争的失败使当时认识了这种威胁、使他们知道如不亟图富强，就得被欺凌，被灭亡。为要图强，不能不赶快输入西洋的新学术。这时的态度已是自动的，迫切的了。

同治初年，太平天国的战争平定以后，曾国藩等从战事的经验，深知新武器威力之大，以为非仿西法制造，就不能自存。于是上海江南制造总局就在一八六四年开工成立。原来江南制造总局的目标，不过是聘请西洋技师，仿照成法，制造当时所说的新式枪炮，可是开局制造以后，发现为着训练国人充作技师，除实际经验外，也不能不知道一点普通的原理。因此该局不久即附设一种编译事业，从事于科学与技术书籍的翻译。所译书中，如火药制造及造船一类与兵工事业直接有关的书籍，当然占第一位，其他农业、医学、格致（物理）、化学、历史等性质的书，却也顺带译出了一点。这些书，在当时竟也能售去了约一万三百多部。（据傅兰雅《译书事略》）

江南制造总局的译书开通了中国的译书之风。自此以后，中国译书最多而影响最大的，就是侯官严复。他所译重要的书，有：《穆勒名学》、《名学浅说》、《群己权界论》、《群学肄言》、《社会通诠》、《原富》、《法意》、《天演论》等。这中间尤以《天演论》一书的影响为最大。严的译笔达而且雅，因此很得当时读书人的欢迎；天演论又是讲的进化之理，其说物竞天择，弱肉强食的种种事实，使当时被压迫的中国人读了，得到极深刻的印象。

江南制造总局时代的译书，是我国近代学术文化史上一件大事，不过同时还有三件大事，对我国近代学术文化的发展，同样有重大关系；这就是科举制的废除，新式学校的设立，留学生的派遣。科举制的废除，一是由于制度本身发生了流弊，已不能达到原来的目的；二是由于它可以障碍新教育的发展，妨碍当时

1104

一般的图强御侮的需要。废科举是一种消极办法,设立新学校才能积极的造就通才,挽救危局。派遣留学则一由于旧式教育机关尚未完全革除,新人才一时不易多得;二由于自己多设新式学校,用费太大,一时不易筹出;三由于新式学校普遍设立起来,教师人选亦很不易;四由于外国学校办得很好,且又极便往学。

翻译西书,废除科举,新设学校,派遣留学,这四件大事造成了中国的学术文化史上的一大转变,同时也为现代中国的学术研究事业,打下了一个初步的基础。

中国的大学教育,自清光绪二十四年京师大学堂成立到现在,总算已有四十三年的历史了。然而纯粹学术研究的机关,到民国之后才有设立,正式的研究院所则更迟至民国十六年后才有成立。各研究机关的开展也不过是十多年来的事。光绪二十八年的《钦定学堂章程》,在大学堂之上设大学院,并规定:"大学院为学问极则,主研究,不主年限,不主课程";翌年张百熙等的《奏定学堂章程》中,改大学院为通儒院,也规定了:"以五年为限,以能发明新理,著有成书,能制造新器,足资利用为毕业";又以后民国六年和民国十一年两次公布的学制系统表内,也都有大学院的设置,"大学院为研究学术之奥蕴,为大学教授与学生极深研究之所,不立年限"。不过虽然有这些条文的规定,而正式的研究机关,在民十六之前,却并未曾建起。因此,中国现代化的学术研究事业,其基础只能说是民国以后,尤其是民国十六年以后,才奠定的。

中国学术研究机关成立最早的是实业部的地质调查所,它在民国元年南京临时政府时代就已成立。其次是中国科学社的生物研究所,于民国四年在美国绮色佳城成立,民国七年迁回本国。再次是北京大学研究所的国学门,成立于民国十年。自此以后,各种研究机关渐渐增多起来。中央研究院旋即于民国十七年四月正式成立,成为中华民国学术研究的最高机关,担负研究科学,和指导、联络、奖励学术研究的任务。自中央研究院成立,各大学的研究院所亦相继成立,抗战以后,各大学的研究院所,尤多增设。

目前我国纯粹学术研究的机关,就其隶属不同,可以分做三类:一类是国立独立的研究院所;一类是附设于公私立各大学的研究院所;一类是附设于其他行政机关,或学术研究团体,或私人研究机关的研究所、试验所、调查所,等等。

第一类的研究机关,有国立中央研究院的十个研究所,计为:物理、化学、工程、天文、气象、地质、动植物、心理、历史语言、社会科学十所。有国立北平研究院的九个研究所,计为:物理、化学、镭学、药物、生理、动物、植物、地质、史学等九所。

第二类的研究机关,截至抗战前止,有属于公私立中央大学、中山大学、北京大学、清华大学、南开大学等十一个大学;一个大学院的二十六个研究所,四十五个学部。这中间有理科研究所八个,十八学部;文科研究所六个,十一学部;法科研究所五个,七学部;农科研究所三个,四学部;工科研究所两个,二学部;教育研究所一个,二学部;商科研究所一个,一学部。

抗战以后,由于事实上的需要,各大学的研究所部又多增设。虽尚未具有可靠的统计,但学部的增设,当不在二十以下。

以上是指各大学经教部认可设立的研究院所而言,另外各大学有些研究机构,因各种原因,未能正式成立,不过它们也有相当的工作。比如中央大学的机械特别研究班,中山大学的细菌学、解剖学、病理学、生理学、药物学等研究所,地质调查所,土壤调查所,华西大学的文化研究所,齐鲁大学的国学研究所等等。

第三类的研究机关,现有经济部地质调查所、农业实验所、工业实验所,军政部的兵工研究所,中央政治学校的研究所,湖南、河南等省的地质调查所,静生生物调查所,黄海化学工业研究社,中国科学社生物研究所,中国西部科学院,热带病研究所,地政研究所,地理研究所,民族文化书院,复性书院以及各机关的研究室、实验室等等。

除上述三类研究机关以外,还有各种专门的学会,也同能担任一部分研究的工作。中国的学会,最早应推光绪廿一年(一八九五)的强学会,此后又有质学会、圣学会、南学会、群学会等等。名目甚多,但那时的这种学会,大都不是专门性质的,目前我国则已有了许多专门性质的学会,如中国哲学会、经济学会、工程师学会、化学会、物理学会等等。这些学会如梁任公所说:"盖合众人之力以研究实学,实中国开明之一大机键"。(《戊戌政变记》)

综上所述,我国近代学术研究的进展,大体上也可说是我国学术吸收西洋学术的进展。这个进展的历史,可粗分为三期:即自明清之际至鸦片战争为一期,自鸦片战争至清末为一期,自民国至现在又为一期。在第一期中,吸收的态度是被动的,不迫切的;在第二期中,吸收的态度虽已变成自动的和迫切的,但吸收的结果,实际上并无巨大的成就,这期的努力,不过建立了我国现代化学术研究事业的初步基础。在第三期中,现代化的研究机关才渐有设立,研究工作也渐有成就。特别自民国十六年全国统一以后,政府对学术研究事业渐能注意扶植，学术研究事业乃有了真正的开展，现代化的学术研究基础至是乃得奠定。

两百年来吸收西洋学术的结果，使我国渐渐走上了现代化的道路，然而现代化的程度，距离欧美若干先进国家，还是很遥远。两百年来的努力，我国现代化的学术研究的基础虽然有了，可是如何发展推进，迎头赶上，却几乎还没有开始。可是现在不能不是应该开始的时候了。

二　过去学术研究的实际贡献及其批评

一四九二年哥仑布发现美洲是近代史的起点，这件事更正了人类对于宇宙的观念，并且引起伟大的科学结果，因此也可算是近代科学史的起点。当哥仑布的时代，航海学、气象学都还没有发达，行船全靠人力或风力，除了指南针以外，别无旁的科学设备，一入大海，全船的生命财产，悉听自然界的支配，生死存亡的消息，也无法使祖国的同胞知道。可是当现代美国和苏联的两极探险家出去探险的时候，就不同了。冰海可用强有力的轮船冲过，轮船不得到的地方就可利用飞机，并且每日皆用无线电向全世界报告消息，数万里外，近如咫尺，沿途的重要事迹都用有声电影记载。美洲发现到现在约有四百五十年，这时期中，尤其是最近的一百五十年间，科学的进步真是神速。从前一天所走的路程，现在普通飞机十五分钟就可飞到；从前一个月消息才能传到的地方，现在一点钟内电报就能达到，或数分钟内就可亲自对话；从前一人讲话的声音，至多只能达到千余人，现在他的声音可以传到全世界；从前数百人所不能做的工，现在一个人不费多力就能做成。藉着科学的知识，近代化学家能制造二十多万种有机化合物，数目远超过自然界原有的有机化合物，生物学家能利用优生学原理产生优良品种，最近更能利用 X 线来帮助天演的进化。

物理学家密尔根说："科学在一百年内改造了世界。"一百多年前，今日所谓物质文明先进的国家，他们人民的衣食住行等生活与我国内地人民仿佛，但自自然科学引起工业革命以后，他们的生活文化就有了突飞猛进，使整个世界的潮流为之转向，密氏这句话，实有至理。

科学在最近一百年内改造了世界，可是在这一百年内，中国却并未改造完成。这当然不是因为科学本身无力，而是因为中国的科学太不发达。张之洞可算是清末很开通的人，可是"旧学为体，新学为用"这在当时颇为切实的主张，其结果不过是延缓了科学的真正进步。不过我国虽还没有改造完成，而一百年

1107

来,特别是近二十年来的努力,科学研究对于我国进步上的贡献,也已有了相当的表现。

大体而论,近百年来的科学研究已使我国渐渐走上了现代化的道路。许多不良的传统,如墨守陈法、固执迷信、排拒外人等等已渐减弱了,许多现代化的基本设施,如新式的工商业、铁道公路、邮政电讯、大学研究机关等,已渐渐设立,并已渐渐增多起来了。我们的成就比之欧美一些先进国家当然差得还远,不过和百年前,甚至五十年前的我国相比,我们的确已进步到有了一个完全不同的面目。

我国学术研究二十年来的成绩有几个部门已达到相当高的水准,若干学术研究机关的工作,对于国家建设也已有了一些实际的贡献:

在地质学方面,我国的成绩比较出色。地质调查所在丁文江、翁文灏诸先生领导之下,不仅在我国学术研究界占极高地位,就是在国际间也有很好的声誉。从民五到民十之间,该所在瑞典地质学家安特生指导之下,发现新的铁矿有一万万吨之多。同时所有北方的重要煤田都经过了科学的研究。该所的基本职务是测量全国的地质图,二十年努力的结果,测量的面积已经在一百五十万方公里以上,已够做十二张一百万分之一,每张包括纬度四度、经度六度的地质图。到一九三五年为止,中国地质学家所发表的著作,共有一一六八篇,可是这还是一个不十分详尽的统计。

在古生物学方面,二十年来在美国葛利普氏指导之下,有了不少成绩。地质调查所出版一种《古生物志》,专门叙述这种工作的结果,从民十到民廿二年,一共出了七十册,共六千四百多页,作者除本国人外,还有美、德、法、瑞典各国人士,这刊物成了国际间有名的刊物。

在考古人类学方面,民国十年安特生在距北平一百里的周口店地方发现了脊椎动物的化石;民国十六年,地质调查所得到了罗氏基金的补助,由布拉克主任领导杨钟健、裴文中诸氏,在周口店石灰山洞开始大规模的发掘,发掘的结果,就发现了所谓北京人的骸骨,这是世界最古的人种之一。到现在为止,已寻得二十多人的遗骨,并且有石器和用火的遗痕。这是我国对于世界先史学上极大的贡献,外人曾推为二十世纪最大发现之一。中央研究院在河南安阳发掘殷代旧都与陵墓的工作,也甚为国际考古学界所重视。

生理学是我国最发达的一门实验科学,《中国生理学》杂志业已出了十五年,且仍继续在出,这个杂志已为外国学者所承认,英、美、德三国的提要杂志都按期摘录它的论文。据国立中央研究院所出版的中国科学著作目录中生理学的论文,在一九一九年前,每年不到十篇,自一九一九到一九二二年间,每年约有二十篇,到一九二六年,便已增至四五十篇,一九二七年后,数目增至百篇左右。一九三七年《中国生理学》杂志编辑部决定每年共出二卷,约一千页,所载论文的数目就增加到一百五十篇。同着这个数量的增加,还可见到国内工作机关和工作人员的增加,以及工作品质的进步。

物理学方面,自一九二八至一九三九年初,中国学者所发表的论文共有二二五篇。如果将这二百多篇文章分年排列开来,就可以发见论文的篇数,也是逐年增加,而以一九三六年发表的为最多,约有五十篇,几占全数四分之一。

二十年来各部门学术研究努力的结果,还可以从我国各种发明品的数量和种类上看出。计国民政府前实业部依照《奖励工业技术暂行条例》所核准的专利案件,自民廿一年到廿六年,共一二三起;现经济部自廿七年成立到三十年五月底止,依照原条例核准者廿五起,依照修正条例核准或已予公告者一百起;两共一五八起。就核准专利物品及方法的类别说,为:一、机械及工具,二、电气器具,三、化学,四、印刷及文具,五、交通工具,六、家具,七、其他杂项。按奖励工业技术暂行条例于廿一年九月公布,其细则于同年十一月公布,因此事实上的实施,廿二年才开始。廿六年下半年,因战事关系,专利案自然较少,在这四年半的时间内,共核准一二三案,平均每年廿七案;经济部于廿七年核准十六案,廿八年廿一案,廿九年四十六案,三十年五月底止四十八案。廿七、廿八两年之所以较少,乃因前方军事情形尚未大定,大多数人民还不能安心研究的缘故。所以大体而论,每年的确都有增加,以后自必更多。这些专利案件中大多是发明品,这些发明品不消说就是我国二十年来努力科学研究的一部分成绩。

我国若干研究机关近年来也已渐能利用科学方法来研究我国的原料和生产。我国工业落后,要自己有重大的发明,一时还不容易,然而我们有特殊的天产、传统的技能,假如我们能了解我们原料的质量、生产的原理,很容易利用新方法来改良旧的工业,或是开发新的富源。关于这一点,中央研究院行之已有一些成绩,例如:

浙江平阳矾山铺地方,向来出明矾,但一直到十年前该所派员去调查后,才知道这里竟是世界上第一大矾矿,备量将近三万万吨。矾矿原是一种硫酸钾铝,我国现在用土法把它制成明矾,价贱销狭,每年出产不过百万元;假如能把原来的矾矿,一方面制成氧化铝,作为炼铝的原料,一方面制成硫酸钾,或是利用一部分的硫酸,制造硫酸钲,所得到的结果,就可从用途很有限的明矾,变为几种销路极大的必需品,每年生产的能力,一定也可以增加几十百倍。这问题经该院化学研究所和塘沽的化学工业社一起研究,虽尚未完全成功,但前途是极有希望的。

瓷器如前所说在一千五百年前我国已经发明,但近年以来,我国瓷器业竟一落千丈,无法与日本竞争。这是因为我们制瓷器的工人,只知道遵照祖先传下的旧法制造,对于一切作用,知其然而不知其所以然。所以不但不能进步改良,而且因为原料质量的变迁,出产品反退化起来。又因为外国瓷器用机器生产,质量有一定的标准,我们完全用手工,质量不能一定,同一个窑的出品,大小形式都不能一样。该院工程研究所附设有一个陶瓷试验场,先与地质研究所合作,把江苏、浙江、福建、江西、湖南各处的陶土釉料,彻底研究它们地质上的成因储量,用标准的方法,采取矿样来分析试验,使各种的原料,都可以标准化,然后选矿量最丰富、矿质最适用的原料,用小规模的机械,试验制造陶器。这种工作,已有相当结果。

棉花有几种重要的害病,叫做:炭疽病、角斑病、苗萎病、立枯病,都由于细菌妨害棉子。这种细菌,一部分附生于棉子的壳上,一部分藏在土壤里面。在外国,都是在播种时,一面把棉子用药品消毒,一面把毒药撒在土壤里面。但这种方法,在中国却都不能采用。一因药要向外国买,价钱太贵;二因我国农民太穷,化不起这种消毒的资本。可是这种病害,在我国极其流行,每年损失很大。这个问题,经该院动植物研究所派员研究,已有了解决方法了。试验的结果,如果在播种以前,先把棉子放在滚水里浸过,棉子壳上所附生的毒菌,都可杀死。棉子壳厚,在滚水里浸过,不但无害,且可以使它早点发芽;再用氯化汞和草灰涂在棉子上面,然后播种,各种病害可以完全消除。氯化汞是一种毒药,可以消灭土壤里的病菌,因为不撒在土里面而用草灰相和,杀菌的效用相同而所需要的数量则可以减少。而且我国农民的习惯,都先用草灰拌子而后播种,所以如此办法,并不多费人工。用这种方法来种棉花,每一亩棉花只要化目前四五角钱的代价,就能完全防止四种病害了。

麻黄原是中国的旧药,但用法极不科学。近年才有人研究证明麻黄里所含的精,是治喘病的特效药。麻黄的真正作用才明了。该院化学研究所和北平研究院药物研究所,近年都在研究中国药材,渐有成绩。

关于食品问题,该院化学研究所也已着手研究。我国劳工效能极低,一个

1110

人工作十二小时平均只能挖煤半吨,英国的矿工,在差不多同样的情形之下,工作八小时,却能挖煤一二吨。可是上次欧战时我国劳工到法国去挖战壕,吃面包牛肉,工作的效能便马上增高到和西欧人一样。我国的学生,体格发育大都不甚健全,与外国学生相比,情形也一样。这都因为所吃的东西,不够营养。化学家如能研究我们通常的食品,决定他们的营养价值,可能使我们以科学的根据,在国民经济能力范围之内,改良食品,以增进一般人的工作效能。

以上所举,不过是就中央研究院随便举几个实例。其他研究机关,对于学术应用的问题,近年来也同样已渐加注意。

我国学术研究事业二十年来的努力,对于学术理论和国家实际的建设都已有了一些贡献,这是事实。不过我们也不能讳言:第一,我们的学术水准距离欧美一些先进国家还是很远;第二,我们的学术研究贡献还远不能适应国家建设的迫切需要。学术研究因为一向侧重理论的和实验室内的工作,因此一方面是与国家生活失却了紧密的联络,没有尽可能协助国家各种建设的工作;一方面也就同时失却了从实际工作中改正理论,发展理论的机会。

二十多年来的学术研究事业,成就不容抹煞,可是不健全的地方也真不少。政府没有负起积极领导、积极援助的责任,研究机关的经费窘困万分;研究本身又不着重国家当前迫切问题,许多研究不免成了装饰品;这些研究都未能出以比较通俗的形式,使一般人更少能理解学术研究的意义与重要;学术未能注意综合、统整,许多研究是支离破碎,似实而虚,所谓纯粹研究与实际应用在大多数场合上迄未统一;整个事业的进行漫无计划,全不考核,机关与机关之间,有或不能合作,有或不知合作,重复浪费,叠床架屋;若干机关的主持人形同官僚,自己不能研究,因此别人也不研究;青年研究工作者的训练增加依然还没有确实的办法……这样的结果,就是使我国在逢到当前这种大难时,学术研究并不能发挥出巨大的力量。蒋委员长在二十八年三月五日招待第三届全国教育会议出席人员的演辞中,曾严重的指出:

教育应注重生活的改造。……生活的改造,本是教育唯一的功用。我们中国近几十年来的教育,偏重于知识技能的传授……所教所学的东西,几乎与实际生活毫不相关,或且根本脱节,以致教育自教育,而一般国民和青年的生活,完全不适合于现在时代的环境。……

现在正是我们一面抗战,一面建国的时期,我们教育界一定要知道,我们教育的一切,都要适合于军事,最后归于军事,要教成一般青年和国民,人人能够卫国自卫,如此,学问技能,才有用处,教育才有功效,否则,无论讲天文,讲地质,或是学其他人文科学或自然科学,如果不能趋向于卫国自卫的总目标,这种教育,就是卸除武装的教育,教出来的学生,无论学问怎样高深,只是一件装饰品,甚至是一种浪费。国家失其保卫,学者也只有作他人的奴隶。……我们从前的教育,全是卸除武装的教育,于国家民族,只有害处,而无补益。今后我们一定要注重根本,将教育武装起来,来造成健全进步的新国民,建立富强康乐的新中国。

蒋委员长这种对过去教育的指摘,和今后教育的指示,同样也可以应用于我国的学术研究事业。过去学术所研究的东西,也是偏重于节节的知识技能,也"几乎与实际生活毫不相关或根本脱节",也"只是一种装饰品,甚至是一种浪费"。唯其希望这种事业能够得到正常的发展,所以批评也宁可稍稍苛刻。

今后的学术研究事业,必须要趋向于卫国自卫这个总目标,不这样,学术研究的存在,对国家民族就失去了意义,同时,它也就无法获得伟大的进展。

三　学术研究在抗战建国期中的地位

现代的战争,也可说是学术的战争,学术不是飞机大炮,可是学术可以发明、改进、动员,和增加飞机大炮,同时也可以毁灭敌人的飞机大炮。现代的战争,是建筑在现代的学术基础之上,只有学术的进步发明,才能保证胜利。

克洛齐讨论科学发明与近代国力,举英德战争为例,他说得很对:"今日最大的问题,乃是英国有什么新的机器或其他可取的东西,足以使她能够抵抗希特勒宰割下的欧洲,一如它过去抵抗拿破仑统治下的欧洲一样成功。"他说:"大不列颠的将来,乃全受决于科学,要非她在这种新的权力的泉源中胜过其他的国家,那么,比起过去的蒸气时代,她将无法在这新的飞机与无线电的时代中,去克服它的自然的缺陷——太小的本部。"他又说:"倘若不列颠希望它将来的前途,如过去的光耀,它必产生一群新的牛顿、瓦特和达尔文。在它的智慧的与社会的生产中,它需要一个崭新的鼓舞,而这种鼓舞它可能从科学中取得,因是,它的唯一最大的需要,乃是在全民中,他们的首领们中,掀起一个新鲜有力的科学的狂热。我们需要一个新典型的公民,在国是中,他是一个科学的政治家,换言之,科学与政治两者他都兼而擅长。这一类的人,不列颠并不是没有,他们应该被利用。他们准能忠告政府如何的藉着科学的利用去拯救文明,去获得更大的光荣。"

在抗战期中,学术研究固然重要,在建国时期,学术研究尤其重要。蒋委员长廿八年三月四日在第三届全国教育会议的训词中曾说:

> 现代国家的生命力,由教育、经济、武力三个要素所构成。教育是一切事业的基本,亦可以说教育是经济与武力相联系的总枢纽,所以必须以发达经济、增强武力,为我们教育的方针。……
>
> 我们要建设我们国家成为一个现代的国家,我们在各部门中需要几百万的教师和民众训练的干部,这些都要由我们教育界来供给的。这些问题,都要由我们教育界来解决的。

这里教育界应负的责任,其实也就是学术研究机关来造成,来供给。在欧美一些文明先进的国家,学术研究机关往往是他们建设计划的设计者和实际领导者,因为如果一切建设不是建设在学术研究的坚固基础上,就一定不能进行,就是进行也一定不会有好的结果。

学术可以救国,胡适之先生曾举过一个例,他说:"从前法国被普鲁士打败之后,割了两省地方,赔了五十万万法郎的款。这时候有一位刻苦的科学家巴斯德(Pasteur)终日埋头在他的试验室里做他的化学试验和微菌学的研究。他用一生的精力认明了三个科学问题,(一)每一种发酵作用都是由于一种微菌的发展;(二)每一种传染病都是由于一种微菌在生物体中的发展;(三)传染病的微菌,在特殊的培养之下,可以减轻毒力,使他从病菌变成防病的药苗。这三个问题,在表面上似乎都和救国大业没有多大关系,但从(一)巴斯德定出做醋酿酒的新法,使全国的酒醋业每年减除极大的损失;从(二)他教全国的蚕丝业怎样选种防病,教全国的畜牧农家怎样防止牛羊瘟疫,又教全世界的医学怎样注重消毒以减除外科手术的死亡率;从(三)他发明了牲畜的脾热瘟的疗治药苗,每年替法国农家减了二千万法郎的大损失,又发明了疯狗咬毒的治疗法,救济了无数的生命。"所以英国的科学家赫胥黎在皇家学会里称颂巴斯德的功绩道:"法国给了德国五十万万法郎的赔款,巴斯德先生一个人研究科学的成绩,足够还清这笔债了"。

最近几年来,世界上又产生了许多新的发明,有些似乎是不关重要的,实则它们对于整个人类都将有巨大影响。例如显微镜,从前只能放大到数百倍至千倍,如今则德国、美国先后发明放射线新显微镜,能将一个微生虫放大到数尺大小,同时可放映到银幕上,以明察其内部组织及它分泌毒质等情况。还有,生物细胞主营遗传者是一些染色体,每种生物之染色体有一定数目,而每一染色体何部分主持何种遗传,现在也全知道。最近又有科学家作试验,抽出一下等动物细胞中之一个染色体,以观察其所长成之动物有何不同;由此推测,怎知将来不可以用这种方法以改造人类?英国有一个生物学家,从一虾蟆脑中抽出一种东西注射到另一虾蟆脑中,被注射的虾蟆的能力便增加一倍。植物方面也有一个重要发明,即是用一种方法使植物种子细胞中的染色体分裂,则由这颗种子所长成的植物,其生产量因此增加。

一九三九年一月丹麦波尔(Bohr)教授发明的"铀二三五"(Oraniun235),或将使全世界的煤荒问题,永远消弭于无形。每千克"铀二三五"所发生的热能,等于五〇〇〇〇〇千克的煤之热量;和三五〇〇〇〇加仑汽油之热量;一磅的"铀二三五"所发生的热能,等于一五〇〇〇吨的 T·N·T 爆力,假如潜水艇一艘设有"铀二三五"二或三千克,无须添装原料,就可以航行历久而不辍!在战争上,一吨重的"铀二三五",足以使数百里内的生物完全毁灭,爆炸之声,闻于全世界!

所有这些新的发明发见,谁能把握到它,就可以对自己国家——同时也对全人类——作最有力的贡献。

我们现在是在二十世纪的时代谈建国,因此我们对于一切最新的科学知识与技能,不论是属于社会科学或自然科学与人文科学的,都有绝对的需要。

建国的工作,千头万绪,然而无科学的根柢,则一切都无法作好。例如现在我们谈储备和开发资源,谈树立和发展重工业,这些工作如要作得好,没有科学研究的根柢是绝对不成功的。

建国时期我们一方面要急起直追迎头赶上学术的研究,同时也应该在学术研究中充分发挥集体工作的精神。初期的现代科学家们,他们大都是个人工作者,这种个人主义的传统,以英国而论,一直维持到上次大战而未变。但上次的大战,却暴露了英国科学的限度。这次的经验乃迫使他们组织更集体的工作,而在这次大战中,英国的科学工业,较之一九一四年,已能大量的供给需要了。克洛齐论德国的集体研究工作说:"德国人之所以有伟大的成就,尤其在化学科

1114

学这一方面,乃是由于德国之军事的与社会的组织化的传统性,这种传统性使得德国人在短短的二十年之中,就能略取自一八五六年就在英国发明了的染料工业,而建立起一个伟大的化学工业,把它变成为他们的科学的军事的机关的心髓。更进一步,这种集体的研究方法,开始侵入其他的科学的部门——如物理学、工程学,而在这许多方面,给予德国人以新的便利。所以,晚近以来,德国人甚至在物理学与工程学的许多部门中,从不列颠的科学家手中,夺去首领的地位了。"

学术的进步发展,可以使抗战必胜,建国必成。在现在世界,只有在学术上能够站得住的国家,才能生存发展,此外都不免是侥幸苟延之道。因此目前全国上下,必须通力合作,兴利除弊,共谋学术研究事业的充实与发展。学术研究一旦能有盛大进展,我们国家的生活一定将变得更强壮,更美丽……

(原载《时代中国》1942 年第 5 卷 4、5 期)

《文心雕龙》与《诗品》

有同乎旧谈者,非雷同也,势自不可异也;有异乎前论者,非苟异也,理自不可同也。

——《文心雕龙·序志》

章实斋《文史通义·诗话篇》说:

《诗品》之于论诗,视《文心雕龙》之于论文,皆专门名家,勒为成书之初祖也。《文心》体大而虑周,《诗品》思深而意远;盖《文心》笼罩群言,而《诗品》深从六艺溯流别也。论诗论文而知溯流别,则可以探源经籍,而进窥天地之纯,古人之大体矣。①

《文心雕龙》与《诗品》,不但是南朝批评的代表巨著,②并是中国文艺批评史上照耀千秋的杰构。它们的价值不仅在其系统的博大、观察的细密,也不仅在其能够切实反映当时文艺界的状态,而尤在它们对文艺的提出的主张,有许多竟是那么精警,一直到现在还大可作为创作和批评的指针。它们都能够接受前代优良的遗产,加以扩充和运用,并根据当时的情势,提出许多有益后生的主张。兹分别略论如次:

———————————

① 《章氏遗书》卷五,页一六七,商务排印本。
② 说详拙作《南朝何以为中国文艺批评史上之发展时期》,载《艺文集刊》第一辑(中华正气出版社印行),又拙著《中国文艺批评》第六章(该书为顾颉刚先生主编《中国文化丛书》之一)。

一、文心雕龙

《文心雕龙》十卷,梁刘勰撰。有元至正,明弘治、嘉靖、万历各本,皆缺《鉴秀篇》,别有钱亢治据宋刻补正本、但不可信。在丛书中者,有《合刻五家言》、《两京遗编》、《汉魏丛书》、《三十三种丛书》、《四部丛刊》等本,又有各种排印本,兹所根据者为《四部丛刊》据明嘉靖刻本之景印本[①]。

刘勰当时,创作界风气一般都舍本逐末,只注意外表的绮丽、典故声律的讲求,而忽略了真率的情性。[②]《文心·情采篇》虽说立文之道其理有三,即形文、声文、情文,而刘勰的意思,却和一般人不同,即主以情文为其本原,如说:

> 夫铅黛所以饰容,而盼倩生于淑姿;文采所以饰言,而辩丽本于情性。故情者文之经,辞者理之纬。经正而后纬成,理定而后辞畅,此立文之本源也。

他主张"为情而造文",反对"为文而造情","为情者要约而写真,为文者淫丽而烦滥"。他痛斥当时那些只求外表绮丽的逐文之徒为"志深轩冕而泛咏皋壤,心缠几务而虚述人外",为"苟驰夸饰,鬻声钓世"。这种意思他在《附会》、《定势》、《章句》、《物色》等篇里也有表露。但如能认明了这点:以情性为立言之本,则情文与声文,即辞藻与声律,也并非不可讲求,而且也有相当的重要。如说:

> 龙凤以藻绘呈瑞,虎豹以炳蔚凝姿。云霞雕色,有逾画工之妙;草木贲华,无待锦匠之奇,夫岂外饰,盖自然耳。至于林籁结响,调如竽瑟;泉石激韵,和若球锽。故形立则章成矣,声发则文生矣。(《原道》)
>
> 圣贤书辞,总称文章,非采而何? 夫水性虚而沦漪结,木体实而花萼振,文附质也;虎豹无文则鞹同犬羊,犀兕有皮而色资丹漆,质待文也。
>
> 《孝经》垂典,丧言不文,故知君子常言,未尝质也;老子疾伪,故称"美言不信",而五千精妙,则非弃美矣。(《情采》)

---

① 此本有缺误者,曾据他本补正。
② 此观于挚虞、钟嵘、萧统诸人对当时文风的不满的论述可知。

不过他虽不废辞藻声律,说来却极慎重,所以就是在《声律篇》里,也指出"吃文之患",是"生于好诡,逐新趣异";就是在《丽辞篇》中,也指出"契机者入巧,浮假者无功","若气无奇类,文乏异采,碌碌丽辞,则昏睡耳目。必使理圆事密,联璧其章,迭用奇偶,节以杂佩,乃其贵耳。"所以我们可以说,刘勰在评论当时文风这一点上,他的主张是很正确的。他一方面不同于时俗的风气,力主以情性为本,反对虚伪的"为文而造情";一方面又不同于古代的风气,主张辞藻声律也不可废弃。这样,就表明了他的确有所洞见,他的折衷主义,他的健全性与进步性。挚虞的"以情义为主,以事类为佐"说①,在刘勰口里,发挥得更清楚了。

曹丕论气②,有才气、语气两方面的意义,我把它们释作个性和风格③,这风格,我是指狭义的——即语言上的风格而言。至广义的即笼罩文学的风格,其讨论即自《文心》开端,是后来《廿四诗品》等书的先导④。《文心·体性篇》分风格为典雅、远奥、精约、显附、繁缛、壮丽、新奇、轻靡八种,而各附以简要的说明。这种风格的区分,他以为一是由于作者个性的不同,例如"贾生俊发,故文洁而体清;长卿傲诞,故理侈而辞溢";二是由于文体和学养的不同,如《定势篇》说:"是以模经为式者,自入典雅之懿,效《骚》命篇者,必归艳逸之华;综意浅切者,类乏酝藉,断辞辨约者,率乖繁缛。"但他又以为这种种风格,不过为便利起见而区分,并不是完全不可以逾越而融会贯通。所以《定势篇》又说:"然渊乎文者,并总群势,奇正虽反,必兼解以俱通;刚柔虽殊,必随时而适用。"而在一篇之内,则应求风格的统一:"若雅郑而共篇,则总一之势离,是楚人鬻矛誉盾,两难得而俱售也。""是以括囊杂体,功在铨别,宫商朱紫,随势各配。"而风格的最要之点,就是要"如机发矢直,涧曲湍回",显其"自然之趣",切不可"率好诡巧","穿凿取新",以致"失体成怪","逐奇而失正"。从上所述,可知刘勰讨论风格,也极明通。比之后来司空图等人的不过空说几句,反是居前而显黯切实得多了。

其次说《文心》里论灵感和创作的关系。灵感在这里被称作"神思",它说:

---

① 见其《文章流别论》,参考《拙著中国文艺批评》第五章。
② 《典论·论文》云:"文以气为主,气之清浊有体,不可力强而至······至于引气不齐,巧拙有素,虽在父兄,不能以移子弟。"
③ 参考拙著《中国文艺批评》第五章。
④ 《廿四诗品》,唐末司空图撰,后有马荣祖《文颂》、魏谦升《廿四赋品》、袁枚《续诗品》、顾翰《补诗品》、郭麐《词品》、杨夔生《续词品》、江顺诒《补词品》、许奉恩《文品》等作,均沿其风气,以上诸书,郭绍虞先生曾集为《文品汇钞》,北平朴社印行。

古人云:形在江海之上,心存魏阙之下,神思之谓也。文之思也,其神远矣!故寂然凝虑,思接千载;悄焉动容,视通万里。吟咏之间,吐纳殊玉之声;眉睫之前,卷舒风云之色。……

夫神思方运,万途竞萌,规矩虚位,刻镂无形。登山则情满于山,观海则意溢于海,我才之多少,将与风云而并驱矣。(《神思》)

按部整伍,以待情会,因时顺机,动不失正,数逢其极,机入其巧,则义味腾跃而生,辞气丛杂而至,视之则锦绘,听之则丝簧,味之则甘腴,佩之则芬芳,断章之功,于斯盛矣。(《总术》)

以上是说灵感来时,奥会腾跃,大有助于创作。反之,如灵感不来,则思路滞塞,若勉强为之,必致身心劳瘁,毫无收获。如说:

枢机方通,则物无隐貌;关键将塞,则神有遁心。……是以意授于思,言授于意,密则无际,疏则千里。或理在方寸,而求之域表;或义在咫尺,而思隔山河。是以秉心养术,无务苦虑;含章司契,不必劳情也。(《神思》)

率志委和,则理融而情畅;钻砺过分,则神疲而气衰。……故淳言以比浇辞,文质悬乎千载;率志以方竭情,劳逸差于万里。……申写郁滞,故宜从容率情,优柔适会,若销铄精胆,蹙迫和气,秉牍以驱龄,洒翰以伐性,岂圣贤之素心,会文之直理哉。且夫思有利钝,时有通塞,沐则心覆,且或反常,神之方昏,再三愈黩。(《养气》)

凡此所说,都已比陆机的明白而具体①,但刘勰比陆机高明的地方,还在他能够知道培养灵感的方法,并且这些方法还相当具体,而陆机则自己就说过"吾未识夫开塞之所由"。刘勰的方法,一方面着重在身心的健康,如说:

是以吐纳文艺,务在节宣,清和其心,调畅其气,烦而即舍,勿使壅滞。意得则舒怀以命笔,理伏则投笔以卷怀。逍遥以针劳,谈笑以药倦,常弄闲于才锋,贾余于文勇,使刃发如新,凑理无滞。(《养气》)

---

① 见《文赋》,参考拙著《中国文艺批评》第五章。

另一方面更着重知识的蓄积、事理的体验，以及表现技巧的讲求，如说：

> 是以陶钧文思，贵在虚静，疏瀹五脏，澡雪精神，积学以储宝，酌理以富才，研阅以穷照，驯致以绎辞。然后使玄解之宰，寻声律而定墨；独照之匠，窥意象而运斤。此盖驭文之首术，谋篇之大端。（《神思》）

刘勰论神思，虽自谦不能语其微[①]，但说到灵感，我们现在人虽能凭藉科学的研究，其实也还不过如此，健康的身心可以培植灵感，拜伦的方法，就是在文思枯竭时常去海边游泳、骑马[②]，类此的例子真是不胜枚举。心理学者以为灵感就是潜意识的突然显现，而潜意识是可以培养的，所以灵感也可以培养，问题只在这个人对于知识事理以及表现它们的技巧是否有深厚的根底，没有这些根底的人，谁都能断定他不可能产生灵感，以创造出伟大作品。所以刘勰的这种主张，不但受庄子的影响而远较其切实[③]，承陆机的论调而远较其精密，并且直到现在，还一样新鲜，因为事实证明这已是一个真理了。

《文心雕龙》里还有一个非常重要的观念，就是以为文艺要能通变才能"骋无穷之路，饮不竭之源"——易言之，就是要能通变才有进化。如《通变篇》说：

> 夫设文之体有常，变文之数无方。何以明其然耶？凡诗赋书记，名理相因，此有常之体也。文辞气力，通变则久，此无方之数也。名理有常，体必资于故实；通变无方，数必酌于新声。故能骋无穷之路，饮不竭之源。然绠短者衔渴，足疲者辍途，非文理之数尽，乃通变之术疏耳。

文艺要有新变才有进化，当时文风衰颓已极，刘勰主张改变，但如何改变？他的方法就是"斟酌乎质文之间，而隐括乎雅俗之际"，易言之，也就是复古。《通变篇》又说：

---

① 《文心·神思篇》云："至于思表纤旨，文外曲致，言所不追，笔固知止，至精而后阐其妙，至变而后通其数，伊挚不能言鼎，轮扁不能语斤，其微矣乎。"

② 见哥德与爱克尔曼的谈话，一八二八年三月十一日，同样的意见，可参考 Frelerlek Prescott《诗的心》，傅东华译，收入其《诗歌与批评》（新中国书局印行）中。

③ 参考《庄子·齐物论》、《养生主》、《人间世》诸篇。

今才颖之士,刻意学文,多略汉篇,师范宋集。虽古今备阅,然近附而远疏矣。夫青生于蓝,绛生于蒨,虽逾本色,不能复化。桓君山云:"予见新进丽文,美而无采,及见刘扬言辞,常辄有得。"此其验也。故练青濯绛,必归蓝蒨,矫讹翻浅,还宗经诰。斯斟酌乎质文之间,而隐括乎雅俗之际,可与言通变矣。"

刘勰为什么主张"还宗经诰"?因为他认为经诰之为用最大,文章之所以有用,就为的它是经典的枝条。当时文学讹滥已极,毫无实用,就因为它们已离开了经诰。所以不谈新变则已,要谈就得从宗经谈起。《序志篇》他说:

文章之用,实经典枝条。五礼资之以成,六典因之致用,君臣所以炳焕,军国所以昭明。详其本源,莫非经典。而去圣久远,文体解散,辞人爱奇,言贵浮诡,饰羽尚画,文绣鞶帨,离本弥甚,将遂讹滥。

他因为主张宗经,自然会主征圣;又因为主复古以通变,所以也主张摹仿古体,以渐进于独创。如说:

是以规略文统,宜宏大体,先博览以精阅,总纲纪而摄契。然后拓衢路,置关键,长辔远驭,从容按节,凭情以会通,负气以适变,采如宛虹之奋鬐,光若长离之振翼。乃颖脱之文矣。(《通变》)

夫才有天资,学慎始习,斫梓染丝,功在初化,器成彩定,难可翻移。故童子雕琢,必先雅制,沿根讨叶,思转自圆。(《体性》)

这里他所谓雅制,固然也指上古之文,但切近点说,却就是指的汉制之文。所以他既叹息当时文士刻意学文而多略汉篇、师范宋集,复引用桓谭的话:"刘扬言辞,常辄有得。"

综上所述,我们可知道刘勰的通变观念在中国文艺思想史上实占极重要的地位。文艺有新变才有进化这种观念,虽未必是他的创见①,但他所提出的新变办法——复古,却是他的创见。"以复古为解放",许多人只知道是唐以后的事,其实在靡丽仍盛的南朝已经有人这样主张了,刘勰就是具有这个远见的最

---

① 这种观念王充、葛洪都已有之,当时萧子显《南齐书·文学传论》亦谓"无新变,不能代雄"。

初几人之一①。胡适之先生责难严沧浪只知以复古到汉魏盛唐来救江西派末流和四灵派的弊病，而不知道拿纯粹的语体文来做解药，我们不能同意这个说法，自然也不赞成以同样的说法来衡量刘勰，因为这是不合理的②。又后来人主张复古，往往规模汉代，严沧浪教人"入门须正，立志须高"，劝人以汉魏为师法，彷彿独创之见，其实这种论调刘勰早已有了。黑格儿说："一事物的自身的本质，就是消灭其自身的原因：凭它自己的活动，它可以转化为与其自身反对的事物。"刘勰在南朝就有了这种复古的主张，正就是这个情景。

在文艺批评本身，刘勰也提供了不少意见。在《知音篇》里，他指出前代文评的缺点，一是："鉴照洞明而贵古贱今"，二是："才实鸿懿而崇己抑人"，三是："学不逮文而信伪迷真"。因为有这些缺点，所以文评界里混乱已极，他形容说：

> 夫篇章杂沓，质文交加，知多偏好，人莫圆该，慷慨者逆声而击节，酝籍者见密而高蹈，浮慧者观绮而跃心，爱奇者闻诡而惊听。会己则嗟讽，异我则沮弃，各执一隅之解，欲拟万端之变。所谓东向而望，不见西墙也。

文评界里所以如此混乱，第一为没有比较客观的标准，所以主张六观之法：

> 是以将阅文情，先标六观：一观位体，二观置辞，三观通变，四观奇正，五观事义，六观宫商。斯术既形，则优劣见矣。

第二因为批评者本身学识浮浅，爱憎不公，轻重有私，所以他主张评者应自加健全：

> 凡操千曲而后晓声，观千剑而后识器，故圆照之象，务先博观。阅乔岳以形培塿，酌沧波以喻畎浍，无私于轻重，不偏于憎爱，然后能平理若衡，照辞如镜矣。……
>
> 夫缀文者情动而辞发，观文者披文以入情，沿波讨源，虽幽必显，世远莫见其面，觇文辄见其心，岂成篇之足深，患识照之自浅耳。夫志在山水，琴表其情，

---

① 如钟嵘、萧子显等亦是。
② 见其《国语文学史》第三编第三章。

1122

况形之笔端,理将焉匿,故心之照理,譬目之照形,目瞭则形无不分,心敏则理无不达。然而俗鉴之迷者,深废浅售,此庄周所以笑折杨,宋玉所以伤白雪也。

　　凡此都是很通达的见解。刘勰论文,极重修养,以为必须有丰富的知识、批判的能力、多方的体验,才能免于浮浅,才能入深文心,批评究竟。他在《神思篇》所说的"积学以储宝,酌理以富才,研阅以穷照",以及这里所说的"务先博观","无私于轻重,不偏于憎爱",都是这个意思。这一点,颇受曹植《与杨德祖书》的影响。而对于现在的许多批评者,也是非常好的提示①。

　　刘勰对于文艺批评还有一个重要的意见,就是批评文艺,不应该只局限于当代和本人一时一地的表现,更应该指明其源流变迁,使人明白一个时代一种作风一位作者的作品,是从何而来,怎样才如此产生的,《序志篇》他说:

　　　魏典密而不周,陈书辩而无当,应论华而疏略,陆赋巧而碎乱,流别精而少巧,翰林博而寡要。……并未能振叶以寻根,观澜而索源。不述先哲之诰,无益后生之虑。

　　刘勰主张探究根源,实曾三复其旨,如在《体性篇》他说过:"沿根时叶,思转自圆";在知音篇他说过:"沿波讨源,虽幽必显";在《情采篇》他也说过情文是"立文之本源"。论文考艺而能有历史的眼光,吴季札和孟子都不过是开了一个端,刘勰才把它作有意识的倡导。

　　总而言之:《文心雕龙》这部书,条理分明,目光远大,包罗丰富,值得我们去仔细研究,这里不过是就书中比较重要的几点,加以简单的讨论。刘勰的主张,表面上尽管是复古,其实正助长了新变的机运,他并不轻视辞藻与声律,又可见出他的识见非常明通。他的思想,从他这部书里可以明显看出曾同受儒、道、佛三家的影响②,但说出的却是他经过融会贯通后自己的思想,那比道、佛二家的都要切近具体,在儒家方面,他也是得其要领,还其糟粕。他实是集过去优秀成绩之大成,而又斟酌当代的情况,积思独造,创成了他的一家之学。继往开来,

----

① 　参考《与杨德祖书》"盖有南威之容乃可以论于淑媛……"一段。
② 　刘勰论文受庄子影响,文中数用《庄子》语可证,至其受佛家影响,亦显然可见,说详拙著《中国文艺批评》第十二、十三两章"中国文艺批评所受佛教传播之影响"。

卓越古今，虽在学术进步的今日，他的许多意见也还如新出，自不消说他在历史上的地位，应居何等了。

二、诗　　品

《诗品》三卷，梁钟嵘撰，旧或题作《诗评》，见《梁书》嵘传、《隋书·经籍志》、《新唐书·艺文志》、《通志·艺文略》、《宋史·艺文志》。是书《隋志》、《新唐志》文史类、《通志》诗评类、《郡斋读书志》别集类、《直斋书录解题》文史类、《文献通考》文史类、《国史经籍志》诗文评类、《述古堂书目》诗话类、《季沧苇书目》诗集类等著录均作三卷，但《宋志》文史类则作一卷，《绛云楼书目》诗话类则作二卷。案今传亦有一卷本，卷数之不同乃分合之异，非内容有完缺。二卷疑为字误，《遂初堂书目》文史类著录此书，无卷数。是书现有《稗史集传》、《说郛》、《夷门广牍》、《格致丛书》、《天都阁藏书》、《顾氏文房小说》、《四十家小说》、《续百川学海》、《汉魏丛书》、《津逮秘书》、《龙威秘书》、《学津讨原》、《诗法萃编》、《择是居丛书》、《诗触丛书》、《历代诗话》、《谈艺珠丛》、《玉鸡苗馆丛书》、《对雨楼丛书》、《诸子百家精华》、《四部备要》、《萤雪轩丛书》等本，兹所根据者为《津逮秘书》本。

《文心雕龙》和《诗品》在宗旨上稍有区别：《文心》主于寻根讨原，目的在建立一种完整的批评学，所以他说："魏典密而不周，陈书辩而无当……并未能振叶以寻根，观澜而索源。"《诗品》主于品第诸家，目的在对古今文人，个别予以切实的评价，所以它对过去批评作品的指摘便是：

　　陆机《文赋》，通而无贬；李充《翰林》，疏而不切；王微《鸿宝》，密而无裁；颜延《论文》，精而难晓；挚虞《文志》详而博赡，颇曰知言。阅斯数家，皆就谈文体，而不显优劣。至于谢客集诗，逢诗辄取；张骘文士，逢文即书，诸英志录，并义在文，曾无品第。（《诗品序》，下同）

《文心》是着眼在校正以前的碎乱，《诗品》是着眼在校正以前的肤泛。这两种工作原可代表文艺批评的两个方面，在南朝当时都极为需要，[①]而刘、钟二人

---

① 说详拙作《南朝何以为中国文艺批评史上之发展时期》，载《艺文集刊》第一辑（中华正气出版社印行），又拙著《中国文艺批评》第六章（该书为顾颉刚先生主编《中国文化丛书》之一）。

的成绩,恰都能照耀千秋。

和刘勰有同样的卓见,钟嵘认文学当以性情为本,他的一切议论都是从这点出发。性情生于各人的遭际,本真实的性情以为诗文,在政教上有极大的作用,他说:

气之动物,物之感人,故摇荡性情,形诸歌咏,照烛三才,晖丽万有。灵祇待之以致飨,幽微藉之以昭告。动天地,感鬼神,莫近于诗。

若乃春风春鸟,秋月秋蝉,夏云暑雨,冬月祁寒,斯四候之感诸诗者也。嘉会寄诗以亲,离群托诗以怨;至于楚臣去境,汉妾辞宫,或骨横朔野,或魂逐飞蓬,或负戈外戍,杀气雄边,塞客衣单,孀闺泪尽;或士有解佩出朝,一去忘返,女有扬娥入宠,再盼倾国。凡斯种种,感荡心灵,非陈诗何以展其义,非长歌何以骋其情。故曰:"诗可以群,可以怨。"使穷贱易安,幽居靡闷,莫尚于诗矣!

他因为重视真实的性情,所以说诗文的大病,一是贪于用典:

夫属词比事,乃为通谈,若乃经国文符,应资博古;撰德表奏,宜穷往烈,至于吟咏性情,亦何贵于用事!"思君如流水",既是即目;"高台多悲风",亦惟所见;"清晨登陇首",羌无故实;"明月照积雪",讵出经史。观古今胜语,多非补假,皆由直寻。颜延、谢庄,尤为繁密,于时化之,故大明、泰始中,文章殆同书抄。近任昉、王元长等,辞不贵奇,竞须新事,尔来作者,寝以成俗,遂乃句无虚语,语无虚字,拘挛补衲,蠹文已甚。

二是拘牵声律:

昔曹、刘殆文章之圣,陆、谢为体贰之才,锐精研思,千百年中而不闻宫商之辨,四声之论;或谓前达偶然不见,岂其然乎!尝试言之:古者诗颂皆被之金竹,故非调五音无以谐会,若"置酒高堂上"、"明日照高楼"为韵之首。故三祖之词,文或不工,而韵入歌唱,此重音韵之义也,与世之言宫商异矣。今既不被管弦,亦何取于声律耶?齐有王元长者,尝谓余云:"宫商与二仪俱生,自古词人不知之,惟颜宪子乃云律吕音调,而其实大谬。惟见

1125

范晔、谢庄颇识之耳,尝欲造《知音论》,未就。"王元长创其首,谢朓、沈约扬其波。三贤或贵公子孙,幼有文辨,于是士流景慕,务为精密,襞积细微,专相陵架;故使文多拘忌,伤其真美,余谓文制本须讽读,不可蹇碍,但令清浊通流,口吻调利,斯为足矣。至平上去入,则余病未能,蜂腰鹤膝,闾里已具。

原来沈约等人提倡人工的声律,未始没有相当的功绩与价值[①],但自声律说盛行,一般人都钻研过甚,其中或不无高才能使作品因讲求声律而增加了美满,但大多数则得不偿失,反使作品平添了许多缺点。萧纲与《湘东王书》中所说的:"比见京师文体,懦钝殊常,竞学浮疏,争为阐缓。玄冬修夜,思所不得,既殊比兴,正背风骚。"当都是实情。所以钟嵘的抨击,并不是无的放矢,而是正中时病。

他因为反对用典和拘牵声律,所以对于当时文士的雕琢之风,非常鄙视:

> 今之士俗,斯风炽矣。才能胜衣,甫就小学,必甘心而驰骛焉。于是庸音杂体,人各为容。至使膏腴子弟,耻文不逮,终朝点缀,分夜呻吟。独观谓为警策,众睹终沦平钝。次有轻薄之徒,笑曹、刘为古拙,谓鲍照羲皇上人,谢朓古今独步。而师鲍照终不及"日中市朝满",学谢朓劣得"黄鸟度青枝",徒自弃于高明,无涉于文流矣。

因为他主张性情的自然养成,则自生活日繁,情感渐趋复杂,四言已不足以穷情写物,所以主张改从五言:

> 夫四言,文约意广,取效《风》、《骚》,便可多得。每苦文繁而意少,故世罕习焉。五言居文词之要,是众作之有滋味者也。故云会于流俗,岂不以指事造形,穷情写物,最为详切者邪。

又因为他主张性情的自然表露,所以既不主于缛丽,也不主于朴质,而主于质文之相济。所以他一方面反对声律和用典,一方面也不满意永嘉时代的"淡乎寡味",说:

---

① 参考郭绍虞先生《中国文学批评史》上册第二章第四节(商务本页一四一——一五七)。

1126

永嘉时贵黄老,稍尚虚谈。于时篇什,理过其实,淡乎寡味。爰及江表,微波尚传,孙绰、许询、桓、庾诸公,诗皆平典似道德论,建安风力尽矣。

他推尊五言,而五言"固是炎汉之制",他主张质文相济,而汉魏之际,固是其时,所以他最称颂汉魏:

东京二百载中,惟有班固《咏史》,质木无文。降及建安,曹公父子,笃好斯文;平原兄弟,郁为文栋,刘桢、王粲,为其羽翼,次有攀龙托凤,自致于属车者,盖将百计。彬彬之盛,大备于时矣。

又最称颂汉魏的作者:

昔曹、刘殆文章之圣……
轻薄之徒,笑曹、刘为古拙……徒自弃于高明,无涉于文流。

综上所述,可知钟嵘的主张,也都十分通达。和刘勰一样,他认定性情才是诗文的本原,并由此引出他的一贯崇奉自然的主张。和刘勰一样,他主张变化,并以汉魏的文质彬彬和风力,作为新变的标鹄。他同样是一个"以复古为解放"的急先锋,刘、钟二人的不同之处,不过是从同一个地方出发的两支兵马而已。

《诗品》据上述观点把汉魏以来的诗人评为三品。虽钟嵘自称:"三品升降,差非定制",但后人指摘他的,仍都集中在他品次的失当。他评陶渊明诗为:"文体省净,殆无长语,笃意真古,辞兴婉惬,古今隐逸诗人之宗也",而置之中品;这事尤成众矢之的。如胡仔①、王世贞②、王渔洋③等人都有责难,渔洋更愤斥嵘书为"黑白淆讹"。

但这类责难,是非也极难言,所以《四库提要》的议论实较持平,以为:

梁代迄今,邈逾千祀,遗篇旧制,什九不存。未可以掇拾残文,定当日

---

① 见《苕溪渔隐丛话》后集卷三,页四三一,《万有文库》二集本。
② 《秘书二十八种》本《诗品》总评引其语。
③ 见其《渔洋诗话》。

全集之优劣。①

又渊明在《太平御览》五八六所引钟嵘《诗评》,原列上品,故或今传《诗品》,都已经人窜乱,也未可知。

钟嵘论各家作品,除品第之外,每还指出他源出某人或其体,这种论法,如本文开首所引,极为章实斋所称美,但胡应麟《诗薮》则斥之为"谬悠"②,宋大樽《茗香诗论》则斥之为"皮相"③,《四库提要》也说他"不免附会"④。平心而论,讲诗文而如此泥于家数流派,本难免有牵强附会之讥,但钟嵘所论,究也不是毫无道理。即以被诋最烈的陶潜出于应璩说而言,也可有两种解释:一是就现存作品言,陶诗某一部分作风确有与应璩相似之处,这一点,胡适《白话文学史》所说的就可以备一说:

> 钟嵘……说陶诗出于应璩、左思,也有一点道理。应璩是做白话谐诗的,左思也做过白话的谐诗。陶潜的白话诗,如《责子》、《挽歌》,也是诙谐的诗,故钟说他出于应。⑤
>
> 钟嵘说陶潜的诗出于应璩,其实只是说陶潜的白话诗是从嘲讽的谐诗出来的。凡嘲戏别人,或嘲讽社会,或自己嘲戏,或为自己解嘲,都属于这一类。⑥

一是就现存作品中不能找出二人诗相似之处,也不能就说二人诗绝无有相似处的可能。因为《唐志》载璩《百一诗》有八卷之多,李充《翰林论》说他五言诗有百数十篇,孙盛《晋阳秋》也说他作五言诗一百三十篇。或者璩诗果然有和陶诗极相类的,可惜已不能得见。因此,像叶梦得《石林诗话》⑦、曾煜《论诗杂咏》⑧,李调元《雨村诗话》⑨等仅据《文选》里所载璩诗一篇,就痛诋钟氏为"陋",

---

① 《提要》卷九五《诗文评类》一,页九四,《万有文库》一集本。
② 《诗薮·外编》三,开明书店排印本。
③ 《茗香诗论》页四,《丛书集成》本。
④ 同注①。
⑤ 《白话文学史》上卷第八章,页一三一——一三二,新月书店印行。
⑥ 同上,第十一章,页二一八。
⑦ 《石林诗话》卷下,页五,《百川学海》本。
⑧ 见《江西诗征》卷九四,附刻,旧刊本。
⑨ 《雨村诗话》卷上,页九,《函海》本。

为"小儿语",未免轻率。

案钟嵘这种综论作家溯说流别的方法，在当时刘勰、萧子显①等大多用之，为的是文学发展既已复杂，一般人需要这样的批评为之引导。初初试用，或不能尽确；但责难之来，往往是由于评文的观点和方法本有不同，如此，则无论如何高明，都难免受人诟谇了。

钟嵘这书，据《南史》本传，说是"嵘曾求誉于沈约，约拒之"，此是约死后追宿憾以报之的作品②。这种说法，实是厚诬先贤，十分无稽。《汉魏丛书》本《诗品》王谟跋语，虽也说他"评论诸家源流，亦有未协"，但对此点，却能主持公道，说：

> 今考约诗列在中品，似未为劣。且既评品，自有轩轾，如于范云、丘迟诗，亦以为浅于江淹，秀于任昉，岂亦为有宿憾耶？

《四库提要》亦以为"约诗列在中品，未为排抑"，但又以为钟嵘深诋声律之学，攻击约说，显然可见，所以以为"史言亦不尽无因"③，实则攻击人工的声律，《梁书·沈约传》载武帝已不好四声④，陆厥尤大张反对之旗⑤，更何待钟嵘再藉这点来报怨？因知宿憾云云，决不可信。

钟嵘和刘勰一样，他们在南朝创作界的靡曼之风中，独能揭其病态，力主自然与情性，对当时的偏向提出合理可能的改进。因此我们必须认清，南朝创作界虽颓废，批评界的两位卓绝人物却并未赞成这种风气，不但没有赞成，而且还成了反对和改进这种风气的先锋。为什么他们才有这种眼光？我以为这与他们评论文艺，主张寻根诗源——即有历史的观念一点，有极大关系。历史不仅使他们备晓了"古人之大体"，也使他们能够彻知当代，预见未来了。

（原载《时代中国》1944 年第 9 卷第 2、3 期）

---

① 见萧子显《南齐书·文学传论》。
② 《南史》卷七二，页一六，《丛书集成》本）。
③ 《提要》卷九五《诗文评类》一，页九四，《万有文库》本。
④ 《梁书》卷十三，页十六，《丛书集成》本。
⑤ 《南史·陆厥传》有《与沈约书》，畅言反对之旨。

论诗话之起源

诗话之作,虽失之繁琐,无完整系统,但其为中国文学批评及文学批评史上之重要原料,则无可疑。尊之者奉一先生之言,以为至美,固非;诋之者则又视为"小道""末技",侪诸郢书燕说之列,使若干比较活泼真实之作品,长期被陷于轻视与抹杀之中,亦未为允。请得而疏说之:

一　起源说(上)

诗话之起源,据各种记载,可归纳成三说。一为在钟嵘《诗品》之前,即已能寻获诗话起源之痕迹。二为钟嵘《诗品》始乃诗话之真正起源,三为诗话之起源,实在宋朝。兹先论一、三两说。

关于第一说,何文焕《历代诗话》序云:"诗话于何昉乎?赓歌纪于《虞书》,六义详于古序;孔孟论言,别申远旨;春秋赋答,都属断章。三代尚已!"①此以为《诗品》之作,三代尚已。丁炜《词苑丛谈》序云:"诗与词,均三百之遗也。诗话之与词话,其即春秋大夫赋诗见志,《左氏传》诸纪载遗意也?"②此以为诗话之风,自《左传》已开。曾燠《静志居诗话》序云:"诗话何昉乎?《孟子》之论《小弁》、《凯风》与《云汉》之诗,盖诗话之祖也。"③此以为诗话之祖,即为《孟子》。汪沆《榕城诗话》

---

① 据医学书局本《历代诗话》。
② 据开明书局本《词苑丛谈》。
③ 据《丛书集成》本《静志居诗话》。

序云："予惟诗话之作，滥觞于卜氏《小序》。"①此以为《小序》乃诗话之滥觞。近人方孝岳《中国文学批评》又云："《韩诗外传》可以算是后来诗话之先驱。"②

以上所举。均为第一说之主张，关于第三说者，如：宋长白《柳亭诗话》自序云："三百篇之序于西河氏也，圣之经而贤之传也，后儒以己意增损之，亦只成为后人之说诗已耳。汉魏以降，风雅寝微，选兴递变，有不知其然而然之势，使必家韩婴而户匡鼎，其不至枘凿之相违者几何。钟嵘作《诗品》，六朝之绪余也；清昼作《诗式》，三唐之末路也。嗣是而有谈、有谱、有论、有评，有旨格、有本事，参伍错综，各摅其闻见而止，迨宋人创为诗话，类取近代之事而扬扢之……"③罗坤《柳亭诗话》序云："盖宋人久有诗话，在人耳目间。"④言诗话始于宋人，尚非确切之论，其尤为确切者，即指诗话始于宋欧阳修之《六一诗话》。铃木虎雄《支那诗论史》云："欧阳修作《诗话》，司马光续之，宋人诗话从此盛。"⑤青木正儿《支那文学概说》云："从宋代中叶开始出了许多论诗的书籍。发其端的是神宗熙宁间欧阳修的《六一诗话》。……""后来这种体裁的著述极盛。"⑥青木氏于其另著《支那文学思想》一书中，亦有同样之主张。⑦ 又宫岛新三郎于其《文艺批评史》一书之结论中，论及东方国家古代之文艺批评时，亦称引"宋无诗而有诗话"一语，而认为诗话源出宋朝。⑧ 此以《六一诗话》为诗话始祖之说，不仅日人有此论调，国内学者亦有持此主张者，如郭绍虞《宋诗话辑佚》自序云："诗话之称，当始于欧阳修，诗话之体，也创自欧阳修。"⑨

上举两说，一以为在古代著作中已可寻出诗话之起源，此中又可分为三代、《左传》、《孟子》、《诗小序》、《韩诗外传》五说。另一以为诗话实起于宋，严格言之，更为起于欧阳修之《六一诗话》；然则此两说之正确程度果如何欤？

就表面言之，此两说似均正确。其一，谓诗话乃论诗之作，则如前举诸种古代作品中，确有若干论诗之语句及意见在内。如是推之，后代诗话应即承认为

① 据《知不足斋丛》书本《榕城诗话》。
② 《中国文学批评》，页四六，世界书局本。
③ 据《忏花庵丛书》本《柳亭诗话》。
④ 同上。
⑤ 《支那诗论史》（孙译本作《中国古代文艺论史》）第三篇第二章，页二一，北新书局本。
⑥ 《支那文学概说》（郭译本作《中国文学发凡》）第七章页一八〇，商务本。
⑦ 《支那文学思想》第五章页六六，东京岩波书店本。
⑧ 《文艺批评史》第二章及结论，高译本，开明书局本。
⑨ 《宋诗话辑佚》本，哈佛燕京社出版。

其后裔。其二,宋以前无诗话之名,论诗作品之称为诗话自宋始,故谓诗话起于宋,或更谓起于欧阳修之《六一诗话》,应无不妥之理。

但如深入言之,即觉此两说均难通达。其一,诗话成为论诗之作,前举诸种古代作品中诚有若干论诗之语句意见在内,但仅凭此点,实尚不能断定二者间已有直接之源流关系。古代作品任何一种均有若干论诗之语句意见,若仅凭此点即谓诗话起源于彼,则古代一切作品几均可谓为诗话之起源,如是即不能仅限于《左传》、《孟子》、《诗小序》、《韩诗外传》诸书矣。其二,古代作品之内容,大多博涉一切,论诗仅其内容之一部,或竟极小之一部。因之,若因其曾经论诗即认为诗话之远祖,则后代一切学科均得以此类古代作品为其直接之远祖矣,其为无意义,盖不待论。其三,探求诗话之起源,原其目的,乃在了解诗话与其远祖间之关系,从而认识诗话演变发展之迹。然若以诗话之起源推及于古代之著作,则必不能达此目的。诗话若果起源于古代诸作,何以中断千年后至宋代始又复兴?此千余年之中断,实即诗话起于古代作品说之致命伤。将问题之起源随意推远,且以推远推古为能表显一己之博洽与卓识,此实为我国古代学者之通病,此种推法,不仅毫无根据,且亦毫无实用,以其对实际之研究不能有何裨益也。据上所论,故余以为诗话起源于古代著作一说,殊欠通达,不能成立。后代诗话,不论在体裁上,意见上,无疑必受古代著作之若干影响,但影响为一事,起源又为一事,二者不可混淆。其四,诗话之名至宋代始有,此固为事实,但诗话在宋代以前即已存在,亦为事实。时代较远者姑不论,仅唐中叶以后,即有论诗之作甚多,其中有论格论例之著,论诗本事之著,摘句品选之著,此三类著作虽尚无诗话之名,但后来至宋代实均并入诗话中,宋代诗话在实质上即为三类著作之混合及统称。故仅因诗话之名起于宋朝,便抹杀其早已存在之事实,而谓诗话起源于宋朝,当然不确。其五,谓诗话起于宋朝,或谓诗话起于宋欧阳修之《六一诗话》,此实为一种狭隘近视之说法。诗话之体,非突创而成,于其创成之前,尝历长久之时间,必先深知此长期之演进历程,始得充分了解诗话,然则惟此历程之始,始可以为诗话之起源也。

据上所论,故余以为诗话起源于宋朝一说,亦欠通达,不能成立。

二　起源说(下)

钟嵘《诗品》为中国诗论史上承前启后之作,此在思想上如是,在论诗风气上亦复如是。清叶燮《原诗》云:"诗道之不能长振也,由于古今人之诗评,杂而无章,纷而不一。六朝之诗,大约沿袭字句,无特立大家之才,其时评诗而著为文者,如钟嵘,如刘勰……"①

叶燮以诗道之不能长振为由于古今人诗评之纷杂不一,此论殊觉未安,然能首推钟氏为评诗之祖,实具卓见。汪沆《榕城诗话》序云:"予惟诗话之作,滥觞于卜氏《小序》,至钟仲伟《诗品》出而一变其体,沿及唐宋,以迄近代。"②

谓诗话滥觞于《小序》上文已著其非,但汪氏能知《诗品》下开唐宋以迄近代诗话之风,可称具眼。汪氏此旨,李详《历代诗话续编》序言之更为明白云:"诗话之兴,源于作者渐夥,奢靡无制,遂昧流别,若防讹滥,必判雅郑,摄之检括,统为一书,则钟仲伟《诗品》是已!"③

李氏此论,至有价值。彼一方能明白指出《诗品》为诗话之始祖,一方又能划断众流,不以古代著作附会牵合。但言此意最精者,总不如章实斋。《文史通义·诗话篇》云:"诗话之源,本于钟嵘《诗品》。然考之经传,如云:'为此诗者,其知道乎!'又云:'未之思也,何远之有?'此论诗而及事也;又如'吉甫作诵,穆如清风。其事孔硕,其风肆好。'此论诗而及辞也;事有是非,辞有工拙,触类旁通,启发实多,江河始于滥觞,后世诗话家言,虽曰本于钟嵘,要求流别滋繁,不可一端尽矣。……""《诗品》之于论诗,视《文心雕龙》之于论文,皆专门名家,勒为成书之初祖也。"④

实斋此论,可谓极其扼要,极其精辟。此可分四项言之:其一,彼开宗明义,即先断言诗话之源,本于钟嵘《诗品》;其二,彼断言诗话源出《诗品》,并非不知古代作品中已有若干论诗之语句意见;其三,彼虽知古代作品中已有若干论诗之语句意见,却能不牵强附合,彼承认古代作品对诗话有滥觞作用,但彼又明白表示滥觞之意义与起源殊有不同;其四,彼明言《诗品》为论诗著作中专门名家勒为成书之初祖,此点与彼说明《诗品》为诗话之起源亦有极密切之关系,此关系又可分两方面观之:一为专门名家,一为勒为成书。古人论诗,大多一鳞半爪,即属名家,亦非专门,以专门名家论诗,确以钟嵘为第一人;彼实下开后来专

① 《原诗》据《清诗话》医学书局本。
② 据《知不足斋丛书》本《榕城诗话》。
③ 据《历代诗话续编》,医学书局本。
④ 《文史通义·内篇》五《诗话》,页七五—七七,《国学基本丛书》本。

门名家以诗话体裁论诗之先声。又古人论诗，从未勒为成书，留传之若干语句意见，均附在他书，论诗之著勒为成书，确亦自钟嵘《诗品》始，且亦开后来诗话勒为成书之先声。专门名家与勒为成书二点，均为后来诗话家与诗话著作之特征，而此二特征恰均由钟嵘及其《诗品》开始，然则谓诗话起于钟嵘《诗品》，宁复有疑乎？[①]

谓诗话起于钟嵘《诗品》，此说既无起源于古代著作说之渺茫无稽，亦无起源于宋说之近视与狭隘。盖《诗品》以前，中国之诗论尚未定形，不足为推溯源流之依据；《诗品》以后，论诗著作纷然涌出，历四百年之变化创进而至于宋诗话之成立，则《诗品》正可视为此演进历程之始，而确足当为诗话之起源也。

自孔子以后，诗论之趋势日进于繁复、细密、专门，此种趋势至南朝而更甚，遂造成中国文艺批评史上之发展时期。《诗品》之产生，适即在此时期，而《诗品》复为后来诗话之起源也。

（原载《中国文学》1944 年第 1 卷第 3 期）

---

① 诗话最初之成书，丁炜《词苑丛谈》序尝云："顾自孟棨有《本事诗》之实，计有功有《唐诗纪事》之编，而诗话遂有成书。"此实一隅之见，盖为以诗话中纪事一类之作，遽以代表全部诗话也。

中国文艺批评所受
佛教传播的影响

距今一千八百多年以前,即当东汉孝明帝时代,佛教开始传入中国。但早在汉哀帝元寿元年——即公元前二年——博士弟子秦景宪接见大月氏王使伊存时——曾亲受其口授的浮屠经——佛经教义就已东来。自此以后,西方僧人络绎前来,同时中国僧人也相继西行求法①。东西方佛教徒来往的结果,使佛教思想借经典的长期大量翻译而大扬于中土②。千八百余年来,佛教的势力在中国根深蒂固,其信仰遍及于帝王贵族,妇妪奴仆,一直到最近才有稍杀的趋势。然而千八百余年来佛教给予中国社会政治、思想、文化各方面直接、间接的重大影响,则将永垂简册,流传无穷。

佛教传入中国,使中国文化增加了许多新的成分,这在汉代以后的文字、文章、文学、思想、建筑、雕刻、绘画、音乐等等上面都可以看出。单说文学,八百多年前宋朝的郑樵(公元一一〇四年——一一六二年)就已看出它受有佛教的影响③。这种影响,到现代更为一般学者所承认和阐扬。梁任公指出佛教翻译文学影响于中国文学者一般有三点,即国语实质之扩大,语法及文体之变化,文学的情趣之发展④。胡适之先生说译经文学在中国文学史上有三大影响:第一,维祇难、竺法护、鸠摩罗什诸大师朴实平易的白话译经文体是唐以后的白话诗文的重要起源;第二,最富于想象力的佛教文学对于最缺乏想象力的中国古文

---

① 参阅梁任公《佛教与西域》、《中国印度之交通》。见中华版《佛学研究十八篇》。
② 参阅周谷城《中国通史》。
③ 章实斋《校雠通义·藏书》引其语。
④ 见所著《翻译文学与佛典》。

学尽了很大的解放作用;第三,印度文学那种悬空结构的文学体裁,和佛经的散文与偈体夹杂并用,这些都跟中国后代弹词、平话、小说、戏剧的发达,以及后来的文学体裁,有直接、间接的关系①。梁、胡二氏这种说法,现在应已没有人再认为是妄诞的了②。佛教的传播影响了中国文艺,这种影响是整个的,绝不止于俗文学一部分,虽然在这一部分是特别重大而明显;在文艺批评这一部分同样也受有它的影响。在这一部分的影响其实并不小,只是大家似乎还从未注意及此罢了。

以下谨分三节,就此点略抒所见。此时书籍阙如,对佛理所通尤浅,误漏之处,望高明教正。

一、佛教论风与中国文艺批评

在中国文艺批评史上,一直到魏文帝(公元一八七年—二二六年)时才有专门批评的散篇即《典论·论文》出现。这时佛教传入已有一百多年,为其重要典籍的《牟子理惑论》就在这时候产生(公元一九五年左右)。《牟子》这部书,黜百家经传,斥神仙方术,援引老、庄以申佛旨,是以后佛教依附玄理、释子袭作玄谈的先声。汉代以清议登庸文士,几百年来经典章句的拘束,反动成一种专以谈名理讲老庄的清谈风气,这种风气在汉末已渐隆盛,到魏文帝时更又得着了《理惑论》这部书的鼓励。清谈风气的造成,原因自有多端,但佛教思想的输入和流行,实是重要因素之一,而清谈风气,则又是中国文艺批评所以在魏文帝时能够发端成立的因素之一。

魏文帝兄弟是否相信佛教,史无明文。但《典论》曾不信当时方士的辟谷、行气、补导等所谓长生久视之术。陈思王有《辩道论》,也痛斥神仙道术。这些思想和《理惑论》讥笑道家"不死而仙"为妄诞,实同其旨趣。又佛家相传梵呗始于曹植的《鱼山七声》,曹植的《辩道论》也常为佛教徒们称用。但即令他们不是佛教徒,《典论·论文》、《与杨德祖书》等也是清谈影响下的产物。魏文帝《与朝歌令吴质书》里就曾说:

---

① 见所著《白话文学史》。
② 参阅梁著《翻译文学与佛典》。

每念昔日南皮之游，诚不可忘。既妙思六经，逍遥百氏，弹棋间设，终以六博，高谈娱心，哀筝顺耳……白日既匿，继以朗月。

晋宋齐梁，特别是齐梁，是中国文艺批评史上的发展时期，这时在中国文艺的各部门里都出现了专门批评的书籍。[①] 而这时候不但是佛教的隆盛时代，玄谈之风极盛，并且佛教论著之文也产生得极多。当时玄谈，老、庄与佛理混糅不分，玄谈者彼此品鉴，互相标榜，相率为无涯无岸、惊俗高世的言行，终日不已。例如《世说新语》、《郭子》两书里就有许多这类文情的记载。

在这时期，佛教的论著非常丰富。梁时僧祐叙当时论著充斥的情形说：

自尊经神运，秀出俗典，由汉届梁，世历明哲。虽复缁服素饰，并异迹同归。讲议赞析，代代弥精；注述陶练，人人竞密。所以记论之富，盈阁以牣房；书序之繁，充车而被轸矣。[②]

那时的佛教论著，关于经序的，近支那内学院有专刊本及详细的存目；关于通论或专论的，有一二九种；关于义章的，有十九种；关于争论的，除《弘明集》和《广弘明集》所载极多外，又有二十四种；此外杂论方面的也有二十四种[③]。

六朝佛教论著隆盛的原因，汤用彤先生以为其故有四："其一，当时出经极多，而又极重经序……盖研读经文，最难通其大意。观其全体，为之作序者，说本书之地位、之目的，总提全文，便利后学……所作虽关乎一经，而实代表作者观察之心得者也。其二，佛法畅行既久，明宗义之指归，叙一己之思虑，均为时人所需要，故有统系之著作，六朝颇不乏之。如道安之《性空论》，罗什之《实相论》，而最著者则为僧肇之诸论也……其三，佛经译出甚多，事数繁复，义旨各异，别其异同，定其优劣，于是有义章之作。其四，魏晋南北朝思想最为自由，谈论善辩，尤为风尚。一为专论特殊之问题，或著文讨论，或书函辩答，如法身问题，神灭问题，考其聚讼所在，不但知当时向学之殷勤，且可识时代讨论焦点之

---

① 参阅拙撰《南朝何以为中国文学批评史上之发展时期》，载《艺文集刊》第一辑。中华正气出版社印行。又已收入拙著《中国文艺批评》，成都中西书局印行。

② 转引汤用彤《汉魏两晋南北朝佛教史》。

③ 转引汤用彤《汉魏两晋南北朝佛教史》。

不同；一为争论，或攻击他教，或为佛教辩护，两晋南北朝此类著作极多。以是四因，本朝论著最富。"①

这些原因，恰和我在《南朝何以为中国文艺批评史上之发展时期》一文中所说述的大体相同。不但原因大体相同，而且论著的方法也极为相似。佛教论风与文艺批评在六朝同时称盛，这原有其共同的成因，但我相信在它们之间，一定也曾相互地密切影响。

齐梁以后，唐代论风称盛。这时佛教的发展殆臻极盛。太宗、高宗二代，名德辈出，武后、玄宗也都崇信佛法，其后虽有武宗会昌五年的"法难"，但自宣宗即位，又能逐渐恢复。有唐一代，承汉以来佛教传播的深厚基础，佛家教义阐发愈多，于是一变六朝的师法而个个成立宗派，计有三论、天台、华严、法相、律、禅、密、净土等各宗。自宗派一一成立，于是佛教论争便不仅限于对付教外，也更繁兴于教内。这种宗派的论风一方面鼓励了当时的文艺批评，一方面也促成了中国文艺批评中的宗派观念②。

宋代是中国文艺批评的黄金时代，也是一个集大成的时期。在这时期，文艺各部门的批评都极为发达，足以继往而开来。这时的佛教，承五季衰废之余，重新兴起，讲述佛风甚盛。不过这期内佛教论风之影响及于文艺批评，是有了两个方面：一方面是佛教论风本身，一方面是深受了佛教思想和论风影响的理学界之议论风气。因为这样，所以宋代论文谈艺的风气，也就特别兴盛。

佛教论风与中国文艺批评的发展发达的确有深密的关系，我们只要看佛教论风热烈的时候，中国文艺批评总同时也极发展发达这种事实便可明白。佛教论风虽不是决定中国文艺批评历史的力量，但它实是鼓励、加强、丰富了这种力量的。

二、佛教作品与中国文艺批评著作的名称和体裁

佛经翻译工作给中国文艺开了无穷新意境，添了无数新材料，也创了许多新文体，这些新文体和它们的名称，都直接间接影响到了中国文艺批评著作的名称和体裁。现分述如下：

---

① 转引汤用彤《汉魏两晋南北朝佛教史》。
② 说见本文第三节第五目。

1138

1. 题名"品"、"评"之类的著作

中国文艺批评中题名"品"、"评"的著作很多,仅齐梁现存的就有:

谢赫《古画品录》。《通志》皆作《古今画品》。

钟嵘《诗品》。《梁书》本传及隋唐宋各《志》皆作《诗评》。

庾肩吾《书品》。《宋志》或作《书品论》。

这种品评的方法,一般都说本于班固。如周中孚《郑堂读书记》"书品"条说:

子慎自少至长,留心书法,求诸故迹,或有浅深,因本《汉书·古今人表》之例,取善草隶者一百二十八人,分为上、中、下三品,每品之中,又分为上、中、下。

又如郭绍虞先生在《中国文学批评史》上册说:

其取品第的态度者,如钟嵘《诗品》即本班固九品论人之法以衡诗,分为上、中、下三品,兼摭利病。

案班固《前汉书》有《古今人表》,论述古今人,分圣人、仁人、智人、愚人为自上上至下下九等。据此,后代文艺批评中分品论述的方法,的确可以承认是本于此表。但班固在表的序文里却只说了"因兹以列九等之序",并未拈出"品"字。后代文评著作题名为"品",并不起自此表。

我以为文评著作名"品",与佛家经论的篇章称"品"大有关系。自班氏(公元三二年—九二年)以九等论人,魏文帝乃定九品官人即九品中正之法,这种办法据《三国志·魏志·陈群传》说,是"群所建制"的。陈群卒于公元二三六年,但早在汉桓帝前,即公元一四七年前,中国最初的佛译经典《四十二章经》(古本)已经出世。其后支娄迦谶在灵帝光和、中平之间,即公元一八〇年左右传译胡文,出有《般若道行品》,这部书到晋代为别于《放光经》之称大品而称为小品;二二四年而维祇难等译出《法句经》,支谦《法句经序》说:

是后五部沙门,各自钞采经中四句六句之偈,比次其义,条别为品。①

---

① 转引汤用彤《汉魏两晋南北朝佛教史》。

这些佛教译经有的在陈群以前已经出现,最晚的也在陈氏卒前十二年。案佛经篇章名"品","品"字是梵语"跋渠"的意译,取其区别之义。又官阶自古以来,周以命数,汉以禄秩,强分等级,但都未以"品"为名。所以我以为,就是"九品中正"之法,虽其分品之义渊源有自,但在以"品"为名这一点上,怕正是从佛教译经中模仿来的。

魏晋以后,佛经译出愈多,由于佛教传播隆盛,玄谈之风大畅,佛经篇章之"品",也许就在这时候转为"品目"、"品第"、"品评"、"品藻"文艺和其他许多人事的普通用词。再则,佛经分品最初只取"区别"之义,并无明显的批评意思,但后来就不同了,佛家语中也出现了模仿班固九等论人的话语,如说"九品惑","九品烦恼","九品莲台"等等,也以为修净业者可以有自上上至下下的九等①。这些事实,都能使我们相信文评著作之以"品"为名,是受了佛经影响。"品"字在当时成了一个评论的普通用词,所以不仅文评著作用它,便是杂艺批评的著作也用它。如《南史·简文帝本纪》就说简文帝撰有《棋品》五卷。明焦竑《国史经籍志》也著录六朝评棋著作很多,如范汪等注《围棋九品序录》五卷、袁遵撰《棋后九品序》一卷、褚思庄撰《建元永明棋品》一卷、梁武帝撰《棋品》一卷,等是。所以杨慎便说:

> 书有以品名者,钟嵘《诗品》、庾肩吾《书品》是也。二子皆梁人,其称名也同,其遣词也类,时代则然,非相假戗也。②

文艺批评中题名为"品"或"评"的著作(品、评二字,音义都相通,一书异名,或是传写之误),我以为他们的方法大概是从《古今人表》承袭而来,而他们的题名,则是由佛教译经中模仿而来。以后文评中常见的用语,如神品、妙品、逸品等等,亦是佛经中语的转化。

2. 题名"格"、"例"、"句"、"图"之类的著作

中国文艺批评中题名"格"、"例"、"句"、"图"之类的著作也极多,略举如:

---

① 修净业者有种种差等,往生极乐时所托的莲华台座就有这些等别。

② 《升庵全集》。

五代吴越孙郃《文格》二卷

唐元兢《诗格》一卷

唐纪于俞《赋格》一卷

唐王昌龄《诗格》二卷

宋颜竣《诗例录》二卷

唐姚合《诗例》一卷

唐元兢《古今诗人秀句》二卷

唐李洞《集贾岛句图》一卷

唐张为《诗人主客图》①

我以为"格"、"例"之类的著作,大概是出于佛经的"格义"。这有几个理由:第一,中国书籍在南朝以前,未见有以"格"、"例"为名的,但佛经格义,却在西晋时已为竺法雅所创立。第二,文艺批评中的论格、论例之著,其目的和方法与佛经格义有极相似的地方。案格义的意义,汤用彤先生解释说:

格义者何? 格,量也,盖以中国思想比拟配合,以使人易于了解佛书之方法也。②

格义的创立,是因为自汉代以来的讲经方法——先出事数再分条释义的方法——还不能使学者易于了悟。于是竺法雅复以经中事数与外书相比拟,使学者因而生解,然后逐条著以为例,即成格义。格义的目的和用处,就在以之训教门徒。因为那时一般的门徒,对世典都能有相当研究,对佛理则所知甚浅,这样使他们由世典以悟入佛理,外典内书,递互讲说,便很容易收到生解之效。文艺批评中论格、论例之著,其方法虽和佛经格义不尽相同,但其取譬文外,别时代之升降,权声律之高下,分体制之正变,以取便初学,则和格义根本相同。论格、论例之著,固始于南朝,但到唐代中晚而特盛,原因是唐以诗赋取士。如清朱彝尊《沈明府〈不羁集〉序》说:"唐以赋诗取士,作者期见收于有司,若射之志于鹄,

① 参阅《中国文学批评史》。

② 汤用彤《汉魏两晋南北朝佛教史》。

故于诗有格,有式,有例,有密旨,有秘术,有主客之图。"①

第三,佛经格义与文评中论格、论例之著,不仅其被舍弃的情形相似,就是他们被人诟病的原因也大致相同。如前所述,格义的作法实在难免迂拙牵强,所以与竺法雅同学的道安便首倡反对格义,《高僧传·释僧光传》引他的话说:"先旧格义,于理多违。"②

自道安(公元三一四年—三八五年)以后,格义渐为有识者不取。到鸠摩罗什时代(公元三四四年—四一三年),格义更被视为"迂而乖本",于是就被废弃了。汤用彤先生论此事说:

> 大凡世界各民族之思想,各自辟途径,名词多独有含义,往往为他族人民所不易了解,而此族文化输入彼邦,最初均牴牾不相入,及交通稍久,了解渐深,于是恍然于二族思想固有相同处,因乃以本国之义理,拟配外来思想,此晋初所以有格义方法之兴起也。迨文化灌输既甚久,了悟更深,于是审知外族思想,自有其源流曲折,遂了然其毕竟有异,此自道安、罗什以后,格义之所由废弃也。况佛法为外来宗教,当其初来,难于起信,固常引本国固有义理,以申明其并不诞妄。及释教既昌,格义自为不必要之工具矣。③

论格、论例之著的兴衰情形,跟这极为相像。这种作品始于南朝,盛于中唐、晚唐,宋代已成强弩之末,以后便即消歇。这种作品的最大弊病,就是拘泥和琐屑。宋陈振孙《直斋书录解题》"文章元妙"条下附说:

> 凡世所传《诗格》,大率相似,余尝书其末云:论诗而若此,岂复有诗矣!唐末诗格污下,其一时名人著论传后乃尔,欲求高尚,岂可得哉!④

《四库提要·诗文评类存目·诗法源流》提要以为此书分三十三格,"其谬

① 《曝书亭集》。
② 汤用彤《汉魏两晋南北朝佛教史》。
③ 汤用彤《汉魏两晋南北朝佛教史》。
④ 《直斋书录解题》。

1142

陋殆不足辨"①,《二南密旨》提要以为此书所谓四十七门一十五门者,"议论荒谬,词意拙俚,殆不可以名状","其论总例物像一门,尤一字不通"②。《天厨禁脔》提要以为"是编皆标举诗格,而举唐宋旧作为式,然所论多强立名目,旁生枝节"③。又《少陵诗格》提要以为是篇"发明杜诗篇法,穿凿殊甚","随意支配,皆莫知其所自来","每首皆标立格名,种种杜撰","真强作解事"④。又前举朱彝尊那首序文里也说:"吾言吾志之谓诗,言之工,足以伸吾志,言之不工,亦不失吾志之所存。乃旁有人焉,必欲进之古人之域,曰:诗有格也,有式也……勿以逸出矩镬绳尺之外,于古人则合矣,是岂吾同志之初心哉?且诗亦何常格之有?《豳》之诗,不同乎《二南》;《郑》《卫》之诗,不同乎《唐》《魏》;《周颂》简而《鲁颂》繁,《大雅》多乐而《小雅》多怨,亦各言其志而已。"末后他以为"格"、"例"之著,实"无异揣摩捭阖之学"。

论格、论例之著的兴盛,也是由于当时对诗道的认识,尚未普遍而深入,等到诗道昌明了,所以大家对于这种拘泥琐屑的批评方法,也厌弃了。

以上我说格、例之类的著作,其名称体裁大概出于佛经的格义,我又以为"句"、"图"之类的著作,大概出于佛经的注疏。

中国文评作品中最早的句、图之著,或始于萧子显《南齐书·文学传论》中所说的"张际摘句褒贬","颜延图写情兴",但书已失传。以后钟嵘《诗品》有云:"'思君如流水',既是即目;'高台多悲风',亦惟所见;'清晨登陇首',羌无故实;'明月照积雪',讵出经史?"这就是唐宋人摘句品选的起源。摘句品选之著,在宋代极盛。

佛经注疏起源于汉晋的讲经与注经。佛教讲经,确知始自桓帝世的安清和安玄,他们了解义理,兼能讲说,讲时必取经中事数,一一为之分疏。安世高是阿毗昙师,译经时便随文讲说,其后严浮调复因其未译《十慧》,乃作《沙弥十慧章句》。章句者,或系摘取《十慧》经文而分章句,具文饰说。这种书的目的,乃在用以教导初学,浮调原序末就曾说:"未升堂者,可以启蒙焉。"

浮调这种分章句疏释的体裁,于后来佛经的注疏极有影响。晋道安首创注

---

① 《四库全书总目提要》。

② 《四库全书总目提要》。

③ 《四库全书总目提要》。

④ 《四库全书总目提要》。

疏,他所用的体裁,实即出于浮调。

佛经注疏,随其繁简旨趣,可分两种。一种随文释义,谓之注,亦即普通所说的章句;此皆受师口义,随文作释。一种明经大义,不必逐句释文,仅摘取经文,明其大致。前者较繁,后者较简。注疏大体都用科分,即将经文分为若干段后再作疏。这种办法也始于道安。不过在道安的时代科分尚不繁,但到刘宋就大盛了。《法华文句》上说:

> 天亲作论,以七功德分《序品》,五示现分《方便品》,其余品各有处分。昔河西凭江东瑶取此意节目经文,末代尤烦,光宅转细。

科分大盛的结果,便成:

> 文句纷繁,章段重叠。[①]

据上所述,我以为"句"、"图"之著,大概是出于佛经的注疏,有几个理由:第一,句图之著盛行于唐宋,滥觞于梁唐,而佛经注疏则早滥觞于汉代,到晋宋间已十分盛行。句、图之著,适滥觞佛经注疏十分盛行之后。第二,句、图之著都摘举诗文的章句为评论解释的标本,这种方法,和佛经注疏的科分章句极为近似。第三,注疏科分的创立,原为佛典译本或卷帙太多,研读不易,或意义深奥,译文隐晦,了解甚难,想借此通达佛学。等到以后译经愈多,口义愈繁,于是随着科分的愈密,也造成了繁琐的弊病。句、图之著,意也在便于初学。诗道精深,融会不易,列为句、图后,可使学者一目了然。但为之不谨,则拘泥琐屑之病,正与注疏科分的流弊同。两者因为有渊源的关系,所以它之创立与衰敝的情形也大致相同。

中国章句之学,据《前汉书·夏侯胜传》,已发端于胜之从父子建,但我以为儒家章句之学虽或早出,它对句、图之著虽不能说没有影响,但句、图之著主要还是在佛经影响下产生的。我的理由,就是认为六朝时代儒家的势力很小,只有佛教经籍的势力才可能直接孕育出一种新式的文体。

---

① 湛然《文句记》。

3. 题名为"话"的著作

中国文艺批评中题名为"话"的著作,如诗话、词话、赋话、曲话之类,自宋代以下,不可胜数。宋尤袤《遂初堂书目》并列有"书话"一种[①],可见批评作品在宋代以"话"为名的流行。我以为这类著作,无论在名称上或是在体裁上,和佛教的传播有密切的关系。

我在《诗话之起源与发达》一文里,曾推究"诗话"这个名称的起源,以为这名称很可能是唐五代"说话"的转称;不仅是转称,甚至就是从它移用来的,因而"说话"就有一个别称叫做"诗话"。"说话"的内容虽已不一定与佛教有关,但在前身的"变文"却根本是从印度文籍中学到了"讲唱"的体裁,佛教徒们用讲唱佛教的故事,作为传道说法的工具的。[②]

中国佛教在唐代特别隆盛,佛教徒在当时传道说法的努力也特别普遍深入。唐代全国有四万四千六百所寺院,当时在这许多寺院里便经常有佛教信徒在讲唱着"变文"。关于讲唱的情形,《因话录》和《乐府杂录》都有记载。[③]

所谓"变文",当时是指变更了佛经的本文而成为俗讲之意。变文最重要的一个特色,就是"讲唱",讲的部分用散文,唱的部分用韵文。这样的文体,绝不能在本土的文籍里找出来源,乃是当时一部分受印度佛教陶冶的僧侣,从印度文籍中模拟过来的。变文的讲唱,最初只限于佛教的故事,而且也只限于在庙宇里,但到后来,大概宣传佛教的东西已为听众厌倦,僧侣们为增进听众的兴趣,便兼采民间所喜爱的故事来讲唱,因此讲唱的内容便渐渐扩大到中国历史上的故事、传说中的人物,和当时的时事了。等到讲唱的内容已不限于佛教,也许讲唱者亦已不止是僧侣,所以讲唱的地点便也不限于庙宇,而侵略到娱乐场所的"瓦子"里去了。"变文"发展至此,便转入了"说话"的阶段。

"说话人"抄袭了变文的讲唱方法,而特别着重在散文即讲说的部分。后来他们把讲唱的记下来,就成所谓"话本"。但为别于那些没有韵文杂在内的"话本"起见,所以把其中有词有话的,别称为"词话",有诗有话的,别称为"诗话"。话本中"诗话"的体裁,其中多附诗句,如《大唐三藏取经诗话》中有一节说:

---

① 《遂初堂书目·杂艺类》。

② 见拙作《诗话之源起与发达》,载《中山学报》第一期,国立中山大学出版。

③ 参阅郑振铎《中国俗文学史》。

僧行七人次日同行，左右伏事。猿行者因留诗曰："百万程途向那边，今来佐助大师前。一心祝愿逢真教，同往西天鸡足山。"三藏法师答曰："此日前生有宿缘，今日果遇大明仙。前途若到妖魔处，望显神通镇佛前。"

我以为宋代文评作品中的"诗话"之名，就是模取"话本"中这种"诗话"而来，我以为它们之间的渊源还可从体裁上获得证明，理由详见《诗话的起源与发达》一文，兹不赘述。案现存话本四种虽都是南宋作品①，但为其前身的"变文"的时代，就今所知，则最早竟达盛唐玄宗之时，其最后的时代也在梁贞明七年，即公元九二一年②。宋代开国在公元九六〇年，作品首称"诗话"的欧阳修其年代为公元一〇〇七年至一〇七二年，《六一诗话》是其晚年的作品③。则自变文的最后时代到文评作品中诗话最初出现，其间已经一百五十年之久。不要说"话本"未必不能在变文尚在流行的时候就已产生，就是真要待到变文十分衰微了"话本"才能成立，那么在这一百五十年的长时期中，"话本"无疑一定早就产生了。所以现存话本虽都是南宋作品，但并不能就推翻这个议论。至于"赋话"、"曲话"等名称，则当是模仿"诗话"、"词话"而来，又间接地受了佛教传播的影响的。

以上是说题名为"话"的著作，其名称与体裁都极可能是从话本中的"诗话"等模转而来，不过我以为它们同时又受佛家语录的影响，特别在体裁方面是如此。

语录的来源很古，或可说《论语》、《孟子》就是这一类的著作。但切近地说，则这种体裁乃起源于唐代佛家的《坛经》——慧能讲经弘法，门人记录，目为"坛经"。语录在唐代，原只佛门有之，用意一方面在以平易浅近的白话宣扬教义，一方面也在保存先师的真意。如慧能弟子神会就有语录，其《神会和尚语录》现尚留传。宋明道学家们作的记录，正如刘师培《论文杂记》所说，就是由此来的。

佛家语录的特点，是用平易浅近的白话文述叙一些谈禅说理的话语，非常通俗。道学家们的语录，大体上还能保持这个特点。我以为语录给予文评中题名为"话"的著作的影响，就在它这个平易浅近的特点。

中国文艺批评的著作，在齐梁时代，体裁上绝少有能脱弃骈偶束缚的作品，

---

① 鲁迅先生尚颇怀疑王国维此种结论，以为中有元初作品。
② 《中国俗文学史》。
③ 《六一诗话》自序云："居士退居汝阴而集。"

1146

这种情形虽在唐代较少，但晚唐诗论的名作司空图《二十四诗品》却仍是纯粹韵语的作品。自入宋代，诗话兴起，以后的批评作品，便绝少仍以韵语制造，我以为此中关键，就在语录的这个平易浅近的特色已在一般思想界、著述界中发生了重大影响之故。语录的影响，虽没有大到能使诗话等作品全用白话文来著作，但它至少已使诗话等作品不再以韵语著作，而改用了一种在大体上可说是通俗的文言。不但采用的文字比较通俗了，就是撰述的意旨也自然得多了。例如《六一诗话》欧公自述，就是"退居汝阴而集，以资闲谈"的作品。以后许多的诗话、词话等等，大体莫不如此①。文评中题名为"话"的著作，其体裁上有此通俗自然的倾向，这就是语录同时给了它们的影响。

根据上述，文评中题名为"话"的诸作品，它们所受佛教传播的影响，可以简列如下表：

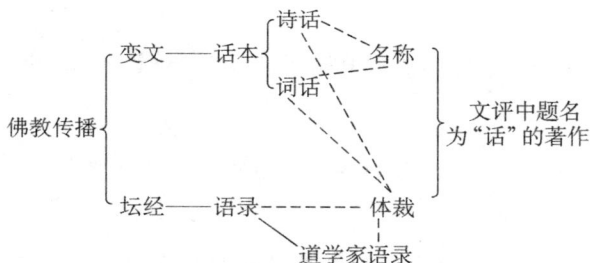

```
                        诗话          名称
          变文 —— 话本  <              >
                        词话                    文评中题名
佛教传播 <                                       为"话"的著作
          坛经 —— 语录 ------- 体裁

                    道学家语录
```

三、佛教思想与中国文艺批评

佛教思想对中国文艺批评的影响，这是一个极大的题目，这里当然只能提出几点，说个大概，以见一斑。

佛教思想之影响于中国文艺批评，我们也可以从许多文艺批评家笃信佛理这件事实看出来。略举如六朝：评谢灵运诗如"出水芙蓉"，颜延年诗如"镂金错采"，为后代象征批评之始的汤惠休，本来就是和尚，因受宋世祖命而还俗②。《诗品》所谓"论文精而难晓"的颜延年，固信佛教，著有《通佛影迹》、《离识论》、《论检》等十余种③。《诗品》所谓"尝欲造《知音论》未就"的王元长即王融，与释

---

① 拙著《诗话之体裁与类别》，为《宋诗话研究》全稿之一篇，尚未发表。
② 汤用彤《汉魏两晋南北朝佛教史》。
③ 汤用彤《汉魏两晋南北朝佛教史》。

法云为莫逆之交,作有《法乐辞》十二章,沈约曾作《均圣论》,昭明太子亦崇信三宝,遍览总经,自立二谛及法身义,并有新意。简文帝崇信亦甚,所著旨多弘法,元帝《湘东王》更深崇信《法华》、《成实》,常自敷扬。特别是刘勰,不仅少时曾依沙门僧祐处积学十余年,始通经论,晚更出家,改名慧地,史称其为文长于佛理,京师寺塔及名僧碑志必请勰制①。又如唐代:传说是多种批评作品著者的王维,笃信佛教,韩愈晚年也信佛,皎然、齐己、虚中、元鉴等根本都是和尚,司空图和佛家也往来极密②。又如在宋:惠洪、文彧、惠崇、惟凤、定雅、奉牟等也都是和尚;苏东坡、姜白石、严沧浪则从他们的专集中都可知道他们跟佛家的来往是都很密切的。

中国文艺批评所受佛教思想的影响,兹提出五点,略述于下:

1. 以禅说诗

以禅说诗,在现存的论诗作品里始起源于皎然《诗式》。如说:

> 康乐公早岁能文,性颖神澈,及通内典,心地更精,故所作诗,发皆造极,得非空王之道助耶?
> 两重意以上,皆文外之旨,若遇高手如康乐公,览而察之,但见性情,不睹文字,盖诣道之极也。

次如司空图的《二十四诗品》,如"雄浑"、"高古"两节说:

> 大用外腓,真体内充。返虚入浑,积健为雄。具备万物,横绝太空。荒荒油云,寥寥长风。超以象外,得其环中。持之匪强,来之无穷。
> 畸人乘真,手把芙蓉。泛彼浩劫,窅然空踪。月出东斗,好风相从。太华夜碧,人闻清钟。虚伫神素,脱然畦封。黄唐在独,落落玄宗。

其后至苏东坡而渐畅此旨,其《书黄子思诗集后》说:

---

① 《梁书》。
② 《司空表圣诗文集》。

1148

唐末司空图……其论诗曰：梅止于酸，盐止于咸，饮食不可无盐梅，而其美常在咸酸之外。盖自列其诗之有得于文字之表者二十四韵，恨当时不识其妙，予三复其意而悲之……信乎表圣之言，美在咸酸之外，可以一唱而三叹也。

东坡论画亦主妙在笔墨之外，见《传神记》。又《苕溪渔隐丛话》引其话说：

子厚诗在陶渊明下韦苏州上，退之豪放奇险则过之，而温丽靖深不及也。所贵于枯淡者，谓外枯而中膏，似淡而实美，渊明、子厚之流是也。若中边皆枯，亦何足道。佛言譬如食蜜，中边皆甜。人食五味，知其甘苦者皆是，能分别其中边者，百无一也。

他以禅说诗，在下面两诗中表得更露骨：

欲令诗语妙，无厌空且静。静故了群动，空故纳万境。阅世走人间，观身卧云岭。咸酸杂众好，中有至味永。诗法不相妨，此语当更请。①
暂借好诗销永夜，每逢佳处辄参禅。②

东坡之后，范温《潜溪诗眼》亦以禅说诗：

此诗如禅家所谓信手拈来，头头是道者。
故学者要先以识为主，如禅家所谓正法眼者，直须具此眼目，方可入道。
识文章者，当如禅家有悟门。

叶梦得《石林诗话》也说：

禅宗论云间有三种语：其一为随波逐浪句，谓随物应机，不主故常；其

---

① 《苏东坡集·送参寥师》。
② 《苏东坡集·跋李端叔诗卷》。

二为截断众流句,谓超出言外,非情识所到;其三为涵盖乾坤句,谓泯然皆契,无间可伺;其深浅以是为序。余尝戏为学子言,老杜诗亦有此三种语……

其后吴可论诗亦取禅理,《诗人玉屑》引其诗说:

学诗浑似学参禅,竹榻蒲团不计年。直待自家都了得,等闲拈出便超然。

其《藏海诗话》中也有一节论作诗如参禅说:

凡作诗如参禅,须有悟门。

以禅说诗,到严沧浪遂大畅厥旨。其《沧浪诗话》中,略举如:

夫学诗者,以识为主,入门须正,立志须高……若自退屈,即有下劣诗魔入其肺腑之间。

工夫须从上做下,不可从下做上……久之自然悟入。虽学之不至,亦不失正路,此乃从顶颈上做来,谓之向上一路,谓之直截根源,谓之顿门,谓之单刀直入也。

禅家者流,乘有小大,宗有南北,道有邪正;具正法眼看,是谓第一义。若声闻、辟支果,皆非正也。论诗如论禅,汉魏晋等作与盛唐诗,则第一义也。大历以还之诗,则已落第二义矣。晚唐之诗,则声闻、辟支果也。学汉魏晋与盛唐诗者,临济下也,学大历以还者,曹洞下也。大抵禅道惟在妙悟,诗道亦在妙悟……惟悟乃为当行,乃为本色。

夫诗有别材,非关学也;诗有别趣,非关理也。而古人未尝不读书,不穷理。所谓不涉理路,不落言筌者,上也。诗者,吟咏情性也。盛唐诗人,惟在兴趣,羚羊挂角,无迹可求,故其妙处,莹彻玲珑,不可凑泊,如空中之音,相中之色,水中之月,镜中之像,言有尽而意无穷。

以禅说诗,自宋代以后特盛,明清之际有许多批评家,都奉严羽的话为圭

1150

桌,就是攻击他的人也很多不自觉地受有他的影响,势力可称极大。以禅说诗之弊,就在每作不了语,似通非通,使人不易知其确实的含义,且每被浅人用来文饰其浅妄。不过它也有一个好处,就是使批评方法又多了一条门路,能够帮助批评意境的扩展。评家以禅说艺,自然不限于诗,这里不过以诗为例而已。

2. 妙悟诸说

宋代以后,批评文艺盛倡妙悟之说。关于"悟"的句语,触目皆是,我以为这种思想,是很受了佛家讲悟的影响。

案晋时僧人支遁道林(公元三一四年—三六六年)《大小品对比要钞序》始言:"神悟迟速,莫不缘分,分暗则功重,言积而后悟。"①后至竺道生(公元三七五年—四三四年)时,乃有顿悟、渐悟之争。竺道生立顿悟成佛义。《高僧传》说:

> 生既潜思日久,彻悟言外,乃喟然叹曰:"夫象以尽意,得意则象忘;言以诠理,入理则言息。自经典东流,译人重组,非守滞文,先见圆义。若忘筌取鱼,始可与言道矣。"于是校阅真俗,研思因果,乃言:"善不受报,顿悟成佛。"②

但顿悟亦有二门,支道林、道安等所持的是小顿悟,竺道生所持的是大顿悟。所谓小顿悟,简单说是如此:佛家有十地之说,支道林等以为学者如已至七地,虽功行未满,而道慧具足,已可悟理之全分,到十地功行完满,即是成就法身而证体。他们认正体与真慧为二,故七地虽非究竟(十地又名究竟地),而已可有顿悟。大顿悟家反对这种说法,以为真慧正体不可分割,必须见理正体,始为不二之慧。七地至十地还有三位,到达究竟正体,仍须进修,夫既须进修,则未见理,如未见理,何得有"悟"?

大顿悟家代表竺道生的说法是如此:"夫称顿者,明理不可分,悟语极照,以不二之悟,符不分之理,理智慧释,谓之顿悟。见解名悟,闻解名信,信解非真,悟发信谢,理数自然,如果就自零。悟不自生,必藉性渐,用信伪惑,悟以断结。

---

① 汤用彤《汉魏两晋南北朝佛教史》。
② 汤用彤《汉魏两晋南北朝佛教史》。

悟境停照,信成万品,故十地四果,盖是圣人提理令近,使夫行者自强不息。"①
这就是说,以不二之悟,符彼不分之理,豁然贯通,涣然冰释,是谓顿悟。他也不
弃教与信修,盖以为教可渐,修可渐,而悟必顿也。

　　注重真理的自然显发,乃生公顿悟的特点,其说固源出佛性在我之义。生
公《法华注》说:"得无生法忍,实悟之徒,岂须言哉……夫未见理时,必须言津,
既见乎理,何用言为? 其犹筌蹄以求鱼兔,鱼兔既获,筌蹄何施?"然则得无生法
忍,超乎言象。所以生公之学,又被称为"象外之谈"。

　　竺道生既孤明独发,唱大顿悟,一时争执极烈。慧观首持非议,执渐悟之
说,作渐悟论,以为人的根器有差异,故悟空有浅深,实相无相,但须先识其相,
然后悟无相。菩萨与二乘,虽不能知其全,而究有所知,悟知有阶级,实不可
否认。

　　案佛家顿渐之争,在刘宋时最烈,而以竺道生大顿悟说的影响最大。唐宋
以后禅宗势力笼罩一切。而禅宗之谈心性,主顿悟者,实在都以生公为始祖。
文评著作中言悟,虽不必直由于生公,但溯厥源流,说明了生公的论调以及当时
的争执,便可明白一般了。

　　从上所述,我们不但可以知道文评著作中"悟"的观念实都源于佛家,就像
司空图所说的"超以象外,得其环中","韵外之致","味外之旨","象外之象";严
沧浪所说的"不涉理路,不落言筌","空中之音","相中之色"云云,也可知道是
跟佛家有密切关系了。中国文评中讲"悟",往往包括学习和欣赏两方面全部的
过程,而这种思想却多是由佛家转来,佛家思想对中国文评影响之重大,于此
可见。

　　3. 神韵论调

　　文艺批评中的神韵论调,正式提自王渔洋。神韵之义,吴陈琰说:"味外味
者,神韵也。"②又况周颐说:"所谓神韵,即事外远致也。"③但神韵或类乎神韵的
说法,则不但不是起源于渔洋,而且也不是起源于李东阳、严沧浪、姜白石,甚至
司空图,而是起源于六朝的玄谈。神韵或类乎神韵的字眼,在六朝玄谈之风和

---

①　汤用彤《汉魏两晋南北朝佛教史》。
②　《蚕尾续集序》。
③　《蕙风词话》。

著述中,早已用得烂熟了。略举如:

《晋书·周颉传》:"少有重名,神采秀彻。"

《晋书·桓石秀传》:"幼有令名,风韵秀彻。"

《宋书·王敬弘传》:"神韵冲简,识寓标峻。"

《南齐书·柳世隆传》;"垂帘鼓琴,风韵清远。"

《晋书·裴楷传》:"风神高迈,容仪俊爽。"

《南齐书·郁林王纪论》:"风华外美。"

《晋书·卫玠传》:"俊爽有风姿。"

此外在《世说新语》里这类字眼也极多,略举如:

庾太尉(亮)风仪伟长。

太尉(王衍)神姿高彻,如瑶林琼树,自然是风尘外物。

冀州刺史杨淮二子乔与髦,俱总角为成器,淮于裴颜、乐广友善,遣见之,颜性弘方,爱乔之有高韵……广性清淳,爱髦之有神检。

嵇康身长七尺八寸,风姿特秀。

阮浑长成,风气韵度似父。

如上所述,六朝的所谓"神韵"、"风韵"……云云,那是指一个人的言行态度,是一种对人的批评。然而我以为六朝这种对人的批评,却就是后来文艺批评中神韵论调的张本。《广艺舟双楫》里有一节说:"(包慎伯)用墨浸淫于南北朝而知气韵胎格。"姜白石《续书谱》里说:"风神者,一须人品高,二须师法古。"写字用墨为什么侵淫于南北朝就能知气韵胎格? 这就因为南北朝是一个重"韵"的时代,那时不但做诗文讲究音韵,写字、绘画讲究气韵,就是做人也要讲究"神韵"、"风韵",侵淫于南北朝的人物、诗文、艺术里,自然就能学知"气韵胎格"。要学风神,为什么须人品高,师法古? 这就因为如果这人没有这样一种言行态度,就学不到这种"风神",而照白石一类人的标准,具有"风神"这样一种言行态度者的人品,是极高尚的。后代人要学习风神,不但要以古人的这种言行态度为原则,也要以古人的这种作品为则。我以为王渔洋的神韵论调,不过以六朝品评人物的话头,拿来应用于文艺批评上罢了。而六朝品评人物的这种话头——方法和标准，则又出于佛教的玄学化。

中国佛教的玄学化开端于三国时支谦的主张"神与道合"，和他掇拾老、庄名词理论"博综稽古，研机极玄"的文雅的译经。主张"神与道合"者，其学探人生之本真，使其反本，而道是空虚，故他们主"归虚返真"。又他们主明本，故重智慧，智慧乃能证体达本。因为重智慧，又主"归虚返真"，所以六朝僧人的风格，也以"神韵"、"风韵"……为美德。例如《高僧传》道言论诸书，称竺法乘"神悟超绝"，"有机悟之鉴"；称竺法护"风德高远"，于法阑"风神秀逸"，支孝龙"神采卓荦"等等。

六朝时代，般若理趣，同符老庄，所以清流名士，既以言行有"神韵"为标榜，就在释子，也以此为美德。这是佛教的玄学化直接造成的结果。

4. 拙朴自然

中国文艺批评中有种极朴素的思想，主张文艺作品应力求"平易"、"本色"，废弃一切雕饰。这种思想，尤以宋代的道学家们持之最力。例如朱熹说：

> 古人文章，大率只是平说，而意自长，后人文章，务意多而酸涩。如《离骚》初无奇字，只恁说将去，自是好。后来如鲁直，恁地著力做，却自是不好。
>
> 欧公文章及三苏文好处，只是平易。说道理初不曾使差异底字，换却那寻常底字。[1]
>
> 韩诗平易，孟郊吃了饱饭思量到人不到处。
>
> 韦苏州诗高于王维、孟浩然诸人，以其无声色臭味也。
>
> 韦苏州……其诗无一字做作，直是自在，其气象近道，意常爱之。[2]

这种思想发展到极端便成了根本否定文艺的存在。如程伊川说：

> 问作文害道否？曰：害也。凡为文不专意则不工，若专意则志局于此，

---

[1]　均见《古今图书集成·文学典·文学总论》引。
[2]　均见上书《诗部总论》三。

又安能与天地同其大也。《书》云"玩物丧志",为文亦玩物也。①

　　或问诗可学否？曰：既学时须是用功，方合诗人格。既用功甚妨事。古人诗云："吟成五个字，用破一生心。"又谓："可惜一生心，用在五字上。"此言甚当。……某素不作诗，亦非是禁止不作，但不欲为此闲言语。②

如朱熹也说：

　　作诗间以数句适怀亦不妨，但不用多作，盖便是陷溺耳。③

　　近世诸公作诗费工夫要何用。元祐时有无限事合理会，诸公却尽自唱和而已。今言诗不必作，且道恐妨了为学工夫。然到极处，当自知作诗果无益。④

　　这种思想，我以为多半是受佛家的影响。因为尽管道学家们痛斥佛家为异端，但宋代理学，骨子里根本完全是佛家的思想，关于这一点不待今日，《宋元学案》中黄东发就早曾感慨万分地说过了。⑤

　　原来佛学家宣扬佛法，一向着重教义的广播，不重文字的雕饰。自达摩东来，于是"专唯念慧，不在话言"之义更成了佛家播教的准则。佛家的这种思想，在他们译经事业中最可看出⑥。如《高僧传》说安世高译的书，"义理明晰，文字允正，辩而不华，质而不野"；说支谶译的书，"审得本旨，了不加饰"；说安玄等译的书，"言直理旨，不加润饰"。维祇难、竺将炎合译的《法句经》前，有无名字长序，说：

　　将炎虽善天竺语，未备晓汉，其所传言，或得梵语，或以义出，音近质直。仆初嫌其为词不雅，维祇难曰："佛言依其义，不用饰；取其法，不以严；其传经者，令易晓，勿失厥义，是则为善。"……是以自偈受译人口，因顺本

---

① 《二程语录》。
② 《二程语录》。
③ 《续近思录》。
④ 《续近思录》。
⑤ 《宋元学案》八六《东发学案》。
⑥ 说详梁任公《翻译文学与佛典》第 4 节。

旨,不如文饰。……此虽词朴而旨深,文约而义博。

佛家的文学观念这样朴素,宋儒理学既然是阳儒阴释,所以道学家们评论诗文,其论调便也那样朴素。两者的观念,确是如出一辙。元遗山曾说:

> 方外之学,有为道日损之说,又有学至于无学之说,诗家亦有之。子美夔州以后,乐天香山以后,东坡海南以来,皆不烦绳削而自合,非技进于道者,能之乎? 诗家所以异于方外者,渠辈谈道不在文字,不离文字;诗家圣处,不离文字,不在文字。唐贤所谓性情之外不知有文字云耳。①

遗山这种分别似很微妙,其实并无多大深意,而方外与道学家们的论诗论文,却简直没有什么分别。

中国文艺批评中拙朴自然的主张,自然不仅道学家们主之,且也不必仅是受了佛教思想的影响,但特别在唐宋以后的批评界中,这种主张受有佛家拙朴思想的影响,是很明显的。

5. 宗派观念

中国文艺批评在唐以前不见有宗派观念,唐以后就很盛行了。中国佛教在六朝以前无所谓宗派,到六朝已有师法,到唐代宗派就纷纷成立了。自佛教有宗派,于是中国文评也有了宗派的观念。

晚唐张为《诗人主客图》一书,就是中国文评中最先受佛教宗派影响而表出宗派观念的一部成书。它把中唐以后的诗人,分成六派,每派各有一"主",就是:

> 广大教化主白居易　高古奥逸主孟云卿
> 清奇雅正主李益　　清奇僻苦主孟郊
> 博解宏拔主鲍溶　　瑰奇美丽主武元衡

每派"主"下又随其造就分为四等,为"上入室"、"入室"、"升堂"、"及门"。

---

① 《遗山先生文集·陶然集诗序》。

这四等人物又都称为"客"。计白派十八人,孟派十六人,李派二十七人,郊派五人,鲍派四人,武派十四人。

张为《诗人主客图》是中国文评中宗派观念的发端,至宋代江西诗派成立而宗派的观念乃大畅。江西诗派在黄庭坚时已有诗派之实,但到南宋吕居仁作《江西诗社宗派图》时,才有诗派之名。这派的宗主是庭坚,而庭坚之诗是学老杜的,所以又有一祖三宗之说,祖即老杜,三宗就是山谷、后山、简斋。

倡言江西诗派的吕居仁,史称其平生嗜酒耽禅,究精理学。他论诗主活法,尚自然①,确是深受了佛家思想的影响的。

文艺批评家有的在文艺领域里自己分派,有的则引用佛家宗派里的说法来批评文艺,这同样是宗派观念的表现。如佛教禅宗自五祖后分为南北两宗,于是《二南密旨》就评《召南》"林有朴樕,野有死麇"句,鲍照"申黜褒女进,班去赵姬昇"句,钱起"竹怜新雨后,山爱夕阳时"句为南宗;《卫风》"我心匪石,不可转也"句,左思"吾爱段干木,偃息藩魏君"句,卢纶"谁知樵子径,得到葛洪家"句为北宗②。如南宗至唐末五代,又分临济、沩仰、曹洞、云门、法眼五宗,所以严沧浪就说:"学汉魏晋与盛唐诗者,临济下也,学大历以还者,曹洞下也。"

宗派观念,不但在诗文中有之,绘画书法等亦有之,莫不是受了佛教宗派思想的影响而形成。

(原载《中山文化季刊》第二卷第一期,1945 年 6 月)

文本于中山大学读研究院时完成,此据上海古籍出版社 1989 年所出的《中国古代文论研究论文集》排印。

---

① 见《夏均父诗集序》。

② 《二南密旨》旧题贾岛撰,伪。此见黄忏华《中国佛教史》。

读郭著《中国文学
批评史》下卷

　　郭绍虞先生所著《中国文学批评史》上卷印行于二十三年五月,以其取材丰富,风行一时,但下卷迟迟未曾出版。十余年来,凡对此学具有兴趣的都莫不渴望它能早日问世,现在果已出来了,而且取材更丰,论述也更精详,自南宋迄清末,洋洋四十万言,意尚不尽,较之上卷,诚深合"远略近详"之旨,虽然上卷也已不能算"略"。在学术荒落,出版困难,有志之士都得转辗沟壑的今日,有这样大规模的著作出版,真是读书界一件幸事。

　　如著者所述,本书上卷以问题为纲,而以批评家的理论纳于问题之中,下卷恰恰相反,以批评家为纲而以当时的问题纳入批评家的论理体系之中。其所以如此之故,则由于著者认为:南宋以后的批评家,他们的思想才有中心,才成体系,而能贯通无碍。南宋以后的批评家自然也不能个个到此地步,所以那些"稗贩旧说的言论,零星片段的见解,并无中心思想而不能建立其系统"的人物就成了被割爱的对象。这种限制必须有,且亦不失为正当,虽然其中有些被"割爱"了我们觉得有点可惜。

　　本卷共分五篇,第一篇总论,说明文学批评完成与发展的三阶段,是著者立论的骨架,以下概述南宋、金、元、明、清各代的文学批评,提纲挈领,旨在先给读者一个概括的认识,使不致在阅读本文时,由条理纷繁而迷失了路径。二至五篇分论各代,中以清代为特详,篇幅占本卷一半。全书证引博洽,单以引书所及而论,就已决不是容易所能到此,朱自清先生说过著者是"第一个人大规模搜集材料来写中国文学批评史的","他搜集的诗话,我曾见过目录,那丰富恐怕还很少有人赶得上"。(见《诗文评的发展》一文,载《读书通讯》第一一三期)实在尤为难能的是著者那数十年如一日的研究精神,和表现在本书里的这种精详细密的论述方法。

著者有一原则:"对于各家意见的论述,都客观地加以解说,不以己意为抑扬",(页一九)这是第一步,就是还其本来的面目,也是最基本的一步,这一点如做不到,便无所谓叙史,著者在这上面确已尽力做到。因为要使各家意见变得显著,所以反复说明,能近取譬,使无隐晦剩义,往往说得比原文还妥贴可喜。因为要使读者明了这家意见之客观存在的意义,所以在批评家所提出的文学理论之外,更涉及其学问思想,举如家世、师承、学统关系和学文经历,都详为推考,互相发明。著者的解析时时极精,这是由于分辨入细,能鞭辟入里。对于一种主张的是非、真伪、异同,或异中之同与同中之异,都毫不放松,无不有可惊的辨解。运用科学方法的分析、比较、说明、总结,达到了难得的程度。经过详细的分析和比较,各家意见的真相便益见其"客观"、"清楚"了,同时,它的精采和偏狭之处也就显露出来了。所以每觉其不曾论断而有了论断,不自以为公允而实在是公允。如论到朱熹,严羽,方回,公安、竟陵两派和章实斋、袁子才的地方,都使我们油然起来这种感觉。单纯的叙述历史本不免枯燥,但这里夹叙夹议,横说竖说,波澜意趣,层出不穷,行文比上卷纯粹流畅得多。单纯的叙述历史又往往于所讨论的问题不能有深切的发挥,但这里也不然,著者的引述多方比量,而且先后照应,脉络分明,质实条达而光彩四射,所以名为历史,也可作原理书读,一得两用,可济史书干枯之窘。

在论到顾炎武、黄宗羲的文论的时候,著者除学问思想之外,又顾到时代所给予他们两人的刺激,指出他们所以都深恶痛绝空文,以徒事空文为可耻,乃因他们所处的时代,"是兽蹄鸟迹交于中国的时代,是上国衣冠沦于夷狄的时代",有志之士,这时一方面不能无家国沦亡之痛,另方面却无起神州于陆沉之力,"不欲托之空言而同时又不能不托之空言,不能不托之空言而同时又不愿徒托于空言",以为在这样情形下,他们所以才一面承认文学的价值,一面又深恨空文之无用。(页三二八)这分辨极是,因为这个着眼点本身就极对,也极应该。从历史的——也就是时代社会的观点来讨论文学观念的演变,及某一主张的意义,虽然到目前为止还是一条生疏的路子,并且惟其生疏,所以的确还不大易走,但我们可断言这将逐渐成为一条大路,而且是惟一可能的大路。在文学里谈文学,比不上还能从学问思想——即一般的文化情势来谈文学,但若更能从一般的社会发展的情势来谈文学,结果一定会更好。此无他,文学的以及文学批评的历史就是如此被决定,被造成的,不从文学以外来看文学,反不能获知它的底细、全貌。像顾、黄两人的例子,固较容易可推,其他隐晦一些的,例如对于神韵、格调,以及性灵的倡导,相信都有某种社会的动因在中作用。历史上文学观念的一再变迁，在表面上看总由某家学说激荡而成，实际所以有某家的这种主张在此时此地出现盛行，必更有其社会的根据，等于开国时或盛世文风多尚清真，而衰乱末季则多尚丽靡显有其政治经济的原因一样。把这时代社会的动因大概地指摘出来——说是"大概"，那是因为文学上有些现象，本来就不可能——对照着社会的形势指出其动因——不但是叙史的本分内事，更可使读者认识文学和社会人生的息息相关，而改正一般人的传统的错误观念。著者十分谦抑，在这方面虽露出了他的卓识却并未充分发挥，我们热望将来在增订时著者能够不再过于吝惜这种启示。

本书材料丰富，手挥目送，贯串如珠。或由看法不同，在文论、诗论之外，对于词曲、小说各体的评论都极少或未曾置论。就量来说，这类评论之作似也着实不少，就重要性来说，所谓宋词，元曲，明清传奇、小说正有着代表的意义。而且这些作品展开了一条从古诗文逐渐解放出来的路，对现代文学有着不小的关系。似乎颇有顾到的需要。还有，同一时代的艺术由于背景相同，所以各部门的批评主张虽如诗文之间或有若干小异，但其基本精神必然一致。诗文因可以互相发明，词曲、小说甚至绘画、书法的批评也都可以互相证印。比较得越多，对于这时代批评的主流也必越见得分明。因此我们还盼望著者能够推广他比较研究的范围，这在他必定不会是一件难事，而对读者却可启发不浅。此外，像金圣叹、纪昀两人的意见也不曾蒙他谈到，多少不免认为这是一种"遗漏"，是不是为篇幅所限才勉强把他们割了爱的？

本书就其作为大学教本而言，为便于授课和自修，似乎对各篇的概述部分，还可加强，最好再写得详细一点，因为对此学无根底，对讨论问题未成习惯的初学者，这本头绪纷繁、胜义杂出的大书仓卒怕不易负担，此其一。对意兴、趣味、词理、气体、神韵、格调之类的术语，似乎最好就各人各代的含义，择要分析列出，以免由于错综复杂而含糊不得其解，如能分别用现代的词语来解释，使不致再因同用一词而转辗误解，那就更好，此其二。再有，像天分与学力、内容与形式、自然与雕琢、平淡与精深、学古与师心等等在批评中常见，表面矛盾却又可以折衷至当的问题，初学者最难领会，著者如肯就其博学，据各家议论之精而作一番理论上的整理，附于书内，那就不但了解较易，信守分明，对批评遗产的批判接受和发扬光大，也可有极大的贡献，此其三。

十一月二日于江湾

（原载《文讯》月刊第七卷第六期，1937 年 12 月）

读郭绍虞著《语文通论续编》

绍虞先生的《语文通论》初集印行于六七年前，初集里讨论的问题，"有的涉及语言文字之特性，有的涉及文体之分类，有的涉及文学史的演变，有的涉及新文艺的途径，有的涉及及大学基本国文的国文教学"（自序），朱自清先生称道这本书为"精详确切"，有"特见"，是"公道的评论"，尤其指出"他对中国文学的音乐性是确有所见的"。（见《中国文的三种型》，在《论雅俗共赏》集内）这一册续集，内容几乎全是有关音节问题的讨论，也就是专来讨论"中国文学的音乐性"的。这是一本很专门的书，不但一般读者不易了解，便连研究文学的怕亦难免有此感觉，但的确是一本好书，而且是极稀有的一本好书。中国文学里的音节问题，以其头绪纷繁，歧见特多，一向被认作研究上的难题。要解决这个难题，光有丰富的资料还不行，还得要有历史的认识，而且如果希望这个研究对现代人发生作用，更非有时代的眼光不可。绍虞先生以文史名家从事这个工作，可谓驾轻就熟，所以成绩能特别卓越。

本书共收文章十篇，除最后《谚语的研究》与《关于扫除文盲》两篇外，统与音节问题有关。各篇内容，间有重复之处，这是因为各文原是独立的散篇之故。但重复之处都是作者特别注视的地方，可使我们在目迷五色的时候，不致找不到一个归宿。虽不是有系统的专书，可是看法是一致的，见解是一致的，各篇互相呼应，单读一篇可以觉其精细，通读全书后更可感到它的博大。

作者认为："就大体而言，单音缀与孤立，依旧不失为中国语言文字的特质"，"正因为中国语言文学有这一点特性，所以在文辞中格外能显出音节之美"。（页一三七）这是一个基本的出发点，作者写"中国文字可能构成音节的因素"，写"中国语词的声音美"，以至讨论到过去文学中的各体音节，都出发于此。

作者指出单音缀的语言所构成的语词,也能帮助文辞中的音节之美。这可分两层:"由拟声言,因为中国文字有假借一途,所以不仅在口头语言中可以自由比拟外界的声音,即写入文辞,一样可以运用相同的字音以摹状声貌"。(页一三八)"由感声言,中国语辞更有声义并显之妙",而且这种情形,又"不仅在感叹词是如此,即一切比况形容之语词也一样有此作用"(页一四一)。正因声义相关,所以有些重言连语,一方面为状貌,一方面又近于拟声。又正因声象义象互有关联,所以有些语词,一方面足以状客观之事,一方面又足以达主观之情。中国文辞既有这样许多本身即具有一种声音美的语词,所以只要巧为运用,就自然容易显出音节之美。(页一四五)作者指出由音节构成的因素言,单音缀的中国文字,真可以使音节变得极其复杂而为巧历所不能尽。他把这大体分成了三类:(一)音素,即是声和韵的问题;(二)音性,即是平仄四声的问题;(三)音势,即是阴阳清浊的问题。(页一二八)每类都有具体的例证和详细的说明。

《永明声病说》篇里对声病说的由来,永明体的特点与声病说的内容,都有扼要的解说。作者以为"永明体"系指其诗中音律的特征而言——即当时新起的符合音律的诗体而言,与"齐梁体"不只是时代上的区别;又以为在沈约所提出的"声"与"病",与刘勰所提出的"韵"与"和",实是同一事物的异称,"不过一从条目言,故说得具体;一从原理言,故较为抽象而已;又一从消极言,故称之为病,一从积极言,故称之为和而已"(页八一);复以为"如明自然的音调与人为的音律之分别,则陆厥与沈约之争论可免;如明语言的音节与文字的音节之分别,则钟嵘与沈约之争论也可免;如明歌的音节与吟的音节之分别,则甄琛与沈约之争论,更可不烦言而自释"。(页八三)这几点,一向都有误解,作者或则旁征博引,或则多方讨论,又与谈言偶中者不同。作者对于八病的解释尤有卓见。他开宗明义即指出前人对于八病的解释所以混乱,即在他们多未认清这是"永明体"的声律。我们既不能移前以古诗的音节来解释,也不能移后以律体的音节去傅会。(页八六)此义既明,许多误解自然就可以消除。作者不但对八病有详确的说明,而且还从"永明体"本身的需要去论其轻重得失,这是一个特点。作者指出永明体与律体的音节之不同,主要在于:"永明体所注意的,只是'一简之内','五字之中'的问题而已,至多,也不过是'十字',是'两句',从不曾注意到通篇的音节"。(页一〇九)永明体只注意到了"叶",并且方法也不完全;而律体的完成,是音律上通篇的和——"谐"的问题推演的结果,但沈约诸人却都不曾注意到。这个说明可以解答了文学史上从古体到律体的演进中间一段声调的问题。

《中国诗歌中之双声叠韵》一文重在述说中国诗歌对于双声叠韵之使用方法，也重在说明诗歌韵律所以能利用双声叠韵的原因。文内举出了各式各样的用例，极尽分析之能事。《中国文学中的音节问题》是一篇总论，内容在其他各篇中多已论到，但读了这一篇，就可把各篇的要旨联贯起来，形成一个整体的印象。《文气的辨析》中卓见尤多，作者以为文气的焦点在于"行文之气势"，文气一方面是创作方面的方法，另方面是批评方面的问题。就前者言，"古文家之所谓文气，与骈文家之所谓声律，实在有同样的性质，至少有一部分属同样的性质"。（页一五一）骈文家因为不欲其文之"吃"而讲声律，古文家因为欲其文"贯"而讲文气，曰"吃"曰"贯"，本是同一意思，不过一就消极言，一就积极言而已。古文家所谓文气，近于自然的音调，骈文家之所谓声律，则属人为的音律。两者有密切的联系，可以相济而相代。就后者，自然的声气虽不易捉摸，而俨若有一定的音节，因声求气，可以研究作者的精神与意气，亦即是现代所谓人格或风格的研究。这个分辨，尤其是以声律来解释文气，不但具体切实，可以廓清许多似是而非或不着边际的歧说，还能产生一种实际写作上的指导作用。这一点，的确是作者的创见，至少也是第一个把这意见整理发挥出来的人。

作者这本书，对于音节这个复杂的问题，爬梳搜剔，极见功夫。他不但仔细分析，也谨慎总结。又不但加以总结，也深望这样的研究能提供现代的作者凭其创造的力量以巧为运用。书里提供了许多人为的音律的例子，这种"人"为的组合，有时"能比暗合于无心的为更谐和一些，更有意义一些"（页一三六）。也许这本书的主要贡献是在材料的整理和原理的说明方面，对现代诗人可能从旧诗的音律创造方面得到具体帮助的提示还不够多，但作者既有这样一种愿望，就足表明这已是一个极好的开始。新诗应当也要注意到音节，但如何才能确定出一种新的音律？作者谦逊，未及一言，我们希望能够听到他这方面的具体意见。作者在自序里这样说："使中国文学富于诗的美，音乐的美，这是文字；使中国文学远离于语言，尤其是当时口头的语言，这也是文字。因此，使中国文学隔开民众，使中国民众变成了文盲，这也是文字。我们讨论音节问题，抉择出了种种弱点。文字可所决定文学，我们于论述古文学时，固然觉得可以高兴，可以自傲；但是，文学又可以决定文化，我们于远望将来的文化时，却又不免有些自馁。维持乎？改良乎？愿与关心此问题者一商榷之"。方块字在文盲的扫除上，语体文的进步上，口语的正常发展上，都是严重的桎梏，这是事实；不过它到底已经成为我们生活中的一部分，一方面由于对它多少有了点感情，一方面也由于对汉字废除后的前路还没有确切无疑的解答，所以我们多少都会感到一种矛盾、徬徨，是很自然的。作者也是一再主张文字应该改造，应该改为拼音文字的（自序，页一九一），这个主张，由前辈如作者这样的人来坚决提出，我们更深感觉到它的重量。不过虽然如此，像本书的研究，仍不是没有意义，因为在目前我们仍可以巧为运用，到将来依然不失为文学史上不可少的一个课题。

九月廿五日　上海

（原载《文讯》月刊第九卷第四期，1938 年 10 月）

本文发表时署名"宗越"

三、 1982 年以来关于古代文论的十八篇文章

关于古代文论研究的一些问题

一

　　谈文艺的发展不能割断历史,历史的经验值得注意,值得学习。在四次文代会上,很多同志都谈到要很好地学习古代的文艺理论,认为古代文论对发展社会主义的创作,建立具有中国民族特点的、马克思主义的文艺理论很有帮助。就是从了解古代文学的角度,我们也很有必要来研究古代的文艺理论。因为古代文艺理论是当时创作经验的总结,对当时的文学发展有很大影响。我国古代的文艺理论,非常丰富,历史上产生过很多卓越的、杰出的文艺理论家批评家,他们发表了许多深刻、精辟的见解。批判地继承这一份遗产,对于建设我国的马克思主义文艺理论,有十分重要的意义,可以提供很宝贵、很丰富的养料。我们现在所要建立的文艺理论是马克思主义的,但也应该具有我国自己的特点。在这方面,过去做得还比较差。正像有的同志指出的:我们现在的文艺理论,有三个摊子。一个是古代文艺理论的摊子,一个是西方文艺理论的摊子,一个基本上是解放后苏联介绍过来的文艺理论的摊子。这三个摊子现在还没有很好地统一起来,有机地融成一体。我们现在所要建立的文艺理论,就是要把这三个摊子结合起来,建立具有中国民族特点的、马克思主义的文艺理论。因此,如果不很好地研究古代的文论,不从遗留下来的大量丰富的资料中间进行整理、研究,总结出具有规律性的东西,那就不可能。古代文艺理论、批评资料中间,确实保存着大量的艺术经验。我们现在讲现实主义、讲浪漫主义,实际上,古人早已谈及这种问题了。大家知道,刘勰的《文心雕龙》已经接触到这个问题,当然在这以前也有谈到的。《文心雕龙·辨骚》篇在探讨屈原作品的风格时讲到："酌奇而不失其真，玩华而不坠其实。"这里就把理想和现实联系了起来。这就是说，早在一千五百年前，他就已对这种问题进行了探讨。过去既有这方面的理论，更多的是有这方面的具体作品。通过对这些作品的研究，以及对古代的某些理论家已经发挥的意见进行研究，我觉得对于我们今天研究创作方法，是有很大帮助的。

古代文艺理论为我们提供了很多值得探讨的问题。在大量的艺术经验里，如果我们用科学的方法进行研究，我相信，从中可以找出不少具有规律意义的东西。艺术表现规律、艺术技巧、艺术形式这些方面，我们同西方比，有不少独特的发现和创造。譬如西方的文艺作品，往往很强调背景描写、景物描写、环境描写，要求逼真。而在我国传统的一些创作里，以及因此影响到我们的理论中，却强调传神。关于这一点，鲁迅先生在谈到自己的早期创作时也指出过。他说他不愿写许多背景，认为不必要。鲁迅这个观点，符合我国文艺的创作传统，符合我们长久以来传神的美学。我们的传神美学不仅在绘画上，同时在文学创作上，也有很长的历史。我国许多大作家的文集里，都有些专门文章来谈传神问题。当时有些画家，给大作家画了一幅像，作家往往就写一篇文章送给画家，中间附带地谈到传神。苏东坡就有一篇文章专门谈传神，我看到许多作家的文集里，都有这一类文字。在这一类文章中，他们强调文学作品要传神，主要是写人，写人的个性，用现在的话来讲，就是人的精神面貌和个性特点。在这方面，表现的手段，文学和绘画不一样，和书法也不一样，但精神，要求是一致的。我国文艺的各个部门都强调传神，这一点和西方有所不同，当然不是截然不同，而是注意的程度、方式有所区别。这里不过举个例子说一下罢了。世界文艺理论的发展要求每个民族都提供它的一些特殊的、创造性的东西。因此，我们的文艺理论既要从当前实际出发，又要从历史实际出发，回顾历史、总结经验、探讨规律，把我们的研究提到理论的高度，这样就能把马克思主义文艺理论的普遍原理和我们理论的实际相结合，建立具有中国民族特点的、马克思主义的文艺科学。如果单单从当前的现实出发，完全把历史割裂开来，不把过去的东西联系起来探讨，我们就很难在文艺理论中间体现我们自己的一些民族特点。研究古代文论，不仅是整理了解一些古代的东西，更重要的是从古代文论中总结出一些有规律意义的东西，无论是外部规律，还是内部规律。这不仅可以使我们了解过去的文学，也可以使我们利用这些知识来促进、发展我们当前的社会主义新文学。因为既然是规律性的东西,在今天就仍然能起作用。我们古代有很多有价值的美学资料,但过去在这方面我们的工作做得很少,连搜集整理的工作都还做得很少。现在要进一步整理研究,这种整理、研究对促进我国文学艺术的发展,非常有益。离开这种努力,要提高艺术质量,提高欣赏水平,创造出为群众喜闻乐见的东西来,是不大可能的。夏衍同志在文代会上也谈到这一点。他说:"我对本国文学的传统,包括从《诗经》起到唐诗、宋词、元曲,以及作为一个文艺工作者必不可少的本国文学的理论,如诗论、文论、剧论等等,在解放前,几乎是一无所知。我学习这些中国文学的珍贵财富,是在解放以后,因工作的逼迫而开始的。"周扬同志谈得更多一些。正是从这些方面考虑,对古代文论的研究,在当前是个很重要的课题,并不仅仅为了了解过去,主要是找出一些有规律性的东西来,促进、帮助发展马克思主义的文艺理论。

二

中国古代文论有哪些特点?首先是我们历史悠久,资料丰富。和西方文论比较,我们提出的问题往往比他们更早,并且提得比较完整。如早在《论语》中,就谈到了文艺的社会作用问题、艺术特点问题等等。由于历史悠久资料丰富,我们文论中发现了许多和西方文论相通的规律。有些东西他们没有接触到,或者接触得很少。我们有许多文学理论著作,不仅是文学理论,同时也是对当时社会的批评,或者对当时文化上的错误倾向的一种批评。譬如刘勰的《文心雕龙》,钟嵘的《诗品》,都是针对当时的错误文风,针对形式主义来进行批评的。钟嵘的较刘勰表现得更尖锐些。有些理论,除了文学本身的意义外,在当时,还具有现实的政治意义。如唐宋古文运动,韩愈、柳宗元、欧阳修、苏东坡他们的一些理论,在文学上主张"复古",实际上是以复古为革新,为解放。联系到他们要求改革政治的思想,那么他们在文学上一些主张的社会意义就更明显了。再拿严羽的《沧浪诗话》来讲吧,对这本书有许多不同的看法,有的说是形式主义的,有的说是唯美主义的,说他以禅喻诗,观点神秘。我看,这些意见不一定对。《沧浪诗话》里讲禅学的地方人家指出有许多错误,说明他并不很懂得禅学,这是对的。但从主要方面讲,这部书不仅在文学上是进步的,而且在当时政治上也是进步的。因为他所讲的什么诗有"别才"、"别趣",主张"妙悟",主要的精神还是针对当时文学上某些不良倾向,是从艺术角度来讲的。诗有"别才",无非是说不要掉书袋,不是说做诗的人不要读书。这是针对当时有些江西派诗人在诗中炫耀、搬弄才学,违反艺术特点而言的。"别趣",也是针对当时一部分道学家,以及一部分江西派诗人老在诗歌里说教。不是说诗歌里不要理想,而是说应该在抒情中说理。所谓"妙悟",无非是说,写诗不要用耳提面命的方式,给人讲一番大道理,应该用形象的、抒情的办法,使人读了作品后,自己懂得诗人所要表达的意思。悟,就是读者自己领会了诗人的意思。显然,这是强调文学艺术形象的特点。严羽的这些观点,在当时都是有所指的,是针对一些道学家,一些江西派诗人以议论为诗、以文字为诗,以才学为诗的弊病的。他的出发点就在这里。离开了这点,扩大开来,说他是什么唯美主义、形式主义,我不同意这样的看法。我们还可以结合他自己写的诗歌,以及他对一些作家作品的评价,看他赞美了哪些作家和作品。我们研究严羽的观点,不能只看他的《沧浪诗话》。就是看他的《沧浪诗话》,也应把他的诗论和他对具体作家、作品的看法联系起来,因为这本书有几个部分嘛!他对具体作家作品的评介,并不像有些人说的倾向于推崇王孟一派。他最佩服、他认为成就最高的还是李白、杜甫。他举的杜甫好诗,如"三吏"、"三别"、《北征》这一类的作品,都是杜甫作品中最富有人民性的东西。再联系他自己的创作,原来据说很多,现在流传下来的主要只有一些诗歌了。在这些诗歌里,他的政治倾向很明显。他的诗,往往写得激昂慷慨,具有忧国伤时的特点。南宋末年有许多投降派,他显然不属于这一派,这一点可以从他留传下来的一百多首诗中看得很清楚。所以我觉得,我们研究作家理论家的理论,要注意当时的历史条件,要看他的各个方面,要把他的理论和他自己所写的作品联系起来看。这里扯开来,无非是想说明,过去的许多理论批评作品,不仅在文学上有进步意义,放在当时的条件下看,在政治上也有进步意义。

我国古代文论又有一个特点:很多重要的作品都是著名作家自己写出来的,是他们的经验之谈。他们在创作上的成就可能不如理论上的成就大,比如司空图、严羽,写了不少作品,作品不如他们的理论高,但他们都有创作经验。刘勰、钟嵘写了没有? 很可能写了一些,没有保留下来。很多理论家,从曹丕开始,还有曹植,是建安的重要作家,留下了一些理论著作。陆机是个重要诗人。到南朝,刘勰其他的创作我们看不到,他的《文心雕龙》用骈体的形式说理,本身就是艺术品。后来一些有专著的批评家,都有文集,都能创作。有些作家虽然没有专门著作,留下来的理论资料却非常丰富,非常精采。如韩愈、柳宗元、欧阳修、苏东坡等。他们在创作上是大家，批评理论上并没有专门著作。欧阳修有一部《六一诗话》，并不重要，他的理论观点，在他写的一些序跋里讲得更多。我们的理论大多是作家们的经验之谈，甘苦之言，都以实践经验作为立论的基础，很多具有真知灼见，不是泛泛之谈。对艺术特征、写作技巧，提供了不少规律性的东西，特别是中间有不少艺术辩证法的观点，如清朝叶燮的《原诗》、刘熙载的《艺概》，表现得很突出。

　　古代文论还有这样的特点：形式非常多样。有专门著作，有散篇，有创作，有理论。创作就是以创作的形式来评论文学。譬如以诗歌的形式来论诗，像杜甫的《戏为六绝句》，到后来，像元遗山更有好几十首。还有别的形式，如曹雪芹的文学观点是通过《红楼梦》中的人物，而且不止一个人物来表白的。对《红楼梦》第一回，有些同志已作了很多研究。还有全集中的序、跋、书简、随笔、杂记等等。苏东坡就写了不少题跋。古代作家都写过这一类东西。还有评点、批注也较特殊。评点在宋朝已很多了，到后来还发展到评点小说、传奇，李卓吾、金圣叹留下不少东西。形式多样，很自由，很活泼。这些作品当然比较分散，但不能因为它分散，就说这里边没有系统性、规律性的东西。不能因为分散，就说它是不科学的，没有丰富、完整的体系，不能这样讲。这些作品，短小精悍，很少像我们现在这样长篇大论的，往往几十几百字一段，言之有物。当时写这些东西不是为了发表，很多是后人整理出来的，有些恐怕早已散失了。他有点心得，写这么一段，慢慢积累起来。有些贴在书上，有些贴在墙上，有的写了一点东西卷成一卷，隔了很久，拿出来整理一下。都是有所见，有那么一点真情实感，才写上这么一段。他们考虑名利比较少，用不着矫揉造作，或者无中生有。

　　古代文论还有个特殊的地方，古人搞理论研究，往往和搞其他东西结合起来。如一方面搞理论，一方面搞个选本。昭明太子有他的一套观点，他就根据自己的眼光、观点来选作品，编了一部《文选》。另外一种观点的则编了一部《玉台新咏》。后来最通俗的有《古文观止》、《唐诗三百首》，编者并不有名，影响却很大，一直到现在。再如姚姬传搞了《古文辞类纂》，曾国藩也搞了《经史百家杂钞》，宋朝王安石、清朝王渔洋等都搞过这一类东西。编一套文选来体现他的主张，或作为自己主张的补充。因此，我们对有些理论家的观点，不仅要看他提出了哪些主张，而且还要看他编选的作品，要联系起来看。

　　我们古代的理论著作中并不都是议论，议论仅仅是其中一部分。有些是在作考证，有些在研究作品本事，有些作修辞学上的研究，有的搞注释，各式各样，内容很杂,各有其作用。我们则主要研究这些作品中讲理论的部分。这些部分,虽然比较分散,但都言之有物,虽然比较短小,但往往开门见山,而且往往出自大作家之手,所以特别有意义。这一点世界上也是共同的,许多最有启发、最能说服人的理论,往往出自大作家之手。如歌德、巴尔扎克、席勒、托尔斯泰、契诃夫、高尔基等,由于他们具有丰富的创作经验,写出来的理论著作或批评材料就更亲切,更有说服力。这一点和我们现在不一样,现在分工分得更细,有些同志专门写文艺批评,自己创作经验很少,这已成为一种局限。不是说专门搞理论没有优点,可能有另外的优点,但是有丰富创作经验的人谈理论,启发作用更大,因为他们懂得创作的甘苦,问题在哪里,可以对症下药,谈得比较中肯。

三

古代文论研究的重点应放在什么地方? 我看这几个方面值得重视:一是研究理论、批评的历史。研究理论、批评的演变、斗争、发展的过程,较多地注意外部规律。这种研究当然有助于了解古代文学的发展。二是对古代作家作品的评价。古代文论总要接触到、谈到古代的作家作品,我们可以通过研究古人运用什么样的标准尺度来评价作家作品,从而来了解古人的文艺思想,同时这种研究也有助于我们了解古代的作家和作品。古人的文学理论著作,有些有整套理论,如刘勰就有一套理论,在阐述理论时,谈到一些作家、作品。钟嵘的《诗品》,主要是对作家作品的批评,钟嵘的文学观点,就在他对作家作品的评论中反映出来。三是创作经验的研究总结,这里较多的是研究艺术创作的内部规律。四是着重美学研究,找出审美规律。大体来讲,对古代文艺理论的研究,不外乎这四个方面。这四点不能截然划分,但重点显然有所不同。我们已经有了一些批评史的著作,这些作品都企图找出一条线索,理清楚文学批评以及文学发展的线索,尚待我们继续努力。究竟有多少东西对文论历史发展有不同程度的作用,过去不是很明确。理论上讲阶级斗争,但真只根据阶级斗争这一条线来写一部文学史或文学批评史,行不行? 以批评史来讲,过去的一些不同观点,往往存在于封建文人之间,这里面体现了多少阶级斗争? 唐宋古文运动,反对骈体文,主要恐怕与探讨文学内部规律问题有关,与改革有关,而并非与阶级斗争有密切联系。由于大量的艺术实践提供了许多经验,很多作家感觉到原来的一些东西太旧了,不够了,因此提出了一些新的看法,有些差异就属于这一类。

1172

过去常说要以阶级斗争为纲来写历史,但事实上许多文学史都只在序论里讲了些阶级斗争的话,正文里就看不出这一线索了,批评史也同样。

我们这样大的国家,古代文论的各个方面都要研究。但就具体的个人或一个小小的集体来讲,恐怕很难同时兼顾这几个方面。有的可侧重探讨它的外部规律,有的可侧重探讨它的内部规律,有的可侧重它的审美方面,有的可侧重古代文论对作家作品的一些历史评价。四个方面的研究,都有意义,有了创获,自然便会逐步综合起来。

可是目前重点应放在什么地方?恐怕应以第三方面作为研究重点,整理研究总结古代作家的创作经验。邓小平同志说:"所有文艺工作者,都应当认真钻研、吸收、融化和发展古今中外艺术技巧中一切好的东西,创造出具有民族风格和时代特色的完美的艺术形式。"周扬同志也指出:"我国有两千年来悠久的文艺理论批评的传统,出现过不少文论、剧论、乐论、画论、诗论、词话、评点小说传奇等著名论著,历代大作家、大诗人、大画家、大思想家、评论家都曾发表过许多关于文学艺术的精辟见解,这是我们民族的美学思想的珍贵资料,我们要以马克思主义的观点来整理研究和批判继承这些宝贵遗产,以利于发展我们自己的具有民族特色的马克思主义的文艺理论。"当前要提高艺术质量,提高创作水平,很需要从古代一些作家的创作经验里总结出一些东西来丰富提高我们当前的创作。

这四个方面,就是古代的理论专著也是有所侧重的。如《文心雕龙》主要是理论著作;《诗品》以作家作品的评价为主;司空图的《二十四诗品》着重审美研究;《沧浪诗话》、《原诗》、《艺概》这些作品当然各个方面都有,但主要谈的是艺术表现的规律。所以古人也有所侧重。鲁迅先生曾谈到"凡是作者和读者因缘愈远的,对读者就愈无害",就是说作者所写的同我们关系比较远的作品,即使思想不大好,对现在的读者也不会有多大的害处。古代作品中的陈旧观念,大体已不能打动新的青年的心(自然也要有正确的指导),因为离开得远,大家比较容易识别它的落后性,看看这些作品倒还可以从中学习描叙的本领,作者的努力。鲁迅先生主张"拿来主义",只要这个东西对我们确实有用,"不管三七二十一",拿来了再讲。他这篇文章是针对当时的"害怕"、"不敢要"的。他认为,不要害怕,应该相信我们的读者。过去谈得多的是一些外部规律,我觉得关于外部规律的一些提法,现在的文艺理论比过去谈得清楚,作为历史的研究来弄清楚是有必要的,但要更多研究艺术规律,特别是结合中国民族艺术的特点。

从这方面考虑,我觉得对我们今天,可以服务的东西更多些。所以我觉得从艺术规律,艺术技巧、形式等方面进行整理总结,应作为一个重点。这些资料是非常丰富的,而且这些艺术经验都是有成功的艺术实践作为证明的。长期以来,这些东西没有经过很好的整理,甚至于还没有认真的搜集,而一些已经出版的批评史著作,对这方面注意得比较少。把这些丰富的经验用科学的方法加以总结,那就会比任何个人的看法、个人的经验更带有规律性的意义。从古为今用的角度来看,像这一类工作,可以作为今天迫切需要提高艺术水平的一个借鉴。

古代文艺表现方面的知识,有相对独立性,跟当时的政治经济社会的变动,关系不怎么大,有的甚至没有什么关系。比如:如何运用比兴,人物怎样描写,怎样抓住人物的特点,这同社会政治的关系就很小。这方面的经验,越积累越丰富,一般不会随经济基础的改变而失掉它的意义。关于比兴的研究,实际上是关于形象和形象思维的研究,这方面越到后来越是完整、越是深刻。这对于提高创作水平,提高欣赏水平,进行美学的研究,有重要的意义。当然四个方面的研究都是有意义的,有些方面过去已有许多前辈做了不少的工作,而对于创作经验的整理研究,过去却连资料搜集的工作也不多,整理研究刚刚开始,现在又特别需要,在这方面是大有可为的。

四

下面谈谈怎样进行研究。自己也是开始在摸索,只谈一些体会。

目前来讲,首先要详细占有资料,这是一切研究工作的基础。调查研究,研究古代文论,当然主要只能从书本来调查。所谓详细占有资料,有的是理论原著,还有理论家的其它著作,如我们研究叶燮的《原诗》,是不是只看《原诗》就行了?我看是不够的,叶燮还写了许多其它的文章。每个理论家差不多都有这种情况,有理论专著,但还有全集。叶燮的文集里就有很重要的文章,可以同他的《原诗》作对照。要研究苏东坡的文论,他虽没有理论专著,他的全集就有几大本,全集里还有他的许多创作。有些文学观点可以在他的诗歌里反映出来,这种情况差不多每一个理论批评家都有。有些只是在送人的诗歌里带上几句,也许一两句,也可以作为一种比较的材料,作为一种旁证。评论作家作品,如《诗品》里面谈到许多作家,把陶渊明放在中品,后来许多人很不满。研究这个问题,除了应研究当时文艺的风尚、潮流,为什么当时大家对陶渊明不重视,这就还要从时代、社会方面去找原因。有时不仅要研究理论家自己的全部作品，还要看看他谈到的作家。研究应否把陶渊明放在中品的问题，不研究陶渊明自己是不行的。

我们专门研究理论的人最容易犯的毛病，是对作家的创作看得太少，专门看一些理论著作，结果是对艺术创作缺乏一种敏感，缺乏一种艺术感觉。自己既没有多少创作经验，同时好的作品又看得太少，艺术感觉很差，很迟钝，在这种情况下搞理论，来研究评价过去的理论也很困难。要研究古代的一些好作品，不但有助于我们判断这个理论本身，同时也有助于培养一种较高的鉴赏能力，我看这对理论研究是必不可少的。

第二，注意一个时代的政治、经济以及文艺实践对理论批评的影响。要把理论批评放在当时的历史条件下去研究，不要孤立地研究。风韵、神采、性灵、格调、意境、境界、建安风骨、魏晋风度、盛唐气象……都有其具体的历史内容，不能孤立地研究这些概念。陶渊明在当时不受重视，有他当时的条件，不了解这一点，就会对钟嵘作过多的指责，因为当时一般人都不怎么欣赏他，而把陆机、潘岳等人放在重要地位。这一文学倾向同当时的社会条件有关系。我们可以为陶潜鸣不平，但要知道这不是钟嵘一个人的问题，刘勰在《文心雕龙》里也不提他的。

魏晋南北朝时文论为什么发达？有各方面的因素：政治的、经济的、思想的、文学创作方面的各种因素，要说明这个问题应该在当时的历史条件下来谈。研究文艺理论，一定要注意历史条件。严羽所以主张"别才"、"别趣"，就因当时有不少人作诗违反艺术规律。但说宋人都不懂形象思维，恐怕也不妥。苏东坡是宋人。黄山谷也写过一些好诗，不能绝对化。但总的来讲，宋人确是议论为诗，才学为诗，文字为诗的比较多。而若"议论为诗"，如有理趣，又当别论。

第三，要注意在马列主义一般原理指导之下，古今中外多作比较，对材料进行科学的分析、研究。老一点的同志过去没有机会接触到马列主义，较多还是传统的一些讲法。现在有了学习马列主义文论的条件，就应该尽量在这样的思想指导下，进行科学的分析、研究。既要科学地批判，又要大胆地继承。我们不能照搬古人，把古人所说都认为很对。古人讲的，有对的，有不对的，又有在一定历史条件下是对的，现在看来已不大对，都要进行具体的分析。譬如，古人说"穷而后工"，一个人倒霉了，在仕途上不那样顺利了，文章就可以写得好一点。这句话可能有对的一面，不是达官贵人，社会地位较低，对下层人民了解较多，

1175

就可能写出好的作品来。但也不能说单有这个条件，就一定能写出好的作品来，还要看他究竟反映些什么，并且是如何反映的。古代有许多人穷了，就叹老嗟卑，那也可以写得很庸俗。我们也不能把古人讲得不那么差的、不完全差的东西讲成完全错了。譬如"温柔敦厚"。过去听到"温柔敦厚"恐怕都是要骂的，这是孔老二的东西呀！这是不要反映社会矛盾呀！一大套。"温柔敦厚"是否真是这么个东西？过去朱自清先生写过这方面的文章。又如对"中庸之道"，过去也是骂的。"中庸之道"究竟有些道理没有？是否不能一分为二？苏东坡写了《中庸论》，上中下三篇。"中庸之道"固然有保守的一面，但中间包含了古代一些很精彩的辩证思想。过去却一直骂它是折中调和，和稀泥。原来的思想真全是这样？不是，乃是主张不走极端，"过"与"不及"都不妥当。

当然我们也不要把古人现代化。譬如司马迁努力"实录"、"不虚美"，王充主张"绝虚妄"，不为贤者讳，等等，这些精神是好的，但是否一定要把它夸大、提高为现实主义？也有人苛求古人，要求古人做他们明明做不到的事，因为做不到，就说他不对。整理研究这些资料，难免会犯些错误，但是应该努力避免或减少错误。不能照搬，不能冤枉古人，不能把古人现代化，也不能苛求古人。这就一定要有马列主义的基本观点作为指导。通过研究，引出正确的结论，把它系统化，概括为规律，上升到理论高度。这不容易，但我们应该有这么一个奋斗目标。

还有一点，我们的研究应该力求"古为今用"。当前古代文论研究的现状，罗列材料较多，"古为今用"方面考虑得不够。我们研究古代文论，不管能做到多少，确是应当有一个目的，就是尽可能把我们的研究与今天提出的新情况、新问题有所联系，能够为一些问题的解决提供一些资料，有所启发。譬如我国古代有许多材料谈要传神，要写出人物的个性面貌，写首诗，也要写出自己的个性来。这是我们的传统，应该说是符合个性化这一艺术规律的。长期以来公式化概念化的毛病很深，缺乏个性特征。清代王渔洋和赵执信在这个问题上展开了很多讨论。赵执信就认为作者的每首诗都应当显示出他自己的面貌，如果看不出这个面貌，就表明作品没有多少价值，是虚假的东西。应酬诗最容易千篇一律了，但就是写应酬诗，他以为也该有所不同。一般讲送行，你送他和别人在送他，应该有所不同，因为各人的关系、感情不同嘛。至于抒情诗，本在抒写自己的感受，更应该有自己的特点。古代文论中强调个人的特点，自己的面貌，传达精神、气质，这种资料多得很，确实是符合艺术规律的东西。整理出这些东西，

1176

就可以帮助批判公式化、概念化,也可以从某些角度探索一下公式化、概念化究竟怎么形成的。在我国古代文论中,主张独创,主张新变,主张不同风格流派自由发展等,资料也多得很。古代文论反对抽象说教,我们传统的理论都主张"诗言志",但又都主张通过抒情来言志,不要直接言志,所以说"诗者,吟咏情性也"。通过抒情来说理,不是直接的说理。通过抒情来说理,就叫做有"理趣",这同单纯的说教不一样。古代的合乎艺术规律的理论资料,可以作为今天创作的借鉴。研究总结古代的资料,找出规律,可以对今天创作的某些偏向提供一些历史经验。我觉得这是很有必要的。

五

我们这方面的研究,过去人很少,观点比较旧,影响也比较少。开始搞的时候,由于种种局限,不晓得唯物论、辩证法,也不晓得历史观点、阶级观点,比较偏重材料。逐渐地随着时代的改变,现在已不断地有进展。目前从事这方面研究的人多起来了,而且有了一个学会,办了刊物,初步学习运用了马列主义,用现代文论的科学方法来进行整理研究,过去文论研究同现实脱离的状况逐步有所改变。把文论研究同哲学的、史学的研究,心理学、经济学、宗教学等学科研究的联系逐步密切起来,视野也比较宽广。文论书籍的整理出版,也取得了成绩。郭绍虞先生主编的文论丛书出了不少。诗文之外,像词论、画论、小说理论、戏曲理论,也出了许多。许多书我们现在已容易得到,从前是很难得的。比如《清诗话》,1939 年至 1940 年我在中山大学读研究院,专搞宋代的诗论时,想看看《清诗话》就找不到。两大本《宋诗话辑佚》,就是郭老那时寄给我的。这两大本,现在也已经出版了。找资料现在是方便多了。

研究工作中还存在一些问题,现在只能挑几个我认为重要的问题来谈一谈。

我觉得这些年来"左"的错误,后果是严重的。当年鲁迅先生大胆讲拿来,只要对我们有用。首先是拿来,不敢拿,你就是孱头。骂得很厉害。我看我们过去长期以来就是不让拿,不敢拿来。我们有好多说法:唯心主义的东西不好拿,封建主义的东西不好拿,形式主义的东西又不好拿,反正被标上了这三个主义的都不好拿,要求纯而又纯,你还拿什么?我们古代长期是封建社会,东西或多或少都带有封建性。你说有几个作家完全纯粹有唯物主义思想?你说哪一个作品不讲究些形式？不让拿，自然许多人就不敢拿了。其实呢，唯心的东西是不是完全不好啊？一部作品它的整个思想体系是唯心主义的，但中间有一些讨论具体问题的不一定是唯心主义。譬如庄子思想体系是唯心主义的，他的许多寓言，古代文论经常运用到的，如庖丁解牛、轮扁斫轮，作为中间的一部分，它们本身不属唯心主义。苏东坡多次用庄子寓言说明文学创作上的问题。庄子的不少寓言，对后来的文论起了很积极的作用。

　　最近有些文章开始讨论唯心主义的问题。列宁讲唯心主义中有种聪明的唯心主义。他举黑格尔的哲学为例，说黑格尔的哲学是唯心主义的，但它有辩证法，它看问题不那么死。他说黑格尔哲学的革命性就在于它否定了绝对真理，没有什么永远正确的教条，永远正确的理论。黑格尔哲学从唯心主义出发，在这一点上就很有点改革的意义。列宁称有"聪明的唯心主义"，还有批判的唯心主义，就是说这种唯心主义是进行批判的。如李卓吾的"童心说"、"生知说"，他就用这种唯心主义理论反对当时的道学家，用唯心主义批判道学家的唯心主义。列宁讲，用唯心主义批判唯心主义，往往对唯物主义很有利，因为揭露了某些反动落后的唯心主义，客观上有作用。过去听说这个作家是唯心主义的，这个理论是唯心主义的，大家就望而却步，不去搞它了，对形式主义也是如此。形式主义我们只是反对它的"主义"，但讲形式，对形式加以探索，有什么不好？比如南朝沈约搞四声八病，限制太多，影响了内容的表达，当然不妥。但讲一点声调，有什么坏处呢？唐代的近体诗一方面抛弃了四声八病的过于拘束，一方面建立了它的近体诗的格律，我看无可非议。我看讲一点平仄，讲一点音韵，不要过分严整，押大体相近的韵，读起来就比较顺口，比较容易记。讲究一点形式，有什么不好呢？过去被称为形式主义的一些作品，究竟是不是形式主义的，也还可以讨论，当然也确实有形式主义的。就是在形式主义作品里面，它对于形式的研究，中间是否有一些合理的东西，是否需要因为它一成为形式主义，就离开得远远的，不必加以研究了？我看也不必。列宁称说过一部总的倾向很反动的书《插到革命背上的十二把刀子》，他说里面某些部分写得简直好极了，非常生动。是否真有艺术上极高明，思想内容极反动的东西？一个作品总的倾向可以是很反动的，中间一部分也可能写得不错，写出了某种真实，这局部写得好的东西，是否也可说是反动的呢？鲁迅先生不是讲过《荡寇志》，艺术上颇有写得很不差的地方？后来就把它作为一个艺术性越高越要排斥的例子。许多同志讲文学概论，恐怕也用过这个例子。但究竟看过《荡寇志》没有？我很怀疑。

因为这本书后来图书馆一般不出借了。总的倾向是反动的,局部可能也反映了真实,不能讲这写得好的部分也是反动的。一听见形式主义、唯心主义的东西就望而生畏,对总体和局部毫不加以区别,不考虑地点、条件、时间。这种学风无形中把许多可取的东西都卡在外头了。

还有一个问题,是所谓"封建性糟粕,民主性精华"。仔细想想,也有几个问题可以提出。古代的东西,是否可能分得那么清楚明确,两大类,不是民主性的精华就是封建性的糟粕。封建性糟粕究竟又是个什么东西呢?是否有封建性的东西就是糟粕?至少这句话是不够明确的。比如艺术规律性的东西,如形象、典型、不同风格流派,算不上是民主性精华,它符合科学的艺术规律,当然更不是封建性糟粕。过去我们只说民主性精华是好的,那么大量符合科学的,某种规律性的、真实的,艺术水平高的东西,把它们放到什么地位去呢?只讲民主性精华,对这些大量存在的东西却没有提,显然是一个很大的漏洞。关于封建性糟粕,是否带有封建性的就是封建糟粕?怕不能这样讲。封建社会时期很长,哪个东西不带有某些封建性?我们讲清官,讲犯颜直谏,为民请命的官吏,这种人虽然不多,但确是有的,他们中因此杀身破家的人也是有的。评价这些人时,他是封建官吏,一脑子封建思想,但他做的某些事情,发的某些言论,却不能因为它带有某些封建性就说它全是糟粕。我觉得这种概念至少要明确起来。符合科学规律性的东西,在这两类都放不进,过去不提它们,好像只有民主性的精华才可取。因为不提,人们对这些东西便不大去注意了。有人说有个"抽象继承法"。有些东西其实是符合规律性的,如:"兴观群怨"。兴什么,观什么,每个时代的人提这个总有它的具体内容,这些具体内容说来都是为了维护封建统治。封建文人,当然是为封建统治服务的,想维护他们的长久利益。过去的具体内容不可取,而某种规律性的东西现在仍有用。因此,有人在这里面造出一个名称,叫"抽象继承法",就是具体内容,今天不能接受,但它的抽象道理对今天还有用。规律性东西是否一定是抽象的东西?我看并不抽象。比如今天的文学作品,应该为广大人民服务,对革命政治有利。封建时代对文学也有它的具体要求。要求不同,规律还是要遵从。违反了就行不通,所以不能说规律性的东西是抽象的。文学作品总还是要同政治联系起来的,问题是怎样理解政治。把政治理解得很狭隘,是很有毛病的。但如走到另外一个极端,认为文学可以脱离政治也不好,其实想脱离政治也办不到。问题是怎样适当地掌握分寸,不能图解政策,一味要求为当前政策服务,以为这才是为政治服务。我们现

1179

在讲为四化，为无产阶级政治，为广大人民服务。不能把它缩小到为当前某些具体的政策服务，不然，就要产生毛病了。

研究中存在的问题还有不少，但这个问题最大："不敢拿"。极"左"的干扰，框框太多，谁敢拿就要受批判，受打击。人为地划了许多禁区，这么多的限制，逼得大家都不敢碰，当然，就没有多少东西好拿了。一谈封建时代的作品就是散布封建的毒素，唯心主义那当然是反动阶级的世界观，大家都不敢沾边了。古代的合理东西都不是处在一种纯粹的状态之中，它总是带有这样那样的灰尘、错误的东西。问题是要看到它的主导方面，也看到它的合理部分，把它的灰尘拿掉，然后可以选择过来为我所用。鲁迅先生过去对这点谈得很多，他反复指出不敢拿来是不对的。1933 年在一篇文章里，他讲秦始皇烧书是为了统一思想，但他没有烧农书和医书，他收罗许多别国的客卿，并不专重秦的思想，倒是博采各种思想的。对焚书坑儒，鲁迅曾说这是为了统一思想，另外一个地方他又讲这是愚民政策。"四人帮"时代，愚民政策当然不提了。鲁迅讲博采各种思想，秦始皇倒还能这样干。他说只有那种很胆小，对自己缺乏信心的人，才不敢博采各种思想。所以，我以为不能把"兼收并蓄"看成一个坏字眼，文化要发展，恐怕就得来一个"兼收并蓄"、"集大成"。当然是有选择的，就是说凡对我们有用的，对建设社会主义文化有好处的，能够提高社会主义文艺创作水平、艺术质量的，我看就可以采取鲁迅先生的那个方法，"不管三七二十一"，反正你只要对我有用，就拿来。这不是"实用主义"，因为我们的条件，是对提高社会主义文化，提高写作能力，提高鉴赏水平有用。其实这类言论，列宁在《青年团的任务》中间早就反复强调过。他说全人类的文化我们都要批判继承，他并没有讲只能继承劳动人民的文化。劳动人民的文化，当然好，但地主、资产阶级创造出来的文化成就也可以要。历史证明地主、资产阶级也能发现规律性的东西，现在许多科学上的创造发明，不少是资产阶级学者搞出来的，这是事实。我们看的是这个东西本身是否符合科学，是否规律性的东西。如果是，那就不管是谁提出来的，对我们都有好处嘛，真理对大家都有用。过去限制太多，害怕太多，顾虑太多，是很大的障碍。从政治上讲，就是"左"在作祟。现在当然已大有改善了。今天我们从事这方面的研究，首要的还是继续解放思想，大胆地吸收前人一切对我们有用的知识。我相信只有这样，从理论方面讲，才能有助于创造一种具有中国民族特点的马克思主义文艺理论；从实践方面讲，才能有助于提高我们的艺术质量、艺术水平。

就简单地谈这么一些。这是我个人的不成熟意见,仅供讨论参考,请大家指正。

（据录音整理）

1980. 3. 18

（本文是 1980 年 3 月 18 日在《中国文学批评史》师训班的报告）

略谈当前的古代文论研究

当前古代文论的研究形势比起前些年来说是好得多了。这几年来大家从事实中特别感到文艺理论研究大大落后于创作，远不能适应繁荣创作、建设"四化"的要求。因为我们的文艺理论还远不是马克思主义的具有中国民族特点的能够联系当代创作实际、解决新问题的文艺理论。而为了要建立这样一种有实效的文艺理论，搜集、整理、研究、吸收运用古代文论中的合理部分便是当务之急。当前古代文论研究在较多文艺理论研究和教学工作者中逐渐形成一种风气，跟这一认识逐渐广入人心有密切关系。

在过去几种文学批评史著作的导引下，最近又将有几种容量或大或小的理论批评史或专题研究著作出版。对《文心雕龙》、《诗品》、《沧浪诗话》、《原诗》、《艺概》、《人间词话》等重要著作的研究论文或专著已经出现不少。有些还引起了有意义的争鸣。专家或专题的研究文章也时见发表。不仅数量比前显著增加，水平也逐步有所提高。主要是视野比前广阔些了，开始注意到联系相关学科的成果，完全就事论事，局于一隅的情况已开始有所改变。《管锥编》引起了广泛的重视和兴趣。

古代文论研究的资料书也较前增多了。《中国历代文论选》已经修订，《中国古典文学理论批评专著选辑》的种类有所增加，《中国古典戏曲论著集成》得以重印，《历代书法论文选》出版了。听说《历代诗话》、《清诗话》、《词话丛编》都将增订出版，并已新出了《中国美学史资料》选编的上册，等等。绘画、音乐理论的汇编或选辑有的将重印、新编。这些书籍中的一部分过去凭个人力量是很难看到的。尽管其中某些注释、说明还有不少可商之处，资料还有不少遗漏，但对研究者特别是初学之士确已提供了很多方便。当前所以能有越来越多的同志逐步认识到我国古代文艺理论的确是人类文艺理论的一大宝库,同较多资料的较广流布分不开。

古代文论研究工作者的队伍正在扩大。1979年成立的"中国古代文学理论学会",已举行过两次学术讨论会,出版了三辑《古代文学理论研究》丛刊,不但在国内有影响,在国外也受到重视。1980年,华东师范大学中文系与武汉大学中文系接受教育部委托,在上海合办了"中国文学批评史师训班",参加学习的学员来自全国三十多所重要大学,有京、沪、宁各地十多位专家学者先后担任讲课。目前,已有几十所高校中文系开出了"中国文学批评史"、"古代文论选"、"文心雕龙研究"等课程,供学生选修。发表古代文论研究成果的园地,除《古代文学理论研究》丛刊外,"全国高等学校文艺理论研究会"主办的大型学术季刊《文艺理论研究》每期都辟有可容六万字左右的古代文论研究专栏。各地社会科学刊物和高校的社会科学版学报,以及北京出的《文学评论》、《文学遗产》等刊物,都不时刊载一定数量的这种论文。这对提高研究水平,扩大学科影响,培养新起的人才,都是有利的条件。

当前这些方面的良好形势,主要是在粉碎"四人帮"的文化专制主义、愚民政策、对优秀文化遗产要彻底扫荡的谬论之后,在很多同志的共同努力下逐步取得的。党的三中全会提出的政策、方针在古代文论研究这个领域里也开始显出了可喜的成效。每一位有志为社会主义服务、为人民服务而愿意在这一领域贡献其力量的同志,无不为此感到愉快、庆幸。

但这只是一方面。另一方面,古代文论研究中也还存在着不少问题。为了进一步推进这方面的研究,有利于迅速建立马克思主义的、具有中国民族特点的文艺理论,我们还有大量工作要做,很多困难要努力设法逐步克服。

这里我只想谈谈其中的一些问题。

第一,搜集、整理、出版、研究资料的工作还需大力进行,并且需要适当的组织安排,尽量减少甚至避免重复劳动,使有限的人力在短期内能完成较多的工作。资料书比过去是增加了,但印数很少,供不应求,再版相隔时间太久,满足不了需要,这得出版发行部门有全局观点,切实协作。国家在学术研究方面即使贴些钱,赔点本,是值得的,绝不需要大数目。比之某些部门一个项目就会浪费几百万、几千万,甚至几亿,那简直不算什么。我以为像解放前出过的《美术丛书》,校点一下,也还值得出,其中有用而并不重复的东西还很多。文艺理论批评专书固丰富,分散在历代各家文集里的资料数量更多,此外还有许多笔记、

1183

书简、题跋、评点、地方志等等中的材料。哲学家、史学家、教育家甚至医书、农书中往往亦可发现与文论有关或可资启发的材料。工作量确是非常大的，但我们是十亿人口的大国，如果有相当水平的同志数十人安下心来工作几年，大体上也可以搞出个轮廓来了，反正以后可以逐渐再补充增订。华东师范大学中文系五位研究生经过一年多时间的辛勤搜集，现已把先秦到近代主要作家文集中有关基本理论、创作经验的资料抄出两百多万字。主要是诗、词、散文、戏曲方面的，当然也还很不完全。他们准备在这基础上，继续扩大搜集的范围，包括文艺的各个领域。近的目标就是将来分专题按时代把各个领域的有关资料汇编起来，搞出一套丛书。既是资料选编，也可能从中看到一些时代特点、理论发展线索，供文论研究者利用。这是主要从创作经验、艺术规律角度来选编的，不过是资料书的一种做法。五个人可以做到这样，如有十个人、二十个人来搞，花较多时间，一道搜集、整理、精选，不是可以快得多么？也许别的院校亦有同志在做这个或类似的工作。听说现已有几个兄弟院校的同志同时都在搜集小说理论的资料。能否分工合作一下呢？怎样来组织呢？研究工作必须以资料为基础，资料当然越丰富越好。但我们还必须争取速度。为此应力求减少浪费人力。

第二，目前研究文艺理论的同志还存在着各自拘守小圈子，不大联系，不相融会的弱点。搞古代文论的、搞马列文论的、搞西方文论的、搞解放后苏联传入一套的，往往各自搞自己的一套，像不同的专业，甚至搞诗、文、词、曲、小说等理论研究的也不大通气。共同的目标步调应该是一致的——这种认识似乎还不强。一个人的能力、精力有限，不可能面面俱到，但如文、史、哲、教育、心理、美学等不同的学科间应有密切联系，知识面需要力求广博，再由博返约，何况同是搞的文艺理论？知古不知今，知今不知古，知中不知外，知外不知中，没有必要的沟通，如何能逐步融会打成一片？如何能通过各种比较而易于认识、发现普遍的规律和各门艺术以及民族的特点？如何能统一认识，扩大视野，加强联系，以求古为今用，洋为中用？大道理似乎不难讲通，实际上还需采取措施，加以促进。研究古代文论，老钻在古书堆里，尽管注释、考证、解说、争论都有其不可轻看的作用，若是忘记或疏忽了我们还应有更远大的建立新的自己的文艺理论的目的，得用这样的理论来协帮繁荣创作，建设社会主义新文化，那恐怕不能说我们已尽到了应尽的职责。

第三，古代文论的研究也不能只限于研究理论批评家们的文论专篇、专著。

专门的论著当然最直接、最显著,非常重要。但如忽略了对他们创作的研究,一方面,包含在创作中的理论因素就会近在眼前却看不见了;另一方面,对这位理论批评家的专篇专著也就很难作出全面、公允的评价,甚至取得完整的理解也不易。理论专篇是他们理论观点的直接表现,创作则是他们的理论观点的虽然间接却很具体感性的表现。难道我们不能从杜甫、苏轼的创作中找到比他们直接的议论更多的艺术规律性知识?既可能发现更多,又可能找到十分具体的例证,还可能发现其理论的发展变化。我们如果读过严羽集中许多忧国伤时的诗作,就不会轻易指责他的《沧浪诗话》乃宣传神秘主义、唯美主义或形式主义之类的产品。须知我国古代文论家绝大多数就是当时最重要的或相当重要的诗人和散文家。他们的创作是注释其理论含义的最好的证据和媒介。何况我国有许多大作家并无文论专著专篇,而实际上他们的观点对后代的创作却有深远影响。难道屈原、庄子、司马迁、曹操、陶渊明、李煜等不就是这样的人物?当前古代文论研究的对象、范围,是不是还太狭窄、太拘束了呢?

第四,古代文论的某些方面,例如创作经验、艺术技巧,诚然有其相对独立性,与时代、历史的关系不是很密切,但总的来说,文艺理论与当时社会、政治生活、经济条件的发展变化状况都有有机的联系。就事论事,往往不能深刻说明问题,发现根源,加以正确适当的评价。目前的情况,似乎还是就文论谈文论的居多,好像文论是一个相当独立的存在,对前因后果的探讨比较少,而且又是注意思想内容的多,注意审美感受的少,谈思想内容时则往往完全脱离其审美感受。优秀的古代文论,其精义往往是蕴蓄在艺术的具体评价之中,即使有些语言似乎很直截,其实是他读了很多作品,积了很多自己的创作经验谈出来的,对这样的结论,研究者有必要通过深入细致的研究,把文论家的审美感觉分析揭示出来,适当地还原。创作要通过个别表现一般,文论研究往往也需要从具体的分析逐步进到理论的说明。这样的研究,也许更有说服力,更能吸引人。

第五,搞理论研究的人如果自己太缺少审美感觉,只读理论而很少读或竟不读各种优秀作品,很少懂得或竟不懂得这些理论产生时的社会生活和人们的思想感情,恐怕研究是很难中肯的。这就容易从理论到理论,概念到概念,解决不了什么问题。

以上,仅是我匆忙中初步想到的研究中存在的几个问题,它是只有认真学习马克思主义和加强对古代作家理论家原著以及当时社会历史生活的理解才能逐步解决的。因事忙未能到会向同志们学习,姑写几点从工作中得来的教

1185

训,非常粗浅,请同志们批评、指教。

1981 年 9 月 4 日上海

（本文是 1981 年 9 月 4 日在《文学遗产》编辑部古代文学研究座谈会上的书面发言,原载《文艺理论研究》1981 年第 4 期）

简论中国文论
的民族特色

　　要在一篇短文里来全面讨论中国文论的民族特色是不可能的,这里我只想简单地提出其中的四点。所谓民族特色,我认为也不能说它是其他民族一定没有的东西,不过是说,这些东西在我们民族的文论里,占有显著的地位,而且往往具有本民族所特有的表现方式,所以相对而言,成了我们的民族特色。

　　特色之一:尚用。孔子以来,尚用的议论千千万。本来,文艺原是有多方面的作用的,会出现这么许多议论,毫不足怪。大至经邦济国,为时为事,小至娱乐身心,传之后世,全谈到了。值得注意的是"兴观群怨"中这个"怨"字,"怨刺上政",成了历代进步文艺家创作的崇高目标,评论家赞赏的准则。歌功颂德的应制文字,大致都可列入庙堂文学之列,这种作者当时能捞到点好处,但文学史上从无他们的地位。大作家们也难免会写些这种文字,但他们之所以成为大作家,决不是由于有了这种文字,而是他们写的那些关怀民生疾苦、忧国伤时、要求革新弊政的作品在起主要作用。不仅歌功颂德之作得不到大家的欢迎,就是表现欢愉之情的诗文也难得好评。所谓"穷苦之辞易好,欢愉之辞难工",其中道理尽可细细分析,但"穷苦之辞"中有"怨"在,而"欢愉之辞"中则当然没有,这是一个重要差别。对"怨"字,古代文论也曾加以分析,有"为民请命"式的怨,也有个人"叹老嗟卑"式的怨。前者受重视,得共鸣,后者有时也能引起同情,但有识之士则以为品格不高。真才实学而不得展其抱负的人的确各代皆有,可是"叹老嗟卑"的人却并非真的都有才学,很多无非出于一己之私利未得如愿满足而已。不过比之卑躬屈膝、无耻捧场的东西,人们对"叹老嗟卑"之作的反感毕竟还是少一些。为什么?因为其中有时多少反映出了一些封建社会中的不公道现象,而那时的绝大多数人,的确都不同程度受到这种压抑的。"怨刺上政"对不对?只要"上政"真有弊病,害国祸民,加以"怨刺",用今天的话来说就是批评和讽刺,当然对,有什么不对呢? 尽管"怨刺"的动机绝大多数确实不过是希望稍稍改良一下,不要把老百姓逼到走投无路,去铤而走险的地步。"水能载舟,亦能覆舟"呵! 应该说对封建皇帝仍是忠臣,他倒看到了这个王朝的危机和比较长期的利益。可是难道可以因为他仍是封建皇帝的忠臣,就连他对客观存在的时弊的批判也可一笔抹煞? 毕竟是一种有益的批判嘛! 把这种批判放在民族历史发展的长河里来考察,还是有些教育、启发作用的。而若某个比较开明的皇帝因此多少作了一点改良,客观上使老百姓稍为减轻了一些痛苦,那也并不总是坏事。过去有人说这会麻痹人民的斗志,延缓甚至取消革命。我很怀疑这种高调,按此推论,昏君赃官以及一切坏人越多,倒都可以促进革命了! 历史行程难道可以据此来决定的吗?

"发愤著书","不平则鸣","穷而后工",我看这些话都同"怨"的需要和作用有密切关系。主张"文须有益于天下"的顾炎武揭批了当时社会的许多弊端,而不能自己地提出了这个鲜明主张。尚用而着重在"怨",固有长期封建社会专制统治的历史为其背景,但只要社会总需无止境地前进,批判精神将永远值得肯定,当然出发点应该是为了前进而决不应是后退。随着批判对象的不同,方式方法也要讲究,务求产生实效。我们今天强调批评与自我批评,未始不包含有"怨"中的合理因素。

特色之二:求真。 古代文论讲"信",讲"实",讲"诚",意思和"真"差不多。求真有两个方面:反映客体要真,抒写主体也要真。似乎并不像后人设有那么多清规戒律,崇拜统一的模式。即使像主张"宗经"、"征圣"的刘勰,在这方面也颇开明。他对屈原的《离骚》不无微辞,但对它的"惊采绝艳",还是赞叹不止的,因为它做到了"酌奇而不失其真,玩华而不坠其实"。孔子早提出"情欲信",后来欧阳修也指出"事信"的重要。人们称《史记》为实录,老杜诗为"诗史",都包括了主客体两方面的真实这一根本要求在内。修辞要立诚,作文要不得已而言。苏轼指出文章的成功,"非能为之为工,乃不能不为之为工也"。觉得非写不可,不写出来对不起人,有这么一股创造的激情在,文章就必然有内容,必然不虚假。写出客体的真,当然也不限于表象。过去每多以镜之照物来比喻反映客体的真,刘熙载就不同意,说得很有道理:"镜能照外而不能照内,能照有形而不能照无形,能照目前现在而不能照万里之外、亿载之后。"①客观事物怎能单

① 《持志塾言》(下),见《古桐书屋六种》。

凭写出它的外表,可以照见的部分和眼前的静止状态就算已描写得很真了呢?主观很真诚,不说假话,当然很好,但还远远不够,真话并不一定合理、属实、有益。把客体写得很真了,把主体的感受、心灵世界也写得很真了,而且具有极大的艺术感染力,能鼓励人们积极向上,这才是好作品。融真实、真情、真理于一炉,"真"还是最重要的基础。这一主张自然要涉及主体的人品。古人常说"道德文章","士先器识而后文艺",所以都把"道德"、"器识"放在前面,有其深意。即认为无德无品或品德卑下的人是写不出真正好文章来的。"一为文人,便无足观",这里所说的"文人",即指能掉掉笔杆却品德低下或很平庸,只爱雕章琢句、以花俏自喜一类的人。这样说的人倒并不真在抹煞文学的作用,否定一切的文人。人品更重于文品,或者也可算古代文论的特色之一,我认为它便是从求真这一特点派生、延伸出来的。鲁迅有"革命人"才能写出革命文学的谠论,我觉得同古代文论中这一观点有联系。

特色之三:重情。孔子早就说:"情欲信,辞欲巧。"情由人生,重情也就是重人。刘熙载直截了当地指出:"文,心学也。"[①]这样的意思至少在宋代已有些文论家表达出来了。所谓"心学",无异说文学是表现人心的学问。古人也常说"言志",先秦同样有。"情"、"志"其实很难分清楚,言志怎能毫不流露感情?抒情怎能毫不反映思想?"情志"后来往往就被联合在一起运用了,同"情性"、"性情"、"性灵"成了差不多的观念。为了有别于某些说教式的东西,在谈及文学时当然用抒情、言情这些词明确些。古人早就看出文学有潜移默化、感发读者志意的特殊作用,这作用就从情的感染产生的,不是耳提面命的教训,比这种教训的作用要深广得多。当然也不是说文学作品里不能直接说点理,但那是带着强烈感情的说理,是蕴含在感情表现中的说理。枯燥说教而有着文学形式的东西也有,如某些道学家写的诗,却被称为有韵的语录,至于鸟名诗、药名诗之类,则更只能算文字游戏了。古代文论重情,难道不重理?不,也很重理。苏轼说事物都有一定之理,诗文如果表现不出这一定之理,不能把它充分表现出来,就说不上已到了"辞达"的高境界。我们民族的确有重视理性的传统。严羽说得好:"诗有别趣,非关理也。然非多读书,多穷理,则不能极其至。所谓不涉理路,不落言筌者,上也。诗者,吟咏情性也。"[②]这段话有什么错?却被很多人攻讦了几

---

① 《游艺约言》,见《古桐书屋续刻三种》。
② 《沧浪诗话·诗辨(五)》。

百年，真冤枉。他的意思不是很明白吗？文学的特点就该寓理于情，直露了没有味道，就不能吸引人。说理要说得有趣味，不是排斥理性。情若写得丝丝入扣，人就活了，作品就真有生命力了，文学的各种作用就自然发挥出来了，这是单靠华丽的词句、离奇曲折的情节或故作惊人之笔等都不能真正达到的。社会生活当然是源泉，客观存在的事物当然是基础，文学乃是通过刻划性格、描写人情来反映、评价这些事物，否则事物具在，为什么人们对之并不能像读了优秀作品后那样激动、那样爱憎、那样萦回于心、久久无法忘怀？这说明重情既非主观主义，也非唯心主义，更不是非理性主义。

　　特色之四：重简。爱好要言不烦，能使人举一反三；厌恶唠叨不完，以艰深文浅陋。刚读到一篇文章，提出现在要发展马克思主义的文学批评，这当然很需要；但对文学批评家目前在文学界的地位所以很低，却说"其中很重要的一个原因"，是"我们民族的理论思维的薄弱，不像德意志民族孕育出了黑格尔、马克思那样的理论巨人。"非常奇怪！黑格尔的美学体系庞大，有许多深刻的见解，马克思是无产阶级革命导师，更是理论巨人，对此，我们谁也不会有异议。马克思且不谈，难道因为有黑格尔，今天德国文学批评家的地位就特别高了？用黑格尔的著作，就能断言我们民族理论思维的薄弱？部头大，有明显的系统，艰深难懂，这些便可证明理论思维的高强？我毫无意思贬低黑格尔的重大贡献，但对这种脱离历史、文化、民族心理习惯等等要素的比较实在无法苟同。我们无权干涉黑格尔的思维习惯和文风，却有权说我们无须如此跪倒在外国人的脚下，尽管他确有某种权威性。难道刘勰就不是当时世界上的文学理论权威吗？他比黑格尔早了多少年？尽管我们可以不同意宋明理学家们的观点，可是他们的思辨能力并不差。薄弱或不薄弱，不能看外表形式，主要应该看探索的深广度，理论发挥出的力量，对各自的文学发展历史起了多么大的实际作用。德国同样也是巨人的歌德对黑格尔式的理论思维就多次表示并不恭维。老实说，我也绝不认为黑格尔那样的表达方式就是唯一最好的方式。黑格尔当然绝不是"以艰深文浅陋"，但他不能算是一个存心想把理论交给群众的人。"通道必简"，我相信没有一种真理不能用通俗平易的方式充分表达出来。在我们这里，像蹩脚翻译文字那样把并不深奥的问题搞得尽是名词概念，玄之又玄，以示思辨能力高强的东西确已出现不少了，许多读者啧有烦言是正当的。在这个时候说说我们民族文论崇尚要言不烦的特色也许颇有好处。

　　我们民族向来主张"辞尚体要"。这倒未必因为古代书写、纸张刻印都十分

1190

困难的缘故。刘知几称《左传》"其言简而要,其事详而博",在简要中见详博,贯多以少,举少见多,后来纸张印刷方便之后仍被奉为著述的信条,论文谈艺亦不例外。高明之士,每以为有些话是不必谈的,有些话是暂时可以意会尚难确切言传的,有些话是多说了仍难免挂一漏万的。他们认为那些唠叨不休的话中,有的是不说别人也能知晓、悟出的,有的是粗迹、糟粕,有的是欲益反损,反而阻碍了别人思路。刘勰《文心雕龙》谓圣人之文:"虽精义曲隐,无伤其正言;微辞婉晦,不害其体要。体要与微辞偕通,正言共精义并用。"①在《论说》篇中,他说"通人恶烦,羞学章句。"《风骨》篇中,他说:"文术多门,各适所好,明者弗授,学者弗师。"分明是"文约为美"的意思。"体大思精"的《文心雕龙》才两万多字,却已史论评相结合,成为不朽名作。难道它理论不深,分析不精,没有体系?韩、柳、欧、苏,都无理论批评专书(《六一诗话》远不如欧公集中诸文重要),卓绝之论岂少?难道不成系统?诗话,词话,虽零碎而作用甚广,娓娓道来,亲切有味者不少,何尝不如堆砌名词概念、生造字句动辄数十万言之作?各民族互有短长,各有所适,倒决不想尽煞别人志气,一味长自己威风,乃是要求实事求是,有点科学态度和历史唯物主义精神。刘熙载解释他为什么要把著书称为《艺概》:"艺者,道之形也。……顾或谓艺之条绪綦繁,言艺者非至详不足以备道。虽然,欲极其详,详有极乎?若举此以概乎彼,举少以概乎多,亦何必殚及无余,始足以明指要乎?是故余平昔言艺,好言其概。"②我认为我们民族论文谈艺的这一文风特色是今天也还值得发扬光大的。当然,尽可以多样化,但认为这种文风竟成了什么障碍,实在太不公平了。

余论。以上所谈,粗略之至。此外还想补充一个感受,即中国古代文论中还有极多的宝贵东西可供挖掘,对贯通中外古今,进行比较,找出各种普遍的规律,肯定大有作用。宋代陈郁《藏一话腴》所谓"盖写其形,必传其神,必写其心"之说;清代沈德潜《说诗晬语》卷下所谓"性情面目,人人各具,……倘词可馈贫,工同磬悦,而性情面目,隐而不见,何以使尚友古人者读其书想见其为人乎?"明代锺惺、谭元春《古诗归》卷十所谓"退寻",即作品当境成篇,往往不佳,退而寻之,却易出佳作;锺惺又有诗为"活物"之说,因是活物,所以读者尽可各就所识所感,各自为说,虽不必皆有当作者之意,而无不可以有助于对生活与诗的理

---

① 《征圣》。
② 《艺概自序》。

解,实际分析了"诗无达诂"这个聚讼纷纷的问题。稍稍一想,古人这些议论,未始不同目前人们常在谈论的国外文艺理论"文学是人学"、"距离说"、"接受美学"等有相当的联系。至于像叶燮所说:"曰理、曰事、曰情三语,大而乾坤以之定位,日月以之运行,以至一草一木一飞一走,三者缺一,则不成物。文章者,所以表天地万物之情状也;然具是三者,又有总而持之,条而贯之者,曰气。事、理、情之所为用,气为之用也。……得是三者,而气鼓行于其间,纲缊磅礴,随其自然,所至即为法。此天地万象之至文也。"①刘熙载所说:"描头画角,是词之低品,盖词有全体,宜无失其全,词有内蕴,宜无失其蕴。"②是否这里也已接触到了当前正在广泛谈论的"系统论"? 分析不妨入细,即所谓微观,而分析之后尚须综合、宏观,看到子系统上面的高一级系统。这里所讲的理、事、情三者与总持、条贯其上的生气或生命的关系,细部与全体、外表与内蕴的关系,是否不妨看为古人多少也感知到了这个问题对创作与评论实践的一些体验? 我完全没有意思说当代这些新说在古代文论中早已有之,贬低一切新探索的价值。不过表明很多问题,往往在各国各民族的思维、经验中都存在着承传的关系,了解过去,既可以接过前贤的薪火,至少利用它的微光余热,还可表明,并非一切人们尚不明白尚不习惯的新说全是奇谈怪论。所以我补上这一笔,或者还可得些"以复古为解放"之益,并不仅仅借此显示古代文论内容极其丰富而已。

（原载《文史知识》创刊五周年纪念号,1985 年 10 月）

---

① 《原诗》卷一。
② 《艺概·词曲概》。

古代文论的研究
方法需要革新
——《中国古代文论研究方法论集》
编后小记

中国古代文论是一座非常丰富、充满精品的宝库,这一点近年来已为国内外越来越多的研究者所公认。但还远不能说,它的巨大价值已被我们充分认识清楚、估量恰如其分了。尤其因为古代文论家大都相信"通道必简",不习惯也不愿意进行抽象、烦琐、远离实际的思辨,而向往于"不着一字,尽得风流"的特殊境界,认为举一反三,使人思而得之的东西会更有助于把握文学艺术的真谛与精髓。所以传统的文论资料绝大多数是点悟式的,既不穿靴,亦不戴帽。当然文字还有一些,数十字或一两百字便成一篇,并非真的"不着一字"。如何来分析评价这种思维方式和表述方法这里不谈。这既然是一种客观存在,对它进行研究,比之现当代某些系统分明、逻辑严密的论著会产生较多的困难,也当承认是事实。对待不同的研究对象就应有不同的研究方法。

事情当然还远不止此。科学空前地发达,知识像爆炸一般在迅速增加,人们的视野比前开拓得无比宽广,同时在微观方面也深入底层。宏观与微观相结合,又借助科技方面提供的许多过去想象不出的便捷手段,学术领域各个学科间过去曾被忽视或认为并不存在的有机联系正在为人们大量发现,分析以后的综合已被人们认为非常必要,许多边缘的交叉学科纷纷突起。在任何一门科学中,狭隘保守的观念已被深切感觉到其陈旧、落后,数量一般都指不胜屈。这就是为什么即便在学术领域里,努力改革也已是势不可挡的原因。挑战已经掀起,成为热潮,除非安于落后,以抱残守阙自喜,应战才是勇者应走的道路。

应战的道路自然不止一条,改革研究方法当是其中重要的一条。诚然,方法不等于目的,但方法改对了,改革的目的就容易达到。走惯了的道路容易走,可老这样走去,怎能到达新的目的地、创出新的境界、开辟新的领域呢?

1193

中国古代文论研究面临的也是这样一种形势。古代文论研究方法也有待改革。事实上这几年已有一些同志发表了不少探讨这个问题的很有启发意义的论文。这本论文集就是其中的一部分。

和其他社会科学学科一样，包括古代文论在内的文艺学科的研究方法，目前大家正在共同努力探索、改革之中。需要改革是肯定无疑的，改革些什么，怎样改革，如何推陈出新，才有利于活跃评论，繁荣创作，建设社会主义的精神文明，这就需要认真思考，进行各种大胆的探索，经过艰苦切实的劳动，让实际的成绩来作出回答，提供证据。我们已经有了不少讨论成果，已经介绍进来不少新的研究方法，已经有些同志从事改革的实践。古代文论研究界出现了一派可喜的新气象，这是大家都很高兴的。

选入本书的论文，都是党的十一届三中全会以后解放思想，重振学术后的产物。论文作者各抒己见，只要行之有效，符合科学，能深广地说明问题，传统的和外来的方法都应该兼收并蓄，择善而从。改革决不意味着完全丢掉传统，也不能全盘西化。把传统中好的东西同外来方法中合理的东西在现实的基础上融会贯通起来，我相信我们这个学科的研究就能逐渐改变面貌，开拓出一个新的局面。

限于见闻，应该选入而被遗漏的佳作肯定还有，请允许以后补充。同志们要我写几句话，聊当补白罢。

1986 年 3 月 18 日

（原载《中国古代文论研究方法论集》，齐鲁书社 1987 年版）

略谈古代文论在当代文艺研究中的地位与作用

一

　　中国古代文学理论是一个极为丰富的宝库,它对全人类文化有着重要贡献,这是海内外学者都越来越公认的事实。这不能不归功于数千年来斯学先贤们的创造发扬之勤,也不能不归功于近数十年来海内外学者辛勤搜集整理、研究阐说的努力。但应该承认,由于这种努力的时间还不长,方法还不多,有待挖掘的东西还大量处于湮没尘封之中,而由于我们的观念又长期习于狭隘、凝固、保守,往往不能从多方面、多层次、多角度既微观地来分析发展它们丰富的意义和价值,又不能综合地、系统地、宏观地来揭示它们在整个学术领域、民族文化构成中的精义与地位,所以它的影响还是不够深广的,它对繁荣当前文学创作、发展理论研究的积极作用还远没有得到发挥。这中间的原因之一,即在于对斯学的研究,长期仍局限于少数学者、研究工作者之中,就在我们国内,广大文学工作者对这门学问大都还是生疏、陌生的。一门重要的、原本具有广泛性的学问如果只限于少数学者的圈子里,成果只能受到同行的关心注意,它就很难得到迅速的发展,而发挥出它应有的巨大作用,如能选择一部分重要的古代文学理论资料,加上简要的注解,附以可信的语体文今译,就可能使我国这一份极有价值、提供了许多文学规律性认识的优秀文学遗产,在国内广大读书界扩大影响,争取有更多的同志参加这个研究队伍,从而温故知新,古为今用,共同把建设民族化的、社会主义的文学理论这一当前文学界非常需要的事业做好,并向前推进。

普及工作并不容易。有两种"浅出",一是浅入而后的浅出,一是深入而后的浅出。当然后一种浅出才有意义、才有很大价值。有些人不愿做普及工作,以为它太容易,显示不出自己的本领;也有些人则因为看到了它的难度,而不愿轻于承担。我赞同后者的郑重态度,却深望这些同志能为后来者尽力。令我深感欣慰的是,这些年来已出版了一些这方面比较认真的译作,我相信,经过他们以及将来继起参加注译的同志们的辛勤努力,这类书籍必将受到广大读者的欢迎。

二

中国古代文论有自己的特色,这一认识没有分歧。分歧在于你认为这点是特色,他认为未必;你认为有这些种,他认为有那些种,或还有其它种种。我看尽可以各抒己见,不嫌多样,提出来共同探讨,互相比较。既称民族特点,就该从各民族的理论实际中去比较研究,而各民族文学理论的发展如此复杂多样,涉及面是那样广阔,谁敢胆大包天,说自己对人对己,都已了如指掌,全局在眼了,不过我们似也不必认为对此谁都将无能为力,共同的探索积累之功,必然能使我们日益接近事实的真相。问题在于我们都应有追求真理的愿望,和通力合作的诚心,并植根于切实的努力。

中国古代文论有些什么特色?我想极简单地谈谈其中的六点。而且,我宁愿凭经验、凭直觉来谈谈,或许可以减少一些空泛和学究气。

所谓民族特色,我认为,不是指其他民族一定没有的东西。读天下书未遍,动辄就断言这是其他民族一定没有的东西,我往往怀疑好用这样口气说话的人是否真知道这个地球上究竟有多少个民族,多少议论。所以我自己一向只把民族特色这种东西,只看成在我们民族的文论里占有显著的地位,而且具有本民族特有表现方式,是相对的而非绝对的东西。

基于这样的认识,我以为——

特色之一,是尚用。孔子以来,尚用的议论千千万,本来,文艺原是有多方面的作用的,出现这么许多议论,毫不足怪。大至经邦济世,为时为事,小至娱乐身心,传之后世,全谈到了。值得注意的是"兴观群怨"中这个"怨"字,"怨刺上政",成了历代进步文艺家创作的崇高目标,评论家赞赏的准则。歌功颂德的应制文学,大致都可列入庙堂文学之列,这种作者当时能捞到点好处,但文学史上从无他们的地位。大作家们也难免会写些这种文字,但他们之所以成为大作家,决不是由于有了这种文字,而是他们写的这些关怀民生疾苦、忧国伤时、要求革新弊政的作品在起主要作用。不仅歌功颂德之作得不到大家的欢迎,即便是表现欢愉之情的诗文也难得好评。为何"穷苦之辞易好,欢愉之辞难工"? 其中道理尽可细细分析,但"穷苦之辞"中有"怨"在,而"欢愉之辞"中则当然没有,这是一个重要差别。对"怨"字,古代文论也曾加以分析,有"为民请命"式的怨,也有个人"叹老嗟卑"式的怨,前者受重视,得共鸣,后者有时也能引起同情,但有识之士则以为品格不高。真才实学而不得展其抱负的人的确各代皆有,可是"叹老嗟卑"的人却并非真的都有才学,很多无非出于一己之私利未得如愿满足而已。不过比之卑躬屈膝、无耻捧场的东西来,人们对单纯"叹老嗟卑"之作的反感毕竟还是少一些,为什么? 因为其中有时多少反映出了一些封建社会中的不公道现象,而那时的绝大多数人,的确都不同程度受到这种压抑的。"怨刺上政"对不对? 只要"上政"真有弊病,损国病民,加以"怨刺",用今天的话来说就是批评和讽刺,有什么不对呢? 尽管"怨刺"的动机绝大多数确实不过是希望有所改进,不要把老百姓逼到走投无路去铤而走险的地步,"水能载舟,亦能覆舟"嘛! 应该说对封建统治仍怀忠忱并未绝望,他倒看到了这个政权的危机和社会比较长期的利益。可是难道可以因为他的动机如此,就连他对确实存在的损民时弊的批判也一笔抹煞? 把这种批判放在民族历史发展的长河里来考察,应该说对后人还是有些历史教训和启发作用的。而若某些比较开明的统治者因此多少作了一点改良,客观上使老百姓稍为减轻了一些痛苦,那也并不总是坏事。过去有人说这会麻痹人民的斗志,延缓甚至取消革命,我很怀疑这种不管时间、地点、条件反对一切改良的高调,按此推论,则如昏君赃官以及一切坏人越多,倒更可以促进革命了? 历史行程难道可以据此来论断吗?

　　"发愤著书"、"不平则鸣"、"穷而后工",我看这些话都同"怨"的需要和作用有密切关系。主张"文须有益于天下"的顾炎武也揭露了当时社会的许多弊端,因而不能自已地提出了这个鲜明主张。尚用而着重在"怨",固然有长期封建社会专制统治的历史为其背景,但只要社会总需无止境的前进,即使在现代,批判精神仍值得肯定,当然出发点应该是为了促进历史前进而决不应是拉向后退。随着批判对象的不同,方式方法也要讲究。嬉笑怒骂、温柔敦厚,各有其宜,务求产生实效。我们今天强调批评与自我批评,未始不包含有"怨"中的合理因素。有人一听"尚用"就摇头,难道"无用"倒可贵吗?

特色之二，是求真。古代文论讲"信"、讲"实"、讲"诚"，意思和"真"差不多。求真有两个方面：反映客体要真，抒写主体也要真。古代批评家们似乎并不像后人有那么多清规戒律，崇拜统一的模式，即使像主张"宗经"、"征圣"的刘勰，在这方面也颇开明。他对屈原的《离骚》不无微辞，但对它的"惊采绝艳"，还是赞叹不止的，因为它做到了"酌奇而不失其真，玩华而不坠其实"。孔子早提出"情欲信"，后来欧阳修也指出"事信"的重要。人们称《史记》为实录，老杜诗为"诗史"，都包括了主客体两方面的真实之统一这一根本要求在内。修辞要立诚，作文要不得已而言，苏轼指出文章的成功："非能为之为工，乃不能不为之为工也。"觉得非写不可，不写出来对不起人，有这么一股创造的激情在，文章就必然有内容，必然不虚假。写出客体的真，当然也不限于表象。过去每多以镜之照物来比喻反映客体的真，刘熙载就不同意，说得很有道理："镜能照外而不能照内，能照有形而不能照无形，能照目前现在而不能照万里之外，亿载之后。"（《持志塾言》下）客观事物怎能单凭写出它的外表、可以照见的部分和眼前的静止状态就算已描写得很真了呢？主观很真诚，不说假话，当然很好，但还远远不够，真话并不一定合理、属实、有益。把客体写得很真了，把主体的感受、心灵世界也写得很真了，而且具有极大的艺术感染力，能鼓励人们积极向上，主客观统一，这才是好作品。融真实、真情、真理于一炉，"真"还是最重要的基础。这一主张自然要涉及主体的人品。古人常说"道德文章"，"士先器识而后文艺"，所以都把"道德""器识"放在前面，有其深意，即认为无德无品或人格卑下的人是写不出真好的文章来的。"一为文人，便无足观"，这里所说的"文人"，即指品德低下或很平庸，只爱雕章琢句、以花俏自喜一类的人，这样说的人倒并不真在抹煞文学的作用，否定一切的文人。人品更重于文品，或者也可算古代文论的特色之一，我认为它便是从求真这一特点派生、延伸出来的。鲁迅有"革命人"才能写出革命文学的谠论，同古代文论中这一观点不无联系。专横暴戾，极端个人主义，也是一种主体性，也可以是真的，所以谈主体性虽极重要，却不能说任何"自我"都至高无上，还是要有个前提。

特色之三，是重情。孔子说："情欲信。辞欲巧。"情由人生，重情也就是重人，刘熙载直捷了当地指出："文，心学也。"（《游艺约言》）这样的意思在宋代已有些文论家明白表达出来了。所谓"心学"，无异说文学是表现人心的学问，其强调主体的作用是明白的。古人也常说"言志"，"情""志"其实很难分清楚，言志怎能毫不流露感情？抒情怎能毫不反映思想？"情志"后来往往就被联合在

1198

一起运用了，同"情性"、"性情"、"性灵"成了差不多的观念。为别于某些说教式的东西，在谈及文学时当然用抒情、言情这些词明确些。古人早就看出文学有潜移默化、感发读者意志的特殊作用，这作用就是从情的感染中产生的，较之辱骂恐吓、耳提面命的教训，它的作用要深广得多。当然也不是说文学作品里不能直接说点理，但那是带着强烈感情的说理，是蕴含在感情表现中的说理。有的文学形式的枯燥说教，也有如某些道学家写的诗，却被称为有韵的语录，至于鸟名诗、药名诗之类，则更只能算文字游戏了。古代文论重情，同时也很重理，苏轼说事物都有一定之理，诗文如果不能充分表现出这一定之理，就说不上已到了"辞达"的高境界。我们民族确有重视理性的传统，认为轻视理性是不符事实的。严羽说得好："诗有别趣，非关理也。然非多读书，多穷理，则不能极其至。所谓不涉理路，不落言筌者，上也。诗者，吟咏情性也。"这段话有什么错？却被很多人攻讦了几百年，真冤枉，他的意思不是很明白吗？文学的特点就该寓理于情，直露了一般就没有味道，就不能吸引人，起不了什么作用。说明要说得有趣味，耐人思索，一唱三叹，不是排斥理性。当然"歪理十八条"，有趣仍不行。情若写得丝丝入扣引起同情，人就活了，也就能吸引读者了。作品就真有生命力了，文学的各种作用就自然发挥出来了，这是单靠华丽的词句、离奇曲折的情节、盗名欺世的豪言壮语等都不能真正达到的。社会生活当然是源泉，客观存在的事物当然是基础，文学乃是作者通过刻划形象、描写人情来反映、评价这些事物，否则事物具在，为什么人们对之并不能像读了优秀作品后那样激动、那样爱憎、那样萦回于心，久久无法忘怀？这说明重情既非主观主义，也非唯心主义，更不是非理性主义。

特色之四，是重简要，即爱好要言不烦，存心使人自己思考，举一反三，厌恶唠叨不完，以艰深文其浅陋。不久前读到一篇文章，作者认为文学批评家目前在文学界的地位所以很低，"其中很重要的一个原因"，在于"我们民族的理论思维的薄弱，不像德意志民族孕育出了黑格尔、马克思那样的理论巨人"。我觉得此论颇怪。黑格尔的美学体系庞大，抽象思维、逻辑推论很多，有许多深刻见解，马克思是无产阶级革命导师，是理论巨人，对此我们谁也不会有异议。马克思且不谈，难道因为有黑格尔，今天德国文学批评家的地位就特别高了？用黑格尔的著作，就能断言我们民族理论思维的薄弱？部头大，有明显的系统，艰深难懂，这些便可证明理论思维的高强？我毫无意思要贬低黑格尔的重大贡献，但对这种脱离历史、文化、民族思维心理习惯等等要素的比较实在无法苟同。

1199

我们无权干涉黑格尔的思维习惯和文风,却有权说我们无须如此跪倒在外国人的脚下,尽管他确有某种权威性。难道刘勰就不是当时世界上的文学理论权威吗？他比黑格尔早了多少年！尽管我们可以不同意宋明理学家们的观点,可是他们的思辨能力并不差。薄弱或不薄弱,不能看外表形式,主要应该看探索的深广度、理论发挥出的力量,对各自的文学发展历史起了多大的实际作用。德国同样也是巨人的歌德对黑格尔式的理论思维就多次表示并不恭维。即使我不是中国人,我也不认为黑格尔那样的表达方式就是唯一最好的方式。黑格尔当然不是"以艰深文浅陋",但他未必能算是一个很想把理论交给群众的人。"通道必简",我相信没有一种真理不能用通俗平易的方式充分表达出来,直观感受,切身领悟,整体观照,就近取譬,难道就一定不能表现真理？在我们这里,像蹩脚翻译文字那样把并不深奥的问题搞得尽是名词概念,玄之又玄,以示思辨能力高强的东西确已出现不少,许多读者啧有烦言是理所当然的。在这个时候略为说说我们民族文论崇尚要言不烦的特色,也许有些益处。

我们民族向来主张"辞尚体要"。这倒未必因为古代书写、纸张、刻印都十分困难的缘故。刘知几称《左传》"其言简而要,其事详而博",在简要中见详博,贯多以少,举少见多,后来纸张印刷方便之后仍被奉为著述的信条,论文谈艺亦不例外。高明之士,每以为有些话是不必谈或不必多谈的,有些话是可以意会尚难确切言传不用费辞的,有些话是说了再多仍难免挂一漏万的。那些唠叨不休的话,不说别人也能知晓,说了则欲益反损,反倒阻碍了别人思路,有些甚至是糟粕。刘勰谓圣人之文"虽精义曲隐,无伤其正言,微辞婉晦,不害其体要。体要与微辞偕通,正言共精义并用"(《征圣》);在《论说》篇中,他说"通人恶烦,羞学章句",《风骨》篇中,他说"文术多门,各适所好,明者弗授,学者弗师",分明是"文约为美"的意思。"体大思精"的《文心雕龙》不过寥寥三万字左右,却已史论评相结合,成为不朽名作。难道它理论不深,分析不精,没有体系？韩、柳、欧、苏,都无理论批评专书(《六一诗话》远不如欧公集中诸文重要),卓绝之论岂少？难道不成系统？诗、词、曲话、小说评点等,虽零碎而作用甚广,娓娓道来,亲切有味,何尝不如堆砌名词概念生造字句、动辄数十万言之作？各民族互有短长,各有所适,我决不敢尽煞别人志气,一味长自己威风,乃是力求实事求是,有点科学态度和历史唯物主义精神。刘熙载解释他为什么要把著书称为《艺概》:"艺者,道之形也,……顾或谓艺之条绪棼繁,言艺者非至详不足以备道。虽然,欲极其详,详有极乎！若举此以概乎彼,举少以概乎多,亦何必殚及无余,始足以明指要乎,是故余平昔言艺,好言其概。"(《艺概自序》)我认为我们民族论文谈艺的这一文风特色,今天也还值得发扬光大。当然我们也不能自命不凡,定于一尊,但认为这种文风不得自树一帜,竟成了什么障碍,姑不谈虚无主义之类的责备,实在太欠自重,太不科学了。

特色之五,是形式多样,本身即为艺术品。现代我们的文学理论文章,多颇缺乏吸引力、可读性。有的是棍子大棒,令人愤恨惧怕;有的是老生常谈,令人一翻即合;有的是穿靴戴帽,看了几页还未知究竟要讲些什么,实在太枯燥乏味。文字和样式近乎千篇一律。近年似乎还有越写越长,非填满两万个格子不足表示气势大、学问多的趋势。当然,好文章不厌其长,问题在这样的文章极少,而胡说乱扯,空话连篇硬凑拉长的东西太多。古代文论上千字的极少,通常每篇不过几十字,几百字。而且随笔、杂记、书信、题跋、序引、评点,甚至就用诗、词、曲、赋、小说中人物对话本身来随机发几句议论,却非常具体、有趣、中肯,令人读后永难忘记。杜甫是诗人,他的《戏为六绝句》不足一百七十字,谈到多少问题,蕴有多少深意?如让现在有些人来写的话,我看少则两万字,多至五万、十万,绝不令人意外。大量水分加上大量张三李四说过的话,可以很容易达到这个数目,浓缩一下,恐怕仍不过重复这些意思,甚至还远不能如此深切著明有味。陆机《文赋》是一篇赋,刘勰《文心雕龙》运用的是拘束很多的骈体文,司空图《诗品》全用的四言句,不仅说理精深微妙,本身都是公认的文学作品,耐人寻味。创作形式风格应该多样,为什么理论的形式风格就不可能或不应多样呢?

特色之六,是艺术辩证法异常丰富。一与多、远与近、难与易、厚与薄、多与少、形与神、景与情、大与小、疏与密、离与合、变与通、有法与无法,……诸如此类,可以随便举出几十对,它们既对立,又统一,既相反,又相成。可以说从先秦古籍以来,辩证法思想及其细致的运用,即充满在文艺理论之中。不是我们的文艺理论缺乏哲学色彩,而是我们还未及或未能从中去发现其深刻的哲理内含。《文心雕龙》、《白石诗说》、《沧浪诗话》、《原诗》、《艺概》、《人间词话》……不妨再仔细读读这些精光四射的论著。古代文论家很多是优秀的哲学家,不同于人的是他们决不摆哲学家的架势,用故作高深、玄妙的名词术语概念吓唬人,而是举重若轻,平易道来,使人但觉其隽永值得咀嚼,却不感到玄虚、晦涩、难明。刘熙载云:"古乐府中至语,本只是常语,一经道出,便成独得。词得此意,则极炼如不炼,出色而本色,人籁悉归天籁矣。"(《艺概·词曲概》)四十一字中,把至

1201

语与常语、极炼与不炼、出色与本色、人籁与天籁这些对立的概念一下子就融会贯通了起来,虽然并未举出什么例子,但古乐府是大家熟悉的,一经点悟,不易领会的道理便很快使人豁然开朗了,能说这不是了不起的特殊本领吗?

谈了以上六点,还想补充一个感受,即中国古代文论中还有极多的宝贵东西可供挖掘,这对贯通中外古今,进行比较,找出各种普遍的规律,肯定大有作用。宋代陈郁《藏一话腴》所谓"盖写其形,必传其神,必写其心"之说;清代沈德潜《说诗晬语》卷下所谓"性情面目,人人各具,……倘词可馈贫,工同斲镬,而性情面目,隐而不见,何以使尚友古人者读其书想见其为人乎";明代钟惺、谭元春《古诗归》卷十所谓"退寻",即作品当境成篇,往往不佳,退而寻之,却易出佳作,钟惺又有诗为"活物"之说,因是活物,所以读者尽可各就所识所感,各自为说,虽不必皆有当作者之意,但皆可有助于对生活与诗的理解,从而实际分析了"诗无达诂"这个聚讼纷纭的问题。稍稍一想,古人这些议论,未始不同目前人们常在谈论的外国也谈过的"文学是人学"、"距离说"、"接受美学"等有相当的联系。至于像叶燮所说:"曰理、曰事、曰情三语,大而乾坤以之定位,日月以之运行,以至一草一木一飞一走。三者缺一,则不成物。文章者,所以表天地万物之情状也;然具是三者,又有总而持之,条而贯之者,曰气。事、理、情之所为用,气为之用也。……得是三者,而气鼓行于其间,细缊磅礴,随其自然,所至即为法,此天地万象之至文也。"(《原诗》卷一)刘熙载所说:"描头画角,是词之低品,盖词有全体,宜无失其全,词有内蕴,宜无失其蕴。"(《艺概·词曲概》)以至常语所谓"见树不见林"、"见林不见树"等说,是否这里也已接触到了当前正在广泛谈论的"系统论"?"微观"与"宏观"等问题?分析理当入细,即所谓微观,而细微分析之后尚须有宏观的综合,看到子系统上面的高一级系统,这里所讲的理、事、情三者与总持、条贯其上的生气或生命的关系,细部与全体、外表与内蕴的关系,不妨看为古人多少也感知到了这些问题对创作与评论实践所具有的意义。我无意说当代这些新说在古代文论中早已完全有之,贬低各种新探索的价值。不过确实感到不少问题,往往在各国各民族优秀作家的思维、经验中都已有萌芽,有所理解,存在某种承传的关系,并非都是从天而降。了解过去,就可以接受前贤的薪火,至少利用它的熹光微明;还可表明,并非一切人们尚不明白尚不习惯的新说全是奇谈怪论,所以我补上这一笔,或者还有望得些"以复古为解放"之益,固不仅显示古代文论内容极其丰富而已。

三

再联带谈一点古代文论名著今译的问题。从普及的需要看,择要搞些古文论今译,我以为很有意义。在简要的注释之外,对所选代表性作品加以今译,可供掌握古代汉语者作比较参阅之用。当然,译文不过是一种手段,譬如过河需要的桥梁,目的还是帮助读者,借此逐渐能够直接阅读古书。今译至少在清末已经有了,看似容易,做好实极困难。再好的今译,也终究不能替代原作。古今语文变化甚多,词汇修辞语法时有不同,加以思想感情、名物制度、器物风尚改易频频,要求今译处处准确无误,铢两悉称,非常困难,特别有些话意在言外,含蓄既深,又包涵着许多想象、联想的成分,译文往往只能择一而言,无法把原作的所有用心,以及原作未曾用心而客观上却能够引发读者心智的那些无形存在的深广意义都译出来,这是略知译事甘苦者都深知的,好在这也是深知译事之难者都能谅解的。现在有些译者不畏艰巨,尽了他们的大力,值得感谢。不足、可商之处必然仍会有,好在原文具在,又有注释,今译不过供初学的方便,多一种参考材料总是好事。知道了此中关系,它们就能发挥出虽然有限而仍积极的作用了。

1989 年 3 月修订补充

(原载《文艺理论研究》1989 年第 6 期)

中国古代文论的思维特点及其当代趋向

——在新加坡国立大学"汉学研究之回顾与前瞻"国际会议上的报告

中国古代文艺理论有悠久的历史,提出了许多符合规律的论点,具有自己民族的特色,历来为广大读者喜闻乐见,对作者深有吸引力。它的思维特点大要有四:审美的主体性、观照的整体性、论说的意会性、描述的简要性。

审美的主体性:

理论离不开审美,审美要由"我"来进行。中国古代文论非常注重主体的作用。视因袭、模拟、雷同、随风、千篇一律、千人一面为文艺创作的大敌。自得之见、自出手眼、自抒怀抱、为己之学、不随人脚跟、不苟同异、不可无我,这些都是古代有志气、有成就的文人的信条。创作如此,评论也一样。梁代刘勰论文,昂然自称:

> 及其品列成文,有同乎旧谈者,非雷同也,势自不可异也;有异乎前论者,非苟异也,理自不可同也。同之与异,不屑古今。擘肌分理,唯务折衷。(《文心雕龙·序志》)

南宋姜夔论诗,又进一步,说:

> 作者求与古人合,不若求与古人异;求与古人异,不若不求与古人合而不能不合,不求与古人异而不能不异。彼惟有见乎诗也,故向也求与古人合,今也求与古人异,及其无见乎诗已,故不求与古人合而不能不合,不求与古人异而不能不异。其来如风,其止如雨,如印印泥,如水在器,其苏子所谓不能不为者乎?(《〈白石诗集〉自叙二》)

他文中所称苏子即苏轼,所谓"不能不为"的苏轼原文是这样的:

昔之为文者,非能为之为工,乃不能不为之为工也。山川之有雾,草木之有华实,充满勃郁而见于外,夫虽欲无有,其可得耶?自少闻家君之论文,以为古之圣人,有所不能自已而作者,故轼与弟辙为文至多,而未尝敢有作文之意。……凡耳目之所接者,杂然有触于中,而发于咏叹。……非勉强所为之文也。(《〈江行唱和集〉叙》)

而苏轼所说,果闻自其父苏洵。苏洵告语在《嘉祐集》卷十四中还保留着:

风行水上涣,此亦天下之至文也。然而此二物者,岂有求乎文哉。无意乎相求,不期而相遭,而文生焉。是其为文也,非水之文也,非风之文也;二物者,非能为文,而不能不为文也,物之相使,而文出于其间也。此天下之至文也。(《仲兄字文甫说》)

刘勰从评论方面说,姜夔、苏轼以至苏洵都从创作方面说,意思一样。没有客观事物的触发,不会有文章,但文章还是作家写出来的,写他得到触发后的思想感情,事物本身不能产生文章。古代文论家早已看到客体即"物"的作用,同时也早已看到主体即"我"的作用;不仅没有"我"亦不会有文章,而且即使有"我",如这个"我"对客体并无独见、创见、"不能不为",不为即"不能自己"的创造激情,则文章也决不会好,决不可能写出"天下之至文"。物不能自审其美,也非人人都具有高明的审美能力,所以古代文论一直强调文人应有"行万里路,读万卷书"等等的素养。

注重主体的作用并不等于轻视客体。刘勰昂然自信,并非惟己是信,乃自信所论能与客体的势与理相合。姜夔与苏氏父子所称"天下之至文"亦非主体一面"能为"的结果,乃是主、客统一,真实、深刻地写出了客体必然之理、主体必有之情的结果。在古代文论中,注重主体的作用同强调文艺的社会作用没有矛盾,作品越有个性,作家越有高明的创见,作品的影响会越大,其社会作用亦更多。陶冶情性,明辨美丑,同分清是非、善恶,有密切关系。有些人坚持"反功利",只讲美,要求"纯文学",说这种文学最有价值,王国维就曾这样看。但他不能否认"纯文学"有"无用之用"或"不用之用"。既然还存在价值观念,就仍在讲功利，审美本身就体现着某种功利。"纯文学"不存在，功利也反不掉。实际就是这样，所以精微如王国维，在这问题上仍总自相矛盾，未能自圆其说，"反功利"其实只在反他所不赞赏的某种功利，"纯文学"其实只是要求改变某种已经流行却不为所尚的文学。说透了就是这回事，所以在一定情况下这种理论虽然到底站不住，客观上却并非毫无好作用。需要具体分析。讲功利同讲效率究竟有多大区别？讲功利如到了要取消、排斥主体作用的地步，结局会走向反对自己，文艺就不会有生命力了。

观照的整体性：

古代文论家的识见当然也是不齐的，但有卓识的文论家观照作家、作品都有其整体性。即既作微观，论细节，更要作宏观，论大体，有整体观念。论文如论人，细行有亏，若能"临大节而不可夺"，仍是正人、好人，基本肯定。刘勰指责在他著作以前的名家论文之书，主要毛病在"各照隅隙，鲜观衢路"，"并未能振叶以寻根，观澜而索源"。（《文心雕龙·序志》）衢路和根即近整体，隅隙和叶，即近细节。他非常重视在这方面加以改进，成绩卓著。他每用史、论、评三者相结合的方法来提出问题，探索问题，上升为理论。他才大气粗，所以往往势如破竹。真像高屋建瓴，见树又见林，很不容易。但有此自觉，有此目标，就有可能达到。

清代诗论家叶燮也是这样看的。他以"理、事、情"三者"穷尽万有之变态"，概括客观世界的事事物物。理指事物本身发生发展的规律——"自然之理"，"事"指事物的存在形态，"情"指事物各自的特殊生动表现，这里不是指人的思想感情。他又以"才、胆、识、力"四者概括作者应备的条件。作者以其才胆识力写出事物的理、事、情，主客观统一，融会而成作品，即他所说"以在我之四，衡在物之三，合而为作者之文章"。"衡"字下得好，"才胆识力"俱有且高，"衡"得深广，写得具体生动，便会是好文章。这一分析阐明已颇精，但更精的还在叶氏知道，并非这样做了作品一定就好，仍要看两方面是机械凑装成的还是自然汇合成体，具有真的生命，即生气灌注，生意盎然的。在"理、事、情"三者之间、之上，还有"总而持之，条而贯之者，曰气。事、理、情之所为用，气为之用也"。"三者藉气而行者也。得是三者，而气鼓行于其间，絪缊磅礴，随其自然，所至即为法，此天地万象之至文也。"（均《原诗》中语）评价作品，就要看作品有无这种生命、生气，是怎样的生命、生气，能产生什么和多大的作用。对"在我之四"与"在物之三"的所有分析，终极目的还在于找出作品的生命所在来，这就是作品的整

1206

体。写得再多,若由机械凑装而成,没有生命流行其中,生气灌注其间,便不成其为艺术。清代刘熙载以"飞"字形容庄子的文章:

> 文之神妙,莫过于能飞。庄子之言鹏,曰:"怒而飞。"今观其文,无端而来,无端而去,殆得"飞"之机者。(《艺概·文概》)

很多人认为刘氏这一"飞"字,不但肯定了庄子文章有生命、生气,而且生命极活跃,生气极饱满。这就是以一字来论其整体而得很多人赞同的显例。苏轼以"寒"字论孟郊的诗,以"瘦"字论贾岛的诗,不论是否非常贴切,也是他观照整体的表现。这种方法在古代文论中运用普遍,俯拾即是。方法来自观点,有其哲理。但古人往往不愿高谈哲理,宁愿让它蕴含其中,使人思而得之,让学者自悟比说穿更有效。

论说的意会性:

古代文论重在意会,点到即止,让人举一反三。文艺创作和欣赏中许多问题、许多道理,有规律可谈,如何运用这些规律而收成效,神而明之,存乎其人,各有不同巧妙,妙处连作者本人也未必很清楚。端赖自己去体会、钻研、锻炼。创造之妙,因素极多,指出门径可以,修行还得靠自己。聪明的论者不做傻事,应该明白自己只能说到什么地方为止,再多说便不必,甚至无益、有害了。庄子、曹丕早已有了"虽在父兄,不能以遗子弟"的体会。《文心雕龙》体大思精,刘勰仍不止一次谈到:

> 至于思表纤旨,文外曲致,言所不追,笔固知止。(《神思》)
>
> 神道难摹,精言不能追其极。(《夸饰》)
>
> 纤意曲变,非可缕言。(《声律》)
>
> 言不尽意,圣人所难。(《序志》)

苏轼自述:"吾文如万斛泉源,不择地皆可出。在平地滔滔汩汩,虽一日千里无难,及其与山石曲折,随物赋形,而不可知也。所可知者,常行于所当行,常止于不可不止,如是而已矣。其他,虽吾亦不能知也。"(《自评文》)这里点出了学者应"随物赋形"的规律有"常行于所当行,常止于不可不止"的分寸掌握,很重要。但若要求他再进而说明他是怎样运用,才能掌握分寸的,分寸究应定在哪里,这就难了,说死了反而没有益处。"虽吾亦不能知也",并不是他故意保密不肯说,亦非表示谦虚,是实情。歌德不是也这样讲过么:"就我的情况来说,生平有些或许算是好的东西是不可言传的,而可以言传的东西又不值得费力去传。"(朱光潜译《歌德谈话录》)刘勰明白宣布:"文术多门,各适所好,明者弗授,学者弗师。"(《风骨》)文术多门,因时因事因地因人而异,条条大路都可能通罗马,自作聪明,以所知所见的"隅隙"悬为准则、唯一法门,使人误以为这就是"通衢",岂不坏事? 意会性既非出于懒惰,出于中无心得,实出于懂得艺事的特殊规律,深知这样做反利于启发学者的思考,发挥其创造性探索,解除先入的框框。应该有这种灵活性。难道论艺也非得有所谓"一步一个脚印"的"确定性"不可?

描述的简要性:

古人论文谈艺,一是重感性描述,具体生动,本身即文学作品。二是力求简要,因为通道必简,无须烦辞,旨在阐明大体,论说根源,更往往数十、百字即可中肯。所说当然只能是大体、根源之一端,似无系统,联系起来往往即十分明白。例如东坡论文并无专书,资料却极丰富,怎能说没有系统? 他一路讲来,自然会有些变化,但大体根源俱在,人各有己,尽可各极其妙,不能要求人人都去学刘勰或黑格尔,有人根本还不愿学、不屑学呢。有人闭门造车,艺术实践经验极少,却就要自立体系,天马行空,既未见树,何来真正的林。《文心雕龙》体大思精,力求弥纶群言,擘肌分理,唯务折衷,篇幅仍不过三万多言罢,只相当于今天极小的一本册子。他是有意如此的:

> 振本而末从,知一而万毕矣。(《章句》)
> 文场笔宛,有术有门,务先大体,鉴必穷源。乘一总万,举要治繁,思无定检,理有恒存。(《总术》)

清代文论大家刘熙载自叙其书为何名"概",云:

> 艺者,道之形也。学者兼通六艺,尚矣。次则文章名类,各举一端,莫不为艺,即莫不当根极于道。顾或谓艺之条绪缪繁,言艺者非至详不足以备道。虽然,欲极其详,详有极乎? 若举此以概乎彼,举少以概乎多,亦何必殚极无余,始足以明指要乎? 是故余平昔言艺,好言其概,今复于存者辑

之,以名其名也。庄子取"概乎皆尝有闻",太史公叹"文辞不少概见","闻"、"见"皆以"概"为言,非限于一曲也。盖得其大意,则小缺为无伤,且触类引中,安知显缺者非即隐备者哉。抑闻之《大戴记》曰:"通道必简"。"概"之云者,知为简而已矣。(《艺概》自叙)

刘氏此叙,讲出了古代绝大多数文论家为何要如此写法的心里话。这里也有其哲理,举此概彼,以少总多,从特殊反映一般,不是没有哲理,只是不想写成哲学讲义而已。中国古代文论家,绝少不能写诗为文,都有丰富的创作实践与鉴赏经验,这恐怕不失为古代文论既重描述又能简要的一个重要原因。文论如能兼有艺术价值和学术价值,岂非更好? 既好抽象思辨,写法自成一家,完全可以,但不宜以此为高,高低要看实际成绩,不在表达方式。有的思辨虽玄奥但确深刻,有的思辨空话连篇,以艰深文其浅陋而已。体大而不精,话多而不实,足以为戒。古代文论著作内容多样,如保存故实、辨识名物、校正句字,比较异同等等,宗旨本不在于议论,其旨在议论者,除大都仍具有形象、感情特色,哲理、思辨、规律即深寓其中,甚至寥寥几句,即能令人拍案叫绝,一字可抵废话或老生常谈上百、千、万。随手例举,即如梁代锺嵘评晋代张华之诗,云:

其体华艳,兴托不奇。巧用文字,格为妍冶。虽名高曩代,而疏亮之士,犹恨其儿女情多,风云气少。谢康乐云:"张公虽复千篇,犹一体耳"。今置之中品,疑弱,处之下科,恨少,在季孟之间耳。(《诗品》卷中)

锺氏用七十字即指出了张华诗作的特点、弱点、思想上艺术上弱在何处,只能把他放置在中品、下品之间的正确理由。以"儿女情多,风云气少"为嫌,形象生动。后来刘熙载据此以论:"齐、梁小赋,唐末小诗,宋代小词,虽小却好,虽好却小。盖所谓'儿女情多,风云气少'也。"(《艺概·词曲概》)虽沿用锺说,殊未觉其减色,因前面又有"虽小却好,虽好却小"八字。这八字多么辩证,多么有分寸,今天在某些论者手里,可以扩成数千、万字而还觉太少,但结算起来未必能抵得这八个大字。从实践入,有感知、有体知、有理知,而仍保存其部分形象,描写与辨析融会以出,情趣理趣兼收并蓄,妙矣哉! 再举一个苏轼论文的例子:

李建中书虽可爱,终可鄙。虽可鄙,终不可弃。(《杂评》)

只十七个字,就写出了他作这种评价是有一个反复思考、衡量、比较的过程,终于才断然如此说的。后面七字,显然也非容易取得,非有客观公允的识力态度,不能到此。亦是很辩证,辩证就全面。爱、鄙、弃三字,虽不形象,却极通俗、明白,很易达到形象所有的部分效果。这是用极抽象、极玄妙的语言,概念无法达到的。我认为这种写法不但能得到广大读者包括作家在内的欢迎,而且体现出学识与艺术才能的极高的统一。目前纯思辨、脱离实践、枯燥乏味的论著已很少有人问津,作家大都不要看,反而使人对思辨理性产生了怀疑。这当然不能让思辨理性本身负责。

　　歌德多次谈过,如果"靠的主要是理智,总是缺乏这样迷人的魅力。"(页27)对席勒,他说:"看到那样一个有卓越才能的人自讨苦吃,在对他无益的哲学研究方面煞费苦心,真叫人惋惜。"(页13)"总的说来,哲学思辨对德国人是有害的,这使他们的风格流于晦涩,不易了解,艰深惹人厌倦。他们愈醉心于某一哲学派别,也就愈写得坏。但是从事实际生活,只顾实践活动的德国人却写得最好。"(页39)"我国评论家在这种场合总是从哲学出发,评论一部诗作时所采取的方式,使意在阐明原书的文章只有他那一派的哲学家才看得懂,对其余的人却比他要阐明的原著还更难懂。"(页139)"德国人真是些奇怪的家伙! 他们在每件事物中寻求并且塞进他们的深奥的思想和观念,因而把生活搞得不必要地繁重。"(页146)他还说:"少一点哲学,多一点行动的力量;少一点理论,多一点实践,我们就可以得到一些拯救,用不着等到第二个基督出现了。"(页172)(均见朱光潜译《歌德谈话录》,1978年人民文学出版社本)引出上面这很多话,想表明德国不仅有黑格尔,还有歌德。不能说歌德不如黑格尔巨大。他们实际并存着,用不着给他们强分高下。我认为中国文论应借鉴外国的长处,其中包括重视科学的思维及明白晓畅的表现方法,我不赞同那种在文艺创造性工作中对抽象玄谈也一味膜拜、仿效的态度。刘勰昂然表示的"同之与异,不屑古今",今天也可以加进"不屑中外"的态度,我是赞同的。古今中外的很多事物,包括文艺评论,螺旋形发展的历史证明,互相补充、转化、融和的可能性正在增加,必要性亦一样。当代历史正在向趋同发展,当然大同中仍会有小异,正如人之必然有其个性。取精用宏,兼收并蓄,集大成而共求进步,这是历史的必然。

1991.4.1,上海

(原载《上海文学》1991年第9期)

中国古代散文的发展与美学思维形式问题

中国古代散文是一座无比丰富、璀灿的宝库。没有一个中国人包括未有机会读过书的人在内不受到它的影响。很多脍炙人口的名句格言出在传诵千古的名家名篇之中,像谚语一样流传在广大人民口里,传布于穷乡僻壤,尽管他们可以完全不清楚出处究在哪里。在读书人中间情况不同,当然要深刻得多。从私塾、书院到新制的学堂,莘莘学子们琅琅读着背着的多数就是各种散文。我们的诗歌同样光辉灿烂,但散文的应用性较强,意蕴也更复杂、多样。旧时读书人已知要有牢些的古学根底,就不能不力求遍读先秦诸子,《史》《汉》文章,唐宋八家,晚明小品,直到清朝的桐城、湘乡。虽然时代变了,可是一册《古文观止》,不知已印了几百上千万册,至今仍畅销未歇。不消说,这并不是一个怎样好的选本,可新新旧旧要"彻底扫荡"传统的叫嚷却总连《古文观止》与《唐诗三百首》这两本书都未能真的扫荡掉。道理很简单,因为只要其中蕴藏着既优美又合理的东西,原就不应狂言扫荡,它能够"野火烧不尽,春风吹又生",何况优秀文学遗产的生命力,还远不是路边小草所能比拟的。

稍稍一想,我就深感中国古代散文的发展,基本上是和我国长期发展过程中的每一个重要的革新运动同步的。生产发展了,体制有些改革了,思想有了新的变化,特别在这种形势显得很清楚的时期,散文也就有了明显的进步。由片言只语、简古,到有段有篇;由界限不明到有了文学与非文学的具有我国特点的区别;由比较质朴到重视文采;由单一样式到多种多样的题材、风格、体裁;由记言、记事到情文并茂,并且塑造出栩栩如生的人物性格;同时,不同作家不同作品的个性、特色也越来越异采纷呈并在理论上有自觉的倡导了。在漫长的历史演进中,这些发展当然不可能是直线进行的,其间历经曲折、反复、斗争,但总

1211

在螺旋形般进展。长期封建社会无疑给我国文化发展带来过很多束缚，但毕竟也要看到，封建社会时期并非上上下下全是铁板一块，它本身仍不断在缓慢地变化，不是所有的人的一切尊严、生命价值统统被它淹没、压垮、消溶掉了。认为这个时期一切都在停滞之中、人的个性全被抹煞、传统文化只是一团黑暗，这不符合事实。我们有灿烂的文化，毫无愧色的世界第一流文艺家及其不朽作品，这中间也包括许多古代散文的名家名作，业绩具在，用不着谁来吹嘘，谁也不可能凭一时的权势或偏激之辞就能抹掉。百家争鸣的战国时代，司马迁和班固，唐宋古文运动，甚至明代前后七子，晚明小品，清代袁子才，直到龚自珍、康有为、梁启超，当时的那些代表性作家作品，不都在不同程度上与历史同在，有着进步的思想和美学价值吗？如果放到当时的历史条件下去考察，他们都是在解放思想、抨击空虚，挽回颓靡和萎弱，特别在揭露时弊、关心民瘼、忧国忧族、奋起振兴方面表现出了志士仁人之风，形成了我国古代散文始终占据主导地位的优良传统的。这些作家作品，尽管不可避免地带着主要是历史造成的局限，今天看来无疑存在很多不彻底性，却不能不说已担当了他们各自可能范围里的历史使命。

"忧国伤时"，"为民请命"，"以天下为己任"，"先天下之忧而忧，后天下之乐而乐"，无疑这是中国古代散文一以贯之的最重大的主题。每个历史时代都有它的很多问题，封建等级制社会中存在的主要问题就是统治集团的专制主义和政治腐败，把老百姓剥削压榨得活不下去，从而引起各种严重的内外危机。优秀的散文家们充满着对贫苦无告的人民的同情与对暴君污吏的鄙视和痛恨，激情地反映了可悲的现实，抒发了他们的愤恨、不平，尖锐的讽刺，沉重的叹息。胸怀大志而不得不浮沉下僚甚至老死山野，满腔热血进尽忠言触了逆鳞不遭惨死也会贬逐远恶军州，也许从此就断送掉一切希望；但所有这些可鉴的前车却并未能吓倒所有的人，这就是很多优秀作品仍得以产生并传诵下来的原因。要求他们完全已经能像体力劳动者那样来说话，要求他们完全已经能像今天的某些革命家那样来提出问题或作出回答，甚至责怪他们为什么不去参加暴动上山打游击，否则便依然只能算是封建统治者的手执"软刀子"的帮凶，类此"高论"过去我们都耳熟能详，还说是服膺历史唯物主义者的观点呢，可真不知道离开历史实际和千古人心有多么遥远，同老道士们的咒语与迷狂者的呓语究有什么区别。不把这些作家作品看为"中国人的脊梁"和中国古代文学的精华，甚至像现在某些自命"新潮"具有"当代意识"的人们认为还要重视这些作家作品便等于企图"复古",还要强调仍应首先贴近现实,揭发时弊,关心最广大人民生存、发展、权利、尊严的问题已是落后、陈腐,必须"更新""改变"的旧观念,我实在不明白这些人们的理想境界到底是什么,所谓"新"和"当代"还要不要同中国的实际和人类历史的发展前途结合起来,尽可能起些实实在在的积极促进作用。如果在"开放"、"搞活""回归主体"的名义下导致人们一味只顾满足个人的金钱欲望与肉欲的动物状态去,那将是一种多么可悲的堕落。但我坚信这样的"新潮"与"当代"意识,由于它实质上是一种"新"的倒退与人类"原始"状态的复归,终将只能是在一个渺小的圈子里演几小时的闹剧而已,螳臂是决定挡不住社会发展的滚滚洪流的。我们这里还远不是大多数人民已经吃饱喝足,万事大致有规可循,再也不必大声疾呼,而可以清谈玄远,或者追奇逐异,哗众取宠,亦无伤大局的地方,就像西方一些地方那样。

当然,并不是这类主题的作品才是唯一优秀的作品,真的,善的,美的,三者相统一的才真是优秀的。同时,表现别种主题的作品中也有优秀的,好的作品。优秀作家能够在很多方面用不同方法不同方式通过不同题材发挥出他的长处,向来的读者也欢迎不同风格、不同流派、不同特点的作品,只要它是对人们丰富其知识、提高其情操,甚至提供高尚的娱乐都有益的。也许可以说这类作品在封建社会里由于得不到鼓励而产生得较少,但这只能相对说是如此,决非没有。唐宋八大家中,同一位作家就既都有关于国家大事、社稷安危的文学性议论,又有山水清游、亲友来往、日常生活、个人哀乐的清隽妙语。志士仁人也是活生生的平常人,他们都有各种关系,都有七情六欲。他们如此,谁独不然。如果说我们对这类散文过去一般估价不足,那当然也应调整一下观念。不能把真、善、美三者的内容理解得太狭隘,作用和价值在不同的历史时代条件下自然会有点差异,不过凡有艺术魅力的作品其生命力总是长期存在,都值得后人爱护、感谢。钟嵘评张华诗谓"疏亮之士,犹恨其儿女情多,风云气少",这大概就是历史时代的关系,那是一个需要较多"风云气"的时代。而在历史长河中,儿女情、山水音、田园乐,以及诸如此类的人之常理常情,只要写得真切、健康、优美,又为什么不应备加珍惜,使之一代一代感染净化人们的心灵呢?

中国古代散文随着历史的发展,经过历次改革运动的推进,越来越变得平易、通俗、畅达,以至发展为梁启超的新文体,再进为语文基本一致的白话文,这也是极为明显的线索之一。社会生活日趋繁复,简古的文字不能适应充分表情达意的要求,书写传布的条件改善后,著书立说也方便多了,文学作品包括散文

1213

的多种作用得到大家的承认后,配合政治革新的要求,铺张扬厉的赋体以及拘忌过多的骈文虽亦经过一些改变毕竟仍不合时宜,成了散文改革的对象。以唐宋古文诸家为例,他们摧陷廓清了前此不断起伏占过一时主导地位的骈体遗风,固是散文本身的一大进步,同时更是整个政治革新运动的一个内容,"复古"的口号后面实际起了当时条件下"解放"思想的作用,革新需要争取更多人们的理解,过分追求辞藻对偶、声调之美,借古语来发言的骈文当然争取不到读者,更不能震聋发聩,把文章从脱离人民脱离现实的卑弱状态中振兴起来发挥推动改革的作用。唐宋古文诸家如此,后来每次"复古"其名的散文革新,不同程度地都有社会变动的背景。明代以后市民力量的兴起,同样在散文创作上有所反映。近代"新文体"的出现,则显然还有西方近代经济、学术、文化、思想在影响着我们了。散文的越来越变得平易、通俗、畅达,适应了多方面的需要,首先是社会政治改革的需要,改革事业要扩大其影响,复杂多样的思想感情要求尽可能得到充分的表达,后来连梁启超的"新文体"都不够用了,再进而发展成吸收外来语汇的现代语体文,这中间体现出来的一条规律,即民主潮流与改革要求必然会在文学语言上不断发生非贵族化的取向,这是社会的也是文学本身发展的需要。"遗理存异,寻虚逐微,竞一韵之奇,争一家之巧",固非大家风范,生涩怪诞,自诩孤高,所为何来? 自然反映不出历史大潮。试看名作如林的古代散文中,哪有以此留传千古的? 其实平易、通俗、畅达并非是一种单一的文风,在行云流水般的随物赋形中,尽可仍有雄深雅健、沉着痛快等多种风格,表现不同的个性,韩、柳、欧、苏诸大家,岂不都是如此? 学习古代散文名篇,当可得到一点启发,居今日而仍喜为诘屈聱牙之文,实非阳关大道,难辅于世。若更陷入了苏轼批评扬雄所说的"以艰深文其浅陋"的境地,客观上成为自欺欺人,则未免太可惋惜了。

中国古代散文名家名篇都有着各自的独创性。"千篇一律"、"千人一面"、"千喙一唱",雷同的陈言,向为人们所鄙弃。自得之见,自我作古,文章中必须有个"我",则是优秀作家共同追求的目标。刘勰所谓"同之与异,不屑古今,擘肌分理,唯务折衷",这是在自白他的立论心情,优秀作家在创作时无不有类似的心情。只要读读韩愈、柳宗元的论文之作,就可知道他们对前人的长处,都是兼收并蓄,转益多师的,柳宗元还说并不赞成《国语》的某些观点,但写文章时却仍兼师了《国语》。"独创"也有多种情况,创意创辞创题创格创体等等,可以各有所重,作用也不尽相同,但如一无所创,则无情的时间迟早会把它们冲刷掉,或只能被尘封在什么地方,而不会常留在人们的心里。兼收并蓄,集各种有益因素的大成,凡属大家名家,三教九流无不可以用作择取之资,补其所不足,启其所未发,而终于都不同程度成了他自己的"这一个"、"这一家"。一个作家越是能善于广历博见,取精用宏,从古今中外多方面吸收营养,他就越可能成为一代大家,完成他对国家、人民以至全人类应负的一份使命、一种责任,作为一个人的价值必然也就会越高。我认为,学习古代散文,同时也要用当代意识来观照,从中探索、把握其发展及艺术创作的规律,古为今用不但可能,亦是必然的,用处还大得很。读了古代这些名家的著名散文,从其发展的轨迹来思考,当会感到当代散文的进一步提高,诚有待于尽量开放,从各国散文精品中去取得营养,亦是当务之急,绝不是只要重视我国古代的散文就足够了。不懂得应向传统撷取当然不对,不懂得同时应向外国撷取也是不够的。

再谈谈我对鉴赏问题的一些看法。文学鉴赏是整个文学活动系统中的一个有机构成部分,也是一种文学的审美性质的再创造活动。传统的鉴赏观念基本局限于研究鉴赏对象本身,目的主要在于本文的含义,作家的用心,作品产生作用的条件、方式、过程和结果等。现在由于观念的变化、视野的开拓,这样的研究显然已经不够了,已经出现了"文艺鉴赏学"、"文艺阐释学"、"接受美学"等分支学科。对文学作品的研究,从艺术感受,审美判断,到多方面多角度的鉴赏探索,必将开辟出许多新的境界,对向来的感受、解说、评价提出远为扩大、丰富、新颖的见解,甚至出现重要的挑战。这只能深化我们的认识,进一步发掘出传统文化的潜在的现实意义,这决不是坏事。优秀的诗文是否要有个谁都首肯的"达诂"? 究竟能否有这样一个"达诂"? 也许并不需要,甚至原无可能。大同小异或者大异小同,议论纷纷,甚至议而不决,没有什么不好,毕竟这并不是就会引起天崩地塌,关系国计民生的大事。李商隐那些"无题"诗,聚讼至今,岂非丝毫没有减少它们感人的魅力? 散文多数比较明朗,不过也存在类似的情况。社会生活无比复杂,作家主观的用心一般都不能道尽他所写事物的全部客观意义,因此作家的用心纵然他自己有了明白的说明,也决不就等同于本文可能包涵的意义。作品的社会效果和价值,现在我们也清楚它会随着时空以及接受意识的变化而不断变化了,变化之中虽有某些相对稳定的普遍性因素在,但我们毕竟应该用运动、发展的眼光来看待世界上的一切事物,文学现象亦不能例外。否则,后人对过去的作家作品,特别是对那些已经有了所谓"定评"、"达诂"的,便无话可说,无事可作了,这当然决不可能,因为这样想不合理,不科学,实际上也从来不是这样。对韩柳欧苏等等,我们还是要研究下去,而且肯定能作出许多新的成绩。在"接受美学"、"文艺阐释学"等新说传入之前,我们的前辈早已提出了"作者用一致之思,读者各以其情而自得","作者之用心未必然,读者之用心何必不然"等卓越而符合事实的见解,难道不值得今天某些同志惊为闻所未闻吗?考证、索隐、追求本事之学有它们一定的作用,但所谓绝对忠实于本文,已彻底网罗到作品的客观意义,什么都已不烦别人去操心的结论,确是过去、现在连将来都不会存在的。社会时代的标准,鉴赏者的主观条件,不同的审美情趣,都会造成种种的差异,但又都是可能互相启发和补充的。现代文学理论各分支学科的建立,无疑将使人们对文学的本质、总体进程及作用方式,获得更深广的理解和认识。为此,我们固当注意作品中哪些比较明白的意义和审美内涵,包括自己的表白与前人相当精采的解说式判断,但因循固守,作茧自缚总不足取。成功的鉴赏者凭其丰富的生活经验和高明的想象能力,透过形象体系把握到了鉴赏对象所具有的心灵和哲理的内涵,而且又能以个性鲜明的形式把它表现了出来,那就不但能对读者提供智慧和美的享受,自己也将为此首先感到一种极大的愉快。

近来常见有人诟责中国传统思维形式的"落后"于西方,其表现据说便是"单向"、"线性"、"直感"、"经验"、"印象"、"没有系统"、"缺乏哲理深度",等等,真像疮痍满目,不忍卒睹的模样。而言及西方、现代,则满口"逻辑严密"、"体系完整"、"富于哲理"、"乃是科学"等等,简直进步得不能相比。我不知道发为此等论调的人究是怎样作出高下如此悬殊的判断的,究有多少学殖作此大言的依据。由于各种复杂的原因,各民族的思维形式确实存在若干差异,这是事实。但第一,这种差异不是绝对的,不一定对立;第二,对这种差异,为何一定要硬分高下,随意判断为科学或非科学?现在很多同志明白:差异不一定构成矛盾,更多的表现为丰富,多样可以互补,还可以互相转化。这种诟责同样常见于侈口中西文学理论批评之比较,包括文学鉴赏问题在内。但稍知西方二十世纪哲学美学思维已在"自变"的研究者都知道,西方用"逻辑"、"理性"、"体系"、"科学"、"抽象"等等形式思维了几千年之后,当代很多哲学家、美学家却在转向于"现象"、"直觉"、"潜意识"甚至语言与意识、存在与本质的不定性的探讨了。对中国传统的思维形式我们需要反思,努力吸收西方的长处,不过为什么西方传统的思维形式也在"自变"了呢?现代心理学潜意识的发现,将思维引出"意识"、"理性"、"逻辑"的范围,为了判断一种事物,呈现一种观念,其余意识因素都得退隐,而单种意识是不能详尽一切事物的全部的,潜意识语言可能给判断和概念的形式提供多种潜在的可能。"言"与"意"既非绝对一致,这一发现冲击了西方传统哲学美学思维"言能尽意"的自信。现象学则从另一角度将西方思维引出"科学实证的物的世界",它指出思维的客体不仅只是科学、逻辑实证解释的世界,科学实证的对象只是丰富生活中有限的一个部分,而且物质世界还不仅具有物质特性,其本身是一种现象,同样具有向思维主体呈现自身的功能。思维主体以不同态度参入生活,认识对象又会以不同意义对主体施以影响,复杂多样的现象世界就产生了。这种探索对西方传统思维运动中主客体分裂的弊端也提出了质疑。现代西方不少美学家曾努力使其美学形态思维迅速走向可以通过实验仪器和科学抽象的科学美学,使美从经验形态上升到一种特别的实验科学,可是实验证明,他们的努力虽有价值,成效却不大,往往分析的手段愈是具体,实验的手段愈是精确,同美的距离若不说是愈为遥远,也并未更近。这就使他们对常被"无体系"、"无理论形态"、"没有科学和抽象"的中国美学思想———种"潜美学"产生了兴趣。张唯先生这段话概括得很好:"中国美学没有哲学化,哲学却趋于美学化。由于其哲学思维没有受到西方式语言逻辑、推理思辨和数学量的规限,而自由地向直观、直觉、形象思维方面发展,所以它善于捕捉完整的、感性和鲜活的认识对象,在直觉的把握中认识对象的全貌。它不去系统分类,条分缕析,而倾向体味事体的过程,不做一定的结论。又因为它承认语言对意识缺乏精确全面的表达功能,所以思维的结果往往只是形象和概念之间的种种暗示。这种'模糊性'给下一阶段的思维活动提供了多种发展可能性。同时,它排斥了非此即彼的逻辑推理,让思维活动同时呈现几种意识,形成几种判断。如孔子谈及君子之德时说'岁寒,然后知松柏之后雕也',可读为君子之德如松柏,能经受寒峻的考验;也可读为孔子对君子假面虚伪的揭穿。"(注)我们可以为张先生这段话找出很多实例,而且中国古代的文论家多次明言他们是自觉要这样做,并认为应该这样做的。我们现在无意自夸这是唯一完善的思维形式,中西双方各自进行反思,实行互补,而避免那种自命通解,强加于人的结论,这才是适应当前世界学术融汇趋势的真正科学精神,我认为现在鉴赏古代散文,如有这样的认识和精神,自然就会发生出许多新意,无论谈及总体或只抓住作品中某种特点,只要是根据了散文文学本身的特点的,注重文学的审美价值的,怎样的想象都可运用,怎样的欣赏都会给读者带来愉悦,带来智慧。

融汇已经开始,实绩还待大家共同来创造。但愿我们的尝试能为广大读者同志提供一点帮助,为新时期建设社会主义精神文明起些应有的作用。

注:这段文字引自张唯先生《对中国传统思维形式的反思》一文。本节所介绍的西方哲学美学思维的"自变"情况,也曾参考、采用了一些张先生的看法。文载美国纽约出版的《知识分子》季刊1988年冬季号。

(原载《华东师范大学学报》哲学社会科学版,1988年第4期)

附注:本文是为浙江教育出版社《古文鉴赏大辞典》所写的序,该书是我主编的,1989年11月出版,承读书界不弃,获第二届全国图书金钥匙奖一等奖。

中国近代文学
理论的发展

一、变与不变

中国历史的近代概念,起于 1840 年的鸦片战争。战争的失败,使古老的中国开始沦为世界殖民主义、帝国主义的半殖民地。这条历史分界线诚然是较清楚的,但不是说满清统治者的种种腐朽、落后弊病,只在这时才开始。实际上战败乃是早已产生的种种弊病的第一个结果。没落的封建统治加上满清统治者的特别愚蠢、残暴和无能,使它再也无法既狂妄得可笑,又衰弱无比地继续安然维持下去。很多开始对西方国家和世界潮流有点知识,热爱自己国家民族的有志之士对此早已有些觉察,而且深怀忧虑,感到再也不能盲目听从统治者的胡言,一切仍照陈规旧法生活下去而无所变革。这种有志之士的代表人物便是龚自珍(定庵)和魏源(默深)。

龚自珍卒于 1841 年,魏源卒于 1857 年。特别是龚自珍,可算鸦片战争以前的人物。但无论在当时或后来,谈到近代思想和文学的变革,绝大多数论者都首先推源于他们两人,而站在保守立场或抱有某些保守观点的人也同样总先集矢于他们两人。龚、魏最主要最可贵的观点和精神,就是面对当时的危局,要求必须变革,许多方面都要变革,其中当然包括文学。不消说,他们要求的变革只能是一种改良,所论也不是都好都对。后来梁启超已看到这一点,认为龚、魏所说,到他那时亦已大都过时,"顾定庵生百年前而乃有此,未可以少年喜谤前辈也。"[①]梁氏

---

① 梁启超《论中国学术思想变迁之大势·最近世》。

在当时就有历史主义的看法,很难能可贵。

龚、魏两人的文学理论,大要是:主于逆,小如谣俗、风土,大如运会,都格格不入,持反对态度。就是要变革。龚欣赏感慨之作,魏高度评价有"发愤"作用的作品。专取藻翰、专诂名象、专揣于音节风调而不问诗文所言何志的作品,不能反映"一代数代之天下所言",不贵人心,不崇民智,虚而无物,实无心得的东西,都不是他们所容忍的。这就是他们对许多脱离现实、心中没有天下人、对启发当时民智没有益处的传统文学的批判。这些批判针对着汉学家、选学家、桐城派,很有不怕树敌的勇气。①

前人最理解并给予龚、魏两人极高评价的是梁启超。梁称龚氏"于专制政体,疾之滋甚","又颇明社会主义","其察微之识,举世莫能及","语近世思想自由之向导,必数定庵"。称魏氏"一家之言,不可诬","数新思想之萌蘖,其因缘固不得不远溯龚、魏"。龚、魏所治的今文学虽与新思想并无密切关系,但他们作为对旧社会旧思想的怀疑派,却无疑对产生新思想有间接的推动作用。怀疑派只要持之有故,言之成理,即使不必都是真理,一旦怀疑成风,辩难成风,真理就会逐渐出现,就会导致学界革命。龚、魏也是经学家,他们借治经之名来讲当时的经世之术,即变革、改良之术。②

历来主张变革的有志之士在当时总会受到各种保守派的攻讦。尽管近代以来作文者多师龚、魏,影响很大,这个事实反对者无法抹煞,但或从选学家角度贬斥他们,如刘师培说魏氏之文"刻意求新"以骇俗流,说龚氏之文"文气佶聱,不可卒读",师从者不过由于贪图他们的文章"文不中律,便于放言"。③ 号称革命派反对满清统治的小学专家章炳麟(太炎)后来竟攻讦得最为厉害,说龚、魏之文是"伪体"、"不学",诳耀后生少年,"将汉种灭亡之妖"。不满清廷的腐败统治,要求有所变革,这是龚、魏的大节所在,原可与章氏的种族革命思想相通,朴学观点不足以尽明文学的体用等复杂问题,章当时委实也缺乏时代意识和群众观点了。④ 梁启超并不是没有看到龚、魏的某些不足,但总是看主流,根据他们实际产生的作用来进行评价,所以就公允得多。王国维仅据龚氏一首诗比较

---

① 参看魏源《诗比兴笺序》、《国朝古文类钞序》、《定庵文录序》;龚自珍《定庵八箴·文体箴》。

② 参看梁启超《变法通议·论不变法之害》。

③ 刘师培《论近世文学之变迁》。

④ 章炳麟《校文士》。

艳丽便认为"何必考厥平生,而后知其邪辟哉"。① 都是脱离了作家作品的思想主流和当时社会生活实际,就文论文,主观轻下断语,并不实事求是的,这同他们并没有,或变革思想不多不深,有密切关系。直到 1924 年,胡适在其回顾性的文章中仍只看到了龚氏文章的"怪僻",②反远不如钱穆能看到龚氏的"一反当时经学家媚古之习","盱衡世局而首唱变法之论"。③ 其实正就是龚、魏,已认为积极主动的变革比消极被动的变革为好。从他们作为代表人物开始,变革的潮流虽然曲曲折折,在中国古老的大地上终究是一发而不可收了。

二、历史、社会、文化背景

满清政府在鸦片战争中惨遭失败后,一些有识之士开始感到对世界各国的实际情况了解太少,自己没有坚船利炮,应该学习西方的科学技术。1851 至 1864 年间洪秀全领导的太平天国虽仍失败了,但又严重打击和削弱了它的统治力量。其间 1860 年与英法联军作战再次迅即惨败,对侵略者的认识基本上还是停留在武器不如他们这一原因上。所以会称伙同镇压太平军、以美英侵略分子为统领的中外混合军"洋枪队"为"常胜军"。为了要大"练军实",也追求船坚炮利,1861 年成立了"总理各国事务衙门",管办"洋务",包括外交、通商、购买军火、制造枪械、训练新军等多个方面,下设同文馆,派遣留学生,还聘西人为教习,教授英、法、德、俄四国文字和若干应用科学课程,组织翻译外国有关书籍。这就是"采西学"、"大兴西学"、"办洋务"的一些措施。虽仍认为自己的传统文化精粹得很,毕竟不能认为自己全很高明了。魏源受林则徐嘱托整理编写成的《海国图志》除介绍各国情况外,明确主张"师夷之长技以制夷"。师其"长技"而非短处,师的目的是自己有了他们的长技就能抵制它再来侵犯,没有全盘西化和崇洋膜拜的意思。当然,"长技"主要还是指其船坚炮利以及有关的应用科技知识。这个论点对后来办洋务、求维新,仍在摸索改良道路的人起了重要的有益的影响,还得到了补充和发展。但这方面的争论亦一直未断。

变革需要新的人才,具有比较开阔的视野和重视民权的思想境界,应设立

---

① 王国维《人间词话》。

② 胡适《五十年来的中国之文学》。

③ 钱穆《龚定庵思想之分析》。

学校来培养这种人才。科举制废掉了,八股文没用了,传统的汉学啦,宋学啦,性理之说啦,风花雪月、雕章琢句的词章啦,在比较激进的变革家眼里一时都成了不实、无用的东西。以学习"格致"即应用科技为中心的"西学"被推到最重要的地位。翻译逐渐增多,对科学有了较深广的认识,增添了哲学社会科学方面的书,接着政治小说大起作用,再后便是更多的各种文学作品了。文学终于被认为是对社会实行全面变革、培养新民颇有作用的一大势力,而肯定如能用白话文来写作,使大众都能看懂,连不识字的人也能听懂,那么文学的各种教育、陶养、怡情作用必然会更多更大。这个发展演进过程在翻译和创作两方面稍有前后都表现了出来。戊戌变法时期新党人物蒋智由已感觉到这种形势:"工商之世,而政治不与之相宜,则工商不可兴,故不得不变政。变政而人心风俗不与之相宜,则政治不可行,故不得不改人心风俗。人群之事,复沓连贯,不变则已,变则变甲必变乙,变乙必变丙者,其势然也。"①其间有曲折、有争论,但大势所趋,总是一直在进步,顽固保守的思想力量,总在挣扎却也总在继续缩小。如果没有 1840 年以来,特别是戊戌政变后形势的发展与各种努力和准备,就不可能有 1919 年文学革命的胜利。后者实际是瓜熟蒂落、近代文学发展由量到质的飞跃和结果。任何胜利都不可能是没来由地突然飞来,从天而降的。

改科举,废弃以八股文取士是有识之士占压倒优势的呼声。严复激切陈词:"天下理之最明而势所必至者,如今日中国不变法则必亡是已。然则变将何先?曰:莫亟于废八股。夫八股非自能害国也,害在使天下无人才。"他指出八股取士的大害有三,即:"锢智慧"、"坏心术"、"滋游手"。他认为如果没有人才,"虽练军实,讲通商,亦无益也。"②康有为根据他自己的体验,痛陈废弃八股的必要,认为八股陷举国才智于盲瞽,惟恐其稍为有用之学,救时之才,"中国之割地败兵,非他为之,而八股致之也"。作为暂时过渡之法,他建议先废八股,改用策论,一待学校尽开,除废科举,就可教以科学。③ 黄遵宪、蔡元培比康氏更坚决,说开制策科其弊无异于八股。④ 张之洞开始仍主张老办法⑤,但大势所趋,到 1905 年,张自己也不得不参加申请,把科举制废掉了。不过张还是想用"中

---

① 蒋智由语,见蔡元培编《文变·风俗篇》。

② 严复《救亡决论》。

③ 康有为《请废八股试帖楷法试士改用策论折》。

④ 参看黄遵宪《杂感》、蔡元培《文变序》。

⑤ 参看张之洞《哀六朝》。

体西用"来约束、局限学生思想,这在变革过程中看来也是难免的。

改科举,废弃八股,设学堂,学科学,都为大讲西学进一步减少障碍,创造了现实条件。严复、梁启超等继续在舆论上大力推动。严复昌言救亡之道即在"痛除八比而大讲西学","东海可以回流,吾言必不可易也"。他所讲的西学,主要指西学中的"格致",即应用的科技知识。中国前代人也讲格致,实即所谓性理之学,他认为如"陆、王之学,质而言之,直师心自用而已",而西学格致,则是实证的、客观的,严格按探索到的规律办事的,所以确实有用,可以救亡图强。他举出练兵、裕财、制船炮等事,当时所以一直尚无什么成效,并不是因为已经学了西学格致无用,实因根本还未按西学格致之道办事。北洋海军号称强大,何以在同日本侵略者作战中一败涂地? 他指出这乃因在实际上"自明眼人观之,则北洋实无一事焉师行西法",乃"盗西法之虚声,而沿中土之实弊"所致。因此既绝不可以前人的格致之说等同于西学格致,也决不能以学了一点皮毛,甚至外表在学、骨子里仍沿老一套的虚假现象误认为已经真正学了西学,以致视再谈学习西学格致为迂途,无补于解救当前的危亡形势。救亡之道、自强之谋均在讲西学,"早一日变计,早一日转机,若尚因循,行将无及"。①

严氏在这篇充满爱国忧危精神的文章中,也直接谈到了传统文学在国家濒临危亡紧急关头的作用问题。他的基本观点是,文学在这时是"无用"的,"其事繁于西学而无用,无救于危亡"。不过他并未说绝,还补了句"非真无用也,凡此皆富强而后物阜民康以为怡情遣兴之用,而非今日救弱救贫之切用也。"他说"词章一道,本与经济殊科,不妨放达,故虽极蜃楼海市,惝恍迷离,皆足怡情遣意",表明他并非全不理解文学的特性,但他笔锋一转之后,却仍把两者紧紧捆在一起了,还把从事词章者说成好像都是"苟务悦人"以求利禄声华的无行文人,以致"重词章"成了中土的一大"不幸"。② 严氏急于救亡的迫切心情可以理解,他对西学格致的精神与作用之认识,显然比对进步文学的精神与作用之认识要高明得多。

严氏所讲的西学,随着形势的发展,学习的逐步深入,仍遭挫败的教训,讲求的范围扩大了,应用科技之外,也扩及到哲学、社会科学方面。严氏自己先后译出的《天演论》、《自由论》、《名学》、《群学肄言》、《原富》、《法意》、《社会通诠》、

---

① 严复《救亡决论》。
② 严复《救亡决论》。

《名学浅说》、《中国教育议》九书,就放开了原来认识上只重应用科技的局限。由于人们看到了欧洲以及日本等国的某些文学作品在同外敌斗争中起了很大的救国、复兴因而富强起来的作用,对文学特别是某些政治小说发生极大兴趣,翻译文学作品的风气也形成,而且越来越多了。这个过程同整个变革向深广发展的需求相一致。比之开头时只重应用科技,大讲西学确是达到了一个新阶段。

文学再也不像严复说过的那样,是对变革无用的东西了。康有为有所区别,说试帖风云月露之词是无用的,但有助于维新变革的文学不可少①。梁启超指出国之存亡,端在能嗣续优良的国民性,而文学则是嗣读、传播发扬优良国民性的枢机②。陶佑曾畅论文学势力之伟大,能胜过禽兽、武装、宗教、独裁政体之君主等各种势力,用之于善,足以正俗扶风,造百年幸福,用之于不善,足以灭国绝种,伏长远病根,谓"俯视千春,横眺六极,无文学不足以立国,无文学不足以新民,此吾敢断言者也"。③ 在那样一个首要救亡图强的时代,也由于看到、知道了好些国家变革成败的历史事实,先从"新民"爱国这类政治角度来重视强调文学作品的作用,各个历史时期在这种情况下都这样。能起这种作用的必然受欢迎,对其艺术质量不会提很高要求,因为暂时还来不及提这种要求。情况有些改变后,不仅会对艺术质量提出高要求,而且还会要求满足对文学的各种不同的需要。所以从对政治小说的重视开始,不同倾向、风格、流派的文学作品也逐渐盛行起来了。这一变化当然也会在理论上反映出来。其主要代表便是王国维。王氏认为:当时输入我国的,都是泰西的物质文明,严复所奉的,只是英国功利论和进化论哲学,不在纯粹哲学,所以他的学风不能感动我国的思想界。文学上也没有重视文学自身的价值,只看为政治、教育的手段,是亵渎了文学的神圣。文学家如果自己忘掉了神圣的位置,但求合当世之用,就会失掉价值。文学所追求的,乃天下万世之真理而非一时之真理。历代诗人多托于忠君、爱国、劝善、惩恶以自用,纯文学作品往往受到迫害,他以为这就是我国文学不发达的一个重要原因。他说美的性质,是可爱玩而不可利用的,美物有时也可供人们利用,但人们在进行审美时,决不计及它的可以利用之点。价值存

① 康有为《请废八股试帖楷法试士改用策论折》。
② 梁启超《丽韩十家文钞序》。
③ 陶曾佑《论文学之势力及其关系》。

在于美本身,不存在于别的什么地方。① 王氏这类观点尚多。这类观点我国前人虽亦已有些表现,但远不这样系统、明白,并且说得如此气壮。他的观点深受叔本华、尼采等西方文化思想影响,而又能联系本国某些文学作家作品的实际,所以能令并不同意或不全同意其观点的人亦须深思。重视文学的政治、教育、感化作用,以是否胸怀大志,关心生民疾苦,忧时爱国,以及在何种程度上感动读者引起同情为评价作家作品的金科玉律或主要准绳确是事实,现在他却提出了极新鲜、极大胆的主张。他的主张引起了人们的注意,得到过一些人的同情,开拓了理论界的思路,但并未产生多少实际影响。他有精微处、透辟处、也有自相矛盾、未能自圆其说处,违反历史事实、时代要求、大众愿望处。国家民族仍在贫弱交困、急待救亡疗治的时刻,他这些理论大体只可供思考,起到免于走向极端功利而尽失文学特性的作用。鲁迅论文,谓"主美者,以为美术目的,即在美术,其于他事,更无关系。诚言目的,此其正解。然主用者,则以为美术必有利于世,倘其不尔,即不足存。顾实则美术诚谛,固在发扬真美,以娱人情,比其见利致用,乃不期之成果,沾沾于用,甚嫌执持。惟……颇合于今日国人之公意"。② 鲁迅虽认为王氏之论有其合理的因素,终仍以"今日国人之公意"为重,指明了美术有"表见文化"、"辅翼道德"、"救援经济"三种功利,他自己后来创作也分明有着要"新民"、治疗国族之弊病的动机。王氏精微有余,正视现实生活不足,理想成分多,鲁迅精微、切实,故能拥有巨大影响。

文学理论上的上述演化当然不是直线递进,而是有些回环反复的,但基本上对西学的认识讲求以及所受影响,已经越来越扩大深化了。如何估价这种现象? 如果说西学已经无从抗拒,那么究应把它放在怎样一种位置上才合适? 哪是"体"? 哪是"用"? 要不要截然划分"体"与"用"、"中"与"西"? 这些问题会不断冒出来,引起争议,提出各自的回答,必不可免。每一个大变革、大转折的时期都会出现这种议论纷纷的局面,人类社会的很多进步就是在实践中经过争论得到推动而逐渐取得的。

大讲西学,其极端便是全盘西化,认为一切都是西方的好,西学最高。另一极端则相反,认为还是本国的学问最神圣、高明,大声疾呼应保持"国粹",其实

---

① 参看王国维《教育偶感·文学与教育》、《论近年之学术界》、《论哲学家与美术家之天职》、《文学小言》、《古雅之在美学上之位置》诸文。

② 鲁迅《拟播布美术意见书》。

他们所谓国粹是包括最腐朽东西在内的一切固有物。两种人都自称旨在热爱宗邦。这两种极端之见在近代反复出现过，最鲜明的对立可以1895年（光绪己未）发生在湖南《湘报》上樊锥与苏舆两人的一场激烈争论文字为代表。当时湖南新派得势，梁启超、黄遵宪、唐才常、谭嗣同等人的思想影响很大，樊锥倾向新派，苏舆则是最受保守思想代表人物王先谦赏识的马前卒。樊锥指出二千年的封建统治，愚弄、压迫、践踏人民，使人民像牛马一样生活在苦海地狱之中，梏梦桎魂，毫无主权。今宜"洗旧习，从公道，则一切繁礼细故，猥尊鄙贵，文武各场，恶例劣范，铨选档册，谬条乱章，大政鸿法，普宪均律，四民学校，风情土俗，一革从前，搜索无尽，惟泰西者是效，用孔子纪年"。苏舆一一反驳，完全站在统治者的立场上，不但大捧清廷盛德，还骂樊锥不知祖宗，目无千古，贵人人有自主之权是想使国家散无统征，亡且益速，变为泰西民主之国乃真汉奸之尤："尊卑贵残，有一定之分，法律条例，有不易之经，樊锥公然敢以猥鄙恶劣谬乱字样诋毁我列圣典章制度，毫无顾忌，其狂悖实千古未有。"①樊、苏两人在近代史上均未著名，持论却都有各自的社会思想背景，反映出变革过程中对大讲西学涉及民权这个核心问题时的剧烈斗争。两种论调都非真能救亡之策，而以苏舆之极端顽固守旧为尤甚。比较起来，樊锥太简单、粗暴，但还是反对封建专制、主张民权，坚主大讲西学的，不可把他们两人完全混为一谈。

樊、苏的各趋极端没有涉及文学问题，辜鸿铭、胡蕴玉就不同了。辜氏假托两人问答，实则表明自己之意，谓"西人之学，其礼教则以凶德为正，其行政则以权利为率，其制器则以暴物为用，是其学之为害亦甚矣"。为什么他又"言其学不可不知"？原来他是想说"不知西人之学，亦无以知吾周孔之道大且极矣"。②胡蕴玉叹息近代文学及所受日本影响，谓"近岁以来，作者咸师龚、魏，放言倡论，冒为经世之谈，袭貌遗神，流为偏僻之论。文学之衰，至于极地。日本文法，因以输入。……观往时之盛，抚今日之衰，不独文字之感，亦多世运之悲矣"。③

在另一方面，包括胡适、陈独秀在内，首先举起"文学革命"的大旗是很有功绩的，但过了头的话亦不少。如陈独秀称明前后七子及归、方、刘、姚等为"十八

---

① 两人围绕樊作《开诚篇》进行的争论。语从杨世骥《樊锥与苏舆》一文中转录。

② 辜鸿铭《广学解》。

③ 胡蕴玉《中国文学史序》。

妖魔","直无一字有存在之价值","与其时之社会进化无丝毫关系"。① 胡适谓"二千年的文人所做的文学都是死的,都是用已经死了的语言文字做的。死文学决不能产出活文学,所以中国这二千年只有些死文学,只有些没有价值的死文学。"②他们当时是有意如此矫枉过正地讲话的,毕竟并不科学。现在不能因为他们有举旗"革命"之功,便说类此缺乏分析,不能以理服人的极端之论在当时也是完全对的。

"过"犹"不及"。我国古代文论家意识到每一历史时代都有它自己的一个适中点、恰当处,"过"了或"不及"都站不住,缺乏生命力。故常说唯其"当"、唯其"宜"、唯其"是"。此中蕴含着时代观念,历史经验,经过实践的验证。在大讲西学这个问题上,大势所趋,是西学不能不讲,中学也不得抛弃。继起的问题便是哪个为"体"、哪个为"用"? 为"体"大致即为本、为主之意,为"用"大致即服务于"体",只居补充、利用的地位。"中体西用"说后来一般多以稍后的张之洞为其代表人物,实际上这种思想从曾国藩、李鸿章等主张采用西法,译西书"专择有裨制造之书、详细缮出",又奏请选派学生出洋留学"习艺"时已经有了。③ 这时清廷和这些大员为了维护自己的统治也想有所改革,但看到的只是列强的一些外貌,即船坚炮利,即制造这些的声、光、电三学、驾驶操纵之术,以为只要学到了西人这唯一长处,"吾惟日夕皇皇练兵制械,终有横绝地球之日"。④ 所以有此幼稚的幻想,便因自我感觉仍非常好,可赖以富强的数千年文明以及一切"形上之学"仍在我们这里,"彼夷人瞠乎后矣"。曾国藩一面提倡西学,一面仍维护学行继程、朱之后,文章在韩、欧之间的桐城派,成为加上了点"经济"的湘乡派主帅,骨子里难道不已是有了"中体西用"的思想?"中体西用"说后来所以每以张之洞为代表,不仅因为他也主张讲点西学,也办洋务,主要是由于他把这种思想表达得更明白了。他认为:"今欲中国存中学,则不得不讲西学,然不先以中学固其根柢,端其识趣,则强者为乱首,弱者为人奴,其祸更烈于不通西学者矣。"他盛赞孔门之学"集千圣,等百王,参天地,赞化育",今日学者必先通经考史、涉猎子集以通我中国之学术文章,"然后择西学之可以补吾阙者用之,西

---

① 陈独秀《文学革命论》。
② 胡适《建设的文学革命论》。
③ 曾国藩《轮船工竣并陈机器局情形疏》、《拟选聪颖子弟出洋习艺疏》。
④ 刘谦《支那近日党派说略》。

政之可以起吾疾者取之,斯有益而无其害"。① 讲西学是被迫的,目的是为了存中学,中学是根柢,绝不可违离。在他的思想里,"中学为体,西学为用"分明可见。

张之洞的这种主张很合一般被迫"不得不讲西学"者的胃口,但后来相距不远的有识之士虽也主张不可抛弃中学却都和他的议论不同。严复的《救亡决论》中涉及这个问题,几乎都像在逐条批驳张的意见,很有说服力。如严氏说:"从事西学之后,平心察理,然后知中国从来政教之少是而多非,即吾圣人之精意微言,亦必既通西学之后,以归求反观,而后有以窥其精微,而服其为不可易也。"②

稍后梁启超既提出了不应以大讲西学为耻,又指出不可照搬西法,当"神明其法,而损益其制"。当时有人顾虑大讲西学会使国学消灭,梁氏说他不怕这点,反以为"但使外学之输入果昌,则其间接之影响,必使吾国学别添活气,吾敢断言也"。③ 严、梁此论,非同"中体西用",乃可互补。

对这当时成为争论热点提出另种回答的是王国维。他深研西学,又精中学,还是当时罕有的文学理论家,他以"当破中外之见"的主张,实际对"中学为体"和"惟泰西者是效"两个极端都不赞成。他说:"知力人人之所同有,宇宙人生之问题,人人之所不得解也。其有能解释此问题之一部分者,无论其出于本国或出于外国,其偿我知识上之要求,而慰我怀疑之苦痛者,则一也。……学术之所争,只有是非真伪之别耳,于是非真伪之别外,而以国家、人种、宗教之见杂之,则以学术为一手段,而非以为一目的也,未有不视学术为一目的而能发达者。"④王氏这一主张,为大讲西学起了减少些阻力的作用。他的这一卓识,逐渐成为共识,⑤"中体西用"之别,以其脱离实际,无助变革,后来大家也就很少再谈了。

中国近代文学理论大致就是这样经过斗争发展而来,其历史、社会文化背景若果大致如是,则可知《摩罗诗力说》渊源有自,是这一历史时期文学理论的总结,又是这一时期文学理论发展的最贵结晶,明显地起着承前启后的作用。

---

① 张之洞《劝学篇·循序》。
② 严复《救亡决论》。
③ 梁启超《论中国学术思想变迁之大势·最近世》。
④ 王国维《论近年之学术界》。
⑤ 吴汝纶《答严几道》、黄人《清文汇序》、陶曾佑《论文学之势力及其关系》都有类似见解。

鲁迅在此文中不废怀古之功,但更要求审己、知人:"欲扬宗邦之真大,首在审己,亦必知人,比较既周,爰生自觉,每响必中于人心,清晰昭明,不同凡响。"这就是指出:一味自我欣赏而不审视自己的阙失,前途必无光明,有了改进的自觉,才有希望。为此,他坚决主张"别求新声于异邦"。异邦有诸如"立意在反抗,指归在动作","争天拒俗",争取"独立、自由、人道","说真理"等类新声,都还是我们自己非常缺少却极需要的。对异邦行而有效的东西,认为虽应学习,"亦非吾邦民可活剥",应学其"内质",即真精神才是。

鲁迅分析了过去闭关的恶果,孤立自是,精神沦亡,以致维新了二十年仍无甚成效。他呼吁文学界有志之士都要做"精神界之战士",为国族尽最大努力。"家国荒矣,而赋最末哀歌,以诉天下贻后人之耶利米,且未之有也!"[①]

鲁迅凭其热爱国族的赤忱和高瞻远瞩的目光,其认识达到了当时思想界文学理论界的最高峰。别方面的实践条件也已有所准备,进入中国现代历史时期的五四新文学运动远不是从天而降的了。

三、近代文学理论上的主要问题

近代文学理论上的主要问题,这里只谈三方面,即:文体从以文言为正宗到以白话为正宗;内容从国粹主义到反封建,争自由;当时对几个新问题的回答。

1. 文体的由古奥日趋简易,由难懂到要明白晓畅,这在近代以前,早已开始。这是历史发展,社会进化,人们自然的要求,而在急需变革之际,由于更加需要取得广大人民的理解与支持,这个过程就会更快。很多古书上的文字,本是或很接近当时人们的口语,时久语改,于是古书对后人来说,文、言便越拉开距离,使后人读古文非常困难。如不加速改变这种文体,对变革很不利。近代变革之初就提出这个问题,戊戌前后这样的议论更多,而且目的鲜明,即变革者在有意的提倡白话,并且有的还已在有意的开始用白话试作文学,如黄遵宪便是。他分明预感到:"余乌知夫他日者,不又变一字体为愈趋于简,愈趋于便者乎?……余又乌知夫他日者不有孳生之字,为古所未见、今所未闻者乎?……余又乌知知他日者,不更变一文体为适用于今,通行于俗者乎?嗟乎,欲令天下

---

① 鲁迅《摩罗诗力说》。

之农、工、商、贾、妇女、幼稚,皆能通文字之用,其不得不于此求一简易之法哉!"①黄氏还用诗歌形式,既是实践也是理论,宣扬"我手写我口,古岂能拘牵?即今流俗语,我若登简编。五千年后人,惊为古斓斑"。② 此外他还写过九首《山歌》,全用的白话。

文廷式从世变之亟感到,改文体以归简易是大势所趋,求工求雅,是文言文之大病。③

张鹤龄指出文字艰深,政学人才必然都受其蔽,民智也难开。他还从各国文字的比较中,提出了汉字拼音化的设想。④

蔡元培所编《文变》一书中,收有阙名者一文,指出"死语"不能写"活事":天下物类日繁,事端日滋,想用几千年前有限的死语,写今天无数活事,怎能完全中肯?⑤

裘廷梁更畅论白话为维新之本。他说,文与言判然为二,实为二千年来文字一大厄,使许多人不能为有用之学。人之求通文字,"将驱遣之为我用乎?抑将穷老尽气,受役于文字,以人为文字之奴隶乎?"他指出白话之益有八:省日力、除骄气、免枉读、保圣教、便初学、练心力、少弃才、便贫民。所论大都切于实用,便于群众。他的结论是:"愚天下之具,莫文言若;智天下之具,莫白话若。……文言兴而后实学废,白话行而后实学兴;实学不兴,是谓无民。"⑥

同时王照历观前代,参以日本经验,也痛论文、言不一致给读者带来的困难,对国家进步造成的危害。为此,他还为北方不识字的同胞试制了便于学习的字母。⑦

梁启超也说:"文学之进化有一大关键,即由古语之文学,变为俗语之文学是也。各国文学史之开展,靡不循此规道。中国先秦之文,殆皆用俗语。"⑧

不消说,这期间继续反对白话和以白话为文的人还不少,有名的如林纾《致

---

① 黄遵宪《日本国志学术志·文学》。
② 黄遵宪《杂感》。
③ 文廷式《罗霄山人醉语》。
④ 张鹤龄《文蔽篇》。
⑤ 阙名《论中国文章首宜变革》。
⑥ 裘廷梁《论白话为维新之本》。
⑦ 王照《官话合声字母原序》。
⑧ 梁启超《小说丛话》。

蔡鹤卿书》中的反对"行用土语为文字",否则"凡京津之稗贩,均可用为教授矣"。① 但由于文学革命的声势不可阻挡,思想革新的重要已为极大多数人所认识,反对的议论虽不绝如缕,显然已越来越难成气候,溃不成军了。

从上所说,可知胡适、陈独秀等所据白话文学的史实固早已是客观存在,其提出的论点甚至所用某些字句,也已在前人文章中出现过。此前早已有人开始在有意的主张白话文学。蔡元培所说"白话与文言,形式不同而已,内容一也"。② 此说不尽确,文体变革必然会带来思想内容的一定变化,有利于科学精神与民主精神的发扬。不过他们立说之初,如胡、陈两文,用的仍是文言文,虽已很平易。立论也未周密,不尽合实际,如说白话文学"为中国文学之正宗","中国这二千年只有些死文学,只有些没有价值的死文学",③等等。陈独秀当时持的竟是这种态度:"鄙意容纳异议,自由讨论,固为学术发达之原则,然而改良中国文学当以白话为文学正宗之说,其是非甚明,必不容反对者有讨论之余地,必以吾辈所主张者为绝对之是而不容他人之匡正也。"④胡适态度原较持重,而亦终于赞赏陈的这种精神为"勇气",则难道在这种时刻,科学与民主就应当靠边站了才对?"改良中国文学当以白话为文学正宗"是对的,说白话文学过去也已"为中国文学之正宗",显然不合事实。矫枉过了"正",终究仍得再费力矫过来,而若还频频折腾,总是过正的时候多,而"正"的时候少了,有什么益处呢?

2. 近代文学理论在新旧交替、救亡图强的大变革世运中,对充满封建专制思想内容的旧文学传统进行了很多批判,这是要求改良、变革的一种进步表现。这时非常需要发挥文学能有的新民作用,不批判揭出旧文学的种种弊病就不行。不过总的说来,一味否定、完全抹煞过去的很少,认为凡有好的作品及优良传统,对当时现实变革能起积极作用的都应尽量吸收,却较多。陶曾佑即认为"国度何判东西,时代不分今昔",只要是好的东西就应继承发扬,是坏的东西即应舍弃。他指责"经则详于私德,略于公益,为个人主义之怅;史则重于君统,轻于民权,开奴隶舞台之幕;子则鄙夷浅显,注重高深,耗学者之心思脑力;集则记载简单,篇章骈俪,种文坛之夸大浮哗"。⑤ 虽嫌笼统,未加区别,仍可感到他有

---

① 林纾《致蔡鹤卿书》。
② 蔡元培《致公言报并答林琴南书》。
③ 胡适《建设的文学革命论》。
④ 陈独秀答胡适书中语,见胡著《五十年来中国之文学》。
⑤ 陶曾佑《论文学之势力及其关系》。

眼光。

完成于 1907 年的鲁迅的《摩罗诗力说》是一篇对中国传统文学既有批判亦未一概抹煞，还对其未来充满希望，并提出变革的目标主要在反对封建、争取自由，充满爱国激情和抗争精神的巨著。在他之前，近代文学理论中国已不乏与欧美、日本文学相比较，开始从中汲取通过变革取得国族复兴经验的论述，开辟了中外比较文学研究的新路，但都未能像他这样论述得系统、扼要，充满时代精神与现实意义。

鲁迅肯定中国古代有先进的文明，并有自己的民族特色："夫中国之立于亚洲也，文明先进，四邻莫之与伦，蹇视高步，因益为特别之发达。及今日虽雕零，而犹与西欧对立，此其幸也。"他作了分析，中国古代文明的"得"处在于"以文化不受影响于异邦，自具特异之色彩，近虽中衰，亦世希有"。没有因近之中衰而完全抹煞过去确有的成就。

鲁迅分析中国古代文明中衰的原因，在于闭关自守，不能与世界大势相接，使思想日趋于新。他当然主张变革，但清醒地看到苍黄变革还远未取得应有的成效。"失"处在"以孤立自是"，不遇比较，终至堕落而乏实利，抵不住新力量的打击。用习惯的旧眼光观察一切，当然得不出正确的理解，所以讲维新虽已二十年，新声却至今未曾起来。国粹主义者闭目塞聪，抱残守阙，毫无反省之心，不明新变之必要，必然会没落下去。只有懂得了这种道理，即有了变革的自觉，那么真正优良的传统文明，才能永远不死地承传下去。鲁迅是平心静气地讲道理的。

为了要与世界大势相接，鲁迅力主"别求新声于异邦"。当时欧美、日本确多进步的新声。追求新声于异邦的动因在于"怀古"，即热爱我们国族，维护我真正优良的传统文明。异邦的新声不止一端，我们应先选求其对我国的变革事业最有帮助的，于是他提出了摩罗诗派。摩罗诗派及其代表人物裴伦（拜仑）和修黎（雪莱）等的具体活动以及向往自由民主、对封建专制压迫的坚决反抗精神正是我们当时最需要的新声。鲁迅具体指出，他们的这些声音和表现：

> 立意在反抗，指归在动作。
> 超脱古范，直抒所信，其文章无不函刚健、抗拒、破坏、挑战之声。
> 重独立而爱自由，苟奴隶立其前，必衷悲而疾视，衷悲所以哀其不幸，疾视所以怒其不争。

所遇常抗,所向必动,贵力而尚强,尊己而好战,其战复不如野兽,为独
立、自由、人道也。

　　旧习既破,何物斯存? 则惟改革之新精神而已。①

所有这些称述,难道不果然是当时我国最缺少的新声? 讲维新已二十年,这样
的新声确还未曾振起。大讲西学固然不错,但多年来介绍过来的,不过是"治饼
饵、守囹圄之术"这类细物,如仍这样下去,中国将只能"永续其萧条"。鲁迅大
声呼喊:"今索诸中国,为精神界之战士者安在? 有作至诚之声,致吾人于善美
刚健者乎? 有作温煦之声,援吾人出于荒寒者乎?"他迫切希望精神界应有更多
的勇猛战士。对此他虽然焦虑,显然仍抱希望:"顾即维新矣,而希望亦与偕
始",第一次维新未成,"第二维新,亦将再举,盖可准前事而无疑者矣"。失望而
仍满怀希望,慨叹而仍保持着对国家人民的坚定信念,始终毫无畏惧,绝不放松
地进行艰苦的斗争,这就是伟大的精神界之战士鲁迅的光辉的一生!

　　鲁迅当时有进化论思想,向往资产阶级革命的理想,但在当时历史条件下,
他已勇敢地作出了他能做的一切,站在为国族命运而战斗的最前列。在批判继
承发扬光大人类优良文化传统这一重要理论问题上,他的观点至今仍有现实
意义。

　　3. 在近代文学随着时代发展而进行的变革活动中,必然会产生很多新的
问题,做出各种不同的探讨和回答。回顾一下不仅有趣,也可作为借鉴。

　　① 文学与政治、事功的关系问题:

　　中国古代文学理论一向非常重视文学的社会作用,从孔子开始,历经曹丕、
陆机、刘勰、钟嵘等等,绝大多数论家莫不如此。平时如此,在国族危急存亡之
秋,忧国伤时,大声疾呼,号召起而卫国保民,向被视为文学家的天职,这样的作
品也确能发挥重大作用。近代严复说过文学在这种关头"无用",因远水不救近
火,但承认在承平时期它能"怡情遣兴"。"尚用"可说是中国文学理论长期通行
的准则。王国维对文学作品所持的价值观念却跟过去大异。

　　王氏认为文学一旦成为政治教育的手段而不重视它本身的价值,就没有价
值。文学以忠君爱国、劝善惩恶为目的,求以合当世之用,就不是纯文学,就是
无独立价值的表现。他认为:"餔餟的"与"文绣的"文学都决非真正的文学,文

---

　　① 鲁迅《摩罗诗力说》。

学乃游戏的事业。① 蔡元培和鲁迅有一些近似王氏的见解，②但实际则大不相同。无论就立论之大体及他们的具体实践说，都如此。王氏主张及行事比较一贯，他的学术研究比较精微，但他同生活在其中的大变革时代确实极少关系，在他的作品里很难感到有当时时代精神。他对文学持这种价值观念深受西方某些学者的影响，虽言之凿凿，往往自己亦难能贯彻。如他在诗人中最称赞屈原、陶潜、杜甫、苏轼四人，说他们既都有文学天才，人格亦足千古，学问德性都好，故能写出真正的大文字。但这四人难道都是独立于政治、事功之外的？屈原执着恋念故国，陶潜有金刚怒目一面，杜甫穷年哀黎元，苏轼言必中当世之过，他们的作品所以传颂千古，能艺术地表现这些思想内容无疑是主要原因。社会是复杂的，文学家的思想观念会随时代与个人遭遇的变化而变化，矛盾而矛盾，不同时代不同读者的需要也有不同，所以并无急功近利的文学，只要具有真、善、美的一定品质，仍能具有长远、深广的作用。用处不同，用有大小，如果什么用处都没有，作品即无从产生。"无用之用"、"不用之用"，到底还是有用。昌言所谓"纯"文学，所谓文学应有其"独立之位置"，文学本身就是目的，云云，或出于不满当前的政治、事功，或出于如鲁迅说过的人们时有变化的某种心境，揆之实际，殊非普遍性真理。王氏未能自圆其说，不是理论能力问题，乃由于与事实不合。

② 文学是心学：

高尔基有"文学是人学"之说，我国有文学是心学之说。心指人心，人学与心学并不冲突，但前者较泛，后者较实，更便于说明文学表现人们思想感情的特点。文学是心学这种体认，在先秦古籍中已可找到不少资料，但讲得最直捷明白的，要推近代文论大家刘熙载。他反复指出：

> 《易·系传》谓"易其心而后语"，扬子云谓"言为心声"，可知言语亦心学也。况文之为物，尤言语之精者乎！③
> 文，心学也。④

---

① 参看王国维《教育偶感·文学与教育》、《论近年之学术界》、《论哲学家与美术家之天职》、《文学小言》、《古雅之在美学上之位置》诸文。

② 参看蔡元培《以美育代宗教说》、鲁迅《摩罗诗力说》。

③ 刘熙载《艺概·文概》。

④ 刘熙载《游艺约言》。

书也者，心学也。^①

刘氏用"心"来规范文艺，同他重"道"并不矛盾。"道"不会自己表现出来，必须由人去观察、探究出来，古人早已指出"心之官则思"，离开了"心"，道无从体现。单用一般的言语把道表现出来，可以成为别的作品，要成为文学，还要讲究巧妙的语言艺术。语言艺术不只是技术，同对客观事物本身固有发展规律的认识分不开。故归根到底言语亦是心学。心是客观存在的能动反映，艺术需要用心，艺术是为净化、美化、提高人心而创作的，需要人心的接受和沟通才起作用。无论从观察、探究、表现、争取接受和沟通，作者和读者都始终离不开心的活动，思想感情便是心灵活动的产物和成果。明确提出文学是心学，可以认为刘氏对文学本质认识上的一大进步。更有深意的是，刘氏还说："《诗纬·含神雾》曰：'诗者，天地之心。'《文中子》曰：'诗者，民之性情。'此可见诗为天人之合。"^②从中我们有理由还能探索出他的文艺为主客观的辩证统一，文学创作既离不开客体也离不开主体的文学思想来。而且"心"还重在"民之性情"，刘氏诚不愧为近代文论家中大有贡献的人物。

③ 翻译文体与输入新名词的争议：

严复和林纾是近代翻译工作上影响最大，贡献最多的两人。严是介绍西洋近世思想的第一人，林是介绍西洋近世文学的第一人，两人翻译所用的文体都是文言文。严氏首先提出"信、达、雅"标准。严在翻译过程中，深感面对西方踊出的新理，极难从固有的中文里找到恰当文字对译，需要自己衡量定名，如"物竞"、"天择"、"储能"、"效实"等名，都是由他开始使用的，"一名之立，旬月踟蹰。我罪我知，是在明哲"。^③ 充分表达了辛勤负责，自信却不以为自己必是的坦诚精神。

严氏译书用文言，吴汝纶称赞"其书乃骎骎与晚周诸子相上下"。^④ 他这样求雅，一因觉得"用汉以前字法句法，则为达易"，二因他是想给多读中国古书之人看的，不这样译他们就不要看，那时许多读书人还看不起近俗应用文字。但吴氏也看到了这样译法太不通俗，而且不赞成严氏的大变原书体制，主张易其

---

① 刘熙载《艺概·诗概》。

② 刘熙载《艺概·诗概》。

③ 严复《天演论译例言》。

④ 吴汝纶《天演论序》。

辞而仍其体。① 他也不赞成严氏在译书中把原书所引西方古书古事改用中事、中人。② 吴氏基本倾向直译,关心到了译书不能忽视社会效果问题。

章炳麟对严氏文章表示不满,谓"于声音节奏之间,犹未离于帖括,……盖俯仰于桐城之道左,而未趋其庭庑者也"。③ 章氏仅就一己所好,论其文章,实未中肯。

黄遵宪则不同,认为"译书一事,以通彼我之怀,阐新旧之学,实为要务"。他希望严氏能登高一呼,把翻译文体加以改革,"至于人人遵用之乐观之",这至少也是文界的一种维新表现。④ 黄的出发点同章炳麟显然不一样。

对严氏的翻译,在《新民丛报》上曾引起一场辩论。该报记者在介绍《原富》时,指出严氏"文笔太务渊雅,刻意摹仿先秦文体,非多读古书之人,一缕殆难索解。……非以流畅锐达之笔行之,安能使学僮受其益乎? 著译之业,将以播文明思想于国民也,非为藏山不朽之名誉也"。⑤ 严氏答辩提出两点,一为当时译人尚无统一的"律令名义"可据,直译读者仍难悉解,二为他译此书"原非以饷学童而望其受益也"。⑥ 记者的评论正大,表现了时代要求,虽还未能提出应以白话来翻译。严氏答辩属实,但并不能否认其译文太雅的弱点。鲁迅看出,严氏"后来的译本,看得'信'比'达'、'雅',都重一些"了。⑦

林纾不懂西文,全据别人口述,用文言文翻译西洋小说达156种。在清末民初,产生了广泛影响。他自己亦深苦不通西文。批评他译文的人很多,李详谓其所译小说,重在言情,"纤秾巧靡,淫思古意,三十年来,胥天下后生,尽驱入猥薄无行,终以亡国。"⑧章炳麟说他的文章比严复更下,"自以为妍,而只益其丑也。"⑨这些苛论反映了他们自己的封建思想和不全懂得文艺作品的真谛。林译任意删减原文,却不避新名词和外来语。他以文言文意译长篇言情小说,不但在中国文学史上是创举,也为近代小说开了生面。他对近代中国文学的发

---

① 吴汝纶《答严几道》。
② 吴汝纶《答严幼陵》。
③ 章炳麟《太炎文录·别录·社会通诠商兑》。
④ 黄遵宪《与严又陵书》。
⑤ 见《新民丛报·介绍新著〈原富〉》。
⑥ 严复《与〈新民丛报〉记者论所译〈原富〉》。
⑦ 鲁迅《二人心集·关于翻译的通信》。
⑧ 李详《再答钱子泉书》。
⑨ 章炳麟《太炎文录·与人论文书》。

展是有贡献的。鲁迅、周作人译的《域外小说集》继起,由于直接了解外文,思想进步,选择的作品对改革更有利,自然都超过了林译,不过也还是用文言文译的。这是过渡时期必经的过程。后来改用白话翻译,胡适称这是文言文的失败,其实乃是文言文已经过时,新陈代谢,笼统说成"失败",并不恰切。

在译书过程中必会遇到的另一问题是面对西学中许多新知新事新理,在中国固有文字中找不到适当的来表达,怎么办?于是就有用音译的,如"赛因斯"、"德谟克拉西";有据意自创的,如"物竞"、"天择";有借用日本以汉字造成已流行的,如"手段"、"手续"。翻译家好不容易创造或输入了一些新学语、新名词,妥当与否且不论,首先就会受到旧派文士的攻讦。梁启超自我解放,打破古文义法,务为平易畅达,时杂以俚语及外国语法,虽新文体,学者竞效之,老辈则诋为野狐。① 连他的老师康有为都不满意这种文体,叶德辉、刘师培、胡蕴玉等纷纷大肆讥斥。如从日本输入的手段、手续、取消、取缔、打消、打击、崇拜、价值、社会、绝对、唯一、要素、经济、人格、谈判、运动、双方、起点等等我们早已常用的词语,当时竟都是他们攻讦的例子。② 外国新学语、新名词的输入,不可避免同时会输入一些新的思想。反对新文体、新学语、新名词的人,不少就是反对新思想,反对变革的人。

王国维在这个问题上的观点非常通达。他认为翻译时创新名是必需的,输入也是应该欢迎的,采取日本译语既比自创便利,而且有利两国学术交流。他认为新学语应使大多数读者了解;好奇者滥用新名词、泥古者唾弃新名词都不对。③ 谭嗣同、夏曾佑、梁启超都曾滥用过新名词,"颇喜掊扯新词以自表异",别人看不懂。梁启超后来回想此事时说:"今日观之,可笑实甚也。"④"过渡时代,必有革命。然革命者当革其精神,非革其形式。吾党近好言诗界革命,虽然,若以堆积满纸新名词为革命,是又满清政府变法维新之类也。"⑤这一反省是深刻的。

翻译文体宜用洁净明畅的白话,直译为主而亦不过于拘执,要力求保存原

<hr>

① 梁启超《清代学术概论》。
② 康有为《中国颠危误在于全法欧美而尽弃国粹说》、叶德辉《郋园书札·答人书》、刘师培《论近世文学之变迁》、胡蕴玉《中国文学史序》。
③ 王国维《论新学语之输入》。
④ 梁启超《夏威夷游记》。
⑤ 梁启超《饮冰室诗话》。

著的艺术品质与风格特色。严复的"信、达、雅"标准若不全按他的做法,还是值得重视的。输入新名词,或创或借,不仅在所难免,且为发展学术、文艺所必需,新的学语、名词必然随着新的思想以俱来。创词要认真负责,借用要慎重选择。唾弃新名词是愚蠢,也抗拒不了;滥用新名词是幼稚,也长不了。新名词经过实践检验、时间考验,有生命力的即能站住,没有生命力的自会被淘汰。所以视"新名词的爆炸"为大祸将临,殊不必如此张惶其事。大变革时期这样的例子是很多的。

四、近代文学理论的发展

1. 散文理论

桐城派散文原是清代散文正宗,影响最大的姚鼐虽在 1815 年已去世,进入近代后因他的弟子、追随者众多,开头还颇有声势。他们相互间不无小异,基本都反对汉学,恪守桐城"义法",即主张"学行继程、朱之后,文章在韩、欧之间"的道统与文统,认为义理、词章、考据三者都是学问,"异趋而同为不可废"。这种主张当然能得到清代统治者的欢迎,让他们去大讲其"神理、气味、格律、声色",为统治者鼓吹休明。朴学家认为姚氏于考据为门外汉,用他们的眼光看桐城文,自然会斥其空疏,言之无物。桐城派反对骈体,文选派祖述昭明太子"沈思翰藻始得为文"之旨,主于俪语,认为桐城派文不是"文"只是"笔"。反对理学的人不满桐城派高谈程、朱,对宋学真有研究的人又以为姚氏并未得到宋儒的精微处。桐城派大弟子无法应付这种复杂局面,追随者末流愈下,模仿成习,成了变相八股。虽余响未灭,终即凋零。桐城派文章有些清通简朴,不能笼统抹煞。病在思想落后,未跟上时代。

阮元为首的文选派,尽管打击了桐城派,但这时还要来倡议以骈俪为正宗,离时代更远,当然不能如愿。较有力量的是沿桐城而起以曾国藩为首的湘乡派。他扩大了散文的范围,在姚氏"义理、词章、考据"之外又添上一项"经济",他可能认为这样一来,既兼取了汉学宋学之长,又不贬低文词的作用,还可藉"经济"以求应世之实用,真可挈揽众长,得大家拥护了。湘乡派一度有过崛起的声势,不久便低沉下去了,关键仍在骨子里他的思想即"中体西用",传统的封建思想使他不可能再进一步。文学必须随时代的变化而变化,湘乡派在大变革真的到来时就会很快失去影响,也是必然的。

接着就是新党改良派文学主将梁启超"时务文"新体的盛行。他既有先进的变革思想，又笔锋常带爱国图强的激情，自觉冲破一切家法，非桐城，非六朝，务为平易畅达，时杂以俚语、韵语及外国语法，受到大众热烈欢迎，顽固派守旧派则都视他为洪水猛兽。这种新文体实际已开白话文之先河，是"文界革命"的一种先行产物。章炳麟讥其"洋洋洒洒，即实不过数语"，后还有人责其"堆床叠架"、"浮夸不实"，未免过涉苛细。章氏是小学专家，不甚了然这种新文体的政论性质与鼓动力量，没有看到它在当时力求变革中所起的巨大作用。梁氏新文体后来逐渐减少，已完成了它作为过渡到白话文的历史任务。

在近代散文文学理论的发展中，自然总有不少支流、回流。即使在南社作家中，仍有不少复古之论。章炳麟在辛亥革命时期鼓吹民族主义，论文却主回到魏晋，有时又以疏证之文为最佳文学作品。其他形形色色都有，影响均极小。

在散文评论上，刘熙载《艺概·文概》论多精辟，富于辩证法。对历来散文作家作品中关心民瘼，有忧国伤时内容的评价特高。表现出他的理论之时代特色。他谈"为文者将以益人"，先要自己"言之真能自知自信"，"农之言耕作，工之言朴斫"，他们是能自知自信的，商贾靠不住，巫卜更不可靠，所以他说："昔人称为文宜师圣贤，吾谓若吾人者，且师农工也可。"①重在实践，真是一个难得的卓见。

随笔、札记、日记都是散文体，近代这类著作甚多，有不少精品。亲切有味，言之有物，又短小精悍，人多爱读。诗话、词话等也属这类著作。《艺概》、《饮冰室诗话》、《人间词话》等以具象思维方式，往往几句话就谈出了精微的道理，思辨即寓于鲜活的比喻之中，是我们民族特有的理论形式，不可妄自菲薄。

2. 诗歌理论

近代诗歌理论也应从龚自珍、魏源谈起。龚氏论诗，一如其论文，中心充满郁怒、悲慨，而又只能以奥奇、怪僻出之。身历其境，忧国伤时，使他论诗对豪情侠骨特别赞赏。他极重表现真实的内心，即使不得不曲折其辞，仍能和盘托出，使人理解，最为好诗。他主张诗人应有广泛的见闻、博涉的学识，再来写"泄天下之拗怒"的诗歌。魏源论诗，明白出于"忧患天下来世"及"改作"之心，要求诗人发愤图强，敢于"改作"，即变革。谭嗣同称龚、魏"皆能独往独来，不因人热，其余则章摹句效，终身役于古人而已"。②

---

① 刘熙载《昨非集》二。
② 谭嗣同《论艺绝句六首》注中语。

龚、魏论诗的精神，得黄遵宪而有了大张旗鼓、理直气壮的发扬。他主张"诗之外有事，诗之中有人。今之世异于古，今之人亦何必与人同"。他的诗境理想，是"其述事也，举今日之官书、会典、方言、俗谚，以及古人未有之物，未辟之境，耳目所历，皆笔而书之"，"不名一格，不专一体，要不失乎为我之诗"。[①] 为此他提出"我手写我口，古岂能拘牵"。[②] 这就是要为变革而作，要写自己的亲身经历，要创新，要用白话写诗。他很重视民间文学中的山歌，不但广为搜录，叹为大才，自己也学着创作。他被誉为诗界的哥仑布，像发现了新大陆一样发现了一个诗的新世界。

继他而起的又有丘逢甲，亦是诗界革命巨子。他决心为诗界革命而战斗，不拘一格一体，力主开拓新意境、新题材，横绝九州海外，诗语要通俗，以俚语甚至西洋史事入诗。黄、丘两人的诗及诗论，都受到梁启超的支持、赞赏。

梁启超论诗，认为诗歌应为国民大众服务，向他们"报恩"；要对世运发展有影响；不可薄今厚古；革命应革其精神；作诗要有新意境、新语句。都对。认为古来词章家都是"鹦鹉名士"，儿女子语便与世运无关，又未提对作品的艺术要求，便不免笼统、片面、褊狭。认为新体诗仍须入以古人风格，否则就不像诗了，旧观念仍起作用。这是过渡期理论难免的局限。梁氏给黄氏的评价极高，对丘氏亦然。反映了时代和群众的要求。[③]

近代诗论中，其他正当、合理的观点当然亦有不少。但创见不多。吴敏树、刘熙载、刘毓崧都有重视民间文艺及语言极有助于诗作的议论，很难得。[④] 经史学家、书法家何绍基用白话写了《与汪菊士论诗》十九则，比梁启超的时务文还显明，亦多合理语，是理论专著中罕见的先例。

近代旧派诗人成家成派在历史上值得一记的只有"宋诗派"。这个诗派的成员大都是些书生或专于诗道的人，很少参加政治活动，自觉远离变革大事，追求这种宁静而得以在诗艺上有所成就的生活。但其中有些人学江西派的，掉书袋，爱用典，重模拟，自然不能有新意境、新语言，不能反映时代精神，对轰轰烈烈的变革袖手旁观，似乎超脱，实同逃世。宋诗派除掉在他们自己这个小圈子

① 黄遵宪《人境庐诗草自序》。
② 黄遵宪《杂感》。
③ 参看梁氏《饮冰室诗话》、《夏威夷日记》、《人境庐诗草跋》。
④ 吴敏树《书毛西坦黔苗竹枝词后》，刘熙载《昨非集·游山与友人论诗》、《艺概·诗概》，刘毓崧《古谣谚序》。

里有兴趣,有点影响,很多人并未重视他们,几乎无甚影响。南社诗人不少,除反对满清统治的种族革命思想外,多数未能随历史发展前进,旧意识还保存得很多,艺术上有成就的亦少。同"诗界革命"诸家比,旧诗人瞠乎其后了。

3. 词学理论

近代文学发展过程中,文界、诗界、小说界都提出过"革命"口号,词界却没有。常州派、浙派词人不少,论词专著有名作,还崛起了王国维及其《人间词话》,但词人几都囿于传统的见解、习惯,缘情婉约,香草美人,忧生念乱、伤时感事而又志切变革的极少。大都只是在传统词的范围里斟酌音律词句,发点小议论,属风格、技巧、表现问题的为多,虽也谈及比兴、寄托、雅正,很少时代精神,面临艰危动荡的世局,依然温存、和平得很,实际近于麻木。词论受西学影响,王国维似属绝无仅有,对世局同样淡漠。

文廷式也看到这种危机:"迩来作者虽众,然论韵遵律,辄胜前人,而照天腾渊之才,溯古涵今之思,磅礴八极之志,甄综八代之怀,非窘若囚拘者所可语也。"①王鹏运论南宋四名臣词,称他们能"悲天运,悯人穷,当变风云时,自托尔小雅之才,而词作焉"。称他们乃"真洞然大人也"。② 可惜近代却极少这种志士雄才。冯煦论词,虽对陈亮、辛弃疾、陆游都有好评,却又称姜夔乃南渡第一人,"千秋论定,无俟扬榷"。③ 他称道的"忠愤之气",同他在辛亥革命后以遗老自居的事实相比照,真意立见。丁绍仪《听秋声馆词话》收录《水烟、鼻烟、鸦片烟词》,似颇感慨;谢章铤《赌棋山庄词话》亦录着一篇《海警散曲》,写鸦片战争时事,对殖民主义侵略之恨几乎一点未写,反有埋怨反击徒遭涂炭的至少非常胡涂的用意,正合失败后可责罪于主战者的统治集团心意。陈廷焯《白雨斋词话》自谓词学一道其失有六,所论有见,而他的主张,却仍不过是"温厚以为本,沉郁以为用",仍是常州词派张惠言的那些诗教,并无新意。况周颐《蕙风词话》略有发展,谓"重、拙、大"是"作词三要",主张不晦不琢,以吾言写吾心,但仍要规橅两宋。辛亥革命后他也仍恋恋清室。

王国维的《人间词话》在形式上是传统的,思想上已受西学影响。他以"境界"、隔与不隔、有我与无我、造境与写境、入乎其内与出乎其外、忧生与忧世、赤

---

① 文廷式《云起轩词序》。

② 王鹏运《南宋四名臣词序》。

③ 冯煦《蒿庵论词》。

子之心、血书、真景物与真感情等论词,多发前人所未发,其理论影响早已兼及一般文学。境界说最是他论词的核心,以为"能写真景物、真感情者,谓之有境界"。境界越深,作品的"格"也就越高。但王氏说有"无我之境"是否真有?词人如何能无我地"以物写物"?王氏说李后主"生于深宫之中,长于妇人之手"是他为人君的短处,亦即为词人所长处,又说"主观之诗人不必多阅世,阅世愈浅,则性情愈真,李后主是也",都不切合事实。李后主身受亡国之辱,阅世还浅?他的最好词作,难道不是这种阅历促成的?阅历深了,一定会使性情失真?如果真只是"赤子",大眼界深意境能从哪里来?说李后主"俨有释伽、基督担荷人类罪恶之意",简直把一己之所爱,拔高到天上去了。王氏有很高的艺术鉴赏力,也有把自己的学术见解大胆提出来的理论勇气。但他的不少著名观点至少仍是大可商榷的。

刘熙载论词精敏不凡,如谓"齐梁小赋,唐末小诗,五代小词,虽小却好,虽好却小,盖所谓儿女情多,风云气少也"。[①] 诸如此类,仍有时代精神蕴含其中。谭献说词体"固不必与庄语也,而后侧出其言,旁通其情,触类以感,充类以尽。甚且作者之用心未必然,而读者之用心何必不然"。[②] 这已是名言,是今所称"接受美学"的大好资料,不可以不记。

4. 小说理论

中国之有小说,历史悠久。但对它做研究的极少,在公开场合还表示得很轻视、鄙视。直到近代,由于变革、新民的需要,发现大可运用它的教化作用来作帮助,才逐渐有人对它注意起来。古代文人心理,多视小说为游戏文章,或博奕视之,俳优视之,甚且鸩毒视之,妖孽视之,动辄被科以诲淫诲盗的罪名。所以无论好学深思、洁身自好,或明哲保身的士大夫,虽心里爱好却都吐弃不肯从事。现在形势变了,渐知外情,译进了不少外国小说,知道外国富强颇得政治小说的帮助,很受彼邦朝野重视,西哲恒言的"小说者,实学术进步之导火线也,社会文明之发光线也,个人卫生之新空气也,国家发达之大基础也"[③]。这类理论的传入,无疑使有志于研究小说的人增加了知识与勇气。

林纾在长期译述过程中不断作中西文学思想及艺术的比较,细致平允,往

---

① 刘熙载《艺概·词概》。

② 谭献《复堂词录序》。

③ 陶曾佑《论文学之势力及其关系》。

往很通达,较少保守观念。他赞赏迭更司能专写下等社会家常之事为不可及,又不以西学一昌古文之光焰即熠熠之说为正确,同时认为欧人并不尽胜于亚洲人,反对"心醉西风",在当时都应属异常有识之论。林氏思想难免矛盾,不见其全即统加诋諆,不是实事求是的态度。他极推重《石头记》、《水浒》的成就,比较之后指出它们的不足处,如说《石头记》"终竟雅多俗寡,人意不专属于是",未若迭更司"扫荡名士美人之局,专为下等社会写照";说《水浒》开头"点染数十人咸历落有致,至于后来,则如一群之貉,不复分疏其人,意索才尽,亦精神未能持久而周遍之故",都持之有故,言之成理,决非国粹主义者的口吻。①

当时于小说何以能对群众有巨大吸引力的原因,汇合中外小说艺术创作和欣赏的体验而综合为论的代表,当推梁启超。他称"小说为文学之最上乘";能常导人游于各种境界,开拓思路;小说之支配人道,有熏、浸、刺、提等四种力,此四力所最易寄的,只有小说。小说有这样大的吸引力,但我国小说中确也存在着很多状元宰相、才子佳人、江湖盗贼、妖巫狐鬼等思想内容,又无人进行教诲,小说便成了"吾中国群治腐败之总根源"。故谓"今日欲改良群治,必自小说界革命始;欲新民,必自新小说始"。② 梁氏把当时的群治腐败之总根源推到小说头上,太夸大其辞,表明他当时对社会腐败的总根源尚未认清。但这文在当时确仍起了震聋发聩的作用。小说的巨大作用得到确认后,反思本国小说中确还存在不少缺点,应该改革,这是一个进步。

此后很多议论,即多集中到对旧小说应革些什么,怎样去革,革命目标怎样提,以及该为小说界革命做哪些准备工作等这些题目上去了。革命的目标,即要新民。为了新民;道德、宗教、政治、学艺、人心、人格都要新。蠡勺居士指出旧小说有导淫、诲盗、纵奸、好乱四弊须除。吴沃尧强调小说在此道德沦亡的时刻,要负起挽回颓风的责任。陶曾佑要求小说鼓舞爱国热忱。沈瓶庵主张小说要振作个人志气,有高尚理想,祛社会习染,输荡新机,救旧小说之流弊。严复、夏曾佑联名析论有些书易传、另有些书不易传的原因,给改良小说提供了写作经验。夏氏强调写小说必须有长期生活经验做基础,再辅以识见和勇气。

当时黑幕小说一度盛行,曾深受欢迎。赞之者誉为可作贪官污吏之龟鉴,

---

① 参看林纾《译斐洲烟水愁城录序》、《译洪罕女郎传跋语》、《译孝女耐儿传序》、《译块肉余生述序》。

② 梁启超《小说与群治的关系》。

摘奸发核之笔证,学校以外之教科书,诋之者则以为足"贻毒于青年","罪恶最深","真不知道他们戒于何有"。两个极端,都不全面。其实上焉者确有批判腐败统治,不良风气的作用,下焉者诚有"劝百惩一"的害处,应具体分析。

写小说要塑造人物,署名"蛮"一文中主张人物当被描写出来,妍媸好丑令读者自知,最忌搀入作者论断,又不要把人物写成完人,生活中没有全知全能的人,这样写反令人味同嚼蜡。读小说也要讲方法,读新小说就应有新眼光、新脑筋,而且须有广博的知识。小说大抵有寄托而无指摘,有人动辄诬为影射,没有道理。有人如存心影射,则殊无聊,全无益处,应有足够证据,才能判定。这些意见都很好。他如论小说创作与社会生活的相互关系、需要鼓励评论,因而很多人对金圣叹非常赞赏。谈历史小说的创作方法、中西小说之比较、创作小说与翻译小说之相辅、要求扩大小说描写的范围、输入国外的小说创作理论等,也都有些值得重视、参考的见解。①

王国维评论《红楼梦》,别具见解,认为"美术之务,在描写人生之苦痛与其解脱之道,而使吾侪冯生之徒,于此桎梏之世界中,离此生活之欲之争斗,而得其暂时之平和,此一切美术之目的也",谓此书即是"以解脱为理想者"。② 其说甚新,颇受叔本华哲学的影响,他的理论主张大率类此,备一格可矣。小说理论的发展,近代称盛,进展显然,实仍方兴未艾,无有穷期。

5. 戏剧理论

近代文学的戏剧理论发展较散文、诗、词、小说略晚,待到发现戏剧的新民作用比小说更大,于是改变过去轻视戏剧的议论蜂起,研究戏剧作用、写法、演技等的学者亦增多,"戏剧改良"的口号也提出了。中国早有戏剧,观众听众虽多,由于大多数本子文字粗俚,少数又太古雅,知音者少,在士大夫文人中,总的说还是玩乐则可,内心重视则否的。近代以来,刘熙载《艺概·词曲概》中提出剧中有"本色、当家处"的问题,以为戏曲之妙,乃在"借俗写雅,面子疑于放倒,骨子弥复认真"。③ 刘氏认为君子当为益风化、关劝戒的戏曲,"以正声感人",但如不知戏剧有此本色、当家处,便不能吸引人。俞樾引管子语"论卑易行"谈戏剧最易动人耳目、最易入人之心的原因,主要即在它的通俗。鄙俚无文,直拙可

① 蛮《小说小话》。

② 王国维《红楼梦评论》。

③ 刘熙载《艺概·词曲概》。

笑,贻笑大雅者在此,流布梨园者亦在此。戏剧观众听众大都是平民百姓,脱离了群众的接受能力和欣赏习惯,再高雅的东西也起不了作用。新文学运动初胡适、傅斯年、钱玄同等都对戏曲文辞粗鄙这一点大加指责,几欲据此完全否定传统戏曲,他们未知在他们之前,早有人对此作出一定回答了。

梁启超发现广义的"曲本之诗"所以优于他体之诗,在于歌白相间,可淋漓尽致;主伴多达数十人,可各尽其情;每诗折数、调数多少可惟作者所欲,极自由之乐;曲本可任意缀合诸调,别为新调,较词更为自由。所以他认为曲本实为中国韵文中的巨擘。①

这时论说戏曲大有利于种族革命、振兴中华、开发民智、喊醒国民的文章发表很多,国外运用戏曲力量得到富强的信息、例子亦不断传来。陈去病说戏曲、评话发舒民族主义奏效之速"必有过于劳心焦思,孜孜矻矻以作《革民军》、《驳康书》、《黄帝魂》、《落花梦》、《自由血》者,殆千万倍"。② 戏剧成了比小说效力更大的文体,一时成为共识。

近代戏剧理论的发展,亦得力于专门研究家的总结历史经验,指出努力途径。王国维《宋元戏曲考》和吴梅《顾曲麈谈》起了有益作用。王氏研究创获甚丰。他发现元曲的佳处,在其自然。作者但摹写其胸中的感想与时代情状,真挚之理与秀杰之气就时时流露于其间了。元代还有悲剧,如《窦娥冤》、《赵氏孤儿》等,是主人翁自愿赴汤蹈火,可以列入世界的大悲剧中。元剧有意境,"写情则沁人心脾,写景则在人耳目,述事则如其口出"。王氏论剧,着眼在文章的真切自然,即使关目拙劣、人物矛盾,甚至思想卑陋,也仍可给以极高评价。这里也反映了他的"非功利"、"纯文学"的美学观。其实作者思想卑陋,文章即使很自然,不可能就成公认的杰作,这是很普遍的情况。

吴梅也是治曲专家,所论作剧法,主旨所在:"曰真、曰趣。……真所以补风化,趣所以动观听。而其唯一之宗旨,则尤在美之一字。此其大概也。"至其紧要,他在作法上又详作说明,可供参考。

近代戏剧理论发展至此,便进入了一个如何改进的阶段。有些人主张全盘否定旧剧,多数人主改良,禁阻不如改善,改善又须渐改,容许有过渡时期,过渡形式,同时赶快培养具有较高文化修养的各种戏剧人才,写出高水平的新剧本、

① 梁启超《论桃花扇》。
② 陈去病《论戏剧之有益》。

创出新的剧种来。张厚载写文指出旧戏有三样好处：一是把一切事情和物件都用抽象的方法表现出来，二是无论文戏武戏，旧戏都有一定的规律，三中国旧戏向来跟音乐有密切关系，唱工是旧戏中最重要的一部分。他的这种主张曾遭到《新青年》多人强烈的反驳，以为张说的"中国旧戏是中国历史社会的产物，也是中国文学美术的结晶，可以完全保存"，这一意见完全不对。张回答：说中国旧戏不好，只能说它用假象用规律、用音乐的地方太多，不能说它有这几件就是不好。① 现在看来，张的说法有夸大处，大体有其理由。后来还是陈独秀比较持重，仍主改良。那时已提出创造不用唱工的新戏问题，可是现在话剧并不景气。旧戏虽有些改良，封建内容依然不少。创新和改良都未真抓紧。这些工作还得继续用力做下去。

近代文学理论的发展，涉及面广，头绪多，以上不过择要谈个轮廓罢了。

（本文是为《中国近代文学大系·理论卷》作的序，1990 年上海书店出版，又载《社会科学战线》1992 年第 1 期）

---

① 张厚载《我的中国旧戏观》。

孔孟学说中的普遍性因素
与中国文学的发展

——1987 年 12 月 17 日在香港大学
"儒学与中国文化"国际学术
研讨会上的报告

    "儒学"实际是一个相当笼统的观念。先秦儒学已有八派之说,后来自称儒学或被称儒学的家数更多得不可胜计。甚至只要征引或肯定了孔子某些话和意见的,也会被看成儒家。其实,在后来的这些人们中,不但彼此有异甚至很大差异,即对孔子的原意,也已有了不同程度的改变。由于孔孟学说中确有可被利用来巩固封建统治的部分,历来成为显学,孔孟被尊为"大成至圣先师"和"亚圣",使得后来人要发表他自己的一些不同见解时,也需要断章取义地征引些他们的话,以免被人可畏地指为离经叛道,骨子里抒发的却大都是自己的思想。其间存在某些相同点、相似点的事实,严格讲毕竟不能否定已是别一种的学说。评价后来这些思想时,是否主要应看它在社会发展、人类进步的历史上多大程度起了怎样的作用,其中存在多少普遍性的因素?先费许多精力去争论它是否"儒学"、"儒家",似乎没有多少意义。因为是"儒学"、"儒家",便加以褒贬,非科学的态度不能解决什么实质性问题。为此,我想只从孔孟学说并主要依据《论语》、《孟子》二书中的资料,来极简略地谈谈它与中国文学发展的若干关系。

    孔孟当然不是至高无上、完美无缺的"圣人",更不是"文革"中那些无知之徒所谓的"罪人",他们是当时社会"士"这一特殊阶层中出类拔萃的志士仁人,具有极其难得的古代人本—人道主义精神。他们总结继承了过去某些丰富、合理的经验与思想,不仅对中国传统文化,也对东亚各国的文化,作出了巨大贡献。他们学说中的精华部分,具有不少普遍性因素,经过适当运用,在目前世界范围里影响还在扩大,引起了广泛注意,产生了积极作用。他们自然没有,也不可能超越其复杂多变的时代现实,用现代眼光来指出他们学说中过时、保守、失误的东西,是可以而且也必要的。但他们既非任何暴君的奴才,亦非一心追求

1247

满足私欲的小人，刻意苛求甚至无理谩骂他们，显属大错。为什么不应该更加重视、择取、发扬他们学说中当时起了进步作用，长期历史发展过程中也继续产生积极影响，而且至今还能看出的那些确实具有活跃生命力的普遍因素呢？

普遍性的因素就是可适用于不同时代、不同地域、不同国家民族，对全世界、全人类都能提供借鉴，可以运用而有益的因素。这种性质是只能被人类社会长期广泛的实践所证明、决定的。孔孟学说中存在着不少这样的因素。学说的总体可以被怀疑，这样的因素否定不掉，打不倒。真有价值的思想万古常新。

孔孟都是杰出的思想家、政论家，他们虽无现代涵义的文学创作，但凭了《论语》《孟子》这两本书的散文以及其中直接间接谈论到文学的思想资料，两千多年来一直被公认也是杰出的文学家。他们的人本—人道主义思想，关怀人民疾苦、直言指斥暴政的态度，非常自尊、自重、自强、自信、自律的品德，以及始终坚持在当时历史条件下显然是较进步的理想，为求其实现，能不辞劳苦、不惜轻弃私利而作出一定牺牲的高尚精神，长期受到后代文人的敬仰。后代所有最优秀的作家作品之所以能成为不朽名家、传诵千古，没有例外就因具有了类似或接近他们这种思想品质，并把社会生活具体地富有魅力地表现了出来。杜甫固然是一个明显的例子，现代的鲁迅是否也可作为例子？尽管鲁迅严厉批评过孔孟崇尚的礼教等主张，并不尊重儒学，但鲁迅所以能获得大家的敬重，岂不也因为他具有近似孔子的某些精神品质？他们可说是不同时代的"志士仁人"。时代和具体使命之不同在历史长河虽看来似属"小异"，而"志士仁人"的精神品质则属"大同"。鲁迅曾称我国古代各样的志士仁人均为中国的脊梁，光辉的中国文学历史主要也是由历代文学家中的志士仁人们用他们的心血，在艰难困苦的人生跋涉甚至各样的牺牲中写成的。

正是孔孟这样的"志士仁人"精神品质在中国文学史上形成了一个优良传统。够不上称为"志士仁人"的作者也写出过一些较好的作品，但终究不能被公认是第一流的。我们的文学批评向来在承认它是文学作品的前提下，着重看其是否或在多大程度上有以天下为己任，关心国事安危，同情人民疾苦，追求一个统一、清明富足的政治局面，使人人得以尽其所长、各得其所的倾向。"文须有益于天下"，顾炎武这个主张符合孔孟的思想，今天我们也仍要在审美前提下继续强调文学家的社会责任感、改革使命感。一味"向内转"，转成了极端只想满足个人的怪想、私欲，这实在是一种可悲的坠落。孔孟的忧患意识很强烈，"先天下之忧而忧，后天下之乐而乐"，范仲淹这两句话也是从孔孟学说中化出来、孔孟行事中体会到的,《岳阳楼记》如果缺少了这两句点睛之笔,能脍炙人口至今? 人类需要防止懈怠、自满,需要不断创新开拓、奋发前进,不进则退。但并不是所有的人能做到这样。所以忧患不仅是一种进步的意识,更是实际需要解决克服的问题,不正视是不行的。现在人们都在谈"超越",我看范仲淹从孔孟学说、行事中领会出来的这两句话,才真表明了什么才是有实际价值和积极意义的超越。孔孟积极入世,努力进取,即使在知其不可为的情况下,仍坚持要有所作为的襟怀、志节是一贯的。"不在其位,不谋其政"(《泰伯》),"穷则独善其身"(《尽心上》),都属形势所迫,并非真正消极。他们几乎谈不上曾登过什么权位,一辈子东奔西走,恓恓惶惶,岂不是终身仍在谋政? "独善"的目标仍在有朝一日可以推己及人,实行"兼济"。"道不行,乘桴浮于海"(《公冶长》),亦不过出于一时愤慨,虽内心苦恼,他果然并未离开暴政统治下的乡邦、水深火热中的人民而他去。他们的人本——人道主张在当时各种条件下自然没有实现的可能,无论没落奴隶主还是新兴地主统治者都不会接受它,他们自己心里也相当清楚这一点。但他们甘心情愿还是要干下去。"鸟兽不可与同群,吾非斯人之徒而谁与? 天下有道,丘不与易也"(《微子》);他照样"为之不厌"(《述而》),"发愤忘食,乐而忘忧,不知老之将至"(《述而》)"不义而富且贵,于我如浮云"(《述而》)。高尚的目标总是可贵的,不能实现是他们的不幸,不是他们的责任。他们的某些目标经历了两千多年实际至今还仍没有实现,所以凡能艺术地表现了对崇高目标之不倦追求精神的文学作品,总会受到全人类中有识者的欢迎。

孔孟的主张出发于他们看到了人民对国家社会各方面能起的重大作用,尽管他们对人民群众真正应该当家作主的认识还很缺乏,但已能使他们看到统治者暴虐、冷酷地对待人民是非常愚蠢而且多么危险的事情。他们承认封建等级制,可是不赞成暴君的行为。"君君臣臣"(《颜渊》)之说有两方面:一面承认君臣的尊卑上下关系,另一面要求君该有君的样子,即应爱民、惠民,如果根本不顾人民的死活,已不成其为君而是"残贼"人民的"一夫"了,对这样的君杀掉他都是正当的,即所谓"闻诛一夫纣矣,未闻弑君也"(《梁惠王下》)。臣也要有臣该有的样子,不能是谄谀面腴,一味奉迎于君的小人。君臣关系不是主子与奴才的关系。孔子说:"君使臣以礼,臣事君以忠"(《八佾》),"大臣者,以道事君"(《先进》)。孟子据此发挥得更露骨:"君之视臣如手足,则臣视君如腹心;君之视臣如犬马,则臣视君如国人;君之视臣如土芥,则臣视君如寇雠"(《离娄下》)。后来杜甫、苏轼也很忠,都不是愚忠、佞忠,而是有些原则的。对"忠君"思想既

1249

应批评也要具体分析，区别看待。这样的君臣关系观只有当时历史条件下"士"阶层中的志士仁人提得出，因为他们实际处于统治者与被统治者的中间，虽也有向上成为统治者的愿望，却由于来自下层，了解人民的疾苦，对人民怀有同情，加之博学多识，偏见较少，知道暴政对谁也没有好处，他们始终没有亦不能取得权位，所以他们思想中的进步因素对保守落后的东西总占着优势。他们的人本—人道主义倾向就是这样产生的。孟子的"民为贵，社稷次之，君为轻"（《尽心下》），是他们这种思想集中、光辉的表现，客观上反映了无权状态下的人民所蕴藏着的巨大力量。他的"天视自我民视，天听自我民听"（《万章上》引《尚书·泰誓》语），表明了他已认识到政权存亡最终还得决定于民心的向背。统治者不管能在嘴上纸上说写得如何冠冕堂皇，若不能以身作则，取信于民，必然行不通，导致最后垮台。"其身正，不令而行，其身不正，虽令不从"（《子路》）。臣民可以弑掉"独夫"，怎么不可以说他们的民本学说中已有民主思想的一些萌芽了呢？民本思想与民主倾向难道没有任何联系？事实上，后来文学中只要艺术地多少显示出这种内容的便被公认为有人民性的精华之作，是理所应当的。实行和扩大民主无疑是当代社会谁都无法阻止的趋势。

重视文学家的人品、道德修养是中国文学界的一贯见解。谁都不会因其略有文才而原谅一个大节有亏的无耻文人，"有言者不必有德"（《宪问》），"言之不出，耻躬之不逮"（《里仁》），"巧言乱德"（《卫灵公》），"行有余力，则以学文"（《学而》），这些话都是传统"先道德而后文章"论，对文学家首要重视其人品、器识的依据。"先""后"之论，并非不重文章，实出于对文章的异常重视，即因看到了文学作品有多方面的社会作用，虚伪庸俗低级下流的作品会贻害人民，而品德卑鄙的人是肯定写不出真正佳作来的。"行有余力"的"行"，兼有实干与先做好人两层意思。孔孟学说中极重道德修养，且能身体力行。除前面提到的以外，还有如他们坚持进步理想的"三军可夺帅也，匹夫不可夺志"（《子罕》），"自反而缩，虽千万人，吾往矣"（《公孙丑上》），"邦无道，富且贵焉，耻也"（《泰伯》），"志士不忘在沟壑，勇士不忘丧其元"（《滕文公下》），"富贵不能淫，贫贱不能移，威武不能屈，此之谓大丈夫"（同上），等等。他们是这样说，也是尽力这样做的。他们有意培养其"至大至刚"的"浩然之气"（《公孙丑上》），有"舍生而取义"（《告子上》）的宏毅决心。他们思想上有了"苦其心志，劳其筋骨，饿其体肤，空乏其身，行拂乱其所为"（《告子下》）的准备，所以在逆境中仍能坦荡自乐，继续以天下为己任，并不灰心绝望。至于他们的有教无类、诲人不倦、循循善诱、与人为善、不耻下问等等，虽也非常难得，在他们还只能算做小节、余事了。高尚的品德不会因其人有些过时的思想或失败的记录而被人们抹煞或遗忘，往往依旧可作后人立身的某种楷模，认为高尚品德没有继承性不符事实。认为文学家可以不问其有无高尚品德的主张至少是极不足取的。杜甫的"每饭不忘君"诚不足取，其敢于揭露"朱门酒肉臭，路有冻死骨"等严重时弊的耿直，渴望为国尽力"再使风俗淳"的一派真诚，却千载后仍令人深深感动。人们明明知道有关包拯的"青天"故事多属传说，未必真实，但这并未妨碍大家对文艺作品中"包青天"的敬爱，因为这个形象体现出了过去极为难得的一种刚正不阿、不畏权贵的品德，这种品德正是人民群众所赞赏的，分明有其普遍性质。鲁迅不是说若不是真正的革命者，就写不出真正的革命文学？巧言利口，危害之大可以倾覆邦国。人有"风骨"，作品才不致落入"侧媚"、瞒骗。孔孟以其学说和行为对文学家们提出了很高的道德要求，对后代优秀文学家提高其素养启示了一条正当的道路。高尚的品德是人类社会得以发展前进的应有准则，向来就有，今后仍需要，这种道德伦理是不能排斥，也排斥不了的。斥责陈腐、保守、违反人性的道德观念，决不等于反对任何道德，否定高尚品德在文学创作中的价值。

有人曾说孔孟只把文学当作政治的简单工具，其实他们留下来的语录或资料虽然很少并极简略，却已接触到有关文学性质、特点、作用等基本问题，甚至连今人认为还颇新鲜的审美心理、多角度鉴赏、人类有许多共性、接受美学等问题，实质上也有所涉及。议论虽简，意蕴却深。"诗可以兴，可以观，可以群，可以怨，迩之事父，远之事君，多识于草木鸟兽之名"（《阳货》），即对文学的性质、特点多种作用作了相当全面的论述。"信"是他们一贯主张的，《礼记·表记》里也有孔子所说"情欲信，辞欲巧"的话，"信"就是真。他称赞《韶》这种乐舞"尽美矣，又尽善也"，《武》则稍差，"尽美矣，未尽善也"（《八佾》），可见他实际已注意到真善美在作品里应密切结合、统一的问题。他经常要求学生们和自己的儿子读《诗经》，以为不学的话，"其犹正墙面而立也与"（《阳货》），"无以言"（《季氏》），意谓什么路也走不通，什么话也说不好。但如学习不得法，只看表面，不能深刻领会其深意，或不能把得到的认识转化为多方面运用的能力，则又认为读得再多也无用："虽多，亦奚以为。"（《子路》）"乐云乐云，钟鼓云乎哉。"（《阳货》）既看到了某些作品的形式化，也意味着听者缺乏鉴赏力。孔子分明有着把文学作品看作近似"生活教科书"的想法，故以学文为提高文化素养、培植通才的必修课。当时教学生要兼通礼、乐、射、御、书、数，说他多少已知"文理渗透"、各艺相通之妙,未必是绝无根据的"拔高"之论。只善于写诗作文的人是有的,能文能武、各艺皆长,甚至为官而有善政的,如曹操、诸葛亮、范仲淹、欧阳修、苏轼、王安石这样的人,亦历代均有。有人认为他的"辞,达而已矣"(《卫灵公》),只要表达出意思就行,不重视艺术上的追求,其实不然,"达"字还有更重要的含意,即表达出事物的必然之理,而充分表达到具有说服、吸引魅力的地步,真是谈何容易。前引"辞欲巧"的话,以及《左传·襄公二十五年》留下"言之无文,行而不远"这两句,必须参看。"文质彬彬"(《雍也》),在论人也在论文。他自述的"吾少也贱,故多能鄙事","吾不试,故艺"(《子罕》),是对文学修养需要深入群众生活中去体验观察的最早颇好的说明。孔子一再申明自己决非"生而知之"的天才,本领都是自己在生活实践中,在学习前代文化遗产中,在向周围所有的能者虚心请教中,在自己困学、好学、深思中逐渐养成提高的。在学习方法上,他指出"学之"不够,还要"好之",最后更应达到"乐之"的境界,使学习完全成为积极自觉的活动。文学作品如能使读者在读后得到极为高尚、健康、向上的愉悦,思想感情上极大的满足,无疑是成功的标志,那就又可说是一种评价的标尺了。孔孟读诗的举一反三、引譬连类之法,有人认为离原意太远往往拟于不伦,似乎说诗总是只能有一种看法,即所谓"达诂"、定论。其实"形象大于思想",客观事物决非作家自己所能尽识其奥妙,由读者从各方面、多角度,多样方法来鉴赏、考察,岂不能使大家可以更丰富地把握客观事物的潜在意义? 这正是现代人正在倡导、推广的改变旧观念、旧方法,开拓视野之一端。至于人类之间有无共性的问题,由于交流的频繁,理解的增加,相互同情、共鸣的事例越来越多,偏激之见正在减少。孟子所谓"口之于味也,有同嗜焉;耳之于声也,有同听焉;目之于色也,有同美焉。至于心,独无所同然乎? 心之所同然者何也? 谓理也、义也"(《告子上》),这段话很值得深思。或谓人的生理本能有共性,美感则可因利害关系之不同而迥异,或谓生理与心理并不能截然分开,有异不害于有同,异往往是局部的、暂时的,大体是同,求同存异是当代人类社会发展的大气候、大趋势。这个问题至为复杂,至今未有至当归一之论,必然还得全面、多方探索。孟子所说未必全属谬误。它对中国文学创作中人性异同问题所作的解答,虽未必完善,却是持之有故、言之成理的一家之言,值得深入思考的资料。它反映出两千多年前中国哲人对这问题的探索已达到了相当深广的程度。

和别的许多国家、民族一样,中国文学的光辉发展历史就是凭着种种普遍性因素由志士仁人们创造出来的。孔孟以其学术、行事和文章,直接间接对中国文学起了主要是积极的作用。诸如对"犯上"、"讪上"的嫌恶,封建礼制的坚守,"民可使由之,不可使知之"的偏见,轻视女子等等,当然都是糟粕。今日而笼统提倡复兴儒学,有害无益,不能开倒车。但对孔孟学说中具有普遍性的因素,历史主义地作出公平、合理的科学评价,加以发扬光大,实有必要。审视过去,是为了要推进当代,发展将来。孔孟学说中这些普遍性因素将在世界文学的发展进程中于更广泛的范围里显示出它并未成为过去的生命力和夺目光采。

1987. 12. 6

(原载《文艺理论研究》1988 年第 2 期)

今天我们还能从《论语》择取到哪些教益

——《论语》导读

孔子是我国古代影响最大、最深远的大思想家、大学问家、大教育家。他是我们中国的名人，也是世界公认的、联合国教科文组织认定的世界十大历史名人之一。

孔子（公元前五五一年—前四七九年），名丘，字仲尼，春秋末期鲁国陬邑（今山东曲阜东南）人。父叔梁纥是鲁国有名的武士，曾任陬邑大夫，做过大约相当于现在一个乡、镇小区的低级官职，在孔子三岁时就去世了。孔子有个异母兄叫伯尼（又名孟皮），是患有足病的跛子，后人批斥孔子，讲不出什么正当道理，往往贱称他为"孔老二"。幼年时代孔子在贫贱的家庭环境中成长，靠辛勤劳动生活，母爱母教使他从小好学。孔子自己说过："吾少也贱，故多能鄙事。"因家境、地位低微，不得不早早找点事做，故能做各种杂事，懂得为人处世的道理。他十五岁时即有志于学习，大约十六岁母亲去世，从此全靠自己独立谋生。除家务劳动外，他二十岁后当过的小差使有"乘田"，管理牛羊；有"委吏"，管理仓库。责任是把牛羊养得肥胖强壮，把仓库里的账目计算清楚。他好学深思，又学无常师，多方面寻师求教。他学礼、学乐都很勤奋。到三十岁时，已打下坚固基础，通晓当时各种文献资料，并开始有了"一以贯之"的"忠恕之道"、"仁"学思想。此后他聚徒讲学，从事政治活动。年五十，由鲁国中都宰升任大司寇。"中都宰"大致相当于现在的一县之长，"大司寇"约当于现在地级专署的公安司法局长。孔子任这些职四年左右，有些政绩，也遇到不少困难，后来矛盾显露，只得弃官离鲁，去访问列国诸侯。目的是求得做官机会，推行"仁政德治"的主张，以实现他的行道理想。他带着几十个随从弟子，花了十四年工夫，走走停停，到过卫、陈、曹、宋、郑、蔡等大小国家及一些地方，主要地域不出今山东、河南两省,虽现在看来走过的地方并不很大,但一是当时交通十分不便,路途艰险,二是他到处碰壁,没有一个君主愿意用他为官。当时诸侯之间兼并剧烈,孔子"仁政德治"主张在君主们看来太迂远无用。孔子要求君主应"以身作则",以及应该重视老百姓愿望和最低利益的主张,君主们既听不进去,也根本做不到。他们一路上自觉都像"丧家之犬"(失去了主人家的狗)一般,君主们没一个愿意任用他,他自己也不愿屈服,仍要坚持自己向来的"仁政"主张,反对当时的各种暴政、苛政。所以,他在六十八岁时终于仍回鲁国老家,从事教育,同时整理《诗》《书》等古代文献,并删修鲁国史官所写的《春秋》,成为我国第一部编年体的史书,为保存、流传我国古代文化遗产作出了极大贡献。

孔子是我国原始儒学思想的宗师,他并无自己的著作流传下来。《论语》是他弟子和后学对孔子言行的追记,只是他言行的很少一部分。所追记的语录,或问答式语录,虽只有二十篇,全文只一万一千多字,却因其是弟子们的追记,近于第一手资料,比较可靠。在秦始皇下令禁书焚书前已编定,有人冒死藏下未被禁绝烧光,才幸得留传下来。《论语》向被视为研究孔子原始儒学思想最重要最可靠的资料。此外保存在其他古书里的涉及孔子言论、事迹的材料也可参看,但已非原始儒学思想,多出于传闻、伪造。宋明理学、道学,都挂了孔子招牌,早已羼入不少有利君主专制的内容。分清哪些是孔子当时自己的主张,哪些是后来人添加、曲解进去的,应是研究孔子原始儒学思想的前提。我认为孔子原始儒学思想是非常值得我们科学地历史地重新加以研讨、择取、生发的,是建设新世纪中国新文化必须有所凭借的有益资源。上世纪从五四新文化运动时期的因反封建而走到要彻底否定传统文化,"打倒孔家店",到"文革"年代又上演了"评法批儒"、"批林批孔"之类极"左"闹剧,可说丝毫没有一点学术文化气息在内。不是全跟西方转,就是"左"到最极端,文化激进主义加上文化虚无主义,我们优良的文化传统都被反科学、反历史地说得一无是处,说成绝对的害人的臭酱缸。结果是怎样呢? 有益的资源在"革命"的名义下几被糟蹋光,真有点新的反而因缺乏传承而汲取不成,自以为"新"实更残酷的却只起了极其大的破坏的作用。新文化运动倡导的科学、民主当然是好东西,须知我国传统文化例如《论语》中原也有不少民本、重民、反鬼神,重视人性、人情、人为努力等有益资源,是可供择取、接轨、相融的。

本文只限于略介略谈《论语》中孔子原始儒学的某些人文思想。孔子思想存在两重性。这在孔子本身、原始儒学本身并不自相矛盾。孔子当然有其历史的局限,生活的局限。但他丰富、博学,能超脱地洞明世事,练达人情。试想在两千五百年前,他已达到了如此富含社会复杂性的认识水平:他反对犯上作乱,对专制君主表忠心,愿为尽力,但要求君主应重视老百姓的愿望和利益,使民以时,使民以义,子民实惠,得民信任,不可滥施刑罚,不教而诛;特别是,他认为君主应为民表率,以身作则,君应当像君,也同样受礼义约束,臣下有批评、触犯、劝告的权利,而不应盲从暴政;道不同,不相为谋,他坚决洁身引退,不愿同流合污。他是这样说到也这样做到的。诚然,他没有主张民主,也没有带领老百姓起来造反,"杀身成仁"。但后人难道可以这样来苛求于他么?后来的专制君主特别欣赏他的忠君思想,也有一些较有远见的开国之君采用过一些他的重民主张而取得了一定的"盛世"气象,此时对君主统治有益,但老百姓也可稍减倒悬之苦,因此也有从不同角度对孔子表示向往的时候。君主专制在大肆宣扬孔子的时候,往往隐去孔子的进步思想,而只突出他的忠君。其实孔子思想贡献主要在于他的民本、重民方面;还有,他对人际各种关系,关于教育、道德、伦理、学习等问题上的见解和实践,也基本符合人类共同的价值标准,基本符合人类做正派人的原则。人类文化之间虽有差异,但人类文化还是同多而异少,而且今后由于经济发展,交通便利,更易沟通、交融、互补,趋同的形势已愈来愈明显,而风习、方法、方式之类的差异,则原并无碍于趋同,且还由于其地方色彩之多而更能显出人类文化的丰富多彩。正因为以孔子为宗师的原始儒学思想具有这样的价值,所以虽屡经声势浩大的粗暴批斥,依然没有也不可能把它打倒,这原是应该加以研讨、分析,加以区别、择取、珍惜、光大的。

新世纪已向我们扑面迎来,对孔子及其原始儒学思想应该从过去的种种迷雾、硝烟中挣脱出来,做出科学的历史的评价,使之成为我们重建新文化的有益资源。孔子对文化的历史贡献,孔子所主张的人类共同的价值标准,对人类处理各种社会关系所作的文化选择,我认为今后依然有其长久的生命力,能融合在全体人类的持续发展过程之中。我们应当从人类文明发展史的角度来肯定孔子的成绩和巨大贡献。今天我们当然用不着再以孔子的是非为是非,用不着再当传统的或新的儒家,但孔子思想中对我们仍有益的资源可不能再愚蠢地断然完全抹煞,当败家子了。长期以来,对孔子思想说几句肯定话也成为一个禁区,各色自命"革命"、"创新"的人一窝蜂似的口诛笔伐赞赏孔子思想的话,可他们耳提面命,在新文化建设上却又几无所成,令人徒叹道德沦丧,未见法治。中国应该赶快完善法治,实行民主,不能靠人治,靠"自律",我看这也要在看到长期重孔子的"人治"、"自律"而不太有效的弱点后,才会真正有所彻悟的罢。

一、为己与为人;学如不及,犹恐失之

孔子是我国历史上一位伟大的思想家,力主仁爱的政治家、教育家。他十分好学,知道好学的重要,也深知好学的方法。有次他这样告知学生仲由:

> "由也,女闻六言六蔽矣乎?"对曰:"未也。""居! 吾语女。好仁不好学,其蔽也愚;好知不好学,其蔽也荡;好信不好学,其蔽也贼;好直不好学,其蔽也绞;好勇不好学,其蔽也乱;好刚不好学,其蔽也狂。"(《论语·阳货》。以下所引均出《论语》,只注明篇名)

孔子如此郑重地要仲由对面坐下,仔细听他讲明白这极重要的六句话,六种因没有好好学习而可能产生的弊病。"仁"、"知"、"信"、"直"、"勇"、"刚"六者原都是他认为应具的德性,喜爱这些德性原是好事,但如具体辨析不清,糊里糊涂简单片面地做去,就会产生不少甚至严重的弊病。对不讲仁义的人也讲仁义,弊在愚蠢;爱耍小聪明却不重视学习,弊在空疏放荡;过分迂执、迷信而不好学习,弊在要上当受害;喜欢直通通乱讲、做事而不计后果,弊在坏事,增加困难;一味逞勇蛮干而不学无术,弊在肇祸致乱;只好刚强、斗胜,弊在成为狂妄自大,难于与人相处。孔子要求学生们在各种学习中都要认真体会,仔细思考,适当把握,不要因没有好好学习、辨析,而使原可以向好的方面发展的德性,反走到造成弊病的一面去。

孔子自信是非常好学的。他曾这样说:"十室之邑,必有忠信如丘者焉,不如丘之好学也。"(《公冶长》)意谓不少人也具有和自己相当的忠信品性,但多不如他好学,即指注意避免弊病还不够。他又说:"赐也,女以予为多学而识之者与?"对曰:"然,非与?"曰:"非也,予一以贯之。"(《卫灵公》)这是他和学生端木赐的一次对话。表明他的辨识力并非只由学习记住了较多东西而来,主要还因有了一个基本的思想观念来贯穿于整个学习过程中的缘故。孔子告诉学生曾参说:"参乎! 吾道一以贯之。"曾子说:"夫子之道,忠恕而已矣。"(《里仁》)这个基本观念就是他的"忠恕之道"。他力主仁政爱民,也受点礼的制约,但仍有一定原则,坚毅努力,是严以责己、宽以待人这样一种志士仁人。他认为一切学

1257

习、好学都要以做一个怎样的人和怎样做人为出发点、归着点。并不只是多学一点、多记住一点知识的问题。

孔子论求学、好学，一如他的论做人，都是要求自强不息，主要靠自己主动、积极、努力。他说："君子求诸己，小人求诸人。"（《卫灵公》）"古之学者为己，今之学者为人。"（《宪问》）他说的"君子"与"小人"，多半从品德素养上来区分。君子总是严格要求自己，作出贡献、成绩，小人则总望别人来帮助。在学习上，他称赞前代有些学者是做的"为己"之学，追求真才实学，提高自己，改良政治，为自己做学问，做自己的学问，而不满于当时的有些学者，乃在做"为人"之学，是做给别人看，做敲门砖资本，甚至还是为了取得别人的赏识和宠爱，即个人的小气、私心杂念之学。前者专心致志，精益求精，后者患得患失，追求急功近利，胸无大志。自然，学问有成，创造发明，对国家社会以至全人类自有贡献，都可利人，起大作用。而且只有这样的大学问家，才真能利人。如果连自己都提不高，鼠目寸光，又怎能真正为国家、社会、全人类做大贡献？

因为有大志向，高理想，就必能尽心尽力，专心致志，所以真正的学者总是坚定不移，全力以赴，贯彻始终。孔子自己确信："默而识之，学而不厌"（《述而》），永不满足，定能做到。他也鼓励学生："譬如为山，未成一篑，止，吾止也。譬如平地，虽覆一篑，进，吾往也。"（《子罕》）意谓譬如堆山，我只差一筐土就堆成了，却停止下来，这是我自己要停止不前。又如平地，虽然只倒下一筐土，我仍在前进，这是我自己要进步。他最得意的好学生颜回死了，无比悲痛，称叹说："惜乎！吾见其进也，未见其止也。"（《子罕》）即总看到他在前进，从未看到他停止过。自己不争气，不努力，别人帮不了他。他的另一学生冉求不抓紧学习，中途而废，对孔子自解："非不说子之道，力不足也"，说你的劝勉很对，是我已没有气力了。孔子则一语道破他："力不足者，中道而废，今汝画！"（《雍也》）意谓这哪是你的力不足，是你自己划定了将止步的界线！在孔子看来，自己要求前进就能前进，自己不求进步就落后。他相信人自己的力量，其实不信鬼神与天命。孔子的学生子夏说："日知其所亡，月无忘其所能，可谓好学也已矣。"（《子张》）孔子说："学如不及，犹恐失之。"（《泰伯》）以上意谓：学习应有总怕紧跟不上的迫切心情，每天都要增加一些新的知识，每月总要检查一下忘掉了多少已知的知识。当孔子在河上看到流水一瞬即逝，叹息："逝者如斯夫，不舍昼夜！"（《子罕》）他感到光阴如箭，走掉就没有了，怎么办、怎么办？还有一种情况："后生可畏，焉知来者之不如今也，四十五十而无闻焉，斯亦不足畏也已。"

（《子罕》）随着年岁增长,青少年还会比自己聪明。做不出较好成绩,如何参加竞争,会不会落后? 所以,孔子还奋发表示:年老了还得继续扩大知识面。所以孔子垂老还决心学习《易经》,免得再犯大过。可见,年老这种生理渐衰的自然规律,"后生可畏""后来居上"这种社会的发展规律,都不能使他低头,停止前进。正是这种始终积极进取,不怕困难,好学深思,贡献不止的高尚精神,更增强了孔子千年万世在后人心中的地位和影响。他对我国传统思想文化的推进、创新与丰富,同他的某些局限、缺点比较起来,无疑巨大、重要得多。

二、学而不思与思而不学

在求知的问题上,孔子反复提出过许多关于思与学的问题。他好学深思了整个一生,苦苦研究探索了一生,总想有助于实现他所向往的"仁政"、"礼"与一贯的"忠恕之道"。《论语》留下的只是他学生们记住的片言只语,虽然零碎,却不少至今仍闪亮发光,极有深意。他肯定有很高的思辨力和系统的、即"一以贯之"的感悟,只可惜未得完整保留下来。而后代人历来对他学说的"批判",大都因为远未真正理解其意义、价值。更多"批判"是简单、乱弹、不堪一驳的胡说八道。对以他为首的先秦原始儒学思想,我们只有从历史的理性出发,才渐能作出精确、公平的评判。

孔子一生都忧思万端,可说无时不在思考当时各方面的危机应如何恰如其分地处理、解析。他说:"君子有九思:视思明,听思聪,色思温,貌思恭,言思忠,事思敬,疑思问,忿思难,见得思义。"(《季氏》)真是种种重大的矛盾、问题都聚集在他的头脑中,不仅要反省自己,而且也需要诲人不倦。我这里所谈的,主要只涉及一般学习中即非专业高深学习中应如何处理好学习与思考密切融合互动这个问题。孔子所倡导的思考,固然在学习书本之始就不可忽视。虽儿童初期只牙牙学语,开始识字写字也从规范笔顺、字形、字音循序进行,"描红"、摹仿还是不可逾越的、有益的,但逐渐应增多思考要求,以至必须进行创造性的自觉的独立思考。将来进入更高阶段,就得进行更深广、创新的自主探索了。但打好基础,起点较高,仍很必要。

我们且看孔子是怎样指出的:

学而不思则罔,思而不学则殆。(《为政》)

吾尝终日不食，终夜不寝，以思，无益，不如学也。(《卫灵公》)

意谓"学而不思"，自己不开动脑筋，照本宣科，死记硬背，学后仍会茫然无着，没有根底，不能用来真正解决实际问题。"思而不学"，一味凭空胡猜乱想，并未真正学到具体的知识，会空虚无效。这是各趋极端，都不能达到求知的目标。思就是要同时学会思考，学会存疑、质疑。既要认真多读好书，也要独立思考，反复研究，作各种比较，逐渐深化自己的认识。孔子说："学而时习之，不亦说乎？有朋自远方来，不亦乐乎？"(《学而》)把学过的东西时时复习，就是一再进行思考，得以深化、生新，自然感到高兴。有朋自远方来，重得见面，还有了共同讨论的机会，便成乐事。他又说："吾有知乎哉？无知也。有鄙夫问于我，空空如也。我叩其两端而竭焉。"(《子罕》)意谓自己虽然读过些书，其实并无真正知识，有个乡下人向我提问，我腹中空空，实在回答不出什么道理，但经我问明了所提问题之所在，搞清了两个极端方面的观点，就能有所回答了。这就是从实际出发具体思考起了作用。如果只是死读书，人成了"两脚书橱"，不会运用知识来办实事，那就又会如他所说："诵《诗》三百，授之以政，不达，使于四方，不能专对，虽多，亦奚以为！"(《子路》)孔子最赞赏的学生颜回称述孔子的教法是"循循善诱人，博我以文，约我以礼，欲罢不能，既竭吾才。"(《子罕》)意谓孔子"循循善诱"的办法就是指引学生尽量多读好书，又引导他们把所知同实际生活中遇到的各种问题联系着思考，不但使学生深感兴趣，讨论热烈，还大大发挥了学生的才干。

《论语》中有多处实录了孔子与学生们谈话时的自由与亲切。学生也可以向他提问，表示怀疑，指出孔子谈话中前后为何似乎自相矛盾。自然孔子也时常指责学生所存在的错误、弱点。他最喜欢颜回的好学与品德，却也特别指出过颜回这样一个缺点："回非助我者也，于吾言无所不说。"(《乡党》)就是颜回太顺从自己了，从没说过和他不同的观点。孔子主张"和而不同"(《子路》)，颜回这样就不是在帮助自己。

孔子不欣赏"学而不思"、不开动脑筋、不独立思考、缺乏开拓追求的学生。他深知颜回是有思考能力的，另一学生子贡曾赞美颜回能"闻一以知十"，自己不过能"闻一以知二"，远不如他。孔子赞同子贡这个比较，不仅肯定子贡确实"弗如"颜回，还说"吾与女弗如也。"(《公冶长》)意谓他自己同子贡一样，都比不上颜回。前面他指出过颜回太顺从他了，大概是颜回本性在老师面前过分谦恭,不愿讲不同意见,其实有不同意见孔子不但不会介意,反是鼓励的。孔子的态度是:"不愤不启,不悱不发。举一隅不以三隅反,则不复也。"(《述而》)这话的意思是说,学生们不愤发深思去求解决时,不予开导;不到他们想说而又说不出来时,不予启发;若是提醒了一角还不能推想到其他三个角的情况,就不予回答。我想,这不过是孔子教育学生时一种多方推动学生积极思考的策略。否则,大家就不会都感佩孔子真是"诲人不倦"、办法很多的老师了。

求知的途径,除读书、深思外,自然还有在工作中、劳动中的各种实践,特别是,在比较艰困条件下"笃行"的锻炼。对此,孔子自己的体验是非常深刻的。他说:

> 吾非生而知之者,好古敏以求之者也。(《述而》)
> 吾不试,故艺。(《子罕》)
> 百工居肆以成其事,君子学以致其道。(《微子》)
> 太宰问于子贡曰:"夫子圣者与? 何其多能也?"子贡曰:"固天纵之将圣,又多能也。"子闻之,曰:"太宰知我乎? 吾少也贱,故多能鄙事。君子多乎哉? 不多也。"(《子罕》)

孔子有时或承认有人"生而知之",但他否认自己是"生而知之"的,他是"好古敏以求之者",他是因没有做官,需要自己谋生,才学到不少本领。他少年时家里贫困,只得从事多种卑贱劳动,才学会不少卑贱的本领。生活好的君子们怎会这么多技艺? 自然不会的。太宰不可能理解他,子贡也没有理解他。

孔子也说过:"生而知之者,上也。学而知之者,次也。困而学之,又其次也,困而不学,民斯为下矣。"(《季氏》)他虽推重"生而知之者"是最上一等知者,实际他并未举证出一个真是这样的人。因为实际不可能真有一个生知的大学问家,即使禀赋好些的人,也绝不可能靠其禀赋稍好即成大学者,肯定还必须具有后天勤学、多思和多方面的实践锻炼等陶养。根据他的价值标准,他对时常表示十分敬重的尧、舜等人也还存在不足之感,认为他们并不是天生的圣人、无上的"生而知之者"。孔子的禀赋也必不差,但他主要是"学而知之者"和"困而学之"者。为什么他会把"困而学之"者放在第三档? 从精神上说,困而能学,更不容易。也许因"困学"的条件很差,限制了能力的发展,影响到学习的水平,才被放进了"又其次"的一档? 若是困学也达到了"学而知之者"同样的水平,放低一档我看既不必要也欠公平了。"困而不学",从觉悟程度和知识水平自然可称最下一档,但若其困苦程度已到饥寒交迫、无以为生的地步,"不学"就未可苛责苛求于他们了。过去在文化专制的社会里,岂非绝大多数的人就因连生存权也难保,才被剥夺掉受教育的权利,无法求知、有学的吗?

基于上述,无论在理论上,实际体验上,求学必须勤读,多思,善疑,深研,加以从实践中累积经验,丰富阅历。人们的知识、思想、道德、能力,都是在以上几个方面的不断努力、交叉互补、综合运用中得以发展、提高的。老老实实地学习,有个基础,逐渐独立思考,不断深入;又会感觉还要吸收新知,再学习;一面学,一面又反复思考,在实践中检验;反复交叉进行,过程中很难截然划分先后。孔子就是这样学习,这样经过,又这样指引后人的。他后来周游列国,宣扬他的仁政爱民主张,他的人本思想,由于时当诸侯争霸、战争频繁的时代,他的政治主张又要求专制君主必须以身作则、为民表率,显然不合时宜。他有志从政,是为了实行其仁政,而非是为了发财,当权者都不用他,他又谋道不谋食,道不同决不愿改变初衷,便退而教些学生,整理古代文献。他诚然有点迂远、理想化,到处碰壁,却是始终忠于自己的理想,充满良知的。他的历经挫折、知其不可而积极有为的精神,使原始儒学中留下了许多好学和如何好学的基本的具有广泛深意的教言,我们今天还能从中获得滋养。

三、知之为知之,不知而不愠,知之不如乐之

关于求知,孔子还有几个很重要的观点,值得我们重视。

(一)对"知"要有非常诚实的态度。有知还是无知,浅知还是深知,真知还是假知,都应有自知之明,不要存心假冒、欺骗别人。否则,绝无益处。有自知之明,才有积极努力上进、提高的可能,否则就是自甘落后,无法跟先进者正当竞争。孔子说:

> 知之为知之,不知为不知,是知也。(《为政》)
> 盖有不知而作者,我无是也。多闻。择其善者而从之,多见而识之,知之次也。(《述而》)
> 夏礼,吾能言之,杞不足征也;殷礼,吾能言之,宋不足征也。文献不足故也。足,则吾能征之矣。(《八佾》)

1262

吾犹及史之阙文也,有马者借人乘之。今亡矣夫。(《卫灵公》)

这几句意谓,不要强不知以为知,冒充有知,不知的就老实承认不知,才有望变不知为有知,这最为明智。会有自己其实不知的人在那里妄作,他从来不是这样。他对自己原知不多的东西,经力求多闻、多见,经比较选择有了些认识,才有些表示,自认这只是第二等的知了。对夏礼与殷礼,他有些知识,故能说一些,对夏代杞国和殷代宋国的事不清楚,因文献资料不足证明,所以不能妄说。古代民风淳朴,互相帮助,有马的人多肯借给别人乘用,这因他还能看到史官所缺的文字,可以为证,故敢这样说。可见孔子是非常审慎,尚实的。世界很大,历史很长,生活变化十分复杂,任何有知的人都不可能知道一切,应该说每个人所知都极少极少,哪能冒不知以为知,经不起被人一点即破呢?很多问题即使已有些知识,但必远未尽知、深知,还存在许多未知数,同样不能妄自尊大,以为已尽知深知。孔子既有自信,仍很谦虚。垂老表示还要学《易》,庶无大过,就体现了他的实事求是,自知之明。

孔子还要求对所知的东西不限于表层,而真知其深刻的意义、道理。例如他说:"礼云礼云,玉帛云乎哉!乐云乐云,钟鼓云乎哉!"(《阳货》)在孔子看来,礼与乐是非常有深意的学问,是熏陶、感悟人们的一种教育,如果只知道玉帛之类是进行礼教的器具,钟鼓是进行乐教的器具,就喊得震天响,这种极粗浅的形式主义知识又有多少意义呢?

更不能使人容忍的是,有人自己无知,靠窃取别人的知识成果,作为己知,捞取名利,这就是子贡所列举的三大可鄙的恶行之一:"恶缴以为知者。"(《阳货》)这样做的人不仅无知不智,且还是无德的欺骗造假了。学者要有文德,对别人的创造、发明、成绩,应十分尊重,不掠为己有,勿不劳而获,参考、引用时都应注明,切不要犯剽窃的错误。

(二)对自己有了些知识之后,还要正确对待别人对自己的了解、评价问题。这时自己或已有了相当的知识和成绩,或还并未有足够人们知道的成就,常有的问题就是急盼得到广泛的认同和较大名声,别人还不知道、不认同就有怨气,不高兴。坦率讲,这两种心情都属常见、难免,可实际又不易如意,应怎样正当解决?听到称赞就高兴,甚至忘乎所以,尚未被理解、认同就灰心丧气、怨天尤人?这问题在孔子当时已有发生了,孔子对此的积极建议有下列这些话:

1263

人不知而不愠,不亦君子乎!(《学而》)

不患人之不己知,患不知人也。(《学而》)

不患人之不己知,患其不能也。(《宪问》)

不患无位,患所以立。不患莫己知,求为可知也。(《里仁》)

不怨天,不尤人。下学而上达,知我者其天乎!(《宪问》)

孔子的话言简意赅,有情有理,提出了妥善对待的积极途径。你如果真已有了不少学问、成绩,而人们还不知或不深知你,但你如能并不抱怨、生气,不正说明你已是有品德的君子了么?从另一角度看,你且不要怕人家不理解你,而先考虑自己还并不理解别人怎么样?这个建议可以有几种含意,人家还不理解你既可能是还未熟知你的贡献,还没有来得及而已;也可能他们所知不多,还不足以赏识你的成绩;你应有所等待,不必如此着急。安慰有理。不要怕人家还不理解你,难道你的成绩果已足够大,没有什么缺点弱点了?你能断定自己真已无所不能了?那你就应当先考虑自己尚有的缺点、弱点和如何去充实、提高。对有志于学的人来说,这建议自然合理,饱含促进的热情。目前虽还未得广泛认同,再加几把劲,赶上前去,求为可知,显然是正道。真有学问,有贡献,不要怕目前尚无适当的地位,该先怕尚无胜任那种地位的能站得住的力量,可先把这种能力培养起来,将来肯定没有困难。孔子力主的"礼"虽仍有等级等弊病,但社会规范仍有一些基础原则。这还是有说服力、鼓舞人的忠告。最后一段话,正面提醒有志者最好不要因此怨天尤人,不如自己真正继续努力下去,做出更多更大的贡献;你做的学问可以有助于社会进步,皇天不会辜负你们这种苦心人的。其实孔子并不真信天命,他讲天命是人化了的,他相信人的力量。正常发展的社会和明智的统治者不会埋没有志的学者。我感到孔子在这个问题上所提出的建议、提醒,既表现出了他的真诚、热情与历史的进步的意识,同时也表现出了他"诲人不倦"、"循循善诱"的大教育家风范。

(三)要不断努力,把自己的求知提升到"好之"以至"乐之"的境界。通过勤奋艰苦的求索,已把握到相当的知识,可算"知之"了,多少还能运用了,可以取得职业,有生活的保障了,是否已可自满自足,到此为止了呢?作为一个有志的知识者,还应懂得一个道理,仅此派了点用场,实还非常不够。对此孔子有个非常高明的见识,即:

知之者不如好之者,好之者不如乐之者。(《雍也》)

　　意谓知道了一些东西或道理的人,比不上还能爱好这种东西或道理的人可靠,爱好这种东西或道理的人,比不上更能以拥有这种东西或实行这种道理为自己快乐来源的人牢固。仅仅知道这些东西或道理是有用的,只凭这样的观念,当发现有别的东西或道理能对自己更有用,更能满足自己的欲望,就会转向或向反面走去了。明知故犯,知法犯法、执法犯法,反贪局长自己带头贪污腐败已屡见不鲜。这种人未尝无知,还经常向人宣讲其所知的一套呢。有一些知识的人若本质卑劣,利令智昏,做坏事,犯罪,往往比无知的人还厉害。别人见利思义,这种人则利用其知识只图发不义之财。这就略同于孔子所说的“仁者安仁,知者利仁”(《里仁》),错误地利用其所知,更狡猾地违法乱纪。如果一个人是爱好其所知,珍重知识的巨大作用,愿在这方面尽责贡献,那就肯定比只从知识对私利有用这一角度来行事的人可以信赖。再进一步,他如深感到把知识贡献于社会、人类,乃是他一切欢乐的来源,既是爱好,又是最大的快乐之源,必然更可靠,还能充分发挥出他的全部聪明才智了。这是由于知识和道理已深入他的内心血液之中了。这样的层次之分,孔子在另外一些说法中也有表露:

　　好知不好学,其蔽也荡。(《阳货》)
　　博学而笃志,切问而近思,仁在其中矣。(《微子》)
　　知及之,仁不能守之,虽得之,必失之。(《卫灵公》
　　可与共学,未可与适道。(《子罕》)
　　叶公问政。子曰:“近者悦,远者来。”(《子路》)
　　子在齐闻《韶》,三月不知肉味。曰:“不图为乐之至斯也。”(《述而》)

　　这些话意谓:有种人有意求知,但骨子里并不真正好学,仅取其可以利用来追名逐利,弊病在必然要迷失正道。有种人博学,坚持其理想,勇于提出问题,深思熟虑,因其中即有爱人的仁德在内,自必贯彻始终。有种人虽有相当的知识,却缺乏爱人济众的仁德来固守理想,虽然有些知识,终会得不偿失。有种人只可与他一道学些知识,却不可能与他一起把握到立身处世的大道。好的治道,才能使附近的人欢喜,远方的人欣然聚来。孔子在齐国听到美妙的《韶》乐,欢快之极,连吃了三个月肉食都没能使他记起过去感到的鲜美肉味。爱好以至

1265

深深体验到的只有融化、沉浸、陶醉在求知、深知的海洋中才是自己一切快乐的源泉，才是自己最大、最高的快乐之所在，这样，自然任何患得患失、见异思迁、中道而废、浅尝辄止等等现象都不会发生了。这样，就会充满信心和自觉，愈加专心致志、精益求精地向前发展。

"乐之"的境界真有如此巨大的力量？是否所有可称为"乐"的都能具有这样大的力量和促进效果？当然不是。孔子当时已深刻地看到不少世俗的"乐"是有损无益，甚至严重有害的。他说：

> 益者三乐，损者三乐。乐节礼乐，乐道人之善，乐多贤友，益矣。乐骄乐，乐佚游，乐宴乐，损矣。(《季氏》)

意谓，这三种乐很有益处：能自觉接受社会规范正当约束而不放纵欲望，不铺张浪费，以此为乐；能热情宣扬别人的品德、优点，发扬正气，以此为乐；能多结识高明、贤良的朋友，互相促进帮助，以此为乐。另三种"乐"则有害无益：喜爱骄奢无度的快感，以此为乐；喜爱到处游荡，毫无节制，以此为乐；喜爱大办筵席，铺张摆阔，大吃大喝，以此为乐。孔子如此对比鲜明，有益有损甚至有害，人们一看就明。决不是后三种世俗"乐"事，配得上孔子所说"乐之"的境界，这三种有损的"乐"，只会消磨意志，流入庸俗，甚至还会犯罪、灭亡。前三种"乐"，高尚、深刻得多，可说已庶几是"乐之"境界了。如以孔子所举他最赏识的学生颜回为例，用孔子对颜回如何称赞的话来说明，那就更便于明白"乐之"是何种境界。孔子说：

> 贤哉回也！一箪食，一瓢饮，在陋巷，人不堪其忧，回也不改其乐。贤哉回也！(《雍也》)
> 有颜回者，好学，不迁怒，不二过。今也则亡，未闻有好学者也。(《雍也》)
> 饭疏食，饮水，曲肱而枕之，乐亦在其中矣。不义而富且贵，于我如浮云。(《述而》)
> 不仁者不可以久处约，不可以久处乐。仁者安仁，知者利仁。(《里仁》)

1266

这就是说，正是颜回真正的好学，已逾"知之"、"好之"而达到"乐之"的至深境界，贫穷、忧虑、名位、富贵之类，都已被他超越过去了，他已抵达孔子要求的"仁"境，自然不会迁怒于人，不会重犯任何过错了。能够到达此境确极不易，不仁不义者耐不住贫穷，容易变坏，经不起舒适考验，容易变成纵乐，导致道德崩溃。颜回不幸早逝，故孔子特感悲痛。我国北宋时的全能文艺家苏轼仕途坎坷，历遭贬谪，一直被流放到当时还是蛮荒最易发病的海南岛儋州，但他深感创作的快乐，一直保持乐观积极的态度，继续批评时弊，同情生民疾苦，诗文书画，均属精品，嬉笑怒骂，自由挥写，无不如意，都成妙文。他在古代文艺家中，所受到的欢迎，影响之深广，极少能与其并提。即使明知会犯时忌，也想到过必有风险，终究仍不得不发，受到打击也不悔。真正高尚、博大的快乐，就会有这样巨大的力量，产生出大思想家、大学者、大作家。孔子早就看到了这种最高的境界，道不行，谋道不谋食，穷则独善其身，不愿与专制暴君同谋合污，依然直道而行，凭其理想，坚持努力整理文化遗产，教诲出许多学生，做了大量成绩卓著的工作。"乐之"的境界，就是一种经过艰巨的自觉努力，突破了种种限制、障碍，抵达了非常自主、自由，得以充分发展、创造其才智的广阔天地中，去供生命飞翔，追求无限了。有志者，事竟成。这不会只是实现不了的空想。在此基础上，"知者乐水，仁者乐山，知者动，仁者静，知者乐，仁者寿"（《雍也》），各有所成，各有其乐，山水、动静、欢快与长寿，均无不可。"其为人也，发愤忘食，乐以忘忧，不知老之将至云尔。"（《述而》）孔子又说："志于道，据于德，依于仁，游于艺。"《述而》）还说："兴于诗，立于礼，成于乐。"（《泰伯》）在人格、道德修养上，孔子看得准，对我们极有启发。任何人，包括普通老百姓和大学者们在内，一旦他们能从自己的辛勤劳作、不断追求中感到最大的欢乐，看到了无限的希望与前景，他们还会有什么别的想法？他们还能有什么别的途径，使自己达到真正的满足、成熟呢？

四、巧言乱德；见利思义，不贪不义之财

人的一生，既都有言，也都有行。人人能言，也人人能行。但是否言行得对，言行得好，言行得适时，言行得有效，如何判定意义、价值，历来都大有讲究。孔子最注意社会生活中的各种人际关系，一切都从仁德、礼义、忠恕之道来考虑，虽有等级，但有些基础性的话有生命力，至今还有启发。例如他首先痛恶虚

伪、做作、伪善:

> 巧言,令色,足恭,左丘明耻之,丘亦耻之。匿怨而友其人,左丘明耻
> 之,丘亦耻之。(《公冶长》)
> 恶利口之覆邦家者。(《阳货》)
> 巧言乱德。(《卫灵公》)
> 巧言令色,鲜矣仁。(《学而》)

"巧言"指花言巧语,说得天花乱坠。令色,指装出和颜悦色,洗耳恭听或倾心而出的样子。足恭指表面极恭敬的态度。左丘明,相传《左传》的著者,极有眼力的史学家。他以口是心非为耻。假装出来骗人的东西,虚伪不可相信,明眼人也一看就知。这种说话与态度,实是无仁、缺德败德的表现,当然会被认为可耻的。能说会道若堕落为花言巧语,还很有害。所以,孔子一贯强调"言思忠"(《季氏》),要忠信。"与朋友交,言而有信"(《学而》)。

讲话诚实,言而有信,行己有耻,就得言行一致。不一致,甚至说的一套做的另一套,或者没有做,先就夸夸其谈、大吹一通,或者做得很少,吹得极多,欺世盗名。孔子对这些毛病都一贯指责。说得对、好、适当、有效都很难,做成、做好更不易,所以说话一定要慎重,特别在正式提出而非随便交谈的时候。孔子说:

> 君子食无求饱,居无求安,敏于事而慎于言,就有道而正焉,可谓好学
> 也已。(《学而》)
> 多闻,阙疑,慎言其余,则寡尤。(《为政》)
> 君子欲讷于言而敏于行。(《里仁》)
> 其在宗庙朝廷,便便言,唯谨尔。(《乡党》)
> 古者言之不出,耻躬之不逮也。(《里仁》)
> 其言之不怍,则为之也难。(《先进》)
> 君子耻其言而过其行。(《宪问》)
> 岁寒,然后知松柏之后凋也。(《子罕》)
> 君子一言以为知,一言以为不知,言不可不慎也。(《子张》)
> 君子言忠信,行笃敬,虽蛮貊之邦行矣。言不忠信,行不笃敬,虽州里

行乎哉?(《卫灵公》)

以上意谓要做到慎言,必须好学,实行最要紧,且慢夸夸其谈,多向有学识、懂道理、多经验的人学习、请教。严肃的场合,尤当如此。关键在于做成大事很困难,说话一定不能随便、轻易,应留余地。如大言不惭,做起来定比预想更困难。有德之人认为说话超过行动,言过其实,吹嘘自己,是可耻的。讲一句话就会被人看出有真知,讲一句话也就会被人看出实在很无知。

孔子提醒人们说话要考虑环境:"邦有道,危言危行,邦无道,危行言孙。"环境清明,可以直言直行,环境险恶,当然还应直行,说话可要委婉、小心。孔子以为不可轻信道途上听来的话:"道听而途说,德之弃也。"(《阳货》)还以为也不可随意给人设圈套,乱猜测:"不逆诈,不亿不信。"(《宪问》)孔子提醒人不要凭一点感觉就下结论,如:"论笃是与,君子者乎? 色庄者乎?"(《先进》)议论笃实诚恳当然好,但说者真的是君子,还是假装成很庄重的人? 他反对说话只凭个人爱恶,使人迷惑不解:"爱之欲其生,恶之欲其死,既欲其生,又欲其死,是惑也。"(《颜渊》)此必造成混乱。孔子悟出言与不言要选择适当的时机:"侍于君子有三愆:言未及之而言谓之躁,言及之而不言谓之隐,未见颜色而言谓之瞽。"(《季氏》)意谓对方尚未说到你先说,便犯急躁病,对方已说及你还不说,便犯隐瞒或迟钝病,没看准对方的面色、表情就贸然说,便像犯瞎眼病了。他这是从看准时机来说话,争取有效的角度来说的。故又说:"可与言而不与之言,失人;不可与言而与之言,失言。知者不失人,亦不失言。"(《卫灵公》)求知、办事,需要这种智慧。孔子很重视"知言","不知言,无以知人也。"(《尧曰》)

进一步,孔子根据他自己的切身体验,感到"知言"固重要,略知、粗知却不行,知了言还要观其行,对比考察才真能"知人"。他说:

始吾于人也,听其言而信其行;今吾于人也,听其言而观其行。(《公冶长》)

先行其言,而后从之。(《为政》)

视其所以,观其所由,察其所安,人焉廋哉,人焉廋哉!(《为政》)

人而不仁,如礼何? 人而不仁,如乐何?(《八佾》)

吾与回言终日,不违,如愚。退而省其私,亦足以发。回也,不愚。(《为政》)

吾之于人也,谁毁谁誉?有所誉者,其有所试矣。(《卫灵公》)

刚毅木讷,近仁。(《子路》)

有德者必有言,有言者不必有德。(《宪问》)

狂而不直,侗而不愿,悾悾而不信,吾不知之矣。(《泰伯》)

　　确有言行不一,或差距很大的人。观其行,察其情,比较一下,很容易看清楚,不致受骗上当,或者评价失当。颜回说话总不违反别人,好像愚钝,细察他的言行,其实很有启发,他一点也不愚钝。有些人不大会说话,内心,品格,却近于志士仁人。故知有德者,即使不说或不会说,仍可立言,而那些能说会道、巧舌如簧的人,却往往华而不实,缺德。那种狂妄而不正直,轻薄而不厚道,表面诚恳而极不可信的人,怎能单凭他们的说话就真知其为人呢?因此,他从仔细观察中得出了一个高明的结论:"君子不以言举人,不以人废言。"(《卫灵公》)不能根据他的所言就推举、选拔他,也不必因为他这个人不大好就连他说过某些不差的话也抹杀。这两句话,分明前面一句重在应以高尚的品行举人,"不以人废言"只是一种次要的补充,也不是对丧失大节的人可以其某些曾有的不差之言继续捧场。孔子对当时一些其实只"以言举人",且并不知言的人的胡说很生气,发牢骚:"予欲无言。"子贡曰:"子如不言,则小子何述焉?"子曰:"天何言哉?四时行焉,百物生焉。天何言哉!"(《阳货》)这不过是一时气愤的话,他还是说了很有说服力的话,而且他即使没有说也总有许多人会说的。公道自在民心。

　　孔子期望有更多人能成为有仁爱胸怀的"君子"、"善人"、"成人",有言有德,言行一致,慎言敏行,略如上述。另还有重要的一面,就是主张做人应该明白大义,见利思义,不要贪图不义的富贵。人人都享有其应得的利益,"义然后取",应"得"的可以得,不义之财则像盗贼抢来、偷来:"小人有勇而无义为盗。"(《阳货》)过去有种"满口仁义道德"的伪君子,说孔子是绝不言利的人,绝非事实。孔子在这方面虽有局限,但合人性,近人情,有一定合理性。孔子的历史影响如此深远,无疑主要在此。

　　孔子有尊尊、亲亲、等级宗法等思想,但较为进步的思想是知应该"泛爱众"。君主应该知道"爱人"的基本道理,以人为本,不应把许多人当成牲口一样,取消他们的一切正当权利,如生存权和受教育权。所以他多次提出君主统治一定要给老百姓得到些实"惠":

足食足兵，民信之矣。(《颜渊》)

惠则足以使人。(《阳虎》)

所重：民、食、丧、祭。(《尧曰》)

其养民也惠，其使民也义。(《公冶长》)

实惠首先是劳动了应有饭吃，"民以食为天"。老百姓至少有饭吃，吃饱，才有足够的兵士保卫国家，才可能忍受不公，重效劳，让专制君主保住统治。如果人民连这点信任也没有，任何统治者必然只能以败亡告终。孔子曾称子贡所说圣人才可"博施于民而能济众"(《雍也》)，实质上，这"食"哪是君主施舍出来的，哪是君主对众人的"救济"，专制君主的一切财富还不都是从老百姓身上搜刮来的，孔子只是主张统治者不应霸道到独享其成，为统治者自己，也需要顾到一些老百姓的死活罢了。"百姓足，君孰与不足？百姓不足，君孰与足？"(《颜渊》)孔子毕竟比奴隶主看得远，也明白大义，对维护老百姓的起码权利历史地有了点进步。

孔子从来没有高谈过不需要个人利益。孔子"有教无类"。(《卫灵公》)"自行束脩以上，吾未尝无诲焉"(《述而》)。他不搞假清高。相反，他还不止一次说过他也要个人利益，如果不损害、违反道义，他也愿意有"利"、有"得"。实事求是，诚实，近情，可信。但他坚决反对"不义"的富贵，反对为个人私利而贪求无厌，无恶不作。例如他说：

富而可求也，虽执鞭之士，吾亦为之。如不可求，从吾所好。(《述而》)

富与贵，是人之所欲也，不以其道得之，不处也。贫与贱，是人之所恶也，不以其道得之，不去也。君子去仁，恶乎成名？君子无终食之间违仁，造次必于是，颠沛必于是。(《里仁》)

君子固穷，小人穷斯滥矣。(《卫灵公》)

不义而富且贵，于我如浮云。(《述而》)

从上所举，可知孔子对个人利益不但未排斥，还认为这是人的自然本性之一，人都要求生存、温饱、小康，以至富足；但人又是社会中的一员，个人的自然欲望应受适当规范节制，否则不但会损害公利，社会也不能健康发展，对私利也无益。孔子所讲出于"仁"心的道义，大致就是不能损公肥私，为小失大。只要

做得公平,这是在任何社会的人们都要遵循的道理。孔子多次这样说:

君子喻于义,小人喻于利。(《里仁》)

群居终日,言不及义,好行小惠,难矣哉!(《卫灵公》)

士见危致命,见得思义。(《子张》)

见利思义,见危授命,久要不忘平生之言,亦可以为成人矣。(《宪问》)

义然后取,人不厌其取。(《宪问》)

士志于道,而耻恶衣恶食者,未足与议也。(《里仁》)

士而怀居,不足以为士矣。(《宪问》)

君子谋道不谋食。耕也,馁在其中矣;学也,禄在其中矣。君子忧道不忧贫。(《卫灵公》)

君子之仕也,行其义也。(《微子》)

言寡尤,行寡悔,禄在其中矣。(《为政》)

放于利,而行多怨。(《里仁》)

无欲速,无见小利,欲速则不达,见小利则大事不成。(《子路》)

上好义,则民莫敢不服。(《子路》)

因民之所利而利之,斯不亦惠而不费乎?(《尧曰》)

笃信好学,守死善道,危邦不入,乱邦不居。天下有道则见,无道而隐。邦有道,贫且贱焉,耻也;邦无道,富且贵焉,耻也。(《泰伯》)

君子有三戒……及其老也,戒之在得。(《季氏》)

如上云云,孔子对有志之士应如何看待、处理贫富、义利这个应做怎样的人的重大问题,从大义到细节,从分析利害到国家应如何设计解决这一难题,都反复多遍论述到了。至今仍有积极意义。君子明白大义,行己有耻,奉公守法,守死善道,正派人无论治学、做官、务农,都有正当收入,可以发展。小人只知道贪小利,损公不利私,即使一时得逞,终必成过眼烟云。"义"可能有不同解释,"合法"应该可以简明划出界线。合法的利益会得到维护,这种利益还可继续发展。即使法制还不完备,合法的未必都合理,毕竟法治比人治好,法治比道义明确。孔子讲"仁"重在人治,过重"自律",太理想化,是认识的不足处。他虽并未完全轻视刑法,只以为非根本之计,不足恃。出发点不错,是他所主仁学的应有之义,却迢远不能通行。其实他在当时也已感觉到靠自律行不通:"道之不行,已知之矣。"(《微子》)他这知其不可而仍为之的精神,决不同于后来专制统治者们的存心骗人;但"人治"终究比不上真正代表老百姓利益的法治,则应是肯定无疑的。应以法治为本,辅以道德教育,以自律辅助他律,避免"不教而诛"。必当保持法治的严肃性,不可让不法之徒凭权力再图侥幸,钻空子。

从孔子对知行与利义这两大重要人生问题的论述中,不难体会到原始儒家的有关思想中,分明存在着不少合理的东西,对今天仍有益的因素。为何有人会完全脱离实际,视而不见,听而不闻,总爱盲目随风胡乱喊叫"打倒"、"批臭"呢?

五、转益多师;当仁不让;如何与朋友交

孔子过去被称为"大成至圣先师",尊成"万世师表",自是出于君主专制主义者们的需要;但试想在两千五百多年前,在世界的东方,我们大地上就出现了这样一位大思想家、大教育家,留下如此丰富、可贵的优秀文化遗产,影响如此深远,至今仍有其不息的生命力,大有启发,大可供后世择取,如承认历史不可割断,客观贡献不容否认,我认为孔子的确无愧为一位世界稀有的文化名人,是中华民族值得自豪的伟大人物。他在我们每一个人都有的社会关系中之师生与朋友关系这个问题上,有许多依然闪光的卓见令人庆幸地保存了下来。

孔子出身贫贱,好学深思,知识面很广,凡他不懂的东西见人就问,从过不少老师,知名的如问礼于老聃,学乐于苌弘,学琴于师襄。他深感从师之益,到处求师,求贤若渴。他说:

三人行,必有我师焉。择其善者而从之,其不善者而改之。(《述而》)

子入太庙,每事问。(《八佾》)

里仁为美。择不处仁,焉得知?(《里仁》)

君子食无求饱,居无求安,敏于事而慎于言,就有道而正焉,可谓好学也已。(《学而》)

当仁不让于师。(《卫灵公》)

温故而知新,可以为师矣。(《为政》)

夫子焉不学?而亦何常师之有?(《微子》)

1273

从上所举,可见孔子在求师问题上的卓见:一是有意识地广泛求师,只要能对他有教益。二是他有疑就问,急于择师。三是对老师并不盲从,一味拜倒,而是择善而从,不善的自己改正。四是"当仁不让",原则鲜明,老师错了他决不退让。五是选择居住环境,如风气不好,缺乏仁心,就心存警惕。六是学风好,对方能"温故而知新",或也志在这里,就可以敬为老师,"博学而笃志,切问而近思,仁在其中矣。"(《微子》)"仁"本身要求勤奋好学,有优良的品德与学风,能对自己有一定教益。他对所有这些老师,都怀着"敏而好学,不耻下问"(《公冶长》)的"以能问于不能,以多问于寡,有若无,实若虚,犯而不校"(《泰伯》)的恭敬,虚怀若谷。因为他求知的领域广泛,从学之后又非一味紧跟雷同,加上即使并不很高明的人也仍可能有些颇好的见解,所以他还有一个卓见,就是并不专跟一个或几个"常师",而是不时改变他的老师:"文武之道,未坠于地,在人。贤者识其大者,不贤者识其小者,莫不有文武之道焉。夫子焉不学?而亦何常师之有?"(《微子》)子贡熟知老师孔子的思想及其从师之道,这几句话就是从孔子教育中领会的。专从一师,毕竟也会有许多局限,宜有憬悟。当时对从师之道已有如此丰富、明智的认识,令人钦佩。

孔子有否贱视、看不起工农大众?这是过去几十年"批判"、痛骂孔子为"十足反动"、"腐朽没落的奴隶主阶级的代言人"、"坚持倒退,反对前进,坚持复辟,反对变革,是一个臭名昭著的复辟狂、政治骗子、大恶霸"的主要罪状之一。其根据就是《子路》中的这一段话:

> 樊迟请学稼,子曰:"吾不如老农。"请学圃,曰:"吾不如老圃。"樊迟出。子曰:"小人哉,樊须也!上好礼,则民莫敢不敬;上好义,则民莫敢不服;上好信,则民莫敢不用情。夫如是,则四方之民襁负其子而至矣,焉用稼?"

樊迟就是樊须,孔子学生中的一个佼佼者。老农,称老农民,老圃,称老园丁。学生问孔子如何种田、种菜,孔子回答自己既不如老农夫,也不如老园丁。孔子的意思,不过是表示如果统治者真正好礼、好义、好信了,四方之民都会欣然背负着孩子被吸引来这里,哪还用得着我们这些人去种地?称樊迟为"小人哉",无非感到他对这问题太少远见了。樊比孔子小三十六岁,这里称他"小人哉",其实在他们熟悉的师生间略同于称他"你这孩子懂什么",哪能胡乱上纲为轻视、贱视工农大众?孔子当时没有、也不可能有工农大众或老百姓都是主人

1274

公甚至"上帝"的觉悟和套话,他自己坦答"不如",称他们为"老农"、"老圃",实际相当敬重,哪来轻视、敌对之意?想不到距他两千五百年之后,我们敬称"老农民"、"老工人"、"老师傅"之类几与孔子的称法极相像。孔子自己早年贫贱得很,《论语》中即自白:"吾不试,故艺。"(《子罕》)"吾少也贱,故多能鄙事。"(《子罕》)他何尝有自卑感?他管过牛羊,管过仓库,全是一些极小的差使,旧观念也属于"小人"一档,难道他看不起自己?他一贯主张泛爱众人的"仁"学,要求君主必须以身作则,"己身正",否则终必失掉起码的信任,乃至失败、灭亡。难道这是"奴隶主阶级的代言人"所能有的思想?过去绝大多数之"批孔",无知、粗暴、蛮不讲理到极点,居然曾众口一词,横行一时,实在是我们历史上一大怪现象,中国知识者灵魂曾被扭曲到极点的铁证。

其实孔子在这段话中表达的真意,《论语》本书《微子》篇中,子夏已经知其本意而有所说明了,即"虽小道,必有可观者焉,致远恐泥,是以君子不为也"。意谓种地、种菜等技艺知识,虽然比较单纯,也必有很可观的作用,但对忙于关注治理邦国大事的人来说,同时要求他们也来做这类工作,却很难做到,因这会妨碍原有兴趣,妨害主要从事的远大目标,所以不愿做,也无暇做,并非出于轻视。实事求是地说,对工作各人自可选择,价值观念不同,难以勉强。无论怎样,认为有了这种思想就说成贱视、看不起工农大众,为严重罪状,这同孔子的一贯思想和行动,都对不上号。难道有人能说孔子自述"三人行,必有我师"的三人中,必无老农、老圃?

那么,孔子的交友之道又是怎样的呢?

孔子非常喜欢结交朋友,深知友谊的重要与乐趣。他说:

有朋自远方来,不亦乐乎?(《学而》)

工欲善其事,必先利其器。居是邦也,事其大夫之贤者,友其士之仁者。(《卫灵公》)

有次他同颜渊、子路两个学生在一起,各说自己交友的志向,孔子说自己的志向是:

老者安之,朋友信之,少者怀之。(《公冶长》)

1275

意谓期望能使老辈感到安适,朋友得到信任,青年得到关切。志同道合,情深谊长的朋友,能共同切磋学问,在事业上互相帮助,在感情上得到关怀。

孔子指出友谊中信任的重要。他说:

> 人而无信,不知其可也。大车无輗,小车无軏,其何行之哉?(《为政》)
> 与朋友交,言而有信。(《学而》)
> 群居终日,言不及义,好行小惠,难矣哉。(《卫灵公》)

意谓自己对朋友,应真诚相待,言而有信。也要求别人对自己不要离开道义,耍手段,玩弄小聪明,使人无法相信。古代大车小车车辕前面横木上都有木销子,称輗和軏,没有就不能行车。没有相互的信任,就不能成为朋友。"仁",中间就包括有信任。孔子说:

> 益者三友,损者三友。友直,友谅,友多闻,益矣。友便辟,友善柔,友便佞,损矣。(《季氏》)

直就是正直,谅就是诚实,多闻就是知识阅历广博。同这三种人交友,就有益。便辟就是不走正道,歪门邪道;善柔就是阿谀、奉迎,便佞就是花言巧语,或胡说八道。与前三种人相交是贤友、益友,与后三种接近,只能受恶人、损人之害。

孔子不止一次在《论语》里留下"毋友不如己者"的忠告,这是不是表示不愿与学识、地位不如己的人为友? 不是的。按他"三人行,必有我师"的说法,显然不是,而主要是指缺乏"仁"心、道德,人格卑污的小人。

益友相处,互相尊重,取长补短,有过失互相规劝,有长处互相砥砺。君子之交,必然很亲密,很和谐,但决非世俗所称的"酒肉朋友"、"江湖义气",而乃高尚的"道义之交"。孔子说:

> 君子矜而不争,群而不党。(《卫灵公》)
> 君子和而不同,小人同而不和。(《子路》)
> 有子曰:礼之用,和为贵。先王之道,斯为美。小大由之,有所不行,知和而和,不以礼节之,亦不可行也。(《学而》)

这些话意谓:君子言行庄重,不同人争吵,与人合群,决不为私利结党。君子主张协调,以和为贵,但保留不同见解,不主雷同一律。认为规章制度,以和——协调为贵,但不论小事大事如都按"和"去做,为和而和,不顾应遵循的秩序、原则,也行不通。这些原都是一般社会中做人、办事的基本准则,在交友中同样适用。"朋友数,斯疏矣"。(《里仁》)朋友有缺点,应互相劝告,时常"数落"别人而无效,有的就难免会疏远。他认为还是应遵从道义。孔子有意举了这样一个例子:

如有周公之才之美,使骄且吝,其余不足观也已。(《泰伯》)

就是说,他自己是非常敬重周朝的周公的,但若有人具有周公这样的才能和一些美处,却非常傲慢狂妄、吝啬小气,那么他就断定这样的人是不值一谈、不足挂齿的了。表示对缺德至此,不听规劝的人,与他疏远就不足惜。他也说过:"君子之于天下也,无适也,无莫也,义之与比。"(《里仁》)意谓君子对于师友的态度,全凭有无道义,原无一定的厚薄亲疏之别。

对交友之道,《论语》里留下这样一节:

子夏之门人问交于子张。子张曰:"子夏云何?"对曰:"子夏曰:'可者与之,其不可者拒之。'"子张曰:"异乎吾所闻:君子尊贤而容众,嘉善而矜不能。我之大贤与,于人何所不容? 我之不贤与,人将拒我,如之何其拒人也?"(《子张》)

子夏和子张都是孔子弟子。在交友问题上,子夏的观点是认为可与交的就交,认为不可与交的就拒绝。《论语》里所录,多数是直录孔子所说,所录孔子弟子的话,均认为是转录孔子的观点。前面说过,孔子确有"毋友不如己者"的观点,也指出过"不如己"的"损友"的若干具体毛病。还有一条:"子贡问友。子曰:'忠告而善道之,不可则止,毋自辱焉。'"(《颜渊》)子夏这两句话有根据,但子张认为他听到老师所说与此有异,意谓君子尊重贤能,容纳众人,赞赏善事,体谅能力不够者,如果自己是大贤,对人哪有不能容纳的? 如果自己不贤,别人将拒绝与己为友,自己又怎谈得上拒绝别人? 对同一问题,保留两种颇不相同的观点,来源又同得自亲历耳闻,在《论语》中例子极少。是否孔子也在针对两个弟子的不同情况"因材施教"？对高足子夏重在最后选择原则,以定取弃,对偏激的子张则重在虚己广交。若是,则先广交,经实践后最后才决定取弃,孔子的转益多师、不常师的态度可与此差合。孔子虽未有这样明白解说留传下来,我认为可能性是有的。既然他确实说过"四海之内,皆兄弟也"(《颜渊》),则先抱广交的热诚,而不是先就诚心不愿与某些人结交,就更近人情了。

"君子以文会友,以友辅仁。"(《颜渊》)孔子讨论任何问题,都不离开他的"仁"的根本思想,这就是他的"一以贯之"思想方法的体现。孔子留下的虽都只是一些弟子们直接间接听到的或流传的语录,但其间具有很紧密的联系,不难从中综合体会出一个系统来。原始儒家思想的真相与价值,不是不能求得水落石出的。

六、如何处理社会关系:上下之间、人己之间

一个人生活在社会中,不可避免会产生各种社会关系,适当处理好各种社会关系,无论对社会进步、事业发展、人群凝聚、生活和谐、心情愉悦,都有密切关系。近世以来,已有反专制、反独裁的自由、平等、科学、民主等基本准则的提出,积极推动了人类的进步,揭示了人民运动的发展方向。这在两千多年前的我国古代,孔子生活的那个时代,是不可能出现的,那时还是奴隶主在专制,君主在专制。专制、独裁盛行的时代,老百姓根本无权,更谈不上做主。但毕竟人类久已产生,早已存在社会生活,已积累下许多的各种社会、历史经验,人类毕竟在不断进步。对此,各种统治者、各种被统治者以及像孔子这样的各种"士",各个都有他们对统治与被统治的经验、体会、观察、见解、感受,至少是自己的甘苦、期望、十分的痛苦与比较轻的困苦。那时间一定已很长,极少有哪怕非常简单的文字传下来,但一定会由代代口传的信息深印在人们心里。统治者务想尽可能长期保有其专制的特权,被统治者务想呼号减少、避免些所受的痛苦,而像孔子这样知识丰富,并且积极有意于用世、主张改良政治的志士仁人,就提出了他有历史进步意义的仁政爱民思想,一贯的"忠恕之道",对社会关系中主要的"上下"、"人己"两种社会关系作了不少具体的阐述。孔子决不是奴隶主思想的代表,因他的进步思想决不是奴隶主所能具有的和容忍的。也不是极度专制君主思想的代表,他的思想同样不能受到专制君主的欢迎,连比较有远见的专制君主也并不能真正接受、做到,例如领导者必须"以身作则"。因为孔子虽尊君,

1278

愿为效力，却也有其君主亦须循礼守法、听取批评和不同意见的前提。他有"道不行，乘桴浮于海"这样坚持理想的决心，他看到了老百姓实是"邦本"的作用，反对一味严刑峻法，认为以暴政对老百姓的伤害，远猛烈于虎狼的要吃人。他不赞成"犯上作乱"，可又没一个君主愿给他官位以推行其仁政。果然最后只得回老家教书为生，整理古书，留下了他在《论语》中表白的思想、主张。他当然不彻底，也未"杀身成仁"。为了他的"不彻底"，后人诚应提出警告，千万不要认为凡他所说的，今天还可完全照搬照办。但对这样一位言行一致的大思想家、教育家，难道后人可以信口开河，不顾事实，诬蔑苛责于他？即以孔子所持对"上下"与"人己"关系应有准则的观点来说，在今天世界上，即使在经济、教育比较发达的国家，也还远未达到，更不要说很多地方还差距很远了。他的这些观点，无疑还是足资人类借鉴，从各方面力求进步，努力以赴，求其逐步实现的当代目标。

先说上下关系。"上"指掌权的统治者，也可泛指所有各种有权的具体管理者。孔子说：

> 子张问仁于孔子。孔子曰："能行五者于天下，为仁矣。"请问之。曰："恭、宽、信、敏、惠。恭则不侮，宽则得众，信则人任焉，敏则有功，惠则足以使人。"（《阳货》）

> 子谓子产："有君子之道四焉：其行己也恭，其事上也敬，其养民也惠，其使民也义。"（《公冶长》）

> 谨权量，审法度，修废官，四方之政行焉。兴灭国，继绝世，举逸民，天下之民归心焉。所重：民、食、丧、祭。宽则得众，信则民任焉，敏则有功，公则民说。（《尧曰》）

> 子张问于孔子曰："何如斯可以从政矣？"子曰："尊五美，屏四恶，斯可以从政矣。"子张曰："何谓五美？"子曰："君子惠而不费，劳而不怨，欲而不贪，泰而不骄，威而不猛。"……子张曰："何谓四恶？"子曰："不教而杀谓之虐，不戒视成谓之暴，慢令致期谓之贼，犹之与人也，出纳之吝谓之有司。"（《尧曰》）

上举几段话，孔子综合地针对在上者应如何执政，应注意做到哪几点而言，积极具体，苦口婆心。内容有重复处，可以看出他的重点。在上者如果能注意这几点，做到了，老百姓就会相信、出力，比较安定，从政者就可说有点成绩了。

要点的根本在对老百姓有仁爱之心，讲道义，勤快办事，取得信任，使老百姓得到一点实实在在的利益。兴利除弊，宽以待民，邦国兴盛。这才是从政、为官的正道。在上者这样做了，上下关系才不会出大问题。如果不注意，反正道而行，必然成祸根。语录中两次提出"宽则得众"，"信则民任"，在上者如果对下粗暴严酷，不顾老百姓死活，虐民以逞，不得民心，历史上君主专制无度导致败亡，过去改朝换代的主要原因即在此。

再说人己关系，即自己与周围一般别人的关系。"上下"主要指统治与被统治的关系，从"人己"角度看，与"上下"也有联系，虽有"上下"之别，"人己"关系如有比较平等的观念，则"上下"之间的等级差距也会比较小，容易协调些。在"人己"关系中，孔子一贯主张对己要严，对人要宽，严以责己，宽以待人。在上者，尤其应该"以身作则"，要求别人做到的，自己应先做到：

> 其身正，不令而行；其身不正，虽令不从。(《子路》)
>
> 政者，正也。子帅以正，孰敢不正？(《颜渊》)
>
> 苟正其身矣，于从政乎何有？不能正其身，如正人何？(《子路》)
>
> 君子信而后劳其民。未信，则以为厉己也。(《微子》)
>
> 上失其道，民散久矣。(《微子》)
>
> 为政以德，譬如北辰，居其所，而众星共之。(《为政》)
>
> 上好礼，则民莫敢不敬；上好义，则民莫敢不服；上好信，则民莫敢不用情。(《子路》)
>
> 上好礼，则民易使也。(《宪问》)
>
> 子路问政。子曰："先之劳之。"请益，曰："无倦。"(《子路》)

上列各条中的"上"、"其"、"身"，大致指"人己"关系中居于上位的"己"，"人"，指民、老百姓。其精神在于各级有权役使他人者应如何对己严格要求，才谈得上办好政治、做好管理别人的工作。自己不正，缺德，不遵纪守法，不讲道义，不选贤能，不守信用，不善引导，不勤恳工作，怕劳苦，怎能指挥、命令、教育、影响别人，使人心悦诚服、衷心拥护？孔子实际在"人己"关系中最鲜明地阐明了君主等在上者应起表率作用。他虽有尊尊、等级观念，但决不认为君主可以胡作非为、独断专行、倒行逆施。他的这种潜在观念，经孟子阐发，暴君就成为"独夫"民贼，老百姓奋起打倒以至杀掉这种暴君，完全是理所应当了。孟子对

1280

原始儒家思想的发展,即其"民贵君轻"思想,有极其光辉的一面,而其起源,实已肇自孔子。

孔子最尊重"圣人",这是他理想中的最高人格。曾这样称赞过夏禹:"禹,吾无间然矣!菲饮食而致孝乎鬼神,恶衣服而致美乎黻冕,卑宫室而尽力乎沟洫。吾无间然矣。"(《泰伯》)赞赏他饮食简单却孝敬鬼神,有为民祈祷之心;衣服质朴祭祀时却讲究服饰有重礼之心,居室低矮却尽力四出治水为民解困,对他无可挑剔。他称赞唐尧虞舜,但却又这样说:"子贡曰:'如有博施于民而能济众,何如?可谓仁乎?'子曰:'何事于仁?必也圣乎!尧舜其犹病诸!'"(《雍也》)又"子路问君子。子曰:'修己以敬。'曰:'如斯而已乎?'曰:'修己以安人。'曰:'如斯而已乎?'曰:'修己以安百姓。修己以安百姓,尧舜其犹病诸。'"(《宪问》)孔子认为真能博施济众的,修己以安百姓的人,才够得上称"圣人",尧舜也还存在距离。他还说:"圣人吾不得而见之矣,得见君子者,斯可矣。""善人吾不得而见之矣,得见有恒者,斯可矣。亡而为有,虚而为盈,约而为泰,难乎有恒矣。"(《述而》)他本要求很高,现在得见君子、有恒心保持品德的人就相当满足了,因为他感觉当时以无作有、以空虚作充实、以贫乏作富足的假冒者太多了。孔子树立了一个很高的标准即"圣人",但他并未看见,也承认"不得而见之"了,乃退而求"成人",即比较完善的人。《论语》中有云:"子路问成人。子曰:'若臧武仲之知,公绰之不欲,卞庄子之勇,冉求之艺,文之以礼乐,亦可以为成人矣。'曰:'今之成人者何必然。见利思义,见危授命,久要不忘平生之言,亦可以为成人矣。'"(《宪问》)臧、孟、卞等鲁大夫都各有其优长、才艺,加上礼乐的修养,可许为成人了,对目前的人,只要能具有见利思义、见危授命、久困之中仍不忘平生许过的诺言,就也许可为成人了。从"圣人"、"善人"到"成人"的如上变化,似乎孔子不断在无可奈何地降低其理想人格的标准。我以为并非如此,乃在逐渐从过分理想化、抽象化的思维走向了生活实际,对人的评价着眼点都可以切实、具体化了。脱离实际,要求过高,实际做不到,譬如,完全不讲私利就不如"见利思义",公私兼顾,否则就会流于空谈,专制的在上者们自己先就做不到,怎能蔚成社会风气?可以奖励达到较高要求的人,却不宜对人人按高要求来评判。我感到洞明世事、练达人情的孔子对这点是非常清醒的。对人、对己,他的观念变化在《论语》里都留有痕迹。他陈义极高,在实际生活中却总感没有见到遇到符合理想的人物。他多次不无幻灭之感,这样痛苦地提出:

民之于仁也,甚于水火。水火吾见蹈而死者矣,未见蹈仁而死者也。(《卫灵公》)

吾未见好德如好色者也。(《子罕》)

见善如不及,见不善如探汤。吾见其人矣,吾闻其语矣。隐居以求其志,行义以达其道,吾闻其语矣,未见其人也。(《季氏》)

人们对"仁政"的需要远比需要水火更迫切,但只看到为蹈水火而不惜赴死的人,却未见为行仁而不惜赴死的人。他也没见到过能像好色那样好德的人。有些人看见善行就想学习,看到恶行就赶快避免,确有这样的人,确也听到过这种话,但若要求他们安贫乐道,仍保持高洁的志愿,实行道义以弘扬向来的主张,我就只是听到他们有这样的说话,而并未看见过真是这样做的人了。听其言是否高明,还得观其行是否实行了,又实行了多少。孔子说过"朝闻道,夕死可矣",也说过"杀身成仁",这是提出了高标准,颂扬特殊情况下的最高人格,而他自己一辈子是"诲人不倦",最后"隐居"、"行义",做了许多整理、保存文化遗产的工作,终其一生继续"以求其志"、"以达其道"的。他有意识地要保存自己,坚毅地如不能入仕行仁,就隐居教书、编书行仁。这种积极用世,尽其能力贯彻始终的人生态度,对我国后世的志士仁人如司马迁等等有深刻的影响。

孔子对在上者要求很严,对人期望很高,骨子里不信赖神鬼,而重视人本身的力量。当时特别是他的许多学生深刻了解他,十分尊敬称赞他,但他自己一直在反躬自省存在的种种不足与欠缺。颜回是他的高足,从不说与老师不同的见解,孔子说:"回也非助我者也,于吾言无所不说。"(《乡党》)他对侍坐的学生们表态:"以吾一日长乎尔,毋吾以也。"(《先进》)意谓你们不要因我比你们年长些,或有一点长处,就不敢说话。他说:

若圣与仁,则吾岂敢!抑为之不厌,诲人不倦,则可谓云尔已矣。(《述而》)

德之不修,学之不讲,闻义不能徙,不善不能改,是吾忧也。(《述而》)

文,莫吾犹人也,躬行君子,则未之有得。(《述而》)

加我数年,五十而学《易》,可以无大过矣。(《述而》)

曾子曰:"吾日三省吾身,为人谋而不忠乎?与朋友交而不信乎?传不习乎?"(《学而》)

从上，可知孔子从未自命圣人、仁人，常在忧虑自己还存在很多缺点，说不上是身体力行的君子，如能多活几年把《易》也学了，或许能不犯大的错误。他经常在反省自己的种种不足之处。他说："已矣乎！吾未见能见其过而内自讼者也。"（《公冶长》）叹息没有见到过能明白自己犯了过错，而在内心里痛责自己的人。他要求做一个这样的人："见贤思齐焉，见不贤而内自省也"（《里仁》），即见到贤人就想向他学习、看齐，见到不贤的人心里就反省自己有没有与他相同的毛病。他认为一个人如能"躬自厚而薄责于人，则远怨矣。"（《卫灵公》）即多责备自己，少责备别人，既可以避免别人的怨恨，还可多得到别人的帮助。

孔子一贯遵循"忠恕之道"。忠于"仁"道，忠于职守，忠于良友；严于责己，宽以待人；理解别人，体谅别人，尽可能帮助别人，成人之美。他说：

> 仲弓为季氏宰，问政。子曰："先有司，赦小过，举贤才。"（《子路》）
>
> 大德不逾闲，小德出入可也。（《微子》）
>
> 成事不说，遂事不谏，既往不咎。（《八佾》）
>
> 不念旧恶，怨是用希。（《公冶长》）
>
> 故旧不遗，则民不偷。（《泰伯》）
>
> 君子成人之美，不成人之恶。小人反是。（《颜渊》）
>
> 攻其恶，无攻人之恶，非修慝与？（《颜渊》）

意谓对小吏们要重在引导，赦其小过；大节上不容出界，小节不妨有点出入；对别人既往的过错不要总抓住不放，不要念念不忘别人过去的罪错，不忘记故旧的一些亲情，要帮助别人办成美事，不要帮助别人去做坏事。要严格批评自己的罪错，不要一味指责别人，这岂非也可改掉自己的毛病？别人做了对不起自己的事，应如何对待？有人问孔子："以德报怨何如？"孔子回答："何以报德？以直报怨，以德报德。"（《宪问》）意谓：应该用正直来报答怨恨，用恩德来报答恩德。我认为孔子的回答很对。以德报怨，似乎姿态很高，但如事实未得澄清，是非仍未分明，怨恨之根没有消解，一时息事宁人，并非好办法。反不如坦率对话，除掉怨恨之根为好。以直报怨，其实也是一种以德报德的方式，有德之人，不会以委曲求全或"君子不必与小人计较"的态度来处理事情。

在孔子心目中，人们的思想、修养、品德、人格等方面，都是有高低、上下、精粗之别的，君子与小人之别也与此有密切联系。他要求很高，但事实上不可能整齐划一,生活中需要做各种不同的工作,即使被他称为的小人,存在种种不足或缺点,但他承认,这些人仍能做点有益的工作,他们虽无"大知",仍能有点"小知",担不起大任,仍可担点小任。

虽然孔子对人们提出了各种不同的要求,但他却仍提出了一个非常光辉、使他的"恕"道有了个现实的也是理性的根据,即可以对各种不同的人提各种要求,但切不可对具体的个人要求齐备各种优点。孔子说:

> 周公谓鲁公曰:君子不施其亲,不使大臣怨乎不以,故旧无大故,则不弃也。无求备于一人。(《微子》)
>
> 君子易事而难说也。说之不以道,不说也。及其使人也,器之。小人难事而易说也,说之不以道,说也。及其使人也,求备焉。(《子路》)

两段意谓:君子不怠慢他的亲属,不使大臣埋怨自己不用他,故旧之交如未犯大错,是不会抛弃他的。不要求全责备别人。君子容易共事,难得使他喜欢。不用正道使他喜欢,他不会喜欢的。他使用人时,能量才使用。小人难于共事但易于使他喜欢,虽不用正道,他也喜欢,当他使用人时,却总要求别人样样都能干。孔子认为君子这样用人有见识,对人不能求全责备,全美的人绝少,一味求全,会用不到人,没有凝聚力,做不成事。孔子深明此理,从实际出发,对人不作求全责备,对"小人"们仍抱认可的态度,甚至对犯了错误、罪责的人也是劝勉、鼓励的。如说:

> 君子不可小知而可大受也,小人不可大受而可小知也。(《卫灵公》)
>
> 小人之过也,必文。(《微子》)
>
> 过而不改,是谓过矣。(《卫灵公》)
>
> 子贡曰:"君子之过也,如日月之食焉。过也,人皆见之;更也,人皆仰之。"(《微子》)
>
> 丘也幸,苟有过,人必知之。(《述而》)

"小人"们只有些"小知",如老农、老圃,那主要是因没有机会求知、多受教育,不是他们的过失,但有多年经验,也有些"小知",一技之长,孔子也承认他们可以有贡献而自愧不如,只是认为不可寄予重任。所谓"君子不可小知而可大受"，乃是不可让有"大知"的君子只去做仅须"小知"去做的事情，造成大材小用的浪费而言的，因为君子是能担当邦国重任的大材。这也是他的选贤任能、因材使用的思想。孔子自己就是这样期待的，此中也存在他的一些局限。但这里他对"小人"显然还是承认也能有所贡献，而非完全抹杀。孔子还说过：

> 君子不器。(《为政》)
> 孟武伯问："子路仁乎？"子曰："不知也"。又问，子曰："由也，千乘之国，可使治其赋也，不知其仁也。""求也何如？"子曰："求也，千室之邑，百乘之家，可使为之宰也，不知其仁也。""赤也何如？"子曰："赤也，束带立于朝，可使与宾客言也，不知其仁也。"(《公冶长》)
> 子贡问曰："赐也何如？"子曰："女，器也。"曰："何器也？"曰："瑚琏也。"(《公冶长》)

意谓君子对君主而言，不应该只是一个没有自己思想的简单工具，应有他自己的思考，多方面的才能，一定的生活准则。这是孔子评价人的高标准。但上举后面两段，却表示对简单工具或较简单的工具也有所容纳，指出他的学生如子路、仲由、冉求以及公西赤等各能担任些工作，虽不能说已在行"仁"，是不同程度较简单的工具，却并无否定的意思。

至于有过错误，只要知过改过，不文过饰非，改了就好，改了人家仍会赞扬的。

所以，可知孔子对一般人的小错误，悔改了的缺点，久已过去的问题，是很能体谅，不抓住不放，不记旧恶，不斤斤计较往事，欢迎别人自新自强的。这就是他一贯的忠恕之道，出于一片拳拳的仁者"泛爱众"之心。当然，他的"恕"并非全无限制。他对残暴凶恶、知错不改、违背仁义、在严重关键时刻丧失大节的家伙是非常厌恶的。例如《论语》中有段引曾子的话："曾子曰：可以托六尺之孤，可以寄百里之命，临大节而不可夺也。君子人与？君子人也！"(《泰伯》)他特别盛赞可以受托扶持幼小君主的老人，可以寄予维护百里之大邦国命运的大将，可以在非常艰难、与个人生死所系的关键时刻坚持志节决不动摇的志士仁人，认为他们是真正值得敬重佩服的君子人，君子人！这也可知他对诸如在关键时刻就显原形，变成软骨头，如周作人在日本军国主义者侵占我国华北后即甘心做了叛国的卑鄙汉奸，是不会宽恕的。现在有些人还在误导读者，把周作

1285

人捧成大师、经典,欺世盗名,贻害青年,也用孔子所说的君子"不以人废言"为据,其实乃在强拉孔子为汉奸开脱。孔子的原话是这样的:"君子不以言举人,不以人废言。"(《卫灵公》)孔子非常重视言行的一致,听其言,更须观其行。行动更重要。所以他不肯单凭谁说了什么话就推举。按孔子的原意,周作人早年虽说过些进步话,但后来既已犯中国人的最恨,甘心当了汉奸,是决不会再推举他是什么"大师"、"经典"之类的。不抹煞他早年说过的一些进步话的意义,是孔子"恕"道的最大限度。周作人十足是在做人最要紧的关头彻底变节降敌,还有什么可举之理可言? 为了开脱周作人,竟不惜歪曲孔子原意,实在太不应该。

"忠恕之道"是孔子"仁"学思想的重要体现。"忠""恕"都不是无边的。"忠"有其道,"恕"也有其道。都有其不容逾越的做人准则。有其当时的他人未到处,也有今人应有的认为远未彻底处,可说今人也还远未彻底,有待于世人的不断努力。这一点,其实孔子自己也提到过,给后人昭示出来了:

曾子曰:"士不可不弘毅,任重而道远。仁以为己任,不亦重乎? 死而后已,不亦远乎?"(《泰伯》)

仲弓问仁。子曰:"出门如见大宾,使民如承大祭。己所不欲,勿施于人。在邦无怨,在家无怨。"(《颜渊》)

子贡问曰:"有一言而可以终身行之者乎?"子曰:"其恕乎! 己所不欲,勿施于人。"(《卫灵公》)

子贡曰:"我不欲人之加诸我也,吾亦欲无加诸人。"子曰:"赐也,非尔所及也。"(《公冶长》)

子曰:"夫仁者,己欲立而立人,己欲达而达人。能近取譬,可谓仁之方也已。"(《雍也》)

在与弟子们的这些谈话中,孔子更加通俗而又概括地讲出了"忠恕之道"的内容与方法:我们幸而有了些知识的人们不可没有宽广的心胸,坚强的意志。因为我们责任重大,要走很远的道路。把行仁作为自己的责任,难道还不重么? 一直要努力,直到死了才停步,难道还不远么? 怎样做法呢? 办事要像出门去接待极尊敬的贵宾那样恭敬尽力,使用老百姓要像去承担重大祭典那样严肃审慎。凡属自己不想要、不愿接受的,切不要硬加给别人,自己想要的,则要帮助别人也能得到。这样才不致被邦家怨恨,得到大家支持。子贡自以为已能做到这一点了,孔子马上坦率批评了这个能言善辩的好学生说:"你这个端木赐(子贡姓名)呀,你现在还远未能做到哩!"确实,要真正做到这一点,是非常不容易的,怎可如此不自量力,过分高估自己的修养呢?

本文从上列六个方面分别略为介绍了孔子《论语》中有关的论述与观点,并略抒己见。这些方面的问题,都和广大高中阶段同学们关心的焦点有紧密关系。我认为保留在《论语》中的原始儒家代表孔子的这些思想、观点,大都与我们做人的基本准则有关,其值得参悟、借鉴、择取的意义、价值至今仍在。我的粗浅看法,供广大同学参考,欢迎批评、指教。

2001 年 7 月 15 日

(原载《文艺理论研究》2001 年第 5 期)

附注:本文被选入汉语大词典出版社所出《文学名著导读·中国文学卷》,2003 年出版,《论语》是教育部指定的高中文学导读名著。

叶燮论"无胆则笔墨畏缩"

　　在中国作协第四次会员代表大会上,党中央已正式宣布"创作必须是自由的"了,而且还已指出:"我们党、政府、文艺团体以至全社会,都应该坚定地保证作家的这种自由"(《在中国作家协会第四次会员代表大会上的祝辞》)。没有明朗健康的政治局面,创作自由不可能得到这样的客观保证,这样的保证极为重要,但作家们真要自由创作,还必须有他自己的努力,自己的努力中,敢于抒发自己的感情、激情和表达自己的思想,必然也是题中应有之义。巴金同志最近多次引用法国大革命时代的英雄丹东所说的话"大胆,大胆,永远大胆"来鼓励大家,是他的经验之谈,也的确含有深意。清初诗论家叶燮(1627—1703)早就指出:"昔贤有言'成事在胆','文章千古事',苟无胆,何以能千古乎? 吾故曰:无胆则笔墨畏缩。胆既诎矣,才何由而得伸乎?"(《原诗》卷二)。既然我们有些作家在还缺乏客观保证的年代也已写出过笔墨并未畏缩的好作品,在今天这样已向明朗健康方向不断发展的政治局面中,大家就没有理由和必要再继续畏畏缩缩,欲说还休了。"惟胆能生才,但知才受于天,而抑知必待扩充于胆耶?"(《原诗》卷二)。居今天而仍胆小怕事,既于锐意改革的大局无补,对充分发挥自己的创造力也极有妨碍。

　　由于"左"的思想影响和习惯势力还颇根深蒂固,对它们决不可掉以轻心,认为只要党中央这样一宣布,作家们自由创作的权利就能一帆风顺,畅通无阻了,这种想法的确还太天真。过去那种怕人的"事",以及近年来仍出现过的山雨欲来的紧张空气很难说就会完全绝迹。但既已有了党中央这股东风,如果再加上广大文学工作者敢于反对、敢于抵制的大胆来配合,上下一致,难道不可以把那些还可能出现的怕人之事以及紧张空气,防患于未形,制止于将发吗? 一味等待有人来给我们"松绑",若是碰到了那些"左"的顽石,轻一点说,只要他左推右托地老说"研究研究",就够我们受的了。仍旧等待下去,还是鼓足勇气,来它个自我松绑? 当然自我松绑好! 本来就不该被绑嘛!

"干革命、搞建设,都要有一批勇于思考、勇于探索、勇于创新的闯将。没有这样一大批闯将,我们就无法摆脱贫穷落后的状况,就无法赶上更谈不到超过国际先进水平"(《邓小平文选》第133页)。没有这样的勇气,这样的闯劲,内心不是自由的,肯定仍创作不出自由的作品。

要敢于冲破教条主义的束缚。社会不断在发展,不同地点有不同的情况,条件也经常产生变化,所谓放之四海而皆准,用之百世而有余的东西究竟有没有? 这样的观念究竟对不对? 过去,在我们这里说着做着的东西好像全是绝对真理,谁讲一句某种现成结论已经"过时",便是触犯天条,便可以陷入万劫不复的死地,据说这还是"真正的马克思主义"的观点。马克思主义自己就是根据当时社会的实践冲破了过去种种陈旧的观念而建立起来的,今天的社会实践又已比马克思当时发展前进了许多,如果马克思今天还在世,他一定也会改变他的某些设想,甚至连他原有的某些基本原理,也会加以创造性的发展。他从来没有要后人把他的学说当成教条来膜拜。社会主义条件下不是现在仍有商品经济吗?"文艺从属于政治"的提法不是弊病丛生吗?"人民群众是历史的主人"一说,把物质资料生产者看成全部历史的主人,变成否定知识分子作用的理论根据,难道这也符合历史创造的事实,有科学性吗? 愚民政策终究会遭到破产,但在一个时期里确实会愚弄不少人,束缚不少人。以为马克思主义的一切想法能够包医百病的观念,早该纠正;等而下之,一度虽然流行却已被实践证明不过属于迷信的东西,就更应该抛弃了。政治上的敌我是否可以同学术上的是非完全混在一起?"凡敌人反对的我们就赞成,敌人赞成的我们就反对",这样做实在太容易,也太简单了,那还要比较研究、科学实验、客观思考做什么!

要敢于实事求是,讲真话。不唯上,不唯经典著作,而唯客观事实和实践检验的结果,自己开动脑筋,讲自己要讲的话,不受任何脸色、风向的影响。在"假、大、空"盛行,"吹、拍、骗"吃香的年代,做到这样很不容易。因为看不到多少实事,"经典"结论又妨碍你去求是,一旦讲出真话不但不受欢迎,反要倒霉。今天形势虽已非昔日可比,可是积弊还待肃清,实事求是地讲真话,依然需要不小的勇气。口头上似乎人人都已要求实事求是,一旦讲出真话,会引来种种文过饰非的解释还在其次,打击报复仍不乏其例。不过你若真的讲出来了,而且

1289

确实有理,就是说你珍重、运用了你的自由的合法权利,群众的同情终究会在你一边,你终能得到群众的支持和尊敬。这次作协大会上作家群众对周扬同志自发地表现出来的极大热情,就证明了这一点。他患病住院,始终未能参加大会,但不过一两句"预祝大会成功"之类的话,便赢得了作家们经久不息的掌声,十一个省市的作家代表团联名写信慰问他,向他致敬,几百名作家在慰问他的墙头大纸上踊跃签上了自己的名字。应该承认,能在作家代表群中得到这样热烈的掌声和情谊,绝非易事。这决非因为周扬同志是完人,过去工作中没有缺点,主要因为他在粉碎"四人帮"后的日子里,敢于实事求是,讲了真话,而他的这些真话又大都符合这次党中央《祝词》的精神。他的严于律己、对过去工作中的缺点多次作了诚恳自我批评的光明磊落态度也深深令人感动。相比之下,有些虽然过去亦吃过不少苦头,而在那场山雨欲来的紧张空气里也做过向上讨帽子、讨行政命令、讨令箭之事,准备参加讨伐同类的同志,尽管他们资格甚老,却黯然失色了。此中的确既有值得人们学习的东西,也有值得人们引为教训的东西。

要敢于平等对待那些不以平等态度待人的人。在社会主义社会里,本来,都应该是完全平等的同志嘛。学术问题,文艺问题,是非、美丑、真假,不同意见尽可通过讨论、争鸣来解决,这原是拨乱反正以来中央一贯的方针。偏偏有些"公仆",居高临下,以家长或总裁判自居,总想凭他一个人的话拍板算数。"真理面前人人平等"、"法律面前人人平等"这类拨乱反正的舆论,"双百"方针这样重要的长期方针,到他们要说话的时候,竟可以都搁在一边。他在省、市工作,好像他就可以代表省、市,他在中央工作,好像他就可以代表中央,不同他一致就是不同省市甚至中央保持一致,这种人诚然不多,但即使只有几个也很坏事,因为他们手里有权,对这种人,对待之法还是大家平等相待,该争论的还是要争,要说明还是要说,反批评照样反批评。要相信今天的世界正在越来越清明,再要以势压人、胡作非为,已不那么容易。你越是大胆行使你的平等待人和反批评的权利,以势压人和信口雌黄者倒非得考虑考虑自己的态度和做法不可了。

怎样才能"敢","敢"了便能得到创作的自由?当然有其条件。一是这"敢"乃建立在高明识见的基础上的。叶燮说得好:"识明则胆张,任其发宣而无所于怯,横说竖说,左宜而右有,直造化在手,无有一之不肖乎物也。""因无识,故无胆,使笔墨不能自由,是为操觚家之苦趣,不可不察也。""无识而有胆,则为妄,为卤莽,为无知,其言背理叛道,蔑如也"(《原诗》卷二)。想不到叶燮在三百几十年前就已看透了这个道理,而且同今天所谈的"创作自由"多么接近!有高明的见识,懂得了社会发展的大趋势、事物本身的规律,胆才大得起来,才能横说竖说,自由挥写,无不中肯,并且深感其乐,越写越出色。如果是无识之胆大,则不过是横蛮、乱搞、狂妄罢了,谈不上自由,是毫不足取的。那么,这种高识从何而来呢?叶燮也很明白:"其道宜如《大学》之始于格物","善学诗者,必先从事于格物",即首先应熟悉和理解现实社会生活中的事物,不能全靠本本,"徒日劳于章句诵读,不过剿袭依傍,摹拟窥伺之术,以自跻于作者之林,则吾不得而知之矣"(《原诗》卷二)。他指出死抱住教条主义的人根本成不了作家,只能做一个没出息的或没气骨的小人。古人而有此见识,实在令我佩服。

条件之二,就是无私。无私乃能无畏,既不为名,也不为利。

总之,人不畏缩,笔墨乃能不畏缩。客观条件容许自由,伴以主观条件能够并敢于自由,创作自由才真有保证,自由的创作才会产生。

1985 年 2 月 9 日

(原载 1985 年 3 月 11 日《文汇报》,这里是全文)

附注:此文介绍清代著名诗论家叶燮的名言,他的《原诗》在古代文论中非常出色,较有系统,经过深思熟虑而发,分析精细。在学术研究中,面对权势、前辈、名家,甚至金钱,有很好的意见不敢说,或者顾虑重重,不敢直说,笔墨畏缩,这就因为私心重,缺乏勇气,对事业、对学术,不敢负责,也就谈不到开风气、创新。光凭胆大,如缺乏必要的见识也不行,蛮勇不足训,不过是妄人。"识明则胆张"、"艺高人胆大"。但高压之下,确也有识相当明、艺相当高的仍不敢"冒天下之大不韪",高压政策产生过许多扼杀人才的时代悲剧,文化专制主义会造成种种危害,值得人们永记不忘。

《文心雕龙》"见异，唯知音耳"说

一

《文心雕龙·知音》篇中有云：

> 昔屈平有言："文质疏内，众不知余之异采。"见异，唯知音耳。

很多研究者对屈原这句话作出了自己的解释，解释虽不尽相同，甚至差距颇远，但都表现了对这问题的重视。因为刘勰紧接屈原这句话后面所说的"见异，唯知音耳"，涉及要作为一个名副其实的"知音"者必须具有的眼力——"见异"。当时人们不了解、看不到屈原的"异采"，也就是没有"见"出他的"异"来，所以未能成为他的"知音"。在批评、鉴赏中，"见异"既如此重要，那末，"异采"究应如何解释？怎样才能具有"见异"的眼力？刘勰书中有没有这样可以给人启发的例子？当然都会引起人们极大的兴趣。

但刘永济《文心雕龙校释》却这样说：

> 按两"异"字应作"奥"。后人据误本《楚辞》改此文耳。观下文"深识鉴奥"可知。详见《序志》篇。

刘氏所说两"异"字，即指"异采"、"见异"中这两个"异"字。他以为应改正作"奥采"和"见奥"。"异"改成"奥"，虽只一字之改，意义却距离不小。异，这里是卓

1292

异、独特的意思；奥，这里是深秘不易窥见的意思，两字之意有联系，却并不相同。如果应该改"异"为"奥"，当然也可以进行研究，问题便比较单纯，而且终究是另一个问题了。

"异"字一作"奥"的问题，其实在后汉王逸的《楚辞章句》里已提出来了。他还是依"异"字来注解的，"异采"乃"异艺之文采也"。不过他附记道："徐广曰：'异'，一作'奥'"。宋洪兴祖《补注》无此说。朱熹《楚辞集注》也注明了"'异'，一作'奥'"，不过同样地他并未采用"奥"字，说"异采"乃"殊异之文采"。王、朱二人笔下的"一作"，到刘氏笔下变成了"应作"。究竟据"误本"改"奥"为"异"的后人是谁？"误本"究竟误不误？为什么过去的注家和现当代的许多注者或译者绝大多数仍用"异"字？当代个别译者虽也采用"奥"字，为什么仍把"采"译成含糊笼统的"高贵品质"？

看来，过去当曾有过这种本子，其《九章·怀沙》中这句作"奥采"。但为什么作"奥采"的定是正本，而作"异采"的定是误本？我不知道刘氏是否另有考证，单这样下判断，而不考虑长期以来绝大多数学者采用的情况，总觉得没有说服力。"一作"是承认有此异文，可备思考，"应作"便以"异采"为错误了。刘氏之说并不可靠。

因为：第一，为什么说两"异"字应作"奥"？"异采"是屈原的文字，"见异"是刘勰所写。所谓"后人据误本《楚辞》改此文耳"，充其量也只能说"异采"中这一个"异"字是错了，难道刘勰所写的"见异"中这个"异"字，也是后人把"奥"字改成的？"误本"楚辞，按理说应与正本《文心雕龙》无关。刘氏说两"异"字均应作"奥"，那是连带把刘勰的原文也给改了。刘勰这里所以写为"见异"，必然同所据《楚辞》本子"异采"一致，至少他遵从并信用的是作"异采"的这种本子。须知在《文心雕龙》中，刘勰在自己的文字中，还曾两次用过"异采"字样：

> 壮丽者，高论宏裁，卓烁异采者也。[①]
> 若气无奇类，文乏异采，碌碌丽辞，则昏睡耳目。[②]

这里所用的"异采"，同屈原句中"异采"的意思基本一致。而且在《辨骚》中，刘

---

① 《体性》。
② 《丽辞》。

勰也正是用这样的语言来描写屈原的"异采"的:

> 观其骨鲠所树,肌肤所附,虽取熔经意,亦自铸伟词,故《骚经》《九章》,朗丽以哀志;《九歌》《九辩》,绮靡以伤情;《远游》《天问》,瑰诡而惠巧;《招魂》《招隐》,耀艳而深华;《卜居》标放言之致,《渔父》寄独往之才。故能气往轹古,辞来切今,惊采绝艳,难与并能矣。
>
> 不有屈原,岂见《离骚》? 惊才风逸,壮志烟高。

所谓"自铸伟词"、"放言之致"、"独往之才",所谓"惊采绝艳"、"惊才风逸",以及"难与并能"、"壮志烟高"等等,难道不都是明显地在赞赏他的"异采"? 这里显然并不是在描写屈原的什么"奥采"。是否"惊采"、"惊才"两个"惊"字,也得改为"奥"字呢? 尽管刘勰也讲了些不同意楚辞的话,总体来说他确是屈原的知音,他是"见"到了屈原的出众之处——"异"的。不仅两个"惊"字不能改,两个"异"字也都不应改。

第二,刘氏所谓"观下文'深识鉴奥'可知",这也不成理由,反倒可以证明前文"异采"是对的。因为下文原是这样的:

> 夫唯深识鉴奥,必欢然内怿,譬春台之熙众人,乐饵之止过客。盖闻兰为国香,服媚弥芬;书亦国华,玩泽方美。知音君子,其垂意焉。[1]

这是说如要成为作者的知音,必须具有深刻的识力,看到其人其文一般难以悟解的奥处,必须反复研究玩味,才能发现其人其文的卓异出众之处。这里用"奥"字是对的,"深识鉴奥"、再三"玩泽"之后,才得见其异,知其美。所以,我认为在这里"可知"的,并非前面两"异"字应作"奥",却是这里的"奥"字用得对,它为前面"见异"提出了必须具备的条件。

第三,刘氏所谓"详见《序志》篇",好像从《序志》篇里,可以更详地找到"两'异'字应作'奥'"的证据。反复阅读《序志》,不知刘氏所谓"详见",究何所指。刘勰自序作书之志:

---

[1] 《知音》。

1294

有同乎旧谈者,非雷同也,势自不可异也;有异乎前论者,非苟异也,理自不可同也。同之与异,不屑古今,擘肌分理,唯务折衷。①

这段话说得极好。总的精神是反对雷同,期于独得。同乎旧谈者既非雷同,异乎前论者亦由对理有了深识。"同之与异,不屑古今",刘勰其人其书之"异采"跃然纸上。可以"详见"的我觉得正在于此。

总之,刘氏提出的这些见解,个人认为并不足以影响我们对刘勰所说"见异,唯知音耳"这一命题的极大兴趣。

二

对屈原所说"文质疏内,众不知余之异采"这句话,历来注释颇多歧义,今译也很少完全相同。关于"文质疏内",古人如王逸注作"言己能文能质,内以疏达";宋洪兴祖《补注》作"疏,疏通也,讷,木讷也";朱熹《集注》作"文质,其文不艳也,疏,迂阔也,内,木讷也";清王夫之《楚辞通释》作"疏内,内通而外不炫也";戴震《屈原赋注》作"言文不过乎质,望之似疏,又且内藏也。"今人如郭沫若《屈原赋今译》作"我文质彬彬,表里通达";谭戒甫《屈赋新编》作"文疏通而质木讷"。关于"异采",古人如王逸作"异艺之文采",朱熹作"殊异之文采";今人如郭沫若作"出众",还有分别译成"卓越光采"、"内在的美"、"高贵品质"、"出众的才能"、"独特的文采"、"作品的特异之点"、"作品的独创性"等等的。比较起来,再结合屈原的创作和个性看,"文质疏内"作为"他文章通达,个性朴直、坚执"来理解,似恰切些。文虽通达,朴直坚执的个性却容易触犯人,而且难于得人理解。所以他的出众的品格、才能和特异的文采便不能为人们所知,甚至还遭受一些人的群起而攻。这对屈原诚然是一大打击,一种不幸,但对有志于成为作者的"知音"的批评者、鉴赏者来说,却深刻地提出了一个要求,即必须能够看出这种作者及其作品的与众不同、特异之处来。"异采"不仅指文采,必然也应包括通过他的作品所表现出来的品格与才能。《辨骚》称屈原之作"奇文郁起"、"词赋之英杰"、"自铸伟词"、"惊才绝艳",是赞其文采;"楚人之多才"、"独往之才"、"惊才风逸",是赞其才能;"蝉蜕秽浊之中,浮游尘埃之外,皭然涅而不缁,

---

① 《序志》。

虽与日月争光可也"，便是赞其非常的品格了。

刘勰在这里所讲的"异"，诚然大致兼指作者的品格、才能与文采。但是否批评、鉴赏者仅仅见到了这些"异"就已尽"知音"之能事了呢？我认为在刘勰的整个文论体系里，另外还有一些重要的内容不可忽视。

整部《文心雕龙》里，出现"异"字多达六十多处。仅就这个出现次数看，即可知道刘勰对这问题之重视。当然，在出现的这许多"异"字中，不少只是表达了相对于"同"的"不同"含义，对这种情况可以不论。值得注意的在于：

第一，刘勰见出了各家作品之"异"处，承认其中有些"异"处实际正是其出众、不凡处，即使整个作品仍存在某种不足，他还是兼容并包的。如：

> 观夫荀结隐语，事数自环；宋发巧谈，实始淫丽；枚乘《菟园》，举要以会新；相如《上林》，繁类以成艳；贾谊《鹏鸟》，致辨于情理；子渊《洞箫》，穷变于声貌；孟坚《两都》，明绚以雅赡；张衡《二京》，迅发以宏富；子云《甘泉》，构深伟之风；延寿《灵光》，含飞动之势。凡此十家，并辞赋之英杰也。①
>
> 至于文举之荐祢衡，气扬采飞；孔明之辞后主，志尽文畅，虽华实异旨，并表之英也。②
>
> 张衡通赡，蔡邕精雅，文史彬彬，隔世相望。是则竹柏异心而同贞，金玉殊质而皆宝也。③

刘勰对某些作家作品，既指出其长处也指明其短处。如论司马相如："相如好书，师范屈、宋，洞入夸艳，致名辞宗；然覆取精意，理不胜辞，故扬子以为文丽用寡者长卿，诚哉是言也。"④他对陆机也是如此。褒贬各有轻重，但从不轻易一笔抹煞。而对"分歧异派⑤"的作家作品，只要真有贡献，各具特色，便一概予以承认。"知多偏好，人莫圆该。慷慨者逆声而击节，酝藉者见密而高蹈，浮慧者观绮而跃心，爱奇者闻诡而惊听。会己则嗟讽，异我则沮弃"，⑥这种以我为主

---

① 《诠赋》。
② 《章表》。
③ 《才略》。
④ 《才略》。
⑤ 《诠赋》。
⑥ 《知音》。

的主观主义批评只能造成"东向而望,不见西墙"的结果。他有意追求的正是"无私于轻重,不偏于憎爱"的客观分析态度。

第二,刘勰"见"出了各家作品之"异"处,并非与其间的"同"处绝无联系,"异""同"往往密切联系,而且随时变通,相资相适。他看到某种文体的作品,如"子云之表充国,孟坚之序戴侯,武仲之美显宗,史岑之述熹后;或拟清庙,或范驷那,虽浅深不同,详略各异,其褒德显容,典章一也。"①在共同的要求下尽可写出各异的作品,作品虽各异却仍未离开共同的要求。另有些文体名目虽异,要求基本相同,但同中又须有异,需要细辨。如"箴诵于官,铭题于器,名目虽异,而警戒实同。箴全御过,故文资确切;铭兼褒赞,故体贵宏润。其取事也必核以辨,其擒文也必简而深,此其大要也。"②有些作家作品风格不同,写法亦异,但给人的印象却同样深刻,因为它们中间流露出来的思想感情及其艺术造诣同样感人。如"嵇康师心以遣论,阮籍使气以命诗,殊声而合响,异翮而同飞。"③刘勰所讲的"同",往往即指各类事物包括各类文艺创作的几个层次的一般原理、规律、要求;他所讲的"异",往往即指作家作品中体现出来独自的、特异的风格、个性和富有创造性的思想才能、艺术才能。共同规律应该遵循,如何体现如何运用却完全可以听由各人自由发挥、自由创造。强调共同规律不等于"雷同",千篇一律、千人一面地来摹仿、写作,这才是"雷同"。刘勰是最反对"俗情抑扬,雷同一响"④、"后人雷同,混之一贯"⑤的。正因为"同"与"异"是一般与特殊、共性与个性的关系,所以刘勰也深深感觉到两者常常联结着、互相渗透着。例如讲到文章,"或简言以达旨,或博文以该情,或明理以立体,或隐义以藏用",写得各不相同;"《易》称辨物正言,断辞则备;《书》云辞尚体要,弗惟好异",正言与体要是共同要求。要求虽然是共同的,写起来却尽可以各不相同,可以各有特点。对前者,他指出:"故知繁略殊形,隐显异术,抑引随时,变通会适",各不相同的写法可以适应不同的需要和情况。对后者,他又指出:"虽精义曲隐,无伤其正言;微辞婉晦,不害其体要。体要与微辞偕通,正言共精义并用。"⑥

---

① 《颂赞》。

② 《铭箴》。

③ 《才略》。

④ 《才略》。

⑤ 《程器》。

⑥ 上引均见《征圣》。

共同的要求完全可以用各具特色的方法方式来表现,原不必拘守一律。"同"与"异"既有区别又有联系,所以写作文章,必须"离合同异,以尽厥能"①,要求全面考虑,适当配合。从某种角度看,写作文章正是"同"与"异"的统一,批评鉴赏,亦当在此着眼。如果能做到这一点,"撮举同异,而纲领之要可明矣"②。在批评鉴赏中,见不到、说不出此作家作品与彼作家作品之异同,不能说明所以形成这种异同的原因,显然算不得已成知音。

第三,刘勰并不认为任何"异"处都好,他不赞成好奇尚异。他鄙弃"莫顾实理"的"弃同即异,穿凿旁说"③;他指责有些"苟异者以失体成怪"④;他提醒人"若术不素定,而委心逐辞,异端丛至,骈赘必多"⑤;他反对用字诡异,"今一字诡异,则群句震惊,三人弗识,则将成字妖矣"⑥。他既见到某些"异"处的积极作用,也见到另外一些"异"处的消极作用。见到这些问题,无疑也很有利于培养批评鉴赏者成为知音的识力。当然,"异"处究起什么样的作用,还要根据实践来检验,不能单凭批评、鉴赏者的判断。刘勰对《离骚》"异乎经典"的诡异之辞、谲怪之谈、狷狭之志、荒淫之意等四事的批评,就因自己思想还受有经典、风雅的束缚,并不全符实际。

三

批评、鉴赏者需要从作家作品中"见异"。"异"是怎样形成的呢?对此,刘勰的观察相当全面。

第一,这是由于各人的思想感情有异,而人的思想感情又是从客观存在的事物引起的。"人禀七情,应物斯感,感物吟志,莫非自然。"⑦客观事物多种多样,而且不断在变化之中,人的思想感情必然也是如此。思想感情不仅因物而是,也因时因事因人因体而异,这就需要摸索、创造出种种不同的表现方法。所

---

① 《章句》。
② 《明诗》。
③ 《史传》。
④ 《定势》。
⑤ 《镕裁》。
⑥ 《练字》。
⑦ 《明诗》。

以说:"情致异区,文变殊术"①,"时运交移,质文代变"②,"情数诡杂,体变迁贸",③"文术多门,各适所好"。④ 创作有其客观规律、一定之理;同中有异,不落套,虽层次有别,其实也是一种规律。"各适所好",对客观事物,对创作主体,也对各色各样的读者,都可以这样说。是必然的,也是需要的。

第二,这是由于各人的才性有异。"人之禀才,迟速异分""骏发之士,心总要术,敏在虑前,应机立断;覃思之人,情饶歧路,鉴在疑后,研虑方定。机敏,故造次而成功;虑疑,故愈久而致绩。"⑤这是人的才能表现有迟有速。"是以贾生俊发,故文洁而体清;长卿傲诞,故理侈而辞溢;子云沈寂,故志隐而味深;子政简易,故趣昭而事博;孟坚雅懿,故裁密而思靡;平子淹通,故虑周而藻密……"⑥这是人的个性有别,"性各异禀"。⑦ 才性不同,对同一事物所生的思想感情也会在表现上产生差异。这些差异只会使创作显得丰富而多样,没有什么坏处。

第三,这是由于各人的学识有异。有人能看到事物的深际,看到现象背后的本质,有人能把对象描写得很形似逼真,提供不少细节的真实,却未必蕴有深意。创作上如此,批评鉴赏上亦有这种情况。"岂成篇之足深,患识照之自浅耳"。⑧ 自己见多识广,博观约取,"目瞭则形无不分,心敏而理无不达",⑨就能深识鉴奥,成为作者的知音。如果只是看到一点零碎浮浅的现象,缺乏认识生活、评价生活的能力,写出的作品深废浅售,可能骗得过流俗的眼光,却决难逃过精鉴之士的指摘。

第四,这是由于各人的所习有异。"桓谭称'文家各有所慕,或好浮华而不知实核,或美众多而不见要约';陈思亦云:'世之作者,或好烦文博采,深沉其旨者;或好离言辨白,分毫析厘者;所习不同,所务各异'。"⑩所习有异,所写自然不

---

① 《定势》。
② 《时序》。
③ 《神思》。
④ 《风骨》。
⑤ 《神思》。
⑥ 《体性》。
⑦ 《才略》。
⑧ 《知音》。
⑨ 《知音》。
⑩ 《定势》。

同。所习未必都好，一旦走了错路，回来就难了，"故童子雕琢，必先雅制，沿根讨叶，思转自圆"。①

"异"的造成，如上所说，从《明诗》的"人禀七情，应物斯感"，《时序》的"时运交移，质文代变"，到《体性》的"才有庸儁，气有刚柔，学有浅深，习有雅郑"，刘勰大体已指出来了。创作上存在着这么多的"异"处，是好事还是坏事？刘勰的回答很清楚："是以笔区云谲，文苑波诡者矣。"②即是说这样就使文坛上风云变幻，波浪拍天，蔚为大观了。总的说，是好事。因为庸儁、刚柔、浅深、雅郑之类，区别总会有，怎样去评定，却并不是很简单的、一目了然的事情，而且读者的需要也不同。容许不同的东西都放出来，能让大家来比较判断，经过实践的检验，千姿百态比之整齐一律，无论从繁荣创作还是提高批评质量讲，都要好得多。刘勰自然有他自己的审美理想，但他并不想定于一尊，而承认"各师成心，其异如面"③的局面，我觉得是明智的。"华实异用，唯才所安"，这是一面，"随性适分，鲜能通圆"④这是另一面。"故宜摹体以定习，因性以练才"，⑤这是他揭示努力方向之一端。"凭情以会通，负气以适变"，⑥则是其另一端。《通变》篇的赞语："文律运周，日新其业，变则其久，通则不乏。趋时必果，乘机无怯，望今制奇，参古定法。"这段话不妨看作他对创作发展规律的极好总结：过去的经验应该参考，优异的作品还得根据当前的趋势来创造，这样做必须要果断，要有勇气；创作的发展需要不断创新，继承有利于创新，但只有善于变化才能使创新得以保持长久的生命。创新是不断改革，推陈，冲破旧观念、旧框框的结果。刘勰虽然说过不少"征圣"、"宗经"的话头，其实他并没有成为"圣"、"经"的驯服的奴隶，很大程度上只是利用它们的招牌来讲他当时条件下自己论文的主张罢了。即如对屈原的《离骚》，尽管曾指出了它的"异乎经典"的地方，可是对屈原与《离骚》之"奇文"、"多才"、"英杰"、"惊采"的赞赏，岂非情见乎辞，千百年来鲜与伦比吗？他对一切优异的表现，明显地表示了欢迎。他对一切不同意见的争论，只要言之成理，持之有故的，都不一笔抹煞。像"议"与"对"这种文章，就是专用

---

① 《体性》。
② 《体性》。
③ 《体性》。
④ 《明诗》。
⑤ 《体性》。
⑥ 《通变》。

来争论的，"赵灵胡服，而季父争论；商鞅变法，而甘龙交辨；虽宪章无算，而同异足观。"如非"迂缓之高谈"、"刻薄之伪论"，各执异见，互相辩难，正可以"大明治道"。① 政治上如此，文学创作上何尝不是一样。千篇一律之作，哪有什么作用可言。

"见异，唯知音耳"，"知音"是怎样"见异"的？"良书盈箧，妙鉴乃订"，需要高妙的鉴赏能力。刘勰标出的"六观"之法，可以参考。关键要做到"深识鉴奥"，而在此之前，则"务先博观"，操千曲而后晓声，观千剑而后识器，通过公平、周密的比较研究，"阅乔岳以形培塿，酌沧波以喻畎浍"②，作品的高下大小，有没有或有多少优异创新的地方，自然就明白了。鉴而精，玩而核，且有"变则其久"的新眼光来看待，作家作品的"异采"就一定能被"见"出来。

"见异，唯知音耳"是刘勰提出的一个极为精采的命题。对我们今天研究作家、作品，开创文艺理论研究的新局面，也有积极的现实意义。我们必须从长期不利于探索文学创作的特殊规律、不利于肯定作家作品某些优异的创造、新的尝试——这种"左"倾思想和个人崇拜的老框框的束缚中解放出来。共同规律和特殊规律，共同要求和特殊表现，都是应该研究的。同中有异，异中有同，分析与综合，辩证统一，有利于认清文学艺术的全貌、奥蕴。一味讲同，不能讲异，一见异就先抹煞、排斥，视"见异"者为异端，以为必定有碍于求同，有损于同，这是不合实际，也不科学的。当前，我们正在进行社会主义"四化"建设，为了发展生产力，不仅在现代化物质文明方面需要对外开放，在社会主义精神文明方面也不能继续闭关自守，有待于吸收同我们固有的东西存在差异，但却有益，是人类创造出来的现代化的养料。求同存异，求同取异，对繁荣创作，深化理论研究，都有益处。刘勰在这方面的理论遗产，值得我们重视、探讨。

1984 年 11 月 3 日

（原载《古代文学理论研究》丛刊第 11 辑，1984 年）

---

① 《议对》。

② 《知音》。

严羽研究中的一些问题
—— 陈定玉《严羽集校》序

一

南宋严羽(字仪卿、丹丘,号沧浪逋客)不但是我国诗歌批评史上的卓越评论家,而且也是当时著名的一位爱国诗人。由于他的《沧浪诗话》对当时和后代都产生了巨大影响,特别因为对他的诗学观点究应如何理解与评价,一直存在着许多争论,影响至今未衰,对他作为一个诗人的地位,特别是作为一个难得的爱国诗人的地位,未免受到若干掩盖。甚至由于误解了他的诗学观点,说他的诗学观点"引导诗歌创作脱离现实"(《辞海》"严羽"条),"造成诗歌评论中脱离现实的风气"(《辞海》"沧浪诗话"条),所以对他诗歌创作中不仅没有脱离现实,而且还鲜明、强烈地表现了爱国热情、忧国伤时精神的宝贵内容,长期来几乎极少有人提及,给予应有的重视。这是很不公平、很不科学的。

其实,和严羽同时而稍前的当时著名诗人戴复古(石屏)早就在其《论诗十绝》中以"飘零忧国杜陵老,感遇伤时陈子昂"二语高度称许过严羽的诗作并扼要指出其突出的内容了。时人所称严羽"粹温中有奇气",这奇气我认为主要就是指他有不同于流俗,对时弊痛心疾首,欲图挽救却又壮志难申的愤慨不平之气,同时也指他对诗歌艺术有自己的创新见解,只要他认为是对的,不管别人如何议论,都有坚持其理论的勇气。

我们试读他的这一些诗句:

少小尚奇节,无意缚珪组。远游江海间,登高屡怀古。前朝英雄事,约

略皆可睹。……(《梦中作》)

　　负剑辞乡邑,弯弓赴国仇。……报主男儿事,焉论万户侯。(《从军行》)

　　连营当太白,吹角动胡天。何日匈奴灭,中原得晏然?(《出塞行)》)

这些诗句约略可以看出他的志节、抱负、期望。

　　四方群盗苦未平,况闻中原多甲兵。百年仇耻幸已雪,何意复失东西京。呜呼机事难适至,成败君看岂天意。战骨连营漫不归,空流烈士中宵泪。(《四方行》)

　　我有三尺剑,悬胆光陆离,刺钟不铮,切玉如泥。水断蛟龙陆刲犀,三军白首才一挥。惜哉挂壁无所施,使之补履不如锥。吾将抱愤愬玉帝,手持此剑天上飞。(《古剑行》)

　　男儿一片万古心,满世寥落无知音。……下悲世事及危乱,上话古昔穷兴亡。高歌未断唾壶缺,起视落日神飞扬。……(《惜别行赠冯熙之东归》)

　　我亦摧藏江海客,重气轻生无所惜。关河漂荡一身存,宇宙茫茫双鬓白。到处犹吟然诺心,平时错负纵横策。……(《剑歌行赠吴会卿》)

这些诗句约略可以感到他忧国伤时、中心如焚、壮志未伸的怀抱。

　　进贤之冠兮高乎岌危,山玄之佩兮长乎陆离,苟非其道兮曷如蕙带而荷衣。尧舜邈其不逢兮,我之心其孰得而知?宁轻世肆志兮采商山之芝。与其突梯滑稽有口如饴,据高位而自若钓厚禄而无疑;则余有蹈东海而死耳,诚非吾之所忍为。(《放歌行》)

　　嗟哉指佞之草不复生,群奸睢盱纷纵横。大弓宝玉争窃取,岂俱鬼责并天刑。我欲乘云朝帝所,大叫天关排九虎。……(《雷斧歌》)

　　戎马相逢日,那知复此闲。客愁诗莫遣,世事酒相关。江上孤舟在,天隅两鬓斑。更将忧国泪,满袖送君还。(《三衢邂逅周月船论心》)

这些诗句约略可以知道他在壮志不伸、忧怀难抒、满心悲愤的情况下,还是始终

1303

要保持高尚的品格、昂扬的斗志和忧国的深情。

略举这些例子，可见戴复古前举两句对严羽绝非虚誉之辞，同时也可证明，严羽的诗歌创作不但并未脱离现实，而且同当时国事艰危的局势联系得多么紧密，表现出来的情志又是多么难能可贵。这类诗的数量，在现存严羽创作中所占的比例，远比一般诗人直接写到关怀国事、民生疾苦的为多。这些诗中有些诚然是仿古之作，但感情无疑仍是他自己的，不能说形式上有点仿古，感情上也在代古人立言。讨论严羽的论诗主张，无疑应该联系了他的诗作来一道研究，互相参证。为了要坐实他的诗论"脱离现实"，对他诗作"紧密结合现实"的事实或避而不谈，或以为"仿古"而抹煞了同他思想的关系，都不能算是郑重的实事求是的态度。如没有确实的证据可以证明严羽思想有截然不同的转变时期，不能设想他的诗作和诗论在对待现实的关系问题上会有截然不同的区别。

作为一个饱经忧患，奔走江湖多年，想一展救国宏图，虽壮志未伸却始终不改其忧国伤时之志的严羽爱国诗作，我认为在今后的文学史上，应该占有一个足够重要的地位。

二

《沧浪诗话》和所附《答吴景仙书》是现存严羽论诗的名著。他的这些著作现在国外也已很有影响。但对他论诗的见解，古人间固有分歧很大的评价，今人间也依然有类似的情况，理解亦仍存在各种歧义。这不足为怪，经过共同的探讨和比较，反而很有益处。有些分歧之点，随着事实的澄清和观念的改变，事实上已渐渐接近或趋向一致。严羽的诗学观点虽大都可以找到它的渊源，但他针对当时许多以文字、才学、议论为诗，以及种种形式主义的弊端，总结过去经验，提出诗有别材、别趣之说，旗帜鲜明，坚决捍卫诗歌的艺术规律，所主张的基本上是合理的。有些地方虽不无过分之处，却有其较大的说服力和吸引力。如果不是论其大体，吹毛求疵，当然可以找出其中不少缺点；如论其大体，则在古代诗论著作中，他的《沧浪诗话》确实是一部有系统、有特色、有勇气、有很多科学价值的大作。

《辞海》在前述两条里都谈到了严羽论诗推崇盛唐，重视诗歌的艺术特点，反对宋诗的议论化、散文化，对苏轼、黄庭坚和江湖派的诗都表示不满，主张诗有别材别趣之说，提出了较有系统的诗歌理论。这些介绍不失平妥，虽然严羽对宋代王禹偁、杨亿、刘筠、盛度、欧阳修、梅尧臣等"近代之诗"并未认为都不足取,不过加上了"取其合于古人者"的条件。但接着所说的:严羽以禅喻诗,力主"禅道唯在妙悟,诗道亦在妙悟",强调"羚羊挂角,无迹可求"的"兴趣","引导诗歌创作脱离现实"这些论断,却是未必妥当的。这些意见就在解放后出版的文学史、批评史一类著作中多有,《辞海》两条不过是同意综述了这样的评价。

关于"以禅喻诗",清人冯班已有专著指出严羽对禅学其实所知未精,但严羽是在论诗,不过以其所知的一点禅理来作比喻,并不是要专论禅学。而比喻总是取其一枝一节的,其本意无非只是要强调"妙悟"对诗道的重要。在这里,我们应该重在论究其强调"妙悟"的当否,"妙悟"既属借喻之辞,就不可简单地把它等同于禅学的唯心主义或不可知论。"羚羊挂角,无迹可求"之类,严羽其实不这样借喻也未必不能说得明白清楚一些,对他的本意,我们还是可以领会的。这些借喻上的问题,我认为同"引导诗歌创作脱离现实"并无必然的关系。严羽提出了这一主张,如上所述,他的诗作并未脱离现实。后来接受了他的诗学主张的人,也未都脱离现实。不能把后来有人脱离现实归咎于他重视了诗歌艺术的特点。

过去在"左"的思想影响下,加上对马克思主义原理以及严羽著作本身的研究都存在粗疏片面之处,对严羽诗歌理论还有远比《辞海》所说更不实事求是的。如说什么脱离生活甚至脱离理性啦;像禅宗修道一样去追求那种空洞玄虚的妙悟,作诗有成就,只消妙悟就行了啦;把诗歌导入唯心主义、复古主义的一条路向,是落后的甚至是反动的啦;只从艺术上着眼,并不顾及内容啦,等等。我不赞成这些看法,因为觉得这都与实际不合,至少距离很大。[①]

严羽诗论着重提出的确是诗歌艺术的特点问题。我们评价他的诗论,不能离开了这一点,苛求他像写一本"文学概论"或"诗歌概论"一样,面面俱到地涉及一切问题。而且在评价他的诗论时,不但要联系他现存所有的诗论著作,也应参证他的诗作,以及可以说明他诗论倾向的一切材料,例如当时诗歌创作的总体情况,同时人对他的评论,等等。而过去的一些非议,看来不仅没有顾及后者,甚至就连《沧浪诗话》中有机构成的几个部分,往往也并未顾及,而只是孤立地抓住几句,还未吃透他的本意就匆忙作出了否定的结论。

----

① 我的《严羽诗论的进步性》一文(载《华东师范大学学报》1983 年第 4 期),抒说所见,这里不赘。

例如：严羽开宗明义第一句就说了"学诗者以识为主"，主张"入门须正，立志须高"。他多次表明最推尊李白、杜甫，要"以李、杜二集枕藉观之，如今人之治经，然后博取盛唐名家，酝酿胸中，久之自然悟入。虽学之不至，亦不失正路。"他说："诗之极致有一，曰入神。诗而入神，至矣，尽矣，蔑以加矣！惟李、杜得之，他人得之盖寡也。"他还举例说，"太白《梦游天姥吟》、《远离别》等，子美不能道；子美《北征》、《兵车行》、《垂老别》等，太白不能作。论诗以李、杜为准，挟天子以令诸侯也。"论诗"以识为主"，以李、杜为宗，且特标举李、杜的这些诗篇作为进一步的说明，怎么能说他的诗论是并不顾及内容、脱离现实的呢？

例如：他说"夫诗有别材，非关书也；诗有别趣，非关理也。然非多读书，多穷理，则不能极其至。"又说"诗有词理意兴。南朝人尚词而病于理，本朝人尚理而病于意兴，唐人尚意兴而理在其中。"他不过是主张诗应讲究意兴，有诗味，能够使人一唱三叹，玩味无穷，何尝反对理性？怎能说他脱离理性呢？难道前举李、杜诗篇的意兴中没有理性？他又说："唐人好诗，多是征戍、迁谪、行旅、离别之作，往往能感动激发人意。"这里虽未明言，可以看出他对好诗与生活体验具有密切关系是有所认识的。无疑他对这个问题不可能有很明确的认识，因而不少地方非常强调熟读古人的优秀作品。这是他的一种局限。不过我也不认为强调读书一定与体验生活没有关系。优秀作品真实地反映了包括诗人自身在内的客观世界，人们不可能事事都去亲身经历一番，书籍也是增加社会生活知识的一条重要途径。不能说提倡多读古人好书一定就是复古主义，就是完全脱离生活。能说严羽是一个脱离生活的人？

例如：他虽主张学诗者要以李、杜二集为准，如治经那样去学，可是他并不认为只读这两家之集便足够了，还主张"博取盛唐名家"，"以汉魏晋盛唐为师"，并上推到楚辞，兼及当代各家包括"本朝苏、黄以下诸家"在内，加以比较。单读熟还不够，还要在自己胸中"熟参"、"酝酿"一番，久之才能自然悟入。他说："少陵诗，宪章汉魏，而取材于六朝，至其自得之妙，则前辈所谓集大成者也。"熟读本身不是目的，也不能因此就写出好诗，最后要落实到有了"自然悟入"、"自得之妙"，得了"集大成"之益，才会有大的长进。这个功夫并不"空洞玄虚"，倒是相当实在，怎能说他是主张只要一味去追求空洞玄虚的妙悟就可写出好诗来呢？

再如：他谈的"妙悟"是否真很"空洞玄虚"？文字果然有点把握不定，这算不了大问题。他是把"妙悟"作为"诗道"，即诗歌艺术的特点或规律提出的。缺乏这种诗道,不合诗的规律,就不能算诗了。"惟悟乃为当行,乃为本色",而若要写诗,真是诗,即"须是本色,须是当行"。究竟什么是"妙悟"? 我认为它主要不过是说诗应具有令人自悟其深情妙理的艺术特点,而不能一味直露地说教。诗要作到这一点,就应创造出一种足以令人产生这种悟解的形象、意境。这样的诗才是真诗。在"吟咏情性"的基础上,简要说,就是应该"不涉理路,不落言筌",虽"无迹可求",然而深情妙理即寓在里面,言有尽而意无穷,可以使人一唱而三叹。他不赞成以文字、才学、议论写成的诗,但亦并未说过这类诗全无是处,"夫岂不工,终非古人之诗也"。就是说,这类诗在他看来充其量只能列入次等,不能称为上等之作。这番道理,其实我们至今岂非还在强调,并不怪诞,不过说法有了改变而已。宋代历史情况不同,喜发议论的诗不少,其中也有些既富哲理又有兴趣的好诗,不能以过去经验简单框定后代的诗作。严羽之说在这里不够全面是事实,但他坚持这种诗道,既不神秘玄虚,也非空洞无物,实无可厚非。他此外讲到的"兴趣"、"兴致",我以为同"意兴"、"诗味"差不多,而其基础则都在"妙悟"。他决心捍卫这种诗道,而截然谓当以盛唐为法,"虽获罪于世之君子,不辞也"。其实他也说过:"盛唐人诗,亦有一二滥觞晚唐者,晚唐人诗,亦有一二可入盛唐者,要当论其大概耳。"又说:"大历以后,吾所深取者,李长吉、柳子厚、刘言史、权德舆、李涉、李益耳,""大历后,刘梦得之绝句,张籍、王建之乐府,吾所深取耳。"可见他并未绝对地以盛唐为限,虽有所主,而通达灵活之处仍在。他反复说学诗者应博读广参,主于盛唐并未局限于盛唐,不过大体来说,总觉盛唐人诗中体现"诗道"最充分,所以才特别推崇盛唐。他这种主张,我认为基本符合实际,也已为后代广大读者所接受所首肯。

三

"妙悟"既不过指诗歌艺术的特点,凡具有这一特点的便算得上是诗,因此主于"妙悟"就不会等于严羽只赞成某种风格的诗。前人就有严羽阳尊李、杜,阴主王、孟之说,不知何所据而云然。严羽反复推尊李、杜,无论从他自己的言论和著作来看,都有真凭实据。后来王渔洋一面深爱严羽之论,另一面所作多近王、孟一路,如何解释这里不谈,但这是王渔洋的问题,不能记到严羽的账上去。严羽确是尊奉李、杜为宗的,但如前所说,他同时主张应该博读广参,并没说过李、杜以外即无好诗,一定都得同于李、杜的诗风。他说:"诗之品有九:曰高,曰古,曰深,曰远,曰长,曰雄浑,曰飘逸,曰悲壮,曰凄婉。"他并未把这九种不同的风格再分高下。他又说:"其大概有二:曰优游不迫,曰沉着痛快。"他未把二者再分高下。他所谓"诗之极致有一,曰入神",没有说过某一品的诗才能入神,当指无论哪一品的诗都可能入神,虽然"入神"很难。他说李、杜之诗是达到了"入神"的高境的,无非表明李、杜之诗特好,不是说必须遵循了他们的诗风才能入神。"他人得之盖寡也",他人自然是指同李、杜诗风有异的诗人,由于各种因素比不上李、杜高明,所以得之甚少。"寡"不等于没有,或不可能。对王孟诗派,按上述原则,他当然也可以爱好。"且孟襄阳学力下韩退之远甚,而其诗独出退之之上者,一味妙悟而已。"他公开称赞孟浩然的诗,并非阴主。所以称赞就因孟浩然的诗比韩愈远具有诗歌艺术的特点。他在坚持"妙悟"这一"诗道"的原则下,岂非还说过"玉川之怪,长吉之瑰诡,天地间自欠此体不得"吗?他又说"高、岑之诗悲壮,读之使人感慨",都足证明他只在坚持"诗道",对各种不同风格流派的好诗都兼容并包的。诗道广大,他有"多样化"的识见,符合诗歌发展的要求。

今人有层次之说,比起囫囵吞枣、含糊笼统的理论来,加以分析,很有必要,可使析理变得精密。严羽论妙悟,也有类似的区分。如说"悟有浅深,有分限,有透彻之悟,有但得一知半解之悟"。不是有则全有,有了便无区别。他认为透彻之悟属第一等,"他虽有悟者,皆非第一义也"。这就为评价作品拉开了档次,得以区别不同的成就,鼓励作者去争取达到第一义的悟境。这就是他评诗的主要标准。就诗歌而言,如果它根本不成其为诗,别的就都可不说了。文艺批评只能是对文艺进行的批评。显然他不是一个"政治标准第一"论者,更不是"政治标准唯一"论者。这对我们也有不小的启发。

严羽论诗,对依样画葫芦、拘守声韵呆板规定、无病呻吟、游戏文字之类缺乏真情实感,没有内心要求的形式主义的做法非常反感。前已谈到,他盛称杜甫诗有"自得之妙",能集前人之大成。他对东坡、山谷的"自出己意以为诗"有所不满,但不满乃在其"唐人之风变矣",而不在其能"自出己意"的精神。当然,他笼统说东坡、山谷之诗都不合诗道,亦欠公允,没有看到北宋当时客观上普遍存在议论时政的社会背景与现实要求,对理趣诗也可以是合乎诗道的好诗,缺乏全面的理解。东坡、山谷也好,尤其对整个宋诗,都应该有具体分析的态度,应该看到其中有所发展、创新的地方。他对那些"多务使事,不问兴致,用字必有来历,押韵必有出处,读之反覆终篇,不知着到何在"的诗作,固有很大反感,对"建除、字谜、人名、卦名、数名、药名、州名"硬凑成篇,"只成戏谑"的东西,亦以为"不足法也"。他说"和韵最害人诗",即因此类诗作,应酬随和,往往是无话找话,绝非"不得已而言"。他这意见的根本立足点即在"诗者,吟咏情性也",没有情性的说教或戏谑、逞学之作便不是诗。他反对形式主义诗风的理论依据在此。诗应吟咏情性,虽非他的创见,但这时他再"明目张胆"地提出来,面对的是势力还颇强大的江西诗派末流许多人的反抗,不仅有理论价值,也有现实意义。在那样危急的时代,诗人们难道不应有"忧国伤时"的社会责任感、使命感?为什么不去着力写出些具有强大感染力的关切国计民生的作品来?我们不难体会到存在于他这种理论见解背后的社会需要,他决不是一个躲在象牙塔里"为诗歌而诗歌",只看重艺术特点却脱离现实、脱离时代的人。他反对"叫噪怒张","殆以骂詈为诗",这还是从诗歌艺术规律"妙悟"角度来谈的,并不是一律反对表现愤慨的感情。他所举杜甫《北征》等固可为证,他还说过"学诗先除五俗",第二俗指"俗意",陶明浚《诗说杂议》为之解释:"俗意者何?善颂善祷,能诔能谐,毫无超逸之志是也"。我认为这样解释不差。但严羽也说过以"叫噪怒张"和"骂詈"为诗"殊乖忠厚之风",就有点离开诗歌艺术特点来说话的道德说教味道,就不免成为其局限的一种表现。"不平则鸣","愤怒出诗人",如一味讲"忠厚",历史上许多名篇就产生不出了。

应该承认,严羽是一个很有理论勇气的人。他敢于对苏、黄诸大家的诗风提出不同意见,敢于指责江西派末流的显著弊病,敢于对王安石的《百家诗选》公然表示不满:"今人但以荆公所选,敛衽而莫敢议,可叹也",而且对其长辈出继叔吴景仙也直言指出所见不合处,毫无保留,甚至还说"只此一字,便见吾叔脚跟未点地处",都不容易。他对自己的所见,非常自信:"吾评之非僭也,辨之非妄也。天下有可废之人,无可废之言。诗道如是也。"他知道他这种主张"诚惊世绝俗之谈",会"获罪于世之君子",但只要认为事实确是如此,别人的反对意见尚不能说服他,他仍断然自信乃"至当归一之论"。因为这"是自家实证实悟者,是自家闭门凿破此片田地,即非傍人篱壁,拾人涕唾得来者"。景仙劝他"毋直致褒贬",他却回答:"辨白是非,定其宗旨,正当明目张胆而言,使其词说沉着痛快,深切著明,显然易见,所谓不直则道不见,虽得罪于世之君子,不辞也。"在我国文艺批评史上,刘勰是"不苟同异"的先锋,旗帜鲜明到一点也不想为自己留什么余地;谈锋芒毕露,严羽确是一个突出的例子。如果他确是既僭又妄,这种态度当然不值效法。问题乃在他所坚持的诗道,确有道理,大醇而小疵，他有这种不平凡的勇气，就值得称道了。当然他的自信也或有过甚处，如他自以为："于古今体制，若辨苍素，甚者望而知之。""吾叔试以数十篇诗，隐其姓名，举以相试，为能别得体制否？"意谓在这种情况下，他亦能完全答对准确。他识力甚高是可信的，是否真能作到这样准确，不能使人无疑。还有如："唐人命题，言语亦自不同。杂古人之集而观之，不必见诗，望其题引而知其为唐人今人矣。"题引一般很短，后代之诗尽多与唐人命题非常接近甚至还有相同的，怎能保证"望其题引"就无误地断定唐人或今人？又说："诗之是非不必争，试以己诗置之古人诗中，与识者观之而不能辨，则真古人矣。"这话就大可商议了：己诗同古人之诗同具诗歌艺术特点固是一善，在其他方面仍有个诗人的"我"在，不可能尽同于古人，而且何必要求尽同于古人呢？这同他正确地主张的"诗者，吟咏情性也"，"诗有九品"，赞许"自得之妙"诸说，未免有点矛盾了。这方面他的确并不是没有可议之处。不过总的说来，他的博学熟参、实证实悟、不怕名人权威的声势，不因尊长之见而畏缩其辞，敢于探索，敢于立异，以捍卫诗道为己任的精神，是值得我们赞赏、学习的。我们现在多么需要大大鼓励、发扬严羽的这种理论勇气！

四

定玉同志经过多年辛勤努力撰成的《严羽集校》即将出版，我非常高兴。这是很有意义、有重要价值的工作。对《沧浪诗话》，他利用一般不易得见的本子共11种进行互校，而且异文全部出校。除《沧浪诗话》外，《沧浪吟》也一并利用12个本子互校。此外他还附录了不少各本的序跋等研究资料。经他这番努力，这部书就是现存严羽作品最完整、完善的本子了。严羽的作品从此得以普及于广大读者，对严羽诗论诗作的研究，也提供了极为需要的材料。过去有些同志研究其诗论时所以没有同他的诗作参证，一个原因就在《沧浪诗话》易得，《沧浪吟》却比较难见。这部书的出版，无疑会受到学术界的普遍欢迎。

严羽生前究有多少著作？至今还未搞清楚。可以断言的，是决不止现存这两种，一定还有很多，或已亡佚，或有所存留而尚未发现。在《庐陵客馆雨霁登楼言怀寄友》诗中，他自言"徒事百卷文，未返一竿钓"。元至元庚寅（1290年）黄公绍为《沧浪吟卷》作序，说他所看到的《沧浪吟卷》，已是"盖仅有存者"，"犹存什一于千百"。后来朱霞作《严羽传》时，也还提到此点："先生辟地江楚，诗散逸为多，至元间邑人黄公绍搜存稿仅百三十余篇，为序而传之。"可见他的诗在至元间已大部散逸。

朱霞传记中曾提及严羽的诗论，云："论诗推盛唐，谓后之过高者多法汉魏而蔑视盛唐，不知诗之众体，至唐始备，唐之不能为汉魏，犹汉魏之不能为唐也。因言古制有可以行之三代而不可行于后世者，非三代之制不善也，时不同也，诗亦若是已耳。又曰：诗有别才，非关学也，诗有别趣，非关理也，指妙悟为入门，取上乘为准则，评辨考证，种种诣极，至今谈诗者尚焉。"在这段话里，"又曰"以下，别才别趣之说，显然引自《沧浪诗话》原文，下面几句，是作者的简介。前面"论诗推盛唐"云云，看来属作者的夹引夹议，"因言"以下几句，疑似引的严羽原文，而原文今尚未发现。

明代王嗣奭《杜诗笺选旧序》中曾说"至评杜者，如严沧浪、王弇州辈，可谓十得其五，而夷考其所自作，十不得三。吾谓其未有真知己者，以此。"又王琦注《李太白全集》，集录诸家论李之语，凡出《沧浪诗话》者，均注明出《沧浪诗话》，共七节，字句不异。独第三十四卷有一节，云："《古风》第四十四首不言弃绝，但言恩毕，得怨而不怒之意，欲言难言，而又不能无言。'将何为'三字，无限深情。"其下却注的是"严沧浪评"。乾隆己卯王琦跋文中还说："李诗全集之有评，自沧浪严氏始也，世人多尊尚之，然其批卻导窾，指肯綮以示人者，十不得一二。"（中华书局本）据此，严羽尚有评李评杜之作，两位王氏尚及见之。即便是假托严羽的作品，仍有寻找证实的必要。若是真作，就更有研究的价值了。

以上只是我偶然发现有关严羽佚文的一些线索，博学君子，发现的当会更多。这些材料，明清人都尚见到，很可能现尚存留于世间，至少尚或可见其片断部分。如能把严羽散逸之作多少再发现出一些来，应是多么令人高兴、切盼的事。

定玉同志已为这部书付出了很大的劳动，我希望他在可能的情况下，继续担当起搜集散逸的工作。以他的勤奋和严谨，相信他会在严羽诗论诗作研究各方面都做出更多更大的成绩来的。

1986 年 6 月 28 日于华东师大

（原载《社会科学战线》1987 年第 2 期）

重印《刘熙载论艺六种》序论

一

　　刘熙载字伯简，号融齐，晚号寤崖子，以清嘉庆十八年（1813）出生于江苏兴化县。道光十九年（1839）中举，二十四年中进士，改授翰林院庶吉士，留馆学习三年后授翰林院编修，从此正式踏上仕途，是年三十五岁。此后供职于京城约十年，未得升迁。咸丰七年（1857）请假到山东禹城开馆授徒，于九年底回京，仍为翰林编修。十一年，受湖北巡抚胡林翼之请，前往武昌任江汉书院主讲。及至，正值太平天国西征，大军迫近武昌，生员星散，便复折回，沿原路北上，经河北，过太行，入山西，浪迹汾水一带，同治即位，受诏回京，初任国子监司业，后出为广东学政，是年五十二岁。在广东任期未满，便去职回到故乡兴化。翌年起，受聘为上海龙门书院主讲达十四年之久，于光绪七年（1881）病逝于兴化，终年六十九岁。

　　作为一个封建社会的知识分子，刘熙载受到传统儒家思想的长久熏陶；又由于他生活在那样一个时代，也受到封建后期盛行的"新儒学"即宋明理学的影响。比较起来，陆、王心学对他的影响似乎更大些。在文艺思想方面，他吸收并发挥了传统儒学和宋明理学的一些合理因素，加以自己的体察揣摩，提出不少启人心智的真知灼见。自然，其历史的局限与矛盾也是显而易见的。

　　刘熙载的著作，现存《古桐书屋六种》（又称《刘氏六种》）及《古桐书屋续刻三种》。前者系作者生前自定，内含《持志塾言》上下卷，是他"随笔而存之"的教学笔记，采用语录体；《艺概》六卷，分论文、诗、赋、词曲、书法、经义；《昨非集》四卷,系创作集;另外是《四音定切》、《说文双声》、《说文叠韵》三部音韵学专著。《续刻三种》是作者死后由其弟子编成,内含《古桐书屋札记》,内容与《持志塾言》相类;《游艺约言》,内容与《艺概》相类;《制艺书存》,原系《昨非集》之一卷而未刊入者。

上述九种中,《艺概》被多次重刻重印,且富有灼见,故流传最广,影响最大,成为刘熙载的代表作。传统所说的"艺",指与"道"相对的具体技艺,与现在所说的"艺术"、"文艺"内涵不尽相同,但有交叉。《艺概》基本上是一部文艺理论著作,刘熙载过去也素以文艺理论与文艺批评家名世。但是,我们对文艺理论、文艺思想的观念现在应有广阔的理解。《艺概》、《游艺约言》直接谈文论艺,自然是我们了解刘熙载文艺思想的主要依据;《持志塾言》、《古桐书屋札记》虽多在谈论性命义理,阐发作者的宇宙观、人生观,其实也极有助于从根本思想上理解刘熙载文艺观的来龙去脉,何况其中还有许多内容与其文艺之道直接相通,或可以互相参照。正如我们现在了解与研究结构主义美学不能离开结构主义的哲学、了解与研究阐释美学不能离开哲学阐释学一样,了解与研究刘熙载的文艺思想也决不能离开他的整个思想体系。刘熙载对于文艺之道的具体评论,没有也不可能脱离其思想体系的规定、制约与笼盖。离开其总的思想体系而只孤立地研究他的文艺理论,势必难于从总体上阐明他有关文艺的概念、范畴与命题的特定内涵与底蕴。另外,《昨非集》、《制艺书存》两种所收的作品,是他在《艺概》中所论及的各种文艺形式的具体创作实践,理当把它们作为准确把握其文艺思想的实证材料和参照系统。更为可贵的是,其中还有不少以文艺创作的形式直接论及文艺问题的作品,很有些精到的见解,可补《艺概》之缺。这几种书,长期未见重刻,流传极少,一般读者甚至不知他还有这些重要著作。有鉴于此,我们将这些著作加以标点,合印成书,命之为《刘熙载论艺六种》。我们深信,这对全面深入地研究已日益受到国内外重视的刘熙载的文艺思想,科学地评价他的学术贡献,发扬光大他在我国文化、思想、文艺评论史上的灿烂业绩,是能够提供便利而值得略尽绵力的。

二

刘熙载的论艺之作,多是语录体或随笔式的,表面上片断、零散,没有什么体系,其实只要较细研读,就可看出他的看法是很有系统的,而且逻辑至为严密。他喜欢这种自由自在、点到即止的写法，更认为应当这样来写，举一反三，比毫无余味的啰唆说教好得多。这意思在《艺概》自序中有明确表白。《艺概》虽集中谈艺，却并不是一部舍弃各具体艺术门类的个别特征而只抽取其一般原理的"文艺概论"。它分论各体，始终不脱离个别艺术形式的具体问题，并有大量对作家作品的品评分析，同时，文艺的一般规律即丰富地体现在他的各种具体分析议论之中。他的理论体系的核心与出发点是什么？《艺概》叙说："艺者，道之形也。学者兼通六艺，尚矣。次则文章名类，各举一端，莫不为艺，即莫不当根极于道。"《游艺约言》也说："文章书画皆道。"刘熙载用"道"来规范"艺"，概括"艺"，把"道"当作各种"艺"的普遍依据和终极原因。"原道"是荀子、扬雄、刘勰以来不少人谈过的传统观念，不过各人所谈的"道"其实并不相同，至少不尽相同。刘熙载所重的"道"，虽与儒道有一定联系，却主要是指客观事物本身固有的发展规律和本质形态。他认为，文艺就应当是这种"道"的感性、形象的体现。他承认存在着贯道之艺和离道之艺，后者当然不如前者。他对这种"道"的强调，实际上是主张文艺应当反映客观真实生活。

对文艺创作来说，"道"是客体。刘熙载也从不忽略从主体方面看问题，故常用"心"来规范文艺，甚至多次明白地称文艺为"心学"。如：

文，心学也。（《游艺约言》，下简称《约言》。）

言语，亦心学也。（《文概》，即《艺概·文概》，下同。）

书也者，心学也。（《书概》，即《艺概·书概》，下同。）

赋家之心，其小无内，其大无垠，故能随其所值，赋象班形。（《赋概》即《艺概·赋概》，下同。）

用"心"来规范文艺，同他重视"道"的主张并不矛盾。"道"不会自己表现出来，必须由人去观察、探究。没有人，也就不会有"艺"。"心学"与现代提出的"文学是人学"不但非常接近，甚至可说早已进了一步。刘熙载的文艺思想体系的核心与出发点，正是在客观存在基础上的这两个方面的统一，即主体与客体的辩证统一。用刘熙载本人的说法，就是"诗为天人之合"，这个命题见于《艺概·诗概》：

《诗纬含神雾》曰："诗者，天地之心。"《文中子》曰："诗者，民之性情也。"此可见诗为天人之合。

1314

这里说的虽只是诗,但也包括各种文艺形式,即所谓"艺"。"天地之心"的"心",在汉代纬书那里有其特定的内涵,指天理、天道。理学家认为"心统性情",所以"民之性情"也就是"民(人)之心"。"艺"是"天心"(道)与人心的结合,通过人心体现出"天心"。

"天"是什么?刘熙载说:"天地有理,有气,有形。其实道与器本不相离。"(《持志塾言》,下简称《塾言》。)一方面它是抽象的,无形的,是"道";另一方面又是通过具体事物可以感知、认识的,是"器"。"天道至诚无息",它其实便是万古常新的大自然运动不息的现象世界,是春去秋来、花开草长、风雨晦明的满目生气的"天机"。

"天人之合"的"人"当然指"心"即人心。刘熙载说"心之所以为大体者,以能以义理为主,而不听血气用事"(《塾言》),"我有义理之我,有气质之我"(《古桐书屋札记》,下简称《札记》)。一方面是理性的义理之心,一方面又是感性的气质之心。无论是义理之心还是气质之心,在尊重客观的前提下,都有可能体认、体现、感受与观照诸如四季递邅、万汇荣枯等"天道",其中当然也包括人的喜怒哀乐、七情六欲。

"天"、"心"的这种相互结合、融贯,便是"艺"生成的契机。由此出发,构成了刘熙载片断、零散形式的评论中的内在逻辑体系。

<h2 style="text-align:center">三</h2>

"诗为天人之合"的命题赋予作品的品格,或者说对作品提出的要求,首先体现在思想内容方面。既然"人之本心,与天无间"、"人与天地相感应,只为原来是一个"(《塾言》),那么"心"作为主体,就可能体认客体的"道",并将"道"的内容艺术地体现在作品中。"心"是通过"志"与"天"感应、沟通与合一的,因为"志"是"心"的实现。《说文》:"志,意也,从心之。""志"就是"心之所之"。《春秋繁露》释"意"字,也正是以"心之所之谓意"。另一方面,"在心为志,发言为诗"(《毛诗序》),体现"道"的"心"成为诗也要通过"志"。"志"既是"人生之大主意"(《塾言》),又是"文之总持"(《文概》),它具体地沟通着"道"、"心"、"艺"三者。

先看向上的一路,"志"是怎样达于"道"的。刘熙载说:

气主于志,志则须主于义,孟子"动心"章,"义"字最重。(《塾言》)行义

1315

以达其道。(《礼记》)

　　"志"在达于"道"的历程中,首先要"主于义"、"行义"。《孟子·公孙丑上》说:那充溢于天地之间的"至大至刚"的"浩然之气",是"集义之所生"的。"义"与私、利相对举,是可以为之杀身而不惜的处理人际关系的崇高原则。如果有志于"义",并努力在行动中实现"义","志"便会生出浩然正气。这便是所谓"气主于志"。"气"又会生出"勇"。《持志塾言》说:"勇生于养气。"在刘熙载看来,"勇"就是不随俗,不媚众,能够"特立独行"、"独立不惧"的独立人格。"勇"可能使人成为"狂狷",却不会成为"乡愿"。刘熙载十分憎厌"乡愿",而宁愿称道"狂狷",因为"大抵狂狷异于乡愿,惟能不为利害压住"(《塾言》)。"狂狷"不顾个人利害,敢于直言,敢于坚持原则,"可为社稷之臣,可为直谅之友";"乡愿"则没有独立人格,没有操守,迎合媚俗,虚伪卑鄙。

　　"行义"方能"达其道","义"是由"志"到"道"的不可超越的阶梯。"道"即天道、天理,它有多方面的内容与规定性,而刘熙载特别强调的是:

　　　　道须有益于生人之用,乃与自私自利有别。昌黎原道,大抵括于一"公"字。(《塾言》)

　　这里所说的"公",当然在特定时代有其具体的以至于阶级的内容,但把"公"看做是"有益于生人之用",却有普遍的进步性,是应予以重视的。正是由这点出发,刘熙载赞扬了那些"志不在温饱"、"以天下为己任"的志士仁人。

　　"志于道,则艺亦道也"(《塾言》)。"诗言志",一切"艺"都"言志"。当被"道"(包括由它所派生出的义、气、勇等)所充满、贯注的"志"发而为"艺"时,这"艺"也就会同样充满着、贯注着"道"的精神,这就是所谓"诗为天人之合",也便是刘熙载"诗品出于人品"的著名命题提出的依据之一。基于此,刘熙载提出自己对于"艺"的具体主张与要求,主要是:

　　第一,从"至大至刚"、"浩然正气"的崇高人格论出发,他主张作品要有"高"、"大"、"厚"、"深"的气韵与格调,而反对轻薄之气和柔靡之音。他在《虞美人》一词中写道:"好词好在须眉气,怕杀香奁体。……刚肠似铁经百炼,肯作游丝晋?"根据这种审美标准,在评论作家作品时,他称赏屈原作品的"雷填风飒之音",嵇康、郭璞作品的"激烈悲愤"、鲍照的"慷慨任气,磊落使才",李白《忆秦娥》词的"声情悲壮",苏轼词的"一洗绮罗香泽之态,摆脱绸缪宛转之度……逸怀豪气,超乎尘埃之表",辛弃疾词的"英雄本色"(均见《艺概》),等等。

第二,从称道"狂狷"、反对"乡愿"的独立人格论出发,他主张文艺创作要勇于独创,要"有我",而鄙薄迎合流俗的"乡愿之文"。《文概》写道:

> 周、秦间诸子之文,虽纯驳不同,皆有个自家在内。后世为文者,于彼于此,左顾右盼,以求当众人之意,宜亦诸子所深耻与!

在《游艺约言》中谈到书法时,他主张:"古人之书不学可,但要书中有个我。""有我"、"有自家",就是要在思想感情方面敢于"独抒己见,思力绝人",显示出正直、鲜明、强烈的个性,如王充《论衡》那样;在形式上也有自己独特的艺术风貌,"无一语随人笑叹"。他所说的"左顾右盼,以求当众人之意",就是指"乡愿之文",这种作品"以悦人与以夸人为心,品格何在?"(《诗概》)

第三,从"道须有益于生人之用"、"吉凶与民同患"、"己富而能济人之贫"(《埜言》)的济世拯物的民本思想出发,他赞赏那些反映民生疾苦的作品,如赞扬杜甫、元结、白居易的"代匹夫匹妇语",表现他们"饥寒劳困之苦"的诗篇,等等。

显然,刘熙载看重主体性。心、志的作用,都有其前提,并非任何人的"心"、任何样的"志",都能体现"天道",创作出优秀的文艺作品来。

四

刘熙载"诗为天人之合"命题所赋予作品的面貌与品格的另一方面,体现在艺术风格上。在这里,"天"是一个朴素、实在的现象世界。"书当造乎自然……此立天定人"(《约言》),"天"就是大自然。"有为……非天也"(《约言》),这里,天不再是通常理解的"道"、"理",而是永恒地自在运动的客观外界。"人"(心)对大自然采取审美的、观照的亲切态度,他凝神倾听那"嘤嘤草虫"等大自然的声音,凝目细察那"趯趯阜螽"等大自然的景象,如实地描绘大自然的景观。"赋取穷物之变,如山川草木,虽各具本等意态,而随时异观,则存乎阴阳晦明风雨也",这就是"随其所值,赋象班形"(《赋概》),人与大自然都不是神圣、玄虚、抽象的东西,而是感性的、充满生气与灵性的观照焦点。

1317

大自然本身就无限奇丽,它气象万千,姿态横生,"艺"只要如实、集中加以体现,写出大自然的奇丽性情,便可达到高超的艺术境界。例如,屈原作品是脍炙人口的,他不过是"取诸六气,故有晦明变化、风雨迷离之意"而已(《赋概》);张志和的一曲"西塞山前白鹭飞","风流千古",也不过是因为"妙通造化",即艺术地反映了大自然里固有的情景。"高山深林,望之无极,探之无尽,书不臻此境,未善也"(《约言》)。换句话说,书法,如能表现到"高深"之境,就可令人称善。在这里,不需要故求玄虚,着意做作,大自然本身就给艺术提供了无限深广的范本。

联结于这有声有色的自然之天与有血有肉的气质之心的纽带,虽仍然是"志",却是"志"的更偏重于"人欲"方面的表现,即活跃的"情":"词有前景后情,有前情后景,或情景齐到"(词曲概),"在外者物色,在我者生意,二者相摩相荡而赋出焉"(赋概)。这个"情",可以是哀怨,可以是愉悦,可以是悲凉,可以是慷慨,可以是发生在日常平凡生活中司空见惯的离情别绪,骨子里却都与一定的"道"、"义"相关。"道"、"义"、哲理、思辨力,渗透、溶化在各种各样的再现或表现之中,有时甚至可以"不着一字,尽得风流"。露骨的说教,一泄无余的倾倒,反会使人感到乏味,虽收潜移默化之效。

在这种"天人之合"即"心"与大自然的关系上,刘熙载自然而深刻地提出进一步的要求。一是不能满足于"按实肖像",即肤浅、形似地描绘客观外界,还要善于"凭虚构象",发挥"心"即主体的能动性,展开想象的翅膀,描绘出虚构但却是艺术真实的客体景观。形似要进一步达到神似,写出对象的生命、精神、本质状貌。二是在"升高能赋"的时候要具有"别眼",善于在寻常的现象中悟出其中含有的深意,或敏感到某种别样的情趣,开拓视野,深思熟察,就没有什么"不足赋"的景象(《赋概》)。三是要有寄托,不能为写景而写景,而要"因寄所托",把自己坚定的信念与激情灌注其中。为此,就要参用赋、比、兴特别是"兴"的艺术手法,"以言内之实事,写言外之重旨"(《赋概》),否则作品就难有最能动人的灵性。

"天人之合"既是人与大自然的融合,既是人的活泼的心灵与客观世界勃勃生机、"天机"的密切融合,刘熙载因而也就特别推重"自然"、"本色"的艺术风格。《文概》说:"品居极上之文,只是本色。"他把"本色"看做是文艺的"极品"。"本色",他又称作"真色"、"天真"、"天籁"。这要求在描写对象时"天然去雕饰",像"桃花流水"那样"发天机"而"非人为";在抒情言志时要自然真诚而没有一丝矫饰做作之态,像江上渔父那随随意意的一曲"欸乃"的棹歌。但"本色"又决不是不要艺术技巧,不要人工。外表上的"不炼"乃"极炼"的结果,"天籁"还要归结于"人籁"即人的巧妙的艺术功夫,"本色"也正是极其"出色"的绝妙境界。刘熙载称此为"人以复天",即以高超的人工艺术再现出奇妙而自然的"天机"。本色、真相,都要人的精细观察、体验去发现,而发现之后如何巧夺天工地描摹出来,仍需要人的极大努力。刘熙载还主张这种作品要"无我",就是要达到"内不见己外不见人"(《约言》)。他称赞司马迁的文章"其秘要在于无我,而以万物为我也"(《文概》)。这其实就是既要运用比兴的手法,把"我"深深地隐藏在景物、场面或事件的背后,虽然时时感觉到"我"的存在,感受到"我"的心灵,却看不到"我"的踪迹;更要避免主观的随意生造,以致把客体的真相扭曲、掩盖了。

五

刘熙载的文艺思想体系内包含着丰富的艺术辩证法。他继承并发展了刘勰《文心雕龙》在这方面的成绩。他一方面极重"天道",另方面又重视人心;在创作上,他一方面主张体现抽象的"天理",另方面又主张表现具体事物的性情;在艺术风格上,他一方面主张把思想倾向鲜明地显示出来,"有我";另方面又主张一般应把感情深寓于物,"无我";在艺术鉴赏上,他一方面称道慷慨激越的格调,另方面又激赏平淡恬静的情趣。比如,他对"屈子辞,雷填风飒之音;陶公辞,木荣泉流之趣"都同样叫好。表面上好像自相矛盾,其实都是辩证地、比较全面地看问题,并从事物自身的多样化而得出的应该支持多样风格自行发展,不要局于一隅、偏爱一格的诸如此类合理观点的表现。这正是刘熙载文艺思想的一个新的显著的贡献。

刘熙载文艺思想中自然也有着矛盾和局限,这种矛盾和局限对古人来说是难以克服的。例如他时常过分强调学习"六经"的作用,还有些迂腐之见如"名教之中自有乐地,儒雅之内自有风流"(《词曲概》)之类。我们今天应当看到但不必苛责他理论体系中的这类弱点,重要的是发扬古人久被忽视或远未得到足够阐释与评价,而实际上对今人还非常有用的东西。须知即使在他局限比较明显的方面,他主要强调的还是封建社会中比较合理、进步、正直的道德、人品、胸襟等等方面的因素,他着重赞美了那些对历史发展、社会进步、人民生活有利的人格品质,肯定了那些理应肯定的作品与文风。

　　还值得特别注意到,刘熙载十分注重主体性的"心"。"心声"、"心书"之说虽然在他之前早就有不少人讲过,但像他这样明白而且再三强调文艺是"心学",的确是空前的卓见。他虽然把"心"分为义理之心与气质之心,但即使在他讲义理之心的时候,由于他特别强调忧国忧民、见义勇为、慷慨豪迈等优良品质与行为,而这些品质与行为实际上是气血,是情感,因而所谓义理之心就会向气质之心转化,趋于统一,其间并无不可逾越的鸿沟。另外,也很重要的是,由于他十分重视文艺的"诚"(内容上)、"真"(艺术上),尽管"诚"基本属于心性修养方面,但常青的生活之树往往比枯燥陈旧的理论更有影响力,所以就合乎逻辑地使他虽身为封建文人却仍能常常称赏下层人民,如在"道"的方面,他说"自矜学术"的"士大夫"转不如质野之民(《札记》);在"艺"的方面,他说"试听山童与野叟,歌声动与天机俱"(《昨非集·游山与友人论诗》),比无病呻吟的文人之作高明得多。生活实践会使旧的世界观有所转变,评论实践也会冲破以往文学理论的规范与框架,刘熙载正是在当时历史条件下表现了这种变化的人物。

　　刘熙载文艺思想中有许多值得我们重视、探索、吸收的东西,如他提出的"有我"与"无我"、"有法"与"无法"、"工"与"不工"、"饰"与"不饰"、"本色"与"出色"、"天籁"与"人籁"等等对立的范畴,都充满了深刻的艺术辩证法。短短一段绝无烦琐之累的谈论,经常一语便中肯要,耐人深思。理论的思考和表达到了如此高超的境界,真不易得。阐论他在这方面的思想和成就,足够写一本专著的。试看他这几句:"齐梁小赋,唐末小诗,五代小辞,虽小却好,虽好却小,盖所谓'儿女情多,风云气少'也。"(《辞曲概》)包括多少内容,足供多少发挥,抵得多少烦文!

六

　　真理是一条不断地在被发现、发展的长河,任何经过长期的洗练、得到古今中外大量文艺实践检验并被客观证明的规律性知识,都有终古常新的生命力,这也是不以人们的意志为转移的。有些东西,虽然多次被某些人声称一定要打倒而仍未打倒,即因这些具有强大生命力的东西原不该胡言打倒,也终究打不倒。我们传统文化、文学理论遗产中蕴藏很多这样的精华。刘熙载论艺著作中就有不少这样的精华。

在历史、社会迅速发展前进的今天,人类对各种事物包括文学在内都有了更丰富、新颖的认识,观念和方法随着人类整个认识过程的更加深广而正在引起许多变革,这是非常自然、可喜的现象。应该欢迎、支持这种变革,绝无理由也不可能再搞闭关锁国,抱残守缺,这是毫无问题的。在这种形势下,倒要防止另一种极端之见,即认为一切传统既然已是过去的东西,就该让它彻底死掉,因为它对今天的事业已没有益处可言了。不管出于什么动机,打的什么旗号,这种"沉渣"不时还有所泛起。之所以稍稍严重些称之为"沉渣",至少因为它是不符事实、不科学的。

文艺创作或评论中提出的问题,经常可以发现,并不都受时空限制,它们被古今中外的作家评论家不约而同地反反复复提出,而对这些问题所作出的回答或因而产生的议论,有时存在惊人的类似。文学的历史也是螺旋形发展的。因此不仅前人对文学的一般规律性发现对后人同样有用,就是他们对某些具体问题的高明见解,对当前仍有不同程度的参照价值甚至还极富启发意义。须知绝不是现代人在所有领域里把前人的重大贡献、创造发明都已把握、吃透了,在这方面我们大家都还很需要有"甘当小学生"的精神。在人类长期进行文艺实践的类似过程中,会产生类似的现象,提出非常接近的问题,引起各不相同却又反复出现的议论,仔细想来,其实并非怪事。因为虽然有种种不可避免的差异,毕竟都是人类,社会历史生活也是在连续中逐渐演变过来的,变化之中毕竟仍有若干普遍的共同的因素存在着、联系着。有人认为现代西方文艺理论中提出的问题和见解都全属崭新,还深刻得不得了,其实还不是这么回事。择其善者而从之,既要勇于吸收,又要能勇于抛弃,我们还是要自己放出眼光来抉择,拜古拜洋都不对,应当尊重、服从的只能是科学真理,是对人民、对实现人类社会进步理想确实有利的东西。对于刘熙载的文艺思想和具体论述,我们也应取这种态度。

刘熙载深知诗、文、书、画之类在文艺领域中各有特点,即所谓"一物有一理",但他更深知各种文艺形式的内部又有共通的原理,即所谓"万物共一理"。同中有异,异中有同,用现代话说岂非便是特殊规律与普遍规律!他知道这种区别和关系。前引其书诀云:"古人之书不学可,但要书中有个我。我之本色若不高,脱尽凡俗方证果。"不仅重视个性,还要求它是非常真实、高明、脱俗的。他自信这种看法"不惟书也",即对其他艺术创作也完全适合。又说:"文之理法通于诗,诗之情志通于文。作诗必诗,作文必文,非知诗文者也。"指出理法、情

1321

志在诗文中相通,只知两者之"末异"而不知其间之"本同",是非真懂文艺之理。因此,他自己评价各种文艺的尺度也是统一的,即所谓"劲气、坚骨、深情、雅韵四者,诗文书画不可缺一"(以上均见《约言》),并未因其间之"末异"而不从"本同"上来考虑它们的高下得失。不能不承认,刘熙载对文艺已具有某种系统的观念。

刘氏有很多见解,似乎是针对当前文艺上某些争议中的问题而发,这一点特别令我们感兴趣。他当然绝不是什么预言家,但也并非歪打正着,出于偶然。

例如现在颇有人赞赏"偏激",甚至认为偏激就是真理,或真理即在偏激之中。自然另有人表示不同意。刘氏是这样说的:"王充《论衡》独抒己见,思力绝人,虽时有激而近僻者,然不掩其卓诣"(《约言》)。并未因有些偏激之见便一笔抹煞全书,反而在整体上给了褒词。仅此还不足为其卓见。其《昨非集》自序中有云:"非与是,不容偏掩者也。是中有非,非中亦岂必无是?狂言圣择,理或同软?且即未必有是,然存之以著其非,庶得以及时趋是,而不至……过时而悔。"这就更进一层了。说整个体系中是中有非,就不致一味膜拜而盲从;说整个体系中非中未必无是,就不改以偏概全,连合理的因素也忽视、抛弃;即使确实错了,错了的东西还可作为总结经验、汲取教训的材料,有助于以后的探索真理,根本不可以一把火烧光为快。这些话充分体现了刘氏智慧、宽容的精神与科学态度。

现在大家都知倡导风格、技巧、方法等多样化的益处了。新的说法称这种作用为"互补"。刘勰《文心雕龙》中早就有这种思想,融会在他的各篇论述之中。刘熙载也一样,曾具体举例:"沈约《宋书·谢灵运传论》谓灵运'兴会标举',延年'体裁明密',所以示学两家者,当相济有功,不必如惠休上人好分优劣。""陶诗醇厚,东坡和之以清劲,如宫商之奏,各自为宫,其美正自不相掩也。"(均见《诗概》)刘氏未必没有他自己最爱好的东西,不过理论上他从未张扬自己的独嗜,而认为尽可多样化,多样化有"相济"之功,其美可各不相掩,有独自的价值,而不必轻率地妄分优劣。"互补"岂不就是"相济"?"互补"虽较通俗,"相济"更含深意。

"荒诞"、"魔幻"作品现在也从西方引进来了,因多望文生义,褒贬不一。刘氏很赞赏庄子的文章,说"庄子寓真于诞,寓实于玄,于此见寓言之妙。""庄子看似胡说乱说,骨里却尽有分数。彼因自谓猖狂妄行而蹈乎大方也,学者何不从蹈大方处求之"?(均见《文概》)又说嵇康、郭璞皆亮节之士,"虽《秋胡行》贵玄

1322

默之致,《游仙诗》假栖遁之言,而激烈悲愤,自在言外,乃知识曲宜听其真也"(《诗概》)。他出于一贯思想,并未一见玄诞、游仙之诗便痛心疾首,斥为离经叛道,而是对具体作家具体作品进行研究分析,不拘泥于形式,却从他们的"蹈乎大方处"、"真"处作出评论,以为脱离生活、违反真实的玄诞(他称之为"仙障")才不足取,有此作品在玄诞的外表下寓有真实不但是可能的,而且不失为好作品。他主张看作品要能看其实质、主流。这种评论方法不是相当公允吗?

还有关于写丑的问题。现实中丑恶的东西能在文艺中被写成具有美学价值的东西吗?很多人是直摇头的。可能想不到刘氏对此也有所论及:"怪石以丑为美,丑到极处,便是美到极处。一'丑'字中丘壑未易尽言。"(《书概》)这是承认在艺术作品中"丑"可能转化为美。"昌黎往往以丑为美,然此但宜施之古体,若用之近体则不受矣,是以言各有当也"(《诗概》)。这是表明以丑为美,言各有当,一定条件下要受制约。"俗书非务为妍美,则故托丑拙。美丑不同,其为为人之见一也"(《书概》),这是指出自然之丑可能在艺术中转化为美,而故意做作出来哗众取宠的丑则只能愈见其丑。他这些意见,分析是否都对,可以商榷,但绝非没有见地,更可证明这一问题的提出决不是西方现代派的什么新创造、新发现。

再说朦胧、空灵。他说:"凡诗迷离者要不间。""诗中固须有微妙语,然语语微妙,便不微妙。须是一路坦易中,忽然触着,乃足令人神远"(均见《诗概》)。苏轼《水龙吟》起云:"似花还似非花"。他说"此句可作全词评语,盖不离不即也"(《词曲概》)。"迷离"、"微妙",大致即相当于现在有些人爱讲的"朦胧"。他不反对迷离,倒积极指点这种诗应做到"不间",不要语语追求微妙,以致反而因不"一路坦易"而拒大多数读者于门外,达不到"令人神远"的艺术效果。"间"就是"隔"或"离",迷离惝恍,自己尚不清楚,读者更不清楚。直露太"即",天马行空太"离",须不离不即。朦胧诗要取得生命力,对他这些指点值得深思。空灵呢,古人倒早就讲得颇多了,刘氏主张"空灵"须与"结实"结合,不能空而无实,"清空"中必须包含着"沈厚",才见本领,而"清厚要必本于心行",又与高尚的人品、胸襟、怀抱密切相关。他这种主张在《艺概》各部分中多次反复论到。归根结底,他从未在理论上排斥多样化的风格、技巧、方法,只要作品对社会、民生有利有益,他都赞成各自发挥其"相济"之用。他的时代意识感不见得比当代人差多少,比有些当代人实际还强一些。

最后让我们再举一个突出的例子,说明刘氏文艺观点的可惊的敏锐性和显著的现实意义。有人曾以镜子比喻圣人之用心或人们的本心,他不同意这种狭隘、不当的比喻,理由是:"镜能照外而不能照内,能照有形而不能照无形,能照目前而不能照万里之外、亿载之后。乃知以镜喻圣人之用心,殊未之尽。"又说:"人之本心喻以镜,不如喻以日。日能长养万物,镜但能照而已。用异则体可知矣。"(均见《蛰言》)刘氏是把文艺称为"心学"的。以镜子喻人心的作用,包括现代人每以镜子喻文学的作用,同样是狭隘、不当的。文学不只是镜子,镜子主要只能作平面、当时、机械的反映,优秀文学创作的确还待人心、主体发挥其科学认识后的改造世界作用,所谓"日能长养万物"。刘氏已多少感觉到文学还有这"长养万物"、发展丰富、革新创造世界的作用。没有物固然不会有文学,没有心同样也不会有文学,更不会有能起"长养万物"作用的文学。这个问题岂不是至今仍在纷纷议论之中?古人何尝没有提出现代人还在提出的问题?古人的某些回答难道都已过时,没有参照价值以至现实意义了?刘勰说过:"岂成篇之足深,患识照之自浅耳"(《文心雕龙·知音》)。对古代文化遗产的评价,如果对其缺乏起码的了解和知识,那是无论怎样的大言高谈,都无法中肯的。

刘熙载是一位已因《艺概》一书的流传而广被中外所知的近代中国杰出的文艺理论家,对他的研究虽已有所开展,但还未深入和普及。我们相信,这部《论艺六种》出版之后,由于研究资料的大为丰富,将能把对他的理论的研究水平显著提高一步,有利于更向深广方面发展。我们期望着略尽绵力后能看到文艺研究界出现可喜的收获。

1987 年 11 月于华东师范大学

(原载《社会科学战线》1988 年第 4 期)

附注:此文与萧华荣合著。

谈谈对金圣叹的褒贬

金圣叹确实是个"怪诞不经"的奇人、奇才。自明入清,因怪诞不经,处处碰壁,不管他自己愿意不愿意,只好绝意仕进。设馆授徒之外,一心读书著述,独喜为文学批评,对中国古来诗、词、文、小说、戏曲等各个种类的名著都想独出手眼,加以评说。他的计划不小,也已完成不少,但顺治十八年(1661)哭庙案一来,他竟被以倡乱罪处斩,只活了五十四岁,计划并未都完成。实在很可惜。

金圣叹生前即褒贬不一,死后还是如此。褒有过火的,贬也有过火的。贬得过火的有些实在太不近情理。金圣叹参加吴县诸生百余人乘清世祖死后在吴大臣设幕哭临致哀的时机哭于文庙,上揭帖请逐酷吏县令任维初,虽已难知当时详情,总还是有胆识的一种表现,县令正是有力量可以"管"他的地方主官,终于说他这一参加是犯了"倡乱"大罪,头颅果然被砍掉了。但竟还有人斥责金仍是清廷的奴才,死不足惜的。如果真是读过金的较多著作,较多理解他的全人,当便不会如此苛刻。简单地看待一位相当复杂而且在历史上起过不小作用,产生长远影响的人物,实事求是,具体分析的态度很重要。去年为编《近代文学大系》中的两卷"文学理论",发现近代文学时期却有不少论者非常推崇金圣叹,认为他非常了不起,开了批评的新风气。近代是社会大变革时期,这一时期不少论者能非常推崇金氏,我感到恰与金的"怪诞不经"有关。怪诞就是对常轨的背离,实际便是一种新变。在当时历史条件下,金氏有在"岁试"文章中也"怪诞不经",不怕冒"黜革"风险的勇气,有参加哭庙,请逐地方主官酷吏不怕被无限上纲杀头的胆识,应该承认都是难能可贵的。对以"布衣终其身"的金圣叹来说,今天看来许为有其不可夺的某种大节,把它的被酷吏们用"倡乱"大帽子虐杀改称为遇害、牺牲,我认为可以。看到他写于顺治戊子年二月四日的一幅字写着两句话："消磨傲骨唯长揖,洗发雄心在半酣。"笔力劲健,意蕴沉郁。长揖中满怀悲愤,半酣时才得略发雄心。还是无可奈何,最终一发而头便落地。从这两句话里好像就能想像出金圣叹一生的悲愤、挣扎和苦难历程。他已只能用其文论著作来驰骋自己被压抑的思想和对人生的意愿,留给他的已只有这样一条非常狭窄而仍充满着危机的小路,他给我们显示出的价值就只在这些未都完成计划的文论著作里,其实连这个小小的愿望他也早已预感到是未必可实现的:"诚使天假弟二十年,无病无恼,开胃吃饭,再将胸前数本残书一一批注明白,即是无量幸甚。"(《答王道树书》)对这小小愿望越是觉得"无量幸甚",实际反映了他对这种可能早已预料很难成为现实。果然不出所料。《绝命词》中他哀叹:"且喜唐诗略分解,庄骚马杜待何如?"再也不容他来完成这些未竟之业了。他无比沉痛,酷吏们则正在畅快。

金圣叹诚然是以文学批评名世,谈不上是政治家,但他的被斩杀是由于说他要"倡乱",他的思想感情也自述偏在历来被侮辱被压迫者一面,而他自己则渴望着能有完成著作的自由。这仍与现实政治有一定关系,是客观的存在。晚年他即说过这样一段话:"弟子世间,不惟不贪嗜欲,亦更不贪名誉,胸前一寸之心,眷眷惟是古人几本残书,自来辱在泥涂者。却不自揣力弱,必欲与之昭雪。只此一事,是弟全件,其余弟皆不惜。"读书写书不为荣居上位者歌颂,却一心想为自来辱在泥涂者昭雪,这还不要触犯当时那批封建统治者?我看不能把金圣叹称为一个纯粹的文学批评家,这样既不符合事实,反而是把他贬低了。没有他始终固执着的"怪诞不经"思想,就不会有参加哭庙的壮举,他就不会被杀头,也就没有了今天所看到的金圣叹及其历史了。

但这只是金的一面,虽然历史地看来,应是他较主要的一面。他还有另外一面,即深受传统且仍占统治地位的封建思想一面。如果把他仍有的这类思想集中起来,例如释《水浒》之名为"恶之至,迸之至,不与同中国",例如多次痛斥"犯上作乱"的行为,例如他说如非圣人或天子而作书,其书即是"破道与治"的"横议"等等,那么他就是活脱脱一个封建统治者的奴才,对他贬得过火就这样来的。反之,如果把他另一些思想集中起来也不顾及全部,例如他同情民生疾苦,痛斥贪官污吏,看到"一高俅"之外还有"百高俅",一百零八个好汉所以去梁山乃因"乱自上作",天下无道则庶人应该敢议等等,又赞美崔莺莺、张生的叛逆行为,不说《西厢》为淫书而乃"天地妙文",那么他就是相当现代化的先知先觉,对他自然也就容易褒得太过。封建王权思想与礼教思想在他头脑里仍常起作用,并不奇怪,他就是在这种占统治地位的文化、思想、社会环境中长大的。不同的是由于他没有多少凭借,又狂放不羁,为文怪诞不经,以致仕进无路,加以知识广博,对人民生活比较接近,所以就成为在内心和切身感受上与封建统治阶级文人颇不相同的另一种人。正统与异端,传统影响与切身感受,不断在他的头脑和著作里出现与碰撞,在复杂的斗争中,错综纠结,到头来切身感受还是占了上风,现实主义得到优势。他付出了悲愤、劳苦终至被杀头的最惨重的代价,赢得了在文学批评史上的长久价值。他并不非常伟大,其理论见解亦多局促、偏陋处,其名却会长留在文学史上。像他这样决心以全部精力和生命放在文学批评工作特别在小说、戏曲上,而且能提出不少如性格描写的创见来的人,历史上举不出别人能与他并论。

谭帆同志这部《金圣叹与中国戏曲批评》专著,对金氏在中国戏曲批评上的贡献及其特色从理论角度作了有价值有新意的探索,我读后深感欣喜。对金氏呕心沥血倾一生性命做出而且至今仍不乏借鉴启发意义的实绩从各个自具特色的方面进行深入的探索和总结,有必要也有意义。这种工作过去做得还不够丰富、细致,谭帆的辛勤劳动我认为有开拓、发展之功。

在金圣叹的全部文学批评中,对小说、戏曲的批评成绩最好,小说方面以对《水浒》的批评为主,戏曲方面即以对《西厢》的批评为主。说是批评,其实中间即含有他自己的再创造成分在内。金氏对这一点有明确的自觉和自豪感;而且还自信这并非自己一人的想法:

> 圣叹批《西厢记》是圣叹的文字,不是《西厢记》文字。(《读第六才子书西厢记法》)
>
> 天下万世锦绣才子,读圣叹所批《西厢记》是天下万世才子文字,不是圣叹文字。(同上)

他自己这样感觉,乾隆年间周昂也早有同感:

> 吾亦不知圣叹于何年月日发愿动手批此一书,留赠后人。一旦洋洋洒洒,下笔不休,实写一番,空写一番。实写者,《西厢》事即《西厢》语,点之注之,如眼中睛,如颊上毫;空写者,将自己笔墨,写自己性灵,抒自己议论,而举《西厢》情节以实之、《西厢》文字以征之。(对《第六才子书西厢记》批注

（的评述）

正因为在金氏的评析中有许多借题生发处，而生发的又有不少在当时条件下是"怪诞不经"即反正统、反礼教、反虐煞正常人性的进步思想，所以他的批评就不只是就事论事，而是有其创造在，有其"狂放"的主体作用在。这同过去一般的正统戏曲批评比便有了鲜明的特色。本书著者对这一特色不但能注意到并有着简要的阐说，在肯定其大胆地有所突破旧观念之处的同时，也指出了仍未完全摆脱因袭的重担。如《西厢》常被道貌岸然的卫道者斥为"诲淫之尤"，而他则大声反驳：

> 有人来说《西厢记》是淫书，此人日后定堕拔舌地狱，何也？《西厢记》不同小可，乃是天地妙文。自有此天地，他中间便有此妙文，不是何人做得出来，是他天地直会自己劈空结撰而出。若定要说是一个人做出来，圣叹便说，此一人便是天地现身。
> 人说《西厢记》是淫书，他止为中间有此一段耳。细思此一事，何日无之？何地无之？不成天地之间有此一事，便废却天地耶？细思此身何自而来，便废却此身耶？（同上《读法》）

而在同时，他又稍稍让了一步，亦说：

> 《西厢记》断断不是淫书，断断是妙文。今后若有人说是妙文，有人说是淫书，圣叹都不与做理会。文者见之谓之文，淫者见之谓之淫。
> 此一事，直须高阁起不复道。

本书著者对此指出："在这种无法排解的矛盾之中，金圣叹对《西厢记》之淫的辨析虽然有着慷慨激昂的言辞，但最终还是显得较为苍白的。而这种苍白又是一种时代的标记，一种无法超越历史局限的时代性缺憾。"这样指出，我认为是比较客观持平之论。《西厢记》当然说不上是淫书。真正有害的淫书一味渲染动物性，毫无艺术价值，不利于青少年的健康成长，乃是市侩牟利行为，不容把《西厢记》这样的作品作为挡箭牌。

著者指出：金圣叹丰富了中国古代戏曲理论的叙事理论体系，作出了前无

1328

古人，后鲜来哲的贡献，金圣叹的理论未限于过去一般的戏曲形态认识而有了较多的哲学思辨色彩，但由于重在文学方面的探索，很少同曲学、剧学的体系研究紧密联系起来，以致对戏曲发展未能充分发挥影响。正如李渔所说，他主要是"得了文字之三昧"，而"优人搬弄之三昧，圣叹犹有待也"（《闲情偶寄》）。这都是中肯之论。

　　谭帆同志等跟我一道学习讨论过中国古今戏曲问题几年，他们是专治此学，我不过在聆听他们勤读苦学各抒己见之后谈些管见，对他们实在未有什么具体帮助。现在他们都已在教学研究中做出很多成绩，并开始著书立说了，欣慰之余，但愿他们都振翅高飞，向博大精深处更上层楼罢。略谈所见，寄以厚望，聊以为序。

　　（本文是为谭帆《金圣叹与中国戏曲批评》一书写的序，华东师范大学出版社 1992 年版，又载《群言》1992 年第 7 期）

论对古代文学作品
的鉴赏与"寻根"

谈 鉴 赏
——《古代文学作品鉴赏》*序

我国古代文学作品浩如烟海,佳作如林。在这座珍贵的宝藏中,蕴蓄着我们民族艰苦奋斗的精神、高瞻远瞩的理想、勤劳高尚的品德和优良丰富的文化传统。这不仅是我们民族的瑰宝,值得每一个炎黄子孙自豪,同时也是全人类文化宝库中的灿烂精品,是我们中华民族对人类文明作出的一种巨大贡献。人类文明必将继续不断发展,出现新的高峰,但任何发展和新的创造,都离不开原有基础的滋养和启发。历史不容割断,后来人都应当在先贤们奋力抵达的那个地点开始起跑,这样才能把我们后来人的聪明才智充分发挥在迅速推动历史前进的焦点上。但究竟怎样才能使人弄清楚先贤们已经抵达的那个地点? 也就是说,我们后来人究竟应从哪里开始起跑呢? 后来人迫切需要这方面的指导,每一代的研究工作者都有责任在这方面提供尽可能科学的、具有说服力和吸引力的帮助。当然,谁都知道,这并不是一件轻松、容易的工作。现在,《古代文学作品鉴赏》的作者同志们,已负起这样的责任,我有幸先睹为快地读到了其中不少作品,觉得这的确是一部难得的好书,是值得向所有热爱我们民族的优良文化传统,热爱我国古代文学名著,正在想找到自己起跑点的同志们介绍的。不以文学研究为专业的同志,无疑也能从这部书了解我国古代文学的概况,从不

---

　　* 《古代文学作品鉴赏》和《中国古代文学作品选》均由上海古籍出版社出版。

同体裁的珍品中形象地感受到我国悠久的历史,博大、坚毅、即使历经挫折也终于仍能奋发向前的民族精神。同时,作品本身以及鉴赏之作显示出来和提供的美的享受、美的教育,等等,对提高我们全民族的文化水平,发扬爱国主义精神,培养审美能力和写作能力,陶情养性,也都会很有帮助。

这部书的特点是鉴赏对象包括了各种体裁的古代文学名著,不限于一体,又不限于一个时代;参加撰稿的也包括各方面的专门研究家,而且写法更不拘一格。在这改革的历史新时期,我们的文学研究也需要开创新局面,欢迎各种新的探索,贯彻"双百"方针,鼓励学术自由。从凝固到开放,从僵化到充满着活力,多样化的探索和进行各种各样的比较,是非常必要、有益的。我们需要独家的系统专著,我们也需要众多研究家各抒己见却很便于比较研究的合著。同样是文学名著,研究家的鉴赏方法不同,鉴赏角度不同,着重想解决、想创新的问题不同,加上他们各自的观点、感受、经验、兴趣、爱好、修养、素质等等的差异,使他们即使对同一个作品进行鉴赏,也完全可能作出各种不同的结论。对这些不同的议论过去往往认为很容易就可以明辨是非,其实并不这样简单。除掉那些非常明显的原则问题,有关风格流派、表现方法、艺术特点、审美作用等等方面的不同意见,比较合理的态度总是不要轻下判决,而应考虑多样的需要与影响,赏鉴对象本身的复杂构造原本容许对它作出各种不同的反应。议论本身有些可能是偏于微观的而有欠综合,有些可能着眼宏观而未深入细部,有些可能重在抒发主体的感受,有些可能主要是理性因素在起作用,诸如此类,难以备举。"知多偏好,人莫圆该"①,我看这倒是常情常理,一个人谁能全知全能,完满地通晓一切?"各执一隅之解,欲拟万端之变",诚然不妥当,但如能摆事实、讲道理,指出为什么这样做不妥当,也就可以。为此大张挞伐,无限上纲,就不妥了。倒还是应该从中发现其独得之见、不全偏激、不全错误、可以改造利用、开拓思路的某些部分因素出来,加到科学知识的总体中去。人类文明的总体,个人知识的总体,我以为大致都是这样一点一点积累起来,集腋成裘的。如果对某家某派之说,发现其有点毛病就全部抹煞,统统抛弃,那还谈得上什么集思广益呢?自然这就不可避免地要涉及对文学作品的本质、特点、作用等等根本问题理解的深浅、广狭,鉴赏原与理论认识有密切的关系。鉴赏也是一种艺术的实践活动,实践是检验真理的唯一标准,鉴赏不只是被动地接受理论的指导,同

---

① 本文所引均见《文心雕龙·知音》。

时也可以积极地改进、充实、发展理论。广泛、深入、多角度、多层次、多方法的鉴赏活动,不仅可以锻炼、提高鉴赏者自己的艺术敏感、分析评价能力,获得美的享受,它对培养读者,帮助作者,活跃评论,繁荣创作,就是说对促进整个文化事业、文艺事业都可以发挥不少作用。一方面是多多鉴赏作品,另方面是多多接触各种各样的鉴赏文字。刘勰所谓"操千曲而后晓声,观千剑而后识器",欲得"圆照之象,务先博观",经历过沧海,登临过高山,对小溪小丘之类的问题就容易看得清楚,辨其高低了。后人需要寻找的起跑点究竟在哪里,便会在心里逐渐明确起来。

古人有"诗无达诂"之说。曾有人指出这是一种"不可知论"。我看也需要具体分析。"知音"的确不易。刘勰曾叹:"知音其难哉!音实难知,知实难逢,逢其知音,千载其一乎!""鉴照洞明"却"贵古贱今","才实鸿懿"却"崇己抑人","学不逮文"因而"信伪迷真","知多偏好"因而"会己则嗟讽,异我则沮弃",这些都是知音难得的原因。但刘勰仅言"难得",并没有说知音根本不可能。如能除去上面所说这些弊病,有"博观"的基础,有较深的识见,有恰当的方法,有敏锐的感觉,有科学的态度,那么,他倒坚信知音是可得的,文学作品是可知的:"缀文者情动而辞发,观文者披文以入情,沿波讨源,虽幽必显。世远莫见其面,觇文辄见其心,岂成篇之足深,患识照之自浅耳。"我很赞赏刘氏这种卓见。不过我仍认为,恐怕并不能把"诗无达诂"笼统地说成"不可知论"。人们往往倒是在多方努力追求"达诂"的过程中,仅仅由于在遇到了很多难题众说纷纭、不易一致的情况下才无可奈何地这样说的。因为如果谁若真认为文学作品经过鉴赏活动仍是什么也解释不了、说明不了,在每一个问题上都不能取得一致,那就没有人会再去作努力的追求了。事实上,在鉴赏活动中,共鸣现象经常发生,读者与作者之间会发生某种共鸣,鉴赏者也会发现,作者与不同时代、不同民族、不同社会集团成员之间的思想感情,亦不乏某种共鸣。认为不同时代、不同民族、不同社会集团的人们在各方面都没有差异,和认为他们之间全无相同之点,都不合实际,也不可能。因为毕竟都是人类,而且生活在统一的社会里,即便在若干利益方面存在差异之处,也还是有某种共同之处。至于在审美、爱好、趣味,包括人类社会的基本准则等方面,这种可能性亦许存在得还更多一些。即使有不同程度的差异,因为这种差异是在统一的社会相互关系中产生,无疑不会全然陌生,实际上大都可知,至少是可以理解、领悟的。

那么为什么杜甫又有"文章千古事,得失寸心知"的感喟呢?这种感喟有没有生活根据呢？我看也不是都没有，而且恐怕将来也不能完全避免。没有一个鉴赏者能够完全理解和充分领会一个伟大作家或一部伟大作品创作过程中的一切。同时，即使最伟大的作家也不可能把他描写出来的事物所蕴藏着的深广意义都写尽无遗而且都表现得恰到好处。就前者讲，"得失寸心知"有其生活根据，就后者讲，便未必然，鉴赏者完全可能从作品的真实描写里发现比作者自己所认识到的更多的东西，所理会到的更好的地方。"得失"既有作者独知的，也有作者自己难知或不可能知，而某些鉴赏者才能知，或知得更深的。高明的鉴赏者固然有这种可能，就是一般的读者也并非全无这种可能，因为对客观事物的感受、认识、想象和理解等等，就其总体来说，群众的智慧和才能肯定比任何单独的个人为强。鉴赏是批评的基础，它本身所以也是一种创造性的艺术活动，就因它的对象既是作品，也是作品所反映的客观生活。这种活动决不限于作品本身，而可以也应当把作品来同客观生活比较，并利用鉴赏者自己的以及许多人对这种客观生活的感知、审美经验来进行分析评价。鉴赏者很可能不知道作者创作过程中的某些东西，但他也很可能知道作者自己并未意识到或不可能意识到却实际存在的东西。正是在这个意义上，我们说鉴赏不但也是一种艺术实践活动，而且还是对现实生活的一种再创造、再评价工作。正因为如此，它对作者来说，有不及处也有超过处。集中群众的智慧，再经过多方面、多角度、多层次的探索，"知音"的深广度只会越来越高，虽然难免仍有不尽能知处，总的说根本不是什么不可知论。完整、周详的阐说虽然难于保证，但也不能因此认为相对的"达诂"都不能有。杜甫对具体问题有感而发的"得失寸心知"之叹，不能用来看待所有的鉴赏评论之作，大家知道杜甫自己便写有多首论诗的诗。

高明的鉴赏当然需要主体具备应有的条件，平庸的作者成不了优秀的批评家。在思维方式上，古代的朴素整体论——即对具体作品无法进行深入研究，而只能笼统立论的方法已经不够了；近代的传统的分析论——即用分析方法对作品的各个方面各种因素进行分别探索的方法也已不够，例如把作品的思想、艺术、语言、人物塑造等等分开来谈，分得支离破碎，分到很难使人能从整体上来了解作品的全局、作品的生命力之所在。一个作品本身构成某一层次的系统。现代系统方法的基本特点是整体性和综合性，在过细的分析之后还必须把作品综合起来，而作品的价值决不等于各个局部各种因素的价值之总和，必要经过整体化和综合化，把握到作品的有机生命。叶燮论诗，说"大而乾坤以之定位，日月以之运行，以至一草一木一飞一走"，都有理、事、情三者在内，三者缺

1333

一，则不成物；而论文章，则三者之外，"又有总而持之、条而贯之者，曰气"①。鉴赏文章，可以分别讨论其理其事其情，可是如果看不到、讲不出总持条贯其中的"气"——生气或生命力来，就很难发挥出这一艺术活动的应有作用了。叶燮不可能懂得现代系统方法，但他似乎已略略预感到了这种需要。我觉得重视这方面的研究，在鉴赏方法上鼓励多样化，鼓励进行各种创新，对变革旧观念，帮助读者扩大视野，都很重要的。年来赏析之作如雨后春笋，总结一下这方面的成功经验和薄弱环节，我看已经颇有条件了。

谈"寻根"
——《中国古代文学作品选》前言

中国古代文学作品无疑是人类精神文明宝库中极为灿烂的一个组成部分。没有一个中国文学研究工作者能不感到自己肩负着钻研并发扬光大这一光辉业绩的重要责任。我们的文学遗产无比丰富而多样，充盈着精华与瑰宝，虽经历代学者的辛勤探讨，由于难免要受到传统观念的束缚，不能说已认识得比较全面了。流传千古的脍炙人口之作，所以会具有这样巨大的魅力，究竟由于什么原因？弄清这种原因，不仅对进一步认识这些作品有必要，就是对繁荣今天的创作，发展社会主义文学，建设新时期十分迫切需要的精神文明，我认为也有积极意义。现在文化界的很多同志正在掀起一个寻"根"的热潮，好得很。不要以为古老的文化已经随着时间的消逝、社会的变迁、观念的革新，对我们不再有密切的关系了。世界上没有无源之水，无根之木。当我们发现某些现代腐朽、消沉、绝望的文学流派确已陷进了死胡同，再也不能为人类文化提供任何有益的东西，而在世界范围里不约而同地爆发出一阵阵寻"根"的呼喊时，我们开始感到这是一个可喜的信息。尽管古老的传统并不都值得今人赞美，误把糟粕当成精华对今人毫无益处，但只要真是深邃的哲理与优美的诗情，真正启示出了某种积极向上、奋发有为，对人类社会的继续发展总是非常需要的改革精神，那么，正如日月常新一样，怎样古老的东西也不会因其古老就失去其永远存在的价值和生命。我认为，并深深地相信，在我国古代文学作品中，就确实地存在着、牢牢地深藏着这种真正的我们中华民族所赖以生存、发展、繁荣、昌盛以至无穷尽期的"根"。

① 《原诗》卷一。

我们当然要重视关怀生民疾苦、为民请命、反对封建压迫、反抗异族入侵、暴露黑暗统治、要求自由幸福、不惜自我牺牲这一类社会内容的作品,这些作品当然万分可贵。我认为古代文学的"根"也反映在诸如此类的作品之中:热爱人生,赞美正直善良的品格,歌颂坚贞纯洁的爱情与友谊,孜孜不倦地为事业、为学术、为有所发明创造而忘我地献身,等等。社会是一个整体,生活和事业也是一个整体,历史的发展需要各种健康力量的密切组合。参天大树并不是只有一支粗大的根,它还有许多许多较小的甚至像胡须一样的细根,只有这样多方面多层次多角度给它提供丰富的营养,它才得以巍然屹立,万古常青。长期以来我们特别重视前面一类作品,完全应该。今天我们则还需要开拓视野,防止文学观念的凝固、历史认识的偏颇,对人民的精神生活需要有足够的了解。我们必须注意这个问题,以后还应继续解放思想,编选工作才能随着新时期要求培养开放、开明、开拓这"三开"型人才的需要同步前进。我们现在来教学、研究古代的文学作品,并不仅仅是为了认识过去。认识过去是必要的,但认识过去重要的是为了推进现在,继往必须是为了开来。面向"四化",面向世界,面向未来,是整个教育事业的方向,也是我们学习、研究古代文学工作的方向。如果我们通过这种学习研究,认清并把握了我们伟大民族、伟大人民的真正的"根"——力量和生命之所在,我们就能对我们的社会主义建设大业充满信心,在遇到任何艰难曲折时都绝不灰心动摇。"路漫漫其修远兮,吾将上下而求索",当我们想起两千多年前爱国诗人屈原这种坚毅求索、宁死不悔的精神,我们没有理由在比他好得不能相比的优越条件下不更加奋勇向前。

"作品选"这种教材有它的限制,除了简要的注释,只能对具体的作家作品略加阐述。如果在教学过程中满足于孤立、静止的了解,就很难取得应有的效果。作品的审美形式,语言文字的基本含意、韵律、节奏以至作品在色彩、音乐、雕塑、建筑等等方面表现出来的美感,可以在想象中唤起某种形象的要素,当然需要首先弄清楚,有一定的感知,然后进一步就应联系特定的时代、民族、阶级、前后左右,历史地把握艺术地表现在中间的生活内容和作者自己的评价。对于作品,当然应该容许读者有阐释的自由,因为生活本身是异常丰富复杂,读者的修养、经验、个性也各不相同,各种阐释往往都有其不同程度的价值和理由。晋代葛洪说得好:"文贵丰赡,何必称善如一口乎?"①在这一意义上,"诗无达诂"有

---

① 《抱朴子·辞义》。

其理由。强求一致,必须异口同声,没有好处,无助于开掘优秀作品的潜在力量,丰富人们的认识。不过作品的客观性也不能一概抹煞,它的基本结构有时确能把读者引向某种渠道,两者并不总是背道而驰。重要的是把握到作品的深刻意蕴,那就是深藏在作品之中,可能并无一语说破的某种人生真谛、深邃哲理与动人诗情,也就是我上面说到的真正的"根"。这在优秀的文学作品中总是有所表现、确实存在着的,这也就是作品的生命与灵魂。看不到、抓不住这种最宝贵的东西,或者表明审美趣味还不高,或者表明审美能力还不强。这该是教者和学者都十分重视的地方。

不消说,对这种作品中的生命与灵魂,教者和学者还须细致地感知它是怎样被表达出来的,这样的表达离不开高明的艺术技巧,否则就不能成为审美的对象,具有无与伦比的感染力量。而且这种探索的结果,除掉能够把握深广的意蕴,无疑也会提供许多艺术表现规律性的知识。只要是规律性的知识,就不会因其早就被人们发现和运用而减损它在今天的指导作用。

社会主义的精神文明建设可以有多种途径,努力把我们民族的审美意识和欣赏趣味提高到一个新的境界,在群众欣赏趣味更加活跃、复杂、多样的同时,避免审美选择的某种盲目性和庸俗化,都已是非常值得注意的事情。深愿我们大家共同来做好这一工作。

(原载《华东师范大学学报》1986 年第 3 期)

赏析不必有定论
——《历代文学作品选析》*序

　　《历代文学作品选析》这部大书编写组的同志们给全国广大学习和爱好祖国古典文学作品的读者做了一件非常有益的事情。不仅对普及古典文学、了解我国古代文化的优秀传统有益,而且以许多同志的研究实绩,显示出了我们在这一领域中的研究水平,正在随着历史的发展、学术的进步、观点和方法的革新,不断有着创新和提高。我深信由于同志们一致的努力,将因此大大增强读者对祖国古典文学作品的巨大兴趣,同时,也将能通过博览和比较,在作者们不同审视角度,不同价值判断,不同方法运用的具体实践中,亲切体会到阅读和研究古典文学作品应该和可以怎样去进行。感觉到原来这是一个异常广阔的天地,而过去我们是把它看得太狭隘了;认识到原来这是一个在符合科学的轨道上可以充分发挥自己创造力的没有止境的宇宙,而过去我们是把它看得太渺小了。对同一篇名作尽可以做出不同的分析,而各有其不可替代却能互相补充、增进对作品整体认识的价值。今天我们有了这种较新的观念,就无异给自己松了绑,能够在鉴赏与批评中"海阔凭鱼跃,天高任鸟飞"了。其实,若没有这种解放,鉴赏与批评活动又怎么能是一种与创作同样的创造性劳动呢?

　　不少读者曾很盼望对每一个文学作品,特别是文学名著都有个不用再去思考的"定论",他们以为这是可能做到的,也是合理的。而且这样一来,需要谈论一番或者应付什么考试时,只要死记硬背就行了,容易得多了。其实这并不是什么好主意,也不科学。的确有不少东西曾被视为"定论",例如作家对自己这个作品的评论,作家同时代人对他这个作品的见解,后代"权威"、"名人"对他这

---

　　* 《历代文学作品选析》由华中师大中文系组编。

个作品的议论,等等。有些"定论"则是某些人大言不惭地自称的,以为凡与他看法不同的评论都属谬误。在这些被视为或自认为"定论"的意见中,尽管不同程度地存在着有价值、合理的部分,可是都说不上是什么"定论"。绝对的,完整的,可以放之四海而皆准,用之百世而不穷的"定论"从来不曾有过,也不可能有。"定论"之说,因其不科学,所以只会助长懒惰思想,无助于发展进步,而我们这个大千世界,实际是每时每刻都在发展、演进,任何"定论"都界定、束缚不了它。

文学作品是社会生活通过作家的头脑艺术地反映出来的。社会生活那样复杂多样,作家们自己的思想、性格、感情、遭遇等等,也是那样复杂多样,艺术趣味、表现方法、使用手段更是各不相同,作家从一定层次一定角度反映出来的生活现象,经常并不能代表生活的整体面貌,而且他自己的认识也不一定都符合客观实际,有时还可能是很偏激的,他自己说的话怎么就可视为"定论"呢?作家同时代甚至很亲近他的人对他作品的了解可能有些是别人或后人难于了解的,但他们了解的这些情况并不能构成"定论"的决定因素。在客观生活和作家主体心态面前,没有谁免得了种种局限,后代"权威"、"名人"亦绝不例外。当然,这并不是说他们的意见不值得重视。至于那些自认为"定论"的,其可信性就更少了。当然,真正优秀的作品会得到长时期大多数读者的赞赏,都承认它是好作品,这是事实。如范仲淹的《岳阳楼记》。但这篇文章好在哪里?这里还是那里?一处还是多处?好到什么程度?对当时和现在有怎样、多大的价值?诸如此类,都没有也不可能有"定论"。正如西方对莎士比亚的作品还可永无穷尽地探讨争论下去一样,我们对屈原、司马迁、李白、杜甫等等似乎已难有多少新话可说的感觉其实也绝非真相,只是因为还缺少新视角、新方法,视野不广,知识结构陈旧、狭隘,不知学术范围之大与其间关系之切,才有这种实际是非常保守的感觉罢了。只要研究者的见解、观点、方法、视野有了与历史、社会同步的发展,即使对此类许多人已经写过许多研究分析文章的作家作品,我们还是完全可能产生出更多更好更有创新意义和现实意义的鉴赏、批评文章来的。按老框框研究,必然只能写出陈陈相因、千篇一律的东西,但这不是客观上有什么重大困难阻碍了他,而实在是主观上还未能赶上迅速发展、充满革新要求的时代。

对同一篇文学作品在深刻、准确理解的基础上从各个方面、不同视角进行赏析和评价,"仁者见仁,智者见智"的情况必然会出现。不同的时代还有作为主导的价值标准,还有审美情趣与习惯等等之不同。意见、看法的不同,过去不但曾被作为难于处理的问题,还被作为一种可以大加诟病的弊害。现在随着对"一言堂"、"一锤定音"等文化专制做法的理所应该的唾弃,随着对事物丰富、复杂、相互间存在密切而往往又很隐晦的联系的承认,情况已开始有所改变了。这是好事。我想,只要适应科学发展的趋势,有利于人类进步、文化发展,不同的意见、看法不但不是坏事,倒是全面认清、评价事物,追求真理的唯一合理的途径。就研究文学作品而论,过去我们几乎已习惯于只从政治、经济、历史,特别是阶级斗争的角度来进行,这比之从前只知就文论文,诚然是一种进步。但难道一个作品的产生和它的价值,就同心理、教育、社会、宗教、民俗、文化传统、审美习惯、时代风尚等等没有关系吗?同作品表现出来的风格、技巧、修辞、意境、想象、直觉等等力量也没有关系吗?政治、经济、历史、阶级斗争等方面的简单、庸俗、机械化弊病应该避免,对这些方面的成功经验我们当然还须坚持、发扬,而对其它许多方面的研究工作过去我们确实做得非常之少,甚至还未曾引起应有的注意。对文学作品来说,无论是作为反映对象的客体或从事创造性反映的主体,都是非常丰富、复杂、多样的,也只有以同样丰富、复杂、多样的角度、层次、方法去研究它们,才有可能逐渐达到对它们的整体把握。任何单一的角度、思维方法都可能有其认识、创造性发现的作用,但也都不可能取代其它视角、方法的作用,虽然作用有大小。只要从某种新的角度,运用某种新的方法对事物在客观上添加了完善了些过去不曾达到过的认识,这就是一种有价值的贡献。不朽的名著之所以成为不朽的名著,所以会给人以终古常新的感觉,就因生活本身在当时既具有如此丰富的意蕴,当时的读者就已发现了它具有的不少意蕴,而且以后一代一代的鉴赏家、批评家根据历史的经验、科学的进步、人类自身的提高还能继续从中取得新的启示和创造性的发现。"不朽"的声名与功绩,是人们长期共同探讨、发掘、创造成功的。生活、时代、作家和一代一代的读者,从中都起了各自的作用。

因此,我赞成"仁者见仁,智者见智"的赏析文章。当然都应持之有故,言之成理,不是随意的凿空之谈。这种文章可以只谈一个局部,一个方面,力求精细不凡,一旦百川汇聚,综合起来,对作品的研究就会显出崭新的面貌,而不会总是老一套的那几句常谈、空话。如果我们能在提出自己看法的同时,例如"见仁"者并不排斥、抹煞"见智"的意见,在运用自己认为好的方法时也能想到任何方法都会有某种局限性和一定的作用,那就更能收到互助互补的好效果。明确到自己这是在力求精细地谈局部,那就不致把自己的工作夸大为可以解决作品研究中的一切问题,因为除此之外还需要掌握更多的材料、知识和感受以解决它的整体、生命与活力等问题。知道自己是在一个子系统中的某一方面进行工作,同时又知道这一个子系统不过是一个大系统——例如整个文学、再大些如整个社会科学系统中的一个分支,那就不会有随意夸大之病,精细不凡处将能恰如其分地发挥其创新的作用,尽管它注意的不过是局部的问题。

　　那么,面对各种不同的看法和评价,从实用的情况来看,例如,将怎样利用这样的研究成果来应付考察之类的需要呢?标准的答案将是什么?我看,对文学作品的赏析,如果一定要制定什么标准答案,那就决不能是 1 + 1 = 2 式的答案,也不能是照本宣科地背诵笔记或参考材料上的某几条,而应该是看他有没有兼收并蓄、择善而从、进行独立分析的能力,这种能力是否已经够格。要求面面俱到就会看不出他的能力和智慧,如果他能在某一方面某一点上有独到的见解,有不同凡响的成绩,应该说至少已符合了标准。没有比对文学赏析制定出一个僵化凝固的标准答案更笨拙、更不合理的了。改革考察方法,转变教育观点,本是教育革命中一个重要的组成部分。在具有一定基本功基础上作出的持之有故、言之成理的大胆抒发,应该得到教育工作者们的足够重视,特殊鼓励。我这种想法料得到仍会招来不少怀疑或反对,但我深信这种想法将被实践证明是比较合理的,当然还需要细致地考虑如何实施的办法。我不相信对同一作品提供几种不同的看法,比只提供一个似是而非的"定论",对读者们的学习效果会差。简单、机械、凝固的脑筋造就不了开拓型的人才,培养不出文学工作者应有的极为活跃、敏锐的想象力与感受力。高明的赏析之作能够提高读者的阅读、理解、分析、审美能力,这是根本。一旦提高了这些能力,例如应付什么考察之类的问题,我看也可以迎刃而解了。

　　汇集在这部大书里的各家赏析之作,其间有些所以特别显得富有可读性,除了鉴赏者有很高的马克思主义理论修养外,还因他们的思维方法是多样的,鉴赏眼光是独特而敏锐的,艺术感受以至种种联想是深细而符合情理的。他们运用了适合于发挥所长的方法,不拘一格,只要有利于进行新的探索、取得可资启发的成果,都乐于尝试,敢于创新。有些文章并不局限于赏析这一篇具体作品,还能由此出发,进而涉及某种艺术规律的探讨和认识。如果缺少丰富的学识、思辨的魄力、高瞻远瞩的宏观洞察,便不可能做到这样。我为能先睹到这些可喜的成果深受教益感到高兴,不消说也为广大学习和爱好古典文学作品的读者们庆幸。我想,特别对于许多重在自学的同志们来说,这部书无疑将成为他们的良师益友。

随着人类认识能力的不断提高,交叉学科的纷纷出现,社会科学与自然科学的密切联系与融会贯通,文学研究必将迈进一个崭新的时代。但愿我们所有从事这一工作的同志,群策群力,共同发扬祖国优秀的文化,对全人类作出更多更大的贡献!

1986 年 5 月 30 日

(原载《文史哲》1986 年第 6 期)

兼收并蓄，推陈出新

——吴文治主编《中国古代文学理论名著题解》序

　　新时期十年来，我国文学理论研究工作有了很大的革新和进展。不少过去曾被奉为绝对真理的观念经过实践检验受到了正当的怀疑，由非学术的力量造成的许多理论禁区已被勇于探索的闯将们不断有所突破，文学理论研究界出现了一派大好的新气象。人们不愿再去搞注经解经、一味按书本、文件、指示讲话办事而严重地脱离甚至违背实际的那一套蠢事了。改革过程中产生了那么多样、复杂的现象、经验、问题，正吸引着他们的兴趣和注意力，去探寻从事分析、研究解决的有效途径。我们工作中的革新和发展就是这样得来的，也只有这样做才能取得。

　　十年来，对我国古代文学理论的研究工作也取得了显著的进展。在全国性的中国古代文学理论学会倡导推动下，《古代文学理论研究》丛刊已出版 13辑，其它研究著作、资料汇编、工具书等亦已发行多种，数量之多，质量之高，都超过以前。这并不是偶然的。多年的闭关锁国，"舆论一律"，不仅基本隔断了与各国文化的交流，同时对本国固有优秀的文学理论传统也实际上采取了虚无主义的态度。既然一切都要"破字当头"，"大批判开路"，"越是精华越要批判"，对凡封建社会所产生的文化都要"彻底扫荡"，那就谈不上"拿来主义"，谈不上继承发展了。某些正确的言论只停留在纸面上，包括文学理论在内，对我国古代文化充斥的是"封建主义"、"唯心主义"、"形式主义"、"唯美主义"以及"虚伪"、"毒害人民"等等的唾骂。等到觉得要利用一下了，那又不过是精心挑选一些字句篇章来进行牵强的比附或影射，作为一种工具、手段，来达到"左"的宣传"阶级斗争为纲"的目的。这种做法在十年浩劫期间登峰造极。这实际是对我国古代文化的严重歪曲与粗暴践踏，根本不是正当意义上的"古为今用"。因为那时被大吹大擂出来的东西中，只有反规律的呓语，是非、好坏、美丑全被颠倒了。被颠倒了的东西当然要纠正过来，被歪曲了的东西当然要恢复其本来的面目。在新时期的阳光照耀下，古代文学理论研究工作的恢复，革新和发展，是和其他学科同步前进的。它反映了新时期社会主义精神文明建设的需要，也表现出研究工作同志的反思精神和理论勇气。

同其他学科领域一样，文艺领域目前正在汹涌着一股改革的浪潮。这是一股不可抗拒的巨浪。从方法到观念，我们文学面临的是不改革就不能迅速发展前进的形势。合乎艺术科学规律的东西我们当然还是要坚持，要遵循，对那些仅凭一时的权力或主观认为经典不许怀疑一字而得到支撑和维护的东西，如果我们已吃尽"假大空"、"瞒和骗"的苦头，再也不愿重蹈覆辙的话，理所当然应该弃如敝屣了。因为不这样我们的文学创作就繁荣不起来，文学理论就活跃不起来，那就不可能使我们的文学工作成为整个社会改革事业中一支不可缺少的重要力量。

改革不易，改革而有真正的实效更难，但绝不是不可能的。难就难在既要"通今"，又要"博古"，还要尽量择取外国的有用知识和成功经验。各国文学的发展都有其自身的特点，但普遍规律肯定存在。今天我们要求发展社会主义的文学，不能说从我们过去的文学发展历史中已继承不到有益的东西了。"鉴古知今"、"继往开来"、"推陈出新"、"集大成"、"通变"，等等，这些在文学理论中似乎已很旧的观念，难道其中没有包含着对当前探索文学改革道路很有启发的思想光辉吗？我相信只要是经过实践检验的具有规律性的思想观念，就会终古常新。

因此，我非常赞赏很多同志在文学理论研究上进行"寻根"的努力。今天的文学理论之根，当然与现实生活有最密切的关系，但也同我们民族的历史生活有很深的联系。我国古代文学理论资料非常丰富，不但有许多极其精采深刻的见解，显示出古代杰出理论家对文学规律的大量把握，对这份宝贵遗产我们至今还缺少足够的认真充分的评价。而且我们的审美情趣、审美习惯，以至思维方式和表达方法的民族特点，也就体现在里面。为什么很多读者如此喜爱阅读古人写出的那些评论著作？它们的具体生动、亲切自然、言简意赅、平易近人是否都值得现在学习？从思想观点到学风文风，我深感从中都能寻出若干可以视为"根"的东西来吸收其滋养的。

文治同志主持编写的《中国古代文学理论名著题解》这部书，对目前有志在

1343

古代文论中"寻根"的努力者提供了很多便利,一定也会得到广大读者的欢迎。用现代观点对古代文学理论名著集中地作言简意赅的介绍,参加编写的同志又都是各方面的专门研究家,有很多独到之见,作为一本深入浅出的介绍引导读物,非常有益。文治同志的组织筹划之功,我同样极为感谢。可以说,在目前文学改革巨浪中,广大爱好文学理论研究的同志,又增加一部常置案头的必备之书了。

1986 年 9 月 13 日于上海

（原载吴文治主编《中国古代文艺理论名著题解》,黄山书社 1987 年版）